魅丽文化　花火工作室

偏偏喜欢你

李不言 著

江苏凤凰文艺出版社
JIANGSU PHOENIX LITERATURE AND ART PUBLISHING

图书在版编目（CIP）数据

偏偏喜欢你 / 李不言著 . — 南京 : 江苏凤凰文艺出版社 , 2023.8
ISBN 978-7-5594-7119-2

Ⅰ.①偏… Ⅱ.①李… Ⅲ.①长篇小说 – 中国 – 当代 Ⅳ.① I247.5

中国版本图书馆 CIP 数据核字 (2022) 第 158724 号

偏偏喜欢你

李不言 著

责任编辑	张 倩
出版统筹	曾英姿
特约编辑	夏 沅 鹿 川
装帧设计	黄 芸
封面绘制	阿 醒
出版发行	江苏凤凰文艺出版社
	南京市中央路 165 号，邮编： 210009
网　　址	http://www.jswenyi.com
印　　刷	湖南天闻新华印务有限公司
开　　本	880mm×1230mm 1/32
印　　张	10.5
字　　数	333 千字
版　　次	2023 年 8 月第 1 版
印　　次	2023 年 8 月第 1 次印刷
书　　号	ISBN 978-7-5594-7119-2
定　　价	45.00 元

江苏凤凰文艺版图书凡印刷、装订错误，可向出版社调换，联系电话 025 – 83280257

目录

Contents

第一章	初见	/001
第二章	缘分	/025
第三章	波澜再起	/052
第四章	调戏	/081
第五章	酒馆	/108
第六章	交锋	/138

第七章	相亲	/161
第八章	柳霏依	/188
第九章	各自相亲	/222
第十章	柯朗	/251
第十一章	顾公馆	/281
第十二章	求婚	/308

★ 第一章 初见

三月,乍暖还寒。时至惊蛰,春雷轰隆。

傍晚时分,一场大雨瓢泼而下,哗啦啦地砸下来,将路旁的迎春花打得弯了腰,无声地告知人们今夜的这场雨到底有多大。

此时,华众集团顶楼,正在经历一场高层变动。

不久前,华众集团董事长姜老爷子夜间突发心梗被送至医院,华众股票的股价直线下跌,集团市值一夜之间蒸发数亿元。

姜家子女自乱阵脚,开启了一场夺权之争。

C市,是一座无情的金融大都市。有人拼尽全力奔赴这里,也有人拖着疲倦的身躯离开这里。

CBD商业区的高楼大厦林立,挡住了天空本该有的美色。

这里有世界级标杆建筑,也有心狠手辣的人。

雨幕中,有一个穿着黑色风衣的女子站在路灯下,撑着一把红色雨伞,雨水落在伞由上,敲出阵阵声响。

她高傲的姿态,好似在审视什么,如同立于高处的猫头鹰。

"老板,华众姜副董事长打电话过来了。"

个远处,一辆黑色林肯轿车内,副驾驶座上的人拿着亮起屏幕的手机微微转身,向坐在后座的人转达道。

他见男人侧眸望向窗外,久久不接电话,于是好奇地顺着对方的视线望去,只见外面大雨倾盆。除此之外,再无其他。

"老板。"

后座上的人这才缓缓转回视线,良久,那张一直保持着平静无波的面庞上荡漾起一抹叫人看不透的浅笑。

2008年,是徐放跟着顾江年的第三年。今天,是徐放在这三年中第一次见到顾江年笑。

徐放正错愕时,只听顾江年低沉的嗓音缓缓响起,语气听似波澜不惊道:"旁人的家事,我们无须多管。"

三月,华众集团股票大跌,国外资本大肆收购,华众副董事长姜临找C市首富顾江年寻求帮助,恳请他伸出援手救华众于水火之中。

本是板上钉钉之事,此时——

徐放将自己刚才盖在手机上的手移开,接起电话,用非常官方的口吻告知对方顾董正在开会,不便接电话,将姜临给打发了。

挂完电话,他回头望了一眼后座,只见这人心情极好,与窗外阴沉的天气截然相反。

华众集团目前面临的纷争是家事。

既然是家事,外人怎么好多管?

出租车上,女子靠在后座椅背上闭目养神,精致的面庞上带着些许疲倦,眼下的乌黑连粉底都遮不住。

车内,司机正在收听新闻,随着窗外的雨声,一同缓缓地钻进姜慕晚的耳朵。

"君华集团斥巨资在CBD商业区修建的君华兰博七星级设计师酒店,现已投入试营业当中,昨日,君华集团邀请C市新闻媒体人入住酒店——"

女主持人用一口字正腔圆的普通话介绍酒店的内部设施,光是听着,便让人知晓是何等豪华。

司机听着,抬眸望了眼后座,见女子睁开眼,借着女主持人的话题跟她搭话:"姑娘住在君华,觉得如何?"

"挺好。"姜慕晚今夜恰好就要入住这家新开的设计师酒店。

"听说这家酒店是君华的董事长亲自执笔设计。"司机说着,等红绿灯的间隙,抬眸望了她一眼。

姜慕晚没有回答。谁设计的,她并不感兴趣。

"C市首富设计的酒店,仅是这个噱头,便足以让大家心中向往了。"

司机说完,见她仍无意搭话,只好讪讪地收回目光。

这夜,雨未停。狂风呼啸,似是在洗刷着这座不干净的城市。

深夜，静寂的医院长廊里响起高跟鞋敲地的嗒嗒声，节奏轻而慢，光听声音，会让人觉得有人在长廊里闲庭信步。

片刻，脚步声戛然而止，有人停在病房门口。

病房里的人此时处于安睡状态，护士台的人打着瞌睡，并没有发现这个深夜出现的游魂。

姜慕晚的到来，却惊醒了另一个守夜的人——躺在看护床上的人惊醒，啪嗒一声按开了灯，警惕地望着她。

四目相对，一时无言。

老管家没想到会在深夜见到姜慕晚，整个人处在震惊中，难以回神。面对这位离去多年的大小姐，他一时间也找不出合适的话来打招呼。

"老张，你先出去。"病床上，刚刚做完心脏手术的人开了口，他的声音非常轻，整个人看上去虚弱不已。

老管家起身，临出去时，伸手拉开了病床边的椅子，一举一动彰显的是豪门管家的气度。

"回来了。"安静的气氛被姜老爷子开口打断。

她抿唇"嗯"了声，坐在老管家拉开的那把椅子上。

"回来了好。"姜老爷子声音虚弱，目光落在她的身上，带着几分温厚。

"然后呢？"尽管多年未见，尽管此时病床上的人刚刚死里逃生，可她还是没有半分耐心同他客气地寒暄。

"我希望你能留在姜家。"

姜慕晚冷冷地嗤笑了声："我对姜家不感兴趣。"

"不感兴趣也改变不了你身上流淌着姜家人的血液。"

姜慕晚的神色始终很冷淡："留在姜家？被他们弄死？为了一点儿利益，就把自己的命搭上，你觉得我会干这种蠢事？"

她回C市的消息一旦传出去，想对付她的人只怕是能组成团。

"他们不敢。"姜老爷子说道，明显中气不足。

"不敢？"姜慕晚冷笑，"那您怎么躺在这里呢？"

姜老爷子无法反驳姜慕晚的这句嘲讽。

"我会护着你。"姜老爷子将希冀的目光落在她身上。

"那您老多活几年再说。"她从来就不是仁慈的人，面对长辈时该给的谦卑有礼，她会给，但对于一些人，她是半分也不会给的。

她原本应该是集万千宠爱于一身的大小姐，可到头来，成于姜家，也败于姜家。

姜慕晚从医院出来,外面的雨刚好停歇。

昏黄的路灯光下,路上偶有车辆飞驰而过,那是急于归家的人,抑或是急于离开的人。

她要离开时,姜老爷子问她这些年过得好不好。

她没有回应。

但此时,她站在路灯光下细细想了想。

不好。

心中有恨,如何能好?

她伸手拢紧身上的风衣,听着滴滴答答的雨滴声,踱步前行,颇有一种"莫听穿林打叶声,何妨吟啸且徐行"的味道。

周一清晨,对华众而言,又是一场天崩地裂。

集团股价高开低走,姜家众人数日未眠,此时可谓是急得焦头烂额。

偌大的办公室里回荡着怒吼声。

姜临此时怒火难以自控。

一道暴怒声响起:"顾董那边不是同意了吗?怎么又无缘无故拒绝?"

秘书站在一旁汗涔涔,颤抖着开口:"顾董倒是未曾拒绝,只听徐特助说昨日连夜去了巴塞罗那,如今联系不上。"

哗啦——一沓A4纸打印的报表劈头盖脸地砸在秘书的脸上,砸得他眯了眼。

钝刀磨人最是绝望。

对方不答应,不拒绝,无疑是想拖死他们,好坐收渔翁之利。

"再去拉投资,君华那边不能指望了。"

姜临到底是在高位上坐久了的人,一眼看透事情本质,知晓再拖下去,必死无疑。

而另一方,与华众截然不同。

高空之上,一架私人飞机平稳地飞过。

徐放拿起手机看了眼信息,微微侧身,望了眼身旁闭目养神的男人,刚准备开口,但看到他清冷的面庞,不由得止住了。

"说。"男人并没有睡着,感受到了秘书几度欲言又止的举动。

徐放回了回神,斟酌了一番,小心翼翼地开口道:"华众的底子不错,如今遇到难处，只要投资跟上，必然是能起来的，这于君华而言，是个好机会。"

且不说姜老爷子的声望摆在那里，眼下这个机会没抓住，怕真的就错过了。

身为秘书，许多话不应该说，可徐放一心为公司着想，也知晓顾江年虽然心狠手辣，但是听得进下属的意见——只要不过分，当提得提。

顾江年依旧闭眼靠在座位上，浅浅地勾了勾嘴角，俊逸的面庞上多了份邪肆："你不懂。"

徐放疑惑，不清楚到底是哪里不懂。

"我……不明白。"他如实言语。

男人微微睁开眼帘，侧眸望了眼徐放，仅是一眼，便足以让他屏息。

"姜家除了姜司南，还有一个姜慕晚，姜家慕晚啊！"说到此，男人似是颇有些感叹，紧接着摇了摇头，"最是无情。"

早年间，姜家的事情闹得满城风雨，如今无人言语，不过是时间洗刷了曾经的不堪罢了。

那些知晓的人都明白——姜慕晚回来了，姜家人怕是不好过了。

"姜慕晚是姜副董跟前妻的女儿？"徐放小声问了这么一句。

徐放没有得到回应，只见男人勾着嘴角继续闭目养神。

C市从不缺豪门，若非屹立不倒的世家，又怎么会知晓姜家那些陈谷子烂芝麻的事？

三月，C市雨水不断。这日中午，姜老爷子出院。如今华众股价回稳，战争暂停。

姜家的老爷子年轻时在大学教书育人，中年时开了公司。现在，说他桃李满天下，也不为过，在商界，也可谓是个一等一的人物。

他出院这日，商界好友以及曾经的学生来得不少。

姜老爷子靠在病床上与众人浅笑交谈，有老友笑道："人老了，得服老，你这位置该让给孩子们了。"

姜老爷子点了点头："该退休了。"

姜老爷子从医院到家，就伸长了脖子望着门口，却始终不见人来。

老管家将人扶上床，待那些人走后，才小声道："老爷在等人小姐？"

后者颔了颔首。

"现在没来，怕是不会来了。"此时已是傍晚时分，再过几个小时，一日也就过去了。

"她会来的，再等等。"

老管家微微叹了一声："当初若是将孩子留下来——"后面的话，他没有说出来。

那是姜家人心里的伤，不能提。

这夜，因为姜老爷子出院，姜家该来的人都来了。

傍晚时分，一场大雨倾盆而下，将院子里的花儿打得左摇右摆。姜家客厅内，灯火通明，一家人围着姜老爷子，显出一副其乐融融的景象。

屋外滂沱的雨似乎不足以影响他们的心情。

一旁，用人端着餐盘穿梭往返，不消片刻，将空荡荡的餐桌摆满饭菜，管家张叔在一旁轻唤，示意可以开餐了。

姜老爷子闻言，不为所动，反倒是将目光落向了屋外，望着这瓢泼大雨，眉头紧了紧。

姜薇见姜老爷子的目光望向屋外，笑问："有客人？"

姜老爷子落在拐杖上的手紧了紧，望了眼姜薇，语气平平道："自家人。"

姜薇扫了眼在场的人，可一圈看下来，见姜家人都在，不由得将疑惑的目光投到自家大哥身上，后者摇了摇头，表示不知。

六点半，夜幕降临，雨势并不见丝毫收敛，雨水砸得院子里的遮阳伞啪啪作响。

"那人怕是不来了，再等下去，菜都凉了。"老管家从旁开口，语气带着万般小心。

半小时过去，纹丝不动的姜老爷子微微低头叹息一声，拄着拐杖站起来，苍老的面容上失望尽显。

"怕是雨势太大挡了步伐，爷爷要不跟我说下那人在哪儿，我去接？"说这话的，是姜家长孙姜司南。

姜司南二十有二，刚刚大学毕业，正攻读C大金融系研究生，是外人眼中生在罗马，还努力学习的富二代。

姜老爷子看了眼姜司南，无奈地叹息了一声："罢了，用餐吧！"

姜老爷子大病一场刚出院，众人聚在一起本想让他开心，没想到会这样。

屋外，一道收伞的声音突兀地响起，引起了众人的注意。

雨伞上的水珠落了一地，姜慕晚低头抖了抖伞，抬眸望向屋内众人，仅是这一眼，屋内的气氛便更加沉重了。

众人只听得见屋外雨水的滴滴答答声。

多人相望，均是无言。

姜慕晚面容冷漠，眉眼英气十足，散发着一股冷淡的气息，挺拔的身姿给人一种孤傲感。

水滴正顺着红色雨伞往下滴着。

众人只见她云淡风轻地抬手，将红色雨伞随意地挂在门把手上，正准备过来接过她手中雨伞的管家迟了一步。

"好久不见。"女子冷冷地开口，说了句听起来很是客气的话语。

一石激起千层浪，杨珊侧眸望向身旁的姜临，眉眼间尽是不可置信，似是未曾想到姜慕晚会在这夜回归姜家。

而姜临显然还没有从惊慌中回过神来，目光落向姜老爷子，见本是满脸无奈的人此时喜笑颜开，瞬间了然——姜老爷子知晓这一切。

姜慕晚就是他今日要等的自家人。

"什么时候回来的？"姜临说不清心底带有何种情绪。

"有些时日了。"姜慕晚说。

两人一问一答，没有过多的言语，客气中带着疏离，完全不像是父女之间的对话。

"你回来怎么也不提前联系我们？"

这话若是正常的父女之间说起来或许是一句关心的话语，可由姜临说出口，并非如此，甚全带了点儿不欢迎的意思。

姜慕晚提着包站在门口，不急着进去，反倒是因为姜临这句话，将原本跨进门的一只脚又缓缓地往回收，大有一副"你不欢迎，我随时可以走"的架势。

她也是个端得住的人，更是知晓"心急吃不了热豆腐"。

姜慕晚带着几分疏离淡漠的浅笑望着姜临，不回答他的话。一时间，气氛极度尴尬。

倒是一旁的姜老爷子过了半晌才冷眼瞧了瞧姜临，道："自家姑娘，想回便回了，提前联系什么？"

餐桌上，除了姜老爷子，无人言语。众人都极有默契地不将话题往姜慕晚的身上引。可偏偏姜老爷子，最是挂念这个离家多年的孙女，言语之间，尽是姜慕晚。

本该是姜司南的位置，今日被姜慕晚占了。

一旁，姜薇似乎是从姜慕晚回来的事情中缓过神来，笑着说："晚上别走了，姑姑给你收拾房间，住在家里。"

一句客气的话语，却每个字都带着窥探。

她原本想问姜慕晚回来几天了，打算什么时候离开，但碍于姜老爷子在场，不好询问，便话里绕了个弯。若姜慕晚拒绝，那她便能安心，若姜慕晚应允，只怕是她该从长计议了，甚至得细细琢磨姜慕晚回来的目的——可以说是一石二鸟。

这样，她既在明面上关心了人，又能暗里探听出自己想要的答案，怎能不妙？

可后者是个愿意吃亏的人吗？显然不是。

姜慕晚闻言，望向姜薇，白皙的面庞上荡漾起浅浅的笑意，温柔地开腔："我听姑姑的。"

姜薇话里藏话，但姜慕晚也会四两拨千斤。

话音落地，姜薇面庞上有一瞬间的恍惚与惊愕，似是没想到姜慕晚会这么温柔地将刀子给扔了回来。

这一句"我听姑姑的"听起来是晚辈听长辈的话语，可姜薇若是开口做主让她住下，便是得罪现任大嫂杨珊；若是不让她住下，无疑是惹老爷子不快了。

姜薇明白过来，姜慕晚已经不再是原先的小姑娘了。

"姑姑自然是希望你留下的。"

姜薇话里的"希望"二字，含有深意。

但姜慕晚不欲探个究竟，望着姜薇，笑得温柔，依旧是这么一句："我听姑姑的。"

一个人达到目的的方法有很多种，而姜慕晚用了最省力的一种。

她垂头，一边舀起碗里的汤，一边将眸底的讥讽缓缓地压下去。

姜临坐在对面，望着姜慕晚，大抵是许久未见，不知如何开口。

反倒是杨珊，在一旁热情地招呼着，又是添菜，又是舀汤，端的是一副女主人的架势。

能让一个人倾注所有热情，若不是挚爱，就是"至疏"。

而显然，她是后一种。

这是半月之内，姜家人首次坐在一起吃饭。

这顿饭是庆祝——庆祝姜老爷子出院，庆祝华众渡过难关。可这么重要的一顿饭，却出现了姜慕晚这号人物，惹得众人心烦。

晚餐结束，一家人坐在沙发上闲聊着。

姜慕晚来之前，他们聊的都是公司的事情。姜慕晚来了之后，他们聊的都是姜家的家长里短。

姜家的兄妹俩都在防着她。而姜慕晚也不在意。

她坐在一旁，端着杯子，神态自若地喝着水，不紧不慢，打定了要留下来的主意。

这些人何其伤人心啊，犹如拿着刀子在她的心上剜来剜去。

有人说：善恶到头终有报。

可现实生活中，好人总是不得善果。

"你回来了就别走了，留在C市。"姜老爷子的话语让其他人闲聊的声音戛然而止。姜慕晚抬眸望向他，眼中的错愕一闪而过。

"留在C市。"老爷子再道。

"爸——"话音落地，最先紧张的是杨珊，她不可置信地将目光落在姜老爷子身上，这声"爸"，喊得音调略高。

意识到自己失态，她收敛了情绪，道："蓉姐一个人在B市，怕是会孤单。"

姜慕晚端着杯子的手狠狠地握紧。她的指尖微微泛白。

"她孤单，我就不孤单了？等哪天我死了，你有的是时间陪她，我还能比她活得久？"姜老爷子冷哼着甩出这句话。

上了年岁的人，但凡是将死字搬出来，怕是无几人能受得住，更何况姜老爷子这般说。

"慕晚，你的想法是什么？"姜临见她没说话，语气里颇有一种等着她拒绝的期待。往年，她偶尔被接回C市，从来不会考虑留下来。

姜慕晚闻言，将视线缓缓地从杨珊身上移至姜临身上："我家在B市。"

简而言之——这里不是我的家。

姜慕晚此话一出，众人明里暗里地松了口气，坐在一旁的姜薇更是端起杯子喝了口水，好似在给自己压惊。

正当她将悬着的心放下去时，哐当一声，姜老爷子将手中的杯子摔了出去，上好的青花瓷官窑茶杯瞬间破碎，碎片散落一地。

这一摔，让屋子里的人大气都不敢喘。

"你跟我上来。"他这话自然是对姜慕晚说的。

后者不为所动。

"我让你跟我上来。"姜老爷子将声音提高了些,严厉的面容上带着怒意。

见她不动,老管家在一旁劝着:"大小姐,老爷刚出院。"他才出院,不能又给气回去了。

她依旧不动,稳如泰山。

"我还喊不动你了?"姜老爷子的咆哮声再度响起。

姜慕晚的心有多狠?大抵无人可及她的万分之一。

姜老爷子喊她算什么?

她等的是姜临开口,抑或是姜家其他人开口。即便姜老爷子怒火中烧,她依旧没有半分动摇之意。

姜临望着气得面红耳赤的姜老爷子,再将目光缓缓地移向稳如泰山的姜慕晚,前者是刚出院的父亲,后者是与自己感情不和的长女。

姜慕晚此时的姿态,高傲如梧桐树上的凤凰,睥睨着他们这群凡夫俗子。

不管姜老爷子如何生气,她好似都没瞧见。

"慕晚,爷爷才出院。"良久,姜临在抉择之后开口。

他这句话,无形之中将姜慕晚往前推了一步。在保重姜老爷子的身体与不落入姜慕晚的算计中,他显然选择了前者。

话音落地,姜慕晚的视线落在姜临身上,好似在询问:你确定让我跟他上去?

姜临再道:"爷爷身体不好,身为晚辈,你要尊老。"

听到这句话,姜慕晚在心中冷笑了声。

她的目光有意无意地落到杨珊身上,俯身放下手中的杯子,面上端着的是极其不情愿,可心底,一股胜利的快感蔓延开来。

只要是她姜慕晚想要的,就没有得不到的。

姜慕晚转过身,在众人看不到的地方,一抹笑取代了她面上的不情愿。

书房内,燃着怡神的檀香。

姜老爷子坐在实木太师椅上,深邃的目光落在她身上,打量许久。

姜慕晚静默地站在他面前,与他对视,目光坚定,毫无退缩之意。

"你比你母亲厉害。"

显然,刚刚她在下面的把戏早已被其看穿。他不仅看穿了,还陪着她演完了整场戏。

姜慕晚笑了:"这么厉害还不是被你们算计了?"

这是一句讽刺。

姜老爷子抿了抿唇,显然不愿提及当初之事。

书房的气氛逐渐变得静默。

"我可以带你进华众,但是你能不能坐上高位,要凭你自己的本事。"姜老爷子思忖良久后,说。

"凭我的本事?"姜慕晚淡淡柔柔的嗓音叫人听不出其中的深意,她冷冷地嗤笑了一声,"绕那么一大圈跟我提条件,也不过如此!"

曾经那个口口声声说姜家的家产有她一份的人,今日却说要她凭本事拿到?

凭本事?她为什么一定要进华众?世上哪里不能让她凭本事立足了?

"姜家平静了二十多年,我带你进来,无疑是亲手打破平衡。慕晚,人生行至我这般年纪,只愿安度晚年,但我愿意为了你去改变,只是因为你身上流着我们姜家人的血。"

姜老爷子说得明白在理。

可这个理,对姜慕晚来说并不存在。

"你带我进来,不仅是因为我身上流着姜家人的血,还有你对我们的亏欠,也有你晚年想赎罪的想法,何必把自己说得那么伟大。你不过是不甘把公司交给姜临和姜薇,所以才让我回来罢了。"

一时间,空气凝滞,姜老爷子望着姜慕晚,落在扶手上的手缓缓往下压了压,他眼里是看不尽的幽深。

"如果真的要凭本事,我也能成为站在华众对立面的最大的敌人,一旦您离开,姜临不一定是我的对手,为敌还是为友,您自己选。"

姜临其人,一直都是空有抱负,没有手段。

姜老爷子比任何人都清楚,若说心狠手辣,姜临恐怕是比不过姜慕晚。

她此番来势汹汹,是一定要得到什么,不然白跑一趟,不像她的风格。

他沉吟许久,才道:"你想要什么职位?"

姜慕晚说:"执行副总。"

姜老爷子一惊,半晌才道:"执行副总的位置有人坐着。"不仅有人坐了,而且坐的人还是杨珊的亲弟弟,她怎么会不知道这点呢?

姜慕晚说："您有办法让他下来。"这是一句肯定性话语。她相信姜老爷子比任何人都有办法让那个位置上的人下来。

姜老爷子坐在椅子上，满面寒霜地望着姜慕晚，而后者面色平静，好似窥探与审视都不足以令她畏惧。

"为什么？"

"因为我要得到本该属于我的东西。"

"如果得不到呢？"

"那我宁愿毁掉它。"姜慕晚回答，"这是您教我的。"

"您明知我此番回来不会空手而归，却还要让我回到姜家，无疑是认同我的所为，华众放在姜临的手中，迟早有一天会跟着你一同入土。"

姜临没有姜老爷子的行事魄力，亦没有运筹帷幄的谋略。可是，在商界，若没有手段与谋略，又怎么能立足长久？

姜慕晚用极其平静的语气说出了这句话，姜老爷子沉默半晌，她也不急，只静静地站在他面前，似是在等他做决定。

楼下，杨珊坐立难安，眼睛频频望向姜临，许是知晓姜临不会给她太多言语，又望向姜薇道："薇薇不着急吗？"

姜薇闻言，端起的杯子在半空中缓缓落下，笑道："没嫂子着急。我是个嫁出去的姑娘，姜老爷子能给我的也就这么多，嫂子可就不一样了。"

杨珊想让她去当出头鸟。姜薇没那么傻。

眼下，姜慕晚一旦回来，影响的是杨珊跟姜司南的利益。她何必当这个出头鸟，去惹姜老爷子不快？

思及此，姜薇看着杨珊，脸上挂着淡淡的笑意，许是怕这火烧得不够旺，再道了句："慕晚从小有主见，嫂嫂要小心了。"

姜慕晚有没有主见，杨珊万分清楚。

这姑娘少时就心思深沉，如今长大成人，手段只怕是比当时有过之而无不及。

楼上，一阵突如其来的手机铃声打破了这份静寂。

姜慕晚伸手从口袋里取出手机，看了眼来电显示，随即挂断，放回口袋里，动作一气呵成。

姜老爷子将一切收入眼底，随即似是思及什么，突兀地开口："君华撤资跟你有没有关系？"

姜慕晚面露不解。

见她疑惑，姜老爷子再问："顾江年突然撤资与你有没有关系？"

姜慕晚再度听到顾江年这号人的名字时有些恍惚，忆起当年，一丝不屑的冷笑声从她的喉间溢出。

"有又如何？"她给了一个模棱两可的回应。

姜老爷子落在太师椅扶手上的掌心往下按了按，用深沉的语气道："顾氏江年最是心狠，你离他远些。"

"是吗？"她冷笑，对姜老爷子的警告不以为意，"在我看来，顾氏江年最是仁慈。"

可多年之后，姜慕晚才知道老爷子今天这番话并没有半分说错。

顾氏江年最是心狠。

那个曾经能奋不顾身跳下水里救人的男孩子，现在已是商场上大杀四方、纵横捭阖的冷血企业家，饶是姜老爷子也得离他远些。

1992年，姜临与宋蓉结束为期十年的婚姻，姜慕晚亲眼看着父母感情破裂，看着母亲离开C市，回了B市。

姜慕晚年少时，原以为父母只是感情不和，后来才知道真相是什么。

那年深秋，离隆冬只有一步之遥，姜临将养在外面的女人带回了家，并且还有一个孩童。

姜慕晚因为父母的事情心不在焉，不小心害得那个小她两岁的男孩子掉进了小区的人工湖里。

可是，横空冒出来的人救了小男孩。那人是谁？

是顾江年。

当姜老爷子说顾氏江年最是心狠时，她才会冷冷地嗤笑一声——顾氏江年最为仁慈。

他普度众生时，却将她推向了地狱，让她成了众矢之的，让她成了一个被众人猜忌意图谋害同父异母的弟弟的凶手。

屋外，淅淅沥沥的雨逐渐转小，楼上与楼下的气氛截然相反，自姜慕晚回来，姜家时时刻刻笼罩着一层淡淡的愁云惨雾。

而打破这愁云惨雾的是在这个雨夜不请自来的访客。

二楼书房的门被人敲响，老管家的声音在门外响起："老爷，顾先生来了。"

纵观C市，目前能让人称为"顾先生"的只有顾江年一人。

这是尊称，也是敬畏。

老管家的话语一落地，姜老爷子望向姜慕晚的目光便带上了几分深意，良久，笑了一声。

而姜慕晚想，这世间的孽缘真是难以预料。

姜慕晚与姜老爷子一前一后走出书房，行至楼梯口，着一身正装的男人背对着姜慕晚坐在沙发上，远远望去，光是背影，便能叫人领略了何为风华绝代。

顾江年年纪轻轻便坐上君华的高位，当这个有着完美长相的男人站在CBD中心时，足以令众多豪门女子神魂颠倒，都想坐上顾太太的位子，去俯瞰这芸芸众生。

许是感受到身后并不友善的目光，又许是听闻拐杖声，顾江年优雅绅士地站起来，极有礼貌地喊了声"姜老先生"，一副谦卑有礼的模样，让人挑不出半分毛病。

顾江年行事向来狠厉，即便身在他人屋檐下，仅是静立于此，也难挡他自带的上位者的气魄。

"今天刮的是什么风，居然把顾董给吹来了。"姜老爷子笑言。

顾江年着一身黑色西装站在沙发处，饶是语气谦卑，可姿态依旧孤傲："手下办事不力，晚辈今日特意登门致歉，望姜老莫见怪。"

顾江年刚说完，忽然感受到一道充满杀气的目光。他顺着这道目光望去，瞧见的却是姜慕晚站在楼梯边浅笑地望着他，好似刚刚那一瞬间只是他的错觉。

姜慕晚知晓，顾江年的话已经将她刚刚与老爷子交谈时故布的疑阵给打破了。

姜老爷子到底是到了古稀之年，颇有阅历，并没有正面回应顾江年的话，反而侧身同姜慕晚介绍道："这是君华的董事，顾董。"

二人本是少年时有过一面之缘，而且姜慕晚也因此对他怀恨在心，对他这人即便是记不住脸，也记住了这个名字。

姜慕晚站在楼梯口，微微颔首："久仰大名，顾董。"她语气生疏，好似他们是第一次见面，端的是万分客气。

"不敢当，姜小姐。"

顾江年是一个极有魅力的人，这种魅力与他俊美的长相无关。他身上多年从商沉淀下来的沉稳与儒雅足以让一群群少女为之癫狂。

姜慕晚不想听老爷子与顾江年的寒暄,当姜老爷子迈步走向沙发时,她转身走向相反的方向,提起包准备离开。

姜老爷子刚要坐下,见她要走,又站了起来,望着她的身影,语气隐忍道:"你是如何答应我的?"

于旁人而言,最为尴尬的事莫过于在别人家做客,却目睹了一场家庭不和的戏码。

顾江年没有久留,他避嫌离开,目光从姜慕晚的身上扫过。

擦肩而过时,他的衣服无意中扫过姜慕晚的手背,让她不禁微微蹙眉。

这场家庭不和睦的戏码因为顾江年开始,又在他离开时而结束。

起始之间,均是因为顾江年。

姜家所在的梦溪园是整个C市顶尖豪门聚集地,在这座寸土寸金的城市,梦溪园里的一套房子总值上亿元,如此地段,若是没钱,肯定是住不进来。

小区私密性极高,对住户也有要求,姜、顾两家从某种意义上来说,也算是邻居。

是夜,暮色深沉。姜慕晚坐在卧室的阳台上,感受着雨后湿漉漉的空气。良久,见楼下客厅灯灭,她缓缓起身,往庭院中去。

梦溪园后方有一大片人工湖,湖中锦鲤畅游而过,湖心处有一座小亭。

走到人工湖畔,姜慕晚停住步伐,目光落在湖心小亭上,忆起当年过往,只觉心头颤动。

园林中,夏风吹动树叶发出沙沙声响,湖面微起涟漪。

雨停之后,月光穿过云层映在湖面上,瞧着颇有一种"月下飞天镜,云生结海楼"的美感。

不同的是,这"海楼",早就破碎了。

思及此,她冷嗤了声,不想在眼前这个地方浪费光景。刚一转身,她就被吓得心跳猛地快了一拍。

她轻启薄唇开腔,嗓音冷冷的:"半夜三更不睡觉跑出来吓人,顾董还真是好雅兴。"

男人斜斜地倚在一旁亭子的柱子上,观山亭的牌子端端正正地挂在他的上方,他轻轻嗤笑了一声,睨了眼姜慕晚:"不及姜小姐,扰人清静还倒打一耙。"

顾江年脚边上散落着的数根烟头，足以证明他早就来此。

姜慕晚的目光从他的脚边缓缓移至这人的脸上，天色漆黑，这人着一身黑色西装，整个人都隐入黑暗中，难怪她来时没瞧见。

"既然顾先生这么有钱，何不将这块地方圈了去，也省得旁人扰你清静。"姜慕晚冷嘲热讽。

姜慕晚一直不喜顾江年这号人，原因是年少时那件事。

男人闻言，笑了笑，这笑中带着半分冷意："姜小姐半夜三更来此，是来缅怀过往？"

过往？

姜慕晚将手缓缓地揣进口袋里，而后握拳慢慢缩紧，她隐去被激起的情绪：

"狗拿耗子——多管闲事。顾先生留在陆地怕是委屈您了，有这能耐得去太平洋当警察啊。"

若非顾江年，她怎么会沦落到那种境地。

姜慕晚话音落地，徐放不动声色地将目光往自家老板身上移去，只见这人虽未言语，但面色阴沉。

放眼整个C市，敢说顾先生多管闲事的人，还真没有。

男人伸手，将手中烟蒂摁灭在身旁的长凳上，那动作隐隐带着一股杀气："倒是个伶牙俐齿的。"

徐放知道，这代表顾江年生气了，起因大抵是眼前的这位姜小姐口出狂言。

"不及顾董。"言罢，姜慕晚转身离去。

而顾江年坐在长亭石椅上，目送她离去。

若说之前徐放还不知晓顾江年为何半夜来此，那么此时，他心底已隐隐有所察觉。

一个小时以前，顾江年本该是在梦溪园的书房里和高层进行视频会议，似是突然想起什么，突然中止了会议，起身往这边而来。

往日，顾江年鲜少回梦溪园。

若非老太太执意住在此处，只怕这梦溪园早已成了他人生中的禁地。

半晌，直至姜慕晚的身影消失，顾江年才慢悠悠地起身，他掸了掸身上的灰尘，那潇洒的模样，哪儿还有半分怒火？

徐放快步跟上询问:"先生,您要回顾公馆,还是——"

"留宿。"男人冷淡地甩出两个字,径自跨步离开。

顾江年也好,姜慕晚也罢,两个人都是极其记仇之人,君子报仇,十年不晚。

顾江年隐忍蛰伏数十载,将顾家的叔伯们踩下去,又收购顾氏集团,纳入君华麾下,可偏偏他不急着对付叔伯们,反倒是极其仁慈地将他们留在君华,让他们从今往后只能仰他鼻息生活,困于君华。

而姜慕晚呢?

少时便记恨姜家,刚回来就直攻华众,这般女子怎会是个仁慈之人?

翌日清晨,陪姜老爷子用完早餐,姜慕晚起身离开。刚要出小区门,她的车便被一辆奔驰而来的黑色林肯追尾了。

姜慕晚推门下车,只见黑色林肯上走下来一个西装革履的男子,颇有些眼熟。

男人迈步过来,微微颔首,端的是客气十足:"我家先生说,看在姜老先生的面子上,今日只是小有警告,若有下次,姜小姐便没那么好运了。"

这是顾江年的人,她昨夜见过。

姜慕晚内心的怒火熊熊燃烧,冷冷地望着徐放。

她哂了一声,显然是被气笑了。

清澈的眼眸中含着杀气,她淡然一笑,但这笑不及眼底:"告诉你们顾董,他不配被我放在眼里。"

徐放未曾想到姜慕晚说话会如此狂妄,一时间难以回神。

不远处,另一辆黑色林肯轿车内,男人透过玻璃望向这一幕,勾了勾嘴角,似是心情颇为愉悦。

今日清晨,顾江年陪着顾母用完早餐后,离开梦溪园,离去的步伐一改往日的急切,倒是多了分轻快。

来接人的徐放觉得古怪,多看了顾先生两眼。

昨夜徐放问顾江年为什么突然决定留宿梦溪园,后者慢悠悠地告知他:"有大事要干。"

徐放不解。可现在,他懂了。这便是顾董所言的"大事"。

徐放昨夜恍惚以为顾江年变得仁慈了,此时才知道是他想多了。

顾江年好整以暇地靠在后座上,面上浅笑嫣然。

"说什么了？"男人轻声询问。

徐放抿了抿唇，不敢开口，毕竟姜慕晚说的不是什么好话。

见徐放犹豫，顾江年大发慈悲地道："但说无妨。"

徐放望着顾江年，小心翼翼地开腔："姜小姐说，让我给您带句话。"

顾江年"嗯"了声，示意他说。

瞧得出来，顾江年现在心情极佳，若是往常徐放说话这般扭扭捏捏，只怕他早就走了。

顾江年道："没关系，按她的原话说。"

徐放抬起眼，端详了几秒这人的神色，随即咬牙开口道："姜小姐说，你不配被她放在眼里……"

话落，紧接着而来的是一阵沉默，开车的罗毕险些连方向盘都握不稳。

须臾，徐放以为顾先生要发火时，只见他停下来的手又继续动作起来，冷不丁地开口："年纪不大，脾气倒不小。"

徐放不敢接话，只得尽量降低自己的存在感。

姜慕晚生于沿海 C 市，长于 B 市，因此，既有着南方姑娘的温软面容，亦有北方姑娘豪放狠辣的性子。

刚刚那番话语，徐放或许觉得诧异，而于姜慕晚而言，并不算什么。

顾江年清晨送上一份"大礼"，姜慕晚照收不误。她不仅照收，还加工了一番。

姜家老爷子急忙赶过来时，便见姜慕晚站在一旁的树下等着他。

一辆白色 S 级奔驰打着双闪灯停在路中间，车屁股整块脱落，看起来很惨烈。

梦溪园本就是 C 市的富人区，来往之人不是商界大咖，便是业界名流，姜老爷子与出了追尾事故的姜慕晚站在小区门口的消息，隐瞒不了多久。

中午时分，君华国际顶楼总裁办公室内，徐放将手中文件递给顾江年，男人头也未抬，仅是"嗯"了声。

徐放望着顾江年，沉默了两秒："姜小姐回 B 市了。"

男人签名的动作猛然一顿，抬眸望向徐放，眼眸中尽是诧异，徐放再道："十一点半的飞机。"

话音落地，顾江年侧眸望了眼电脑屏幕上的时间，仅是片刻之间，徐放明显感受到屋内气压骤降。

顾江年微眯眼，将视线落向窗外，眼眸中透露出来的是徐放看不懂的情绪。

"我原以为她会……罢了，你先忙去吧！"

顾江年原以为姜慕晚是个狠角色，此次回来，必然要搅乱姜家，可没想到，她会临阵脱逃。

徐放明显感觉自家老板心情不佳，但摸不透是为什么。直至临近下班时分，顾江年的好友萧家公子爷来时，他心情才稍稍好转半分。

萧言礼与梦溪园里的那些世家公子不同。他的人生经历与顾江年有几分相像，具体如何，暂且不说。

萧言礼来时，见顾江年站在窗边出神，指尖的香烟已燃过半截，灰白的烟灰留在上面要掉不掉。于是，他过去时顺手将烟灰缸递了过去。

正在沉思的人被惊醒，顾江年侧眸望了眼萧言礼，伸手对着他递过来的烟灰缸弹了弹烟灰。

"什么风把你给吹来了？"顾江年一只手拿着烟，另一只手则掏出烟盒递给他。

萧言礼接过烟盒，取了一根烟出来："反正不是龙卷风。"

"早上去梦溪园，见姜家老爷子站在路旁跟一个年轻姑娘说话，好像还出了车祸。"

梦溪园说大不大，说小不小，提起谁，即便是不相熟的，至少也会知晓那人。

"你猜那姑娘是谁？"顾江年倚着窗台说。

"谁？"萧言礼问。

"姜慕晚。"顾江年缓缓吐出这三个字，声音随着烟雾一起飘向空中。

许是顾江年抽着烟，让萧言礼忽略了那含糊的声音之中隐藏的别样情绪。他愣怔了片刻，倒也没多想："她怎么回来了？就不怕杨珊弄死她？"

姜慕晚曾因意外害得杨珊的儿子落水的事，在梦溪园不是什么秘密。

当年闹得沸沸扬扬的，而且还惊动了警察，众人虽不言语，但心里都对这个姑娘多有猜忌，认为她是故意的。

顾江年嘴上没回应，但在心里回了一句："万一她是反杀回来，要弄死杨珊的呢？"

不，不是万一，而是一定。姜慕晚这般心思深沉的人怎会空手而归？

那日上午，二人站在树荫下静默良久，姜慕晚望着姜老爷子，只说了如此一句话："既然姜家给不了我想要的一切，又有人要置我于死地，我不是不能姓宋。"

言罢，她未曾多留，弃了车，转身离开C市，回了B市。

老一辈最不能接受的便是儿孙改名换姓，而姜慕晚这话无疑是在赤裸裸地告知老爷子，改换姓氏对自己来说不是什么难事。

姜慕晚放了把火，拍拍屁股就走了，可姜家不太平了。

她前脚走，姜老爷子后脚就被送进了医院。

姜老爷子一出一进医院，让刚刚松了口气的姜临又将心提到了嗓子眼，怕被医生通知老爷子病危，华众的股票再次暴跌。

姜家再次乱作一团。

姜薇站在病房外气得险些破口大骂，虽未言明，但话语之间无疑就是在赤裸裸地指责姜慕晚，有意无意地说她将姜老爷子气病了。

真相是与不是，都不重要。

三月底，华众股票又经历一轮，伴随而来的还有华众执行副总调离总部的消息。

一时间，众人纷纷猜测。

姜老爷子出院后做的第一件事情便是大张旗鼓地查集团内部账目，干这一行久了，谁做事能保证毫无差错？这若是查起来，一查一个准。

当日夜里，姜老爷子将一摞文件丢到姜临跟前，让他自己决断。这个决断是何决断，只怕是无人不知。

杨珊虽心有怒火，可自家弟弟贪污集团内部资金的事情属实，没有任何理由反驳，只能认。

姜老爷子一句话说明了："若非看在你杨珊的面子上，他现在应该去的地方是监狱。"

华众的这场暴风雨刮了十一天整。

这十一天，有人身处旋涡的中心，亦有人在外围看好戏，而看好戏的人中少不了姜慕晚。

四月初，姜老爷子出席华众季度会议，还带来了华众新执行副总——姜慕晚。

偌大的会议室内一片哗然，最为震惊的应当是姜薇与姜临二人。紧随而来的，还有C市各财经类报纸报道华众执行副总换人的消息。

姜慕晚高调上任。

会议室内，她客气有礼地同众人打招呼，一番自我介绍可谓是滴水不漏，而且明明白白地告知众人她是姜临的女儿。此番操作无疑是堵了姜临的嘴——

倘若往后姜临对她有何不妥，大家只会说他连亲生女儿都容不下。

董事长的孙女，总裁的女儿空降而来，谁敢有意见？即使有意见，又有谁敢说？

办公室内，气压一度低沉。

砰——

会议刚结束，姜临忍无可忍地冲进姜老爷子的办公室："父亲为何要把慕晚带进集团？您这么做到底是置我于何地？"

他已经和宋蓉离了婚，姜慕晚跟了宋蓉，便不该再回来这里。况且，当年还发生了那样的事情。

姜慕晚偶尔回来小住，若只是为了与姜家的人联络感情还好，可若是来姜家分家产，那免谈。

姜老爷子怎会不知姜临的想法，但知晓又能如何呢？

他姜家的子孙后辈，无论如何，也得回姜家认祖归宗。

"姜慕晚是我姜家的子孙，不能流落在外。"这话姜老爷子当初也对宋蓉说过，如今不过是换了个对象。

此话一出，姜临喷涌而出的怒火被生生浇灭了一半，但到底不服气："您可以让她进集团，但不该让她坐上华众执行副总的位置，您让杨珊如何想？让一个初出茅庐的小姑娘坐上副总这个高位，您让我还怎么服众？往后大家只会说我们华众任人唯亲。"

啪嗒。姜老爷子将手中的茶盏不轻不重地搁在茶几上，抬眸望向姜临，语气不善："我一手打下的江山，还不能让我孙女进来了？"

那不轻不重的一下，彰显的是一个上位者的威严。

姜临被狠狠地噎了一下。

另一边，华众执行副总办公室内。

姜慕晚在办公室里悠然地踱步，那闲庭信步的模样好似在观赏自己打下来的江山。

今日，她的着装打扮不算正式，但也不过分休闲——一身黑色西装，内搭一件浅粉色衬衫，脚上是一双裸色高跟鞋，低调中略显张扬。

一个成熟的人,应该知晓何时该敛去锋芒,更知晓何时该锋芒毕露。
姜慕晚无疑是深谙此道的。
"这里往后就是你的地盘了。"倚在门边的女子望着姜慕晚的指尖缓缓滑过那张实木办公桌,开口恭喜。
姜慕晚在办公桌前缓缓踱步,从办公桌的这头走向那头,而后步伐微顿,目光落在桌面的名牌上,顿了片刻,伸手。
哐当一声,她将刻着别人名字的实木名牌丢进了垃圾桶。
随之而来的,是暗含张狂的回答。
她说:"不够。"
仅仅一个华众执行副总的位置,怎么满足得了她?若她姜慕晚仅有这般野心,便不该回C市这个狼窝里来。
她步步为营,处心积虑地让姜老爷子做了更换华众执行副总的决定,若她目光如此短浅,岂不枉费了一番心机?

四月,万物复苏。
C市以南,半山腰上有一座隐于山林之间的顾公馆。
晨间。
顾公馆内,用人们忙碌地穿梭其间,大家的神色或紧张,或急切,无一人敢放松怠慢。
不多时,一位着白衬衫的男子迈步而来,面色淡然,从他面上猜不出情绪的好坏。
"顾先生。"一旁,管家兰英毕恭毕敬地唤了声。
男人"嗯"了声,算是回应。
他一边往前走着,一边扣着袖扣,动作不紧不慢,举止之间有种说不出的贵气。走了两步,他脚步一顿:"去将我的外套拿下来。"
兰英应了声,转身上楼去主卧。
楼下餐厅内,君华集团总裁特助徐放正站在一旁,向男子汇报今日的安排。
男人安静地听着,手中的勺子时起时落。
"老板,今天的《晨间商报》。"徐放说着,将手中的报纸递过去。
顾江年接过,伸手抖开,本是想一扫而过,却不料,目光定在上面久久未能移开。

这让徐放有些好奇，他侧眸扫了眼，这一扫，险些惊掉了下巴。

那大字标题实在是太过醒目。

华众集团新任副总——姜慕晚。

徐放将目光缓缓移至自家老板身上，只见顾江年将手中的报纸缓缓搁在餐桌上，而后抬起手，骨节落在唇瓣上，隐去唇边渐起的笑意。

这年，震惊整个C市商圈的，无疑是华众更换执行副总之事。圈内人津津乐道，提及华众空降的新副总姜慕晚时，不免多了几分打趣之意。

可唯有一人知晓此事时极为高兴。他便是顾江年。

有人立于尘世间是因爱，有人是因恨，亦有人是想寻得一个与自己相似的人。而顾江年属于最后面那一类。

C市的商报和经济报大肆报道。

姜慕晚这一番高调出场，足以压下所有蠢蠢欲动的人，更能压下杨珊的一番心思。

晚上，姜慕晚回到梦溪园的姜家吃饭。

一家人看起来是其乐融融地坐在餐桌前，可桌底下是暗潮汹涌。

"今日第一天上任，慕晚感觉如何？"姜薇带着浅笑，问姜慕晚，面上的神情与心底的想法相差十万八千里。

"工作还有些地方不太熟悉。"姜慕晚如实回答。

姜薇还想说什么。

姜老爷子却当众打断这个话题："谁也不是一天就成才的。"

一顿饭吃下来，无人敢再有意见。

有些人吃得憋屈。

姜慕晚向来善于隐藏自己的内心，对于那个破坏自己家庭的女人，她绝不在外人跟前露出什么不喜之意。即便是老爷子问起，她也只会说："父母皆有各自的姻缘，我为人子女，不该有意见。"

这话，说得滴水不漏。

但实则呢？

并非如此。

晚餐结束，姜家人坐在一起品茶，姜老爷子聊及往事，难免会提起已故的老太太。话说到一半，他顿住了，目光落在慕晚身上，见她神色淡淡，话锋一转，聊起了别的事情。

本不该有后话的，可杨珊明显心里不服，话语间带着深意："父亲的记性真好，还记得多年前的事，不知道慕晚是不是还记得自己年幼时候的事？"

　　这话无疑是在赤裸裸地提醒姜慕晚，莫要忘记当初害得姜司南落水的事。

　　话音落地，满室静谧。

　　那埋藏在心底的过往如同千万只蚂蚁般密密麻麻地啃噬着她的内心。

　　姜慕晚在心底极其厌恶杨珊，可她既然下了决心，又怎会让自己因为一时的冲动而坏了大事。

　　"人年幼时总是会格外爱惜属于自己的东西，也不愿与人分享属于自己的玩具。我当初年纪还小，不过是觉得有人要抢我的父亲，太过伤心，没有注意到姜司南走到了湖边，才导致了意外的发生。杨姨若是还对此事怀恨在心，往后我尽量少出现在您跟前。"说完，她起身要离开。

　　杨珊张了张嘴想要反驳，只听姜临道："行了。"

　　杨珊知晓，姜临是说给自己听的。

　　"过往的事情还提它干什么？"

　　这场战役，杨珊败。

★ 第二章 缘分

离开时。

姜老爷子让管家将修好的奔驰开出来，姜慕晚站在车后面，望着已经被修饰得毫无瑕疵的车尾，抿了抿唇。

提着包的手缓缓地紧了紧，她冷笑了一声，在这微凉的夜晚，咬牙切齿地开腔："顾江年。"

身旁，管家听闻她念叨这个名字，略微惊讶地望了她一眼。

深夜，风微凉，姜慕晚驱车离开梦溪园，回自己的公寓。

顾江年刚从应酬桌上下来，他靠在车后座，眉头紧蹙，侧眸，见一辆白色奔驰停在旁边，占着左边位置。

许是思及什么，男人多看了两眼。

他定睛细看，是一个女人，一只手搭在方向盘上，另一只手夹着烟。

暖黄的路灯光落下，照亮她的面容。

白色奔驰里，姜慕晚许是感觉到视线，但对方的车窗紧闭，叫她看不真切，于是她伸手将车窗升了上来。

车窗关上的那一瞬间，红灯变绿灯。

二人的车辆，一个直行，一个左拐，立刻分道扬镳。

"罗毕。"后座的男人轻轻开腔，酒气随着空调风在车厢里飘荡。

"老板。"前座开车的罗毕毕恭毕敬地回应。

男人再问："你相信缘分吗？"

今年，是罗毕跟着顾江年的第五年。五年，一千八百多个日日夜夜向他证实，顾江年是一个"我命由我不由天"的绝对掌控者。

是以，今日，当顾江年问出他信不信缘分这话时，他首先怀疑的是自己的听觉出现了问题。

开着车的罗毕透过后视镜看了顾江年几眼:"缘分这种东西,不过是一些人嘴里的借口罢了。"

两情相悦是缘分使然,爱而不得是缘分不够,分道扬镳是有缘无分……这天底下的锅都让缘分给背了。

听闻此言,顾江年笑了。这个醉醺醺的男人靠在后座,笑得一脸开怀。

他缓缓点头:"确实如此。"

次日,C市商报、财经报都在报道华众新任副总姜慕晚。

有人甚至扒出了姜临与前妻宋蓉之间的过往,两人年轻时爱得轰轰烈烈的过往一旦被人放在阳光底下,不是令人羡慕,便是成为众人津津乐道的趣事。

C市老一辈的人提及宋蓉与姜临的婚姻,少不得暗叹一二。与姜临同辈的人,皆是一句"可惜了"轻轻带过。

姜临与宋蓉的那段过往,传出来不久便被压下来了,但即便如此,姜慕晚也达到了目的。

华众的商界地位摆在此处,即便是姜临不出手,姜老爷子也不会让这些负面新闻影响集团运营。

仅是两日,C市众人皆知,姜慕晚是姜临与前妻宋蓉所生,与杨珊没有任何关系。

这日上午,漫天飞舞的新闻被强制压了下去。付婧拿着报纸进了姜慕晚的办公室,说:"你果然没猜错。"

一早,姜慕晚就知道这新闻传不了多久。就算姜临不立即出手,姜老爷子也不会任由新闻乱飞。可如此,已足够了。

有时候,物极必反。

"杨浒被调走时,留下两个烂摊子,一个是城东美食街的开发项目,一个是目前市北街的改造项目。"姜慕晚将手中的文件推过去,示意付婧看看。

付婧顺势拉过椅子坐下,将文件翻开,目光停留在上面。

姜慕晚则坐到一旁,缓缓倒了杯清茶,端在手里细细品着。

不得不说,杨珊的弟弟杨浒是个极其会享受的人,办公室里的这张茶桌由整根金丝楠木雕刻而成,泡茶时,极有意境。

付婧看着手中的资料,许久,望向姜慕晚,话语间隐藏着半分深沉:

"姜临给你的？"

姜慕晚点了点头。

"这是给你一个下马威。"付婧极快地给出看法。

而姜慕晚回应她的，又是点头。

姜慕晚初上任，姜临便将杨浒留下来的东西丢给了姜慕晚。

这意思再清楚不过。

她若是处理得好，便罢。可是处理得不好，她即便是坐上了这个执行副总的位置，也不能服众。

姜临明面上看着对她和蔼可亲，实则提防戒备她坐上自己的位子，即便这个人是自己的女儿。

"你如何想？"付婧跷起二郎腿，后背靠在椅子上，幽静的目光落在坐在沙发上喝茶的女人身上。

付婧见她并无异样，反倒是颇为淡然，不疾不徐地喝完整杯茶。

"自古新官不理旧账。"言罢，她缓缓将手中的杯子搁在桌面上。

"他拿了钱，却让我来兜底，简直是痴心妄想。"姜慕晚极其平淡地说，语气无波无澜，只是简简单单的陈述。

"你去联系这两件事的牵头人，透露消息给他们，这件事情成不了了，引他们去找杨浒。"

"好。"付婧说着，起身离开。

C市傍晚时分下了场雨，不大不小，不过两小时便停歇了。

这夜，姜慕晚因为新上任，邀请手下各部门管理层人员出来聚餐，说是联络感情。

临下班前，她去邀请姜临，他眉头微蹙，直言告知："今晚我与招商办的人有约。"

姜慕晚沉思片刻，道了句："要不我现在去把今天的聚餐取消了，改日再聚。"

姜临知晓这么做并不妥当，抬手制止："不用了，你们今天玩得开心。"

姜慕晚点了点头。

一转身，她脸上挂着的乖巧微笑消失不见，取而代之的是冰冷。

澜庭酒楼在C市素来是豪门子弟最爱去的地方，一来这里装修格调高，二来环境隐秘，适合吃饭、谈事。

姜慕晚到时，管理层人员都到齐了。临进院子时，付婧看了眼她身后，见无人跟随，便安了心。

今日这顿聚餐，可是看准了姜临与招商办的人有约才开的——就是不想他来。

付婧迎上来，在姜慕晚身旁低声耳语了几句，姜慕晚蹙眉点了点头，表示知晓。

澜庭酒楼隐在市中心的一栋古老小洋楼里，门外翠竹环绕，爬山虎遍布墙体，只留一扇黑色木质大门，未曾来过的人根本就不知此处是家高档餐厅。

"你知道跟在姜慕晚身边那人是谁吗？"

澜庭二楼，有二人立在窗边，恰好将付婧与姜慕晚的举动收入眼底。

男人手里端着茶杯，缓缓转了转，侧眸望向身旁人，等着他解答。

后者望了男人一眼："B市付家的人。"

近段时间，华众执行副总姜慕晚频频登上各大商报的新闻，他们想不注意都难。

而那些从梦溪园出来的世家弟子或多或少对姜慕晚这号人物有了解，即便是多年未见，再从脑中搜索这么号人物，也能知晓她是姜老爷子的孙女——那个将同父异母的弟弟害得坠湖的姜慕晚。

她年少时，众人提及此事，只觉得她无辜，之后再看，不免多有猜疑。

今日再见姜慕晚，他们觉得好奇，便多瞧了两眼，细细地打量。

顾江年指尖夹着烟，微眯着眼看着庭院中的二人，听闻身旁萧言礼的话，未曾回应。

只听萧言礼再道："姜慕晚这些年在B市可谓是低调，B市的哪个圈子都不常听到她的名字。有人说她独来独往，有人说她深居简出，总之，套不出什么话。"

"可越是这般，人便越是值得深究。她空降C市，不见得是什么好事。"萧言礼三言两语就将姜慕晚评价了一番。

接着，他将整件事情的脉络捋了捋，直至最后，又道了句："C市的商圈已经很稳了，她想再翻出什么风浪来，也是不太可能的事情，就怕这姜家以后该有苦头吃了。"

萧言礼在旁边分析得头头是道，顾江年始终一句话未言。

无波无澜的面上看不出半分情绪，可指尖熄灭的香烟告知众人，这人心有所想，否则指尖的香烟灭了怎会不知晓？

院落并不大，大家相隔也不过百米距离，付婧从旁低声言语，姜慕晚认真听着，时而点头应允，时而回答一句。

行至过半，忽然觉得二楼有视线投过来，姜慕晚停住步伐，与付婧一起仰头望去。

立在窗边的萧言礼与顾江年也不回避，就如此，一上一下，四人遥遥相望。

"是君华顾董和萧家言礼。"身旁，付婧低声给她介绍。

姜慕晚"嗯"了声，然后收回目光，迈步往屋内而去。

见她神色淡淡，付婧问："认识？"

"都是梦溪园里的公子哥，我儿时见过。"姜慕晚冷冷地回答。

付婧知晓她素来不向旁人过多提及儿时的事情，便不再多问。

这顿饭本就是平常的聚餐，众人吃吃喝喝，开开玩笑。

临散场时，本来要约着一起离开的，姜慕晚临时接到电话，于是挥了挥手，让付婧送大家先离开。

"姜副总的这个电话估计一时半会儿打不完，可能得晚一会儿。"付婧都如此说了，众人若是还不知道话里委婉的意思，只怕也是白混这么多年了，于是三五成群地离开了澜庭酒楼。

姜慕晚事先提醒这里面怕是有姜临的人，付婧一路送人到马路边，见大家纷纷驱车离开才转身往回走。

而此时，正站在大厅里接电话的姜慕晚被两人堵住了去路，来者不算凶神恶煞，但也不像是什么善类。

姜慕晚捂住电话，颇为疑惑地望向跟前二人，有些不解。

"姜副总好，我们是招商办的人，想来跟您聊聊城东美食街开发案和市北街改造案的事情。"来者自我介绍。

姜慕晚装作压根不知此事，同通话的那边道了句"晚些再说"，便挂了电话，收了手机，转身望着二人，疑惑不解道："跟我聊？"

"是的。"对方肯定道。

"我并不知晓这两个案子，二位是否找错人了？"

"城东的美食街开发项目与市北街的改造项目均是由华众接于——"

"华众里的谁接手？"二人话没说完，姜慕晚直接打断。

"华众执行副总。"

"叫什么？"姜慕晚再问。

这一问一答，倒显得她有些咄咄逼人了。

"杨浒。"对方显然是被她这般镇定沉稳的态度给震慑到了，愣了数秒才开口。

姜慕晚牵了牵嘴角，从手中的包包里抽出一张名片，夹在食指与中指间，递给二人。

那高傲的姿态足以叫人不敢造次。

二人伸手接过，尚未来得及细看，只见这女子将修长的指尖缓缓插进西装裤的兜里，冷冷地开腔："姜慕晚。"

简而言之——我不是你们要找的杨浒。

对方隐隐觉得自己踢到了铁板，不自觉地将拿在手里的名片捏紧："我们要找的是华众的执行副总，不管是姜慕晚，还是杨浒。"

与他们签订合同的是华众集团，执行人是华众的执行副总，不管这个位置是谁来坐，都得管这件事。

姜慕晚缓缓点了点头，似是理解对方的做法，温温和和、客客气气地道了句："二位说得在理，但我刚上任，杨副总临走前的工作尚未交接到我手上来，不如二位再等等？"

这一番话，说得可是万般坦诚了。

C市人人知晓，姜慕晚是杨浒被调离之后才上任的，工作未曾交接到位也能理解，但混迹商场的，能有几个人是单纯的？

"烦请姜副总给个时间。"

"六月底。"姜慕晚望着二人的面色，浅浅地开腔，插在兜里的手指尖缓缓转动着，带着一股志在必得的意味。

见二人面露为难之色，姜慕晚浅笑了声，再道："杨浒虽说被调离总部，但现下依旧在华众底下的公司工作，且也在C市，二位若是觉得我这里需要的时间长了，不如再去杨浒那里，无论从哪方面来讲，他都该给你们一个说法。"

姜慕晚一番进退得体的说辞让二人心意微动。

二人思考的间隙，姜慕晚低头浅笑，抬头之际，余光撞见站在过道里，刚好与区招商办那两人背对背的几人，目光微微收敛。

今日招商办的人亲自找上门，无疑是听见什么风声，不然为什么会跟到这里？

姜慕晚与二人周旋的间隙，看见了顾江年。

四目相对，顾江年看着她，很有兴致的样子。

而姜慕晚，面色淡然，一副不准备与他有任何交流的模样。

"嘴皮子倒是利索。"一旁，萧言礼压低了嗓子，用只有二人听得见的声音开口。

刚刚姜慕晚与招商办的人一番周旋被他们听得清清楚楚，可以说她打得一手好太极。

"没点儿本事，岂不是回来送死？"顾江年面无表情，嘴里却冷不丁地说出这么一句话。

萧言礼想了想，也是。

若是往常，顾江年应当是径直离开，可今日，他倒是悠闲地站在一旁听得颇有兴致，直至被她发现，也不急。

他侧眸瞧了眼身旁的徐放，后者只觉得脊背一凉。

之前交锋几次，徐放约莫能感受到自家老板对眼前这位姜小姐的不同之处。

他抬手掩嘴，轻轻咳嗽了一声，将背对他们与姜慕晚交谈的二人给惊醒。

二人回头，见是顾江年，连忙打招呼。

C市谁人不知君华董事顾江年？

顾江年短短几年便一跃成为C市首富，无疑是极有手段、谋略的人，旁的不多说，便是"顾江年"这三个字都足以让人闻风丧胆。

"顾董。"

二人转身点头打招呼。

不远处，男人穿着白衬衫，领口微松，袖子挽起，下半身是黑色西装长裤，本是一身正经的着装，被他穿出了几分放浪不羁的味道。

可即便如此，也难掩这人周身的气场。

黑色西装外套搭在秘书徐放的臂弯之间，男人微微颔首，态度客气："嗯。"

这日，萧言礼未曾看破顾江年的用意，直至多年之后才回想起，顾江年的网早在此之前便已撒下，只等着这只金丝雀自己撞进来。

顾江年没有想过帮姜慕晚，仅是那一声不咸不淡的"嗯"，便足以表明。

反倒是徐放先与对面二人寒暄了几句，才客客气气地点头喊了声姜副总。

招商办的人即便不是人精，也是识相的人，眼见这君华徐特助如此，知道再留下来，便有几分不识相了。

这Ｃ市，最不能得罪的便是君华的人，不用说今日君华顾董事跟特助皆在这里。

招商办的人匆忙离去，偌大的厅堂里只剩下姜慕晚与顾江年和他身旁的萧言礼。

他们明明相隔不远，可双方的态度，让一旁的服务员觉得他们彼此间隔了一条银河。

姜慕晚静立于此，未曾开口言语，也不准备开口言语。

反倒是萧言礼先行一步打破了这份静谧："姜副总可还记得我们？"他问得颇有深意。

她若说记得他们，无疑是记得梦溪园里那些糟糕事。

姜慕晚没有急着回答他们，而是伸手从包里掏了根烟出来，拢手点燃，浅浅地吸了一口，袅袅烟雾向上升起，遮住了她的面庞。

"萧家言礼，君华顾董。"

她没有说记得，也没有说不记得，只是用一句话回应了他的询问。

这话让萧言礼一时之间不知如何开口接话。这种感觉，就好比你兴冲冲地想跟人攀关系，人家却不动声色地将你推了回来。

"姜副总好记性。"顾江年不咸不淡地道了如此一句。

"比不上顾董。"姜慕晚微微俯身，伸手在身旁垃圾桶的上方轻弹烟灰，修长的指尖落在白色香烟上，带着几分优雅。

"不如姜副总说说哪里比不上我？"男人突兀地说了这么一句，让姜慕晚抬起的手缓缓顿住，烟雾挡住了她的视线，只见她微微眯起了眼眸。

眉眼间的不悦，她丝毫不曾掩藏。

多年之后，姜慕晚与顾江年已成夫妻，这人将她抵在浴室的角落里，也道出了与今日差不多的话。

他说："说说喜欢我哪里，满意了，我就放过你；不满意，浴缸跟淋浴房。你选一样。"

酒楼大厅内，静默良久，她抬手吸了口烟，冷笑了声："我比不上顾董的地方多了去了，若要挑个重中之重的话，顾董的仁慈恐怕我这辈子都比不上。"话落，她的嘴角牵起一抹嘲讽的笑——笑意深深，带着不屑。

萧言礼侧眸望了眼顾江年，见这人轻轻勾了勾嘴角，目光深邃的眼里闪动着点点星光，话语却冷漠："姜副总倒是什么都知道。"

针锋相对，谁更胜一筹？

顾江年的心狠手辣，姜慕晚的残酷无情。

双峰并峙，比的是谁更为心狠。

澜庭酒楼的大厅内，渐渐地，有三五成群的人从包厢出来。人声四起，姜慕晚冷冷地睨了顾江年一眼，提着包，转身离开。

姜慕晚刚出澜庭酒楼的大门，便见付婧从前方过来，快走两步，迎上她："这么快就解决了？"

"我中途碰见顾江年，他提前走了。"姜慕晚淡淡地开口。

付婧"嗯"了声，细跟高跟鞋踩在石板路上嗒嗒作响，她漫不经心地说："C市哪家姑娘能攀上顾江年，此生便是无忧了。"

"若能与顾江年喜结姻缘，即便是联姻，也能拿到对方的半壁江山。"

猛然间，前行的人步伐一顿，侧眸望向付婧。

付婧疑惑，似是不知晓她为何停下来瞧着自己，讪讪地问道："怎么了？"

姜慕晚心中有什么念头一闪而过，随即淡淡地收了视线，温声道了句："没什么。"

得顾江年者得C市，这话不假。

夜晚，微凉的风从巷子口吹进来，夹杂着淡淡的花香，姜慕晚一只手提包，另一只手插在风衣口袋里往前走。

姜慕晚身旁，付婧拿着手机在查看短信，修长的指尖在手机上操作了一番，似是在回短信。

而姜慕晚，此时早已神游太虚。

华众的实权握在姜临的手中，姜薇身为财务总监，更是一手把控整个华众的财政大权。

一方面是，有什么动作必然瞒不住姜薇。另一方面是，姜临只怕是早已有所提防。

姜慕晚此时的境遇，说句"前有狼后有虎"也不为过。

风缓缓吹过，不暖不凉，却足以让人醒脑。在这条不算长的巷子里，姜慕晚与付婧二人在前，顾江年与萧言礼在后，与她们的距离刚好不远不近。

直至行至路边,姜慕晚听到身后传来若有若无的对话声,而且声音还有些熟悉。

姜慕晚的步伐微微顿住,暂停了数秒。她侧身回眸。

就着巷子里昏黄的路灯光,她深深地望了眼顾江年,后方的三人停住步伐。仅是一眼,便让空气凝滞了。

片刻,直到姜慕晚上车离开,萧言礼才开口:"听说姜临花大价钱找私家侦探去B市查她,却空手而归。你说这样的人养在身边,会不会跟养了只恶鬼似的。"

姜慕晚这些年在B市的生活是空白的,让人无迹可寻。

虽说萧言礼很奇怪付婧为何会跟在姜慕晚的身边,可好奇又如何?他依旧是查不出。

顾江年冷笑一声,算是对这件事情做出回应。

次日清晨,被降职的杨浒一进办公室,便被招商办的人拦住了去路。二人来势汹汹,因先前打过交道,是以彼此相识。

对方一开口便是城东和市北街的项目,杨浒显然是没想到,他都被降职了,招商办的人还来找他。

周旋一番,他才得知这二人已经找过姜慕晚,被她给推过来了。

"姜副总那边如何说的?"杨浒冷声询问。

"姜副总说,杨总虽说被调离了总部,但人还在华众,这个案子从哪处起,便该从哪处落。"招商办的人开口。

姜慕晚这话无疑是在将难题甩给他。

他若不计较,便不是杨浒了。

当日下午,杨浒便直奔梦溪园。

杨珊正与梦溪园的几位太太喝着下午茶,见杨浒气冲冲地来,显然不悦。

但梦溪园的太太都是处世圆滑的人,见眼前形势不对,便起身告辞。

她们临走时,还不忘瞧了眼这个急匆匆而来的人。

杨珊今日约梦溪园的几位太太来,不过是想借着她们的嘴去传播姜慕晚的谣言,可这谣言还未传出去,便被不请自来的杨浒给打断了。

她总归是有几分不高兴的。

"有什么事情不能在电话里说?"杨珊不轻不重地将手中的咖啡杯搁

在玻璃桌面上，没什么好气。

杨浒看了眼一旁的用人，后者会意，转身离开。

见人离开，杨浒才拉了拉裤腿坐在沙发上，望着杨珊，没好气道："那个姜慕晚刚上任就反将我一军，这事能在电话里说？"

一听闻姜慕晚的名字，杨珊便没了什么好脸色，正了正身子，望着杨浒："你好好说。"

杨浒一番添油加醋，杨珊听闻，面色更加不佳，手狠狠地抖了抖。

"她倒是厉害。"

杨珊显然也是被气得不行。

"我被降职明显是为了给姜慕晚让位子，如今我这位子都让出去了，她还不放过我，这不是要赶尽杀绝吗？"

杨浒想想就气愤难耐。

一个分公司的老总哪里比得上一个总部的副总？

以姜慕晚现在的身份，她生个气跺跺脚，下面的人都要抖三抖，如今，他只能仰他人鼻息生活。

他怎能不气？

"再如何，你还是姜家的主母，她姜慕晚一回来就给我们杨家下马威，这不是把我们按在地上打吗？"

杨浒这话，无异于煽风点火了，且这火正好点到了杨珊的心头上。

姜慕晚驱车来梦溪园，正巧杨浒也在。

正在气头上的姐弟二人撞见罪魁祸首，没有上去撕了她都是好的。

可偏偏姜慕晚跟个没事人似的，只道了句："我来看看爷爷。"

"华众的制度什么时候这么宽松了？上班时间还能随意出来。"这话是杨浒说的，显然是刻意找碴。

"正巧在附近办事，过来看看老人家，杨经理这话是在说谁？"她的前半句还算客气，后半句的反问显然是带着愠怒。

姜慕晚这句"这话是在说谁"明显将杨浒问住了，让他脸上一阵青一阵白，尤为精彩。

杨浒的职位虽然降了，可只怕这心里依旧是将自己当作副总。

他原以为姜慕晚会看在他是长辈的分上有所收敛，却不想半分客气都没有。

刚才她那轻轻柔柔的一句话，便给足了他下马威。即便是再愚钝，他也能听出这话语中的踩踏之意。

"倒是我逾越了。"半晌,杨浠冷笑了一声,带着不屑。

姜慕晚微笑着看他,未言。

如今他们两人上下级的身份摆在这里,杨浠在她这里自然是占不得半分便宜的。

可杨珊不一样,她是姜家的现任女主人,姜慕晚不过是个继女。

"无论如何,他都是你名义上的舅舅——"

"我舅舅姓宋,杨女士倒是会占便宜,怎么张嘴就白捡了人家怀胎十月所生的女儿呢?"杨珊的话被姜慕晚半道上给截断,说出这番不客气的话语是一点儿情面都没留。

往常姜老爷子在,他们说话或多或少会给对方留那么一点儿脸面。此时,这间屋子里就只有他们三人,何必遮遮掩掩?

"你不喜又如何?我依旧是你的继母,只要你跟你爸爸有血缘关系,你就得承认我在这个家里的地位。"杨珊的手段极好,人前一套,人后一套的本事可谓练得炉火纯青。

闻言,姜慕晚冷笑了一声,低头垂眸之际,看见茶几上还未来得及收拾的咖啡杯,目光流转,落在杨珊的身上,浅笑道:"杨女士在这个家里的地位,我承不承认,并不重要。你以为每日跟这些豪门阔太一起喝下午茶,提个名牌包,自己的身份就得到她们的承认了吗?那些看你笑话的人只是没有明目张胆地说出来罢了。真以为自己住在梦溪园就是豪门太太了?没了姜临,你又算什么?"

"放肆——"姜慕晚的话语刚刚落地,杨浠怒吼一声,冲上来便将姜慕晚推出几步远,还伸出食指指着她,凶神恶煞地警告道,"你再说一遍。"

姜慕晚被他这么一推,往后踉跄数步。

她也不恼,就这么看着杨浠,抿了抿唇,冷声说:"你知道自己在做什么吗?"

"我只知道现在这里还轮不到你说话!"

梦溪园的人,谁不知晓宋蓉跟姜临离婚时,姜慕晚跟了宋蓉,她不过是个远走的姑娘,真以为自己有滔天本事?

"轮不到我,那轮得到你?

"再不济,我姓姜,你姓什么?"

说到此，姜慕晚将落在杨浒身上的目光缓缓移至杨珊的身上，极其冷厉地道了句："山中无老虎，猴子称大王？爷爷不在，你就敢上门打人了？"

"你出言不逊，我打你又怎么了？"言罢，杨浒还欲上前。

他三步并作两步冲过去，好似今日一定要教训姜慕晚，那怒目圆瞪、凶神恶煞的模样看起来尤为骇人。

而杨珊在一旁没有半分动作，无疑是在默许杨浒的行为。

杨珊比任何人都希望姜慕晚从眼前消失，只有姜慕晚不在姜家，自己才能一人独大。姜慕晚活着，姜家的一切便都有她的一半。

在金钱与利益面前，没有人是慈善家。

当初杨珊初入梦溪园，姜慕晚害得姜司南落水，姜老爷子偏袒姜慕晚，她毫无反驳之力，可现如今不同了。如今，姜慕晚回来又如何？

鹿死谁手，不一定。

啪！

"谁给你的胆子？"

清脆的响声在姜家客厅响起，随之而来的是愤怒的质问声。

一切发生得太过快速，快到杨浒来不及思考。

他转头，只见姜老爷子怒气冲冲地站在他的身后，一张布满皱纹的脸气得通红。

他再细看慕晚，她侧眸垂首，没有言语，可在旁人瞧不见的地方，眼眸中得逞的笑意又是那般明显。

杨浒迈步向她而来时，本是相差一步的距离，若想收手，也来得及。可她不仅没有避开，还迎了上去，硬生生地挨了这一巴掌。

为何？

为了让姜老爷子心疼，为了逐步瓦解杨珊在这个家里的地位。

她姜慕晚这辈子从来不做无用之功，她受了多少苦，就会让人付出多少代价。

杨浒打的这一巴掌，她不会白挨。

梦溪园的静谧被一阵刺耳的警笛声打破。那响亮的声响在别墅区响起时，听见的人都伸长了脖子望了一眼。

只见警车停在姜家门口，大家都不免好奇。

有人还说了一句，"姜家怕是要不太平了。"

姜慕晚进屋挨了打，而等在门外的同事瞧见，立马报了警。

最后，杨浒的道歉未到，警车先到了。

姜老爷子是个顾及家族名声的人，这件事情若是关起门来倒好解决，可若是如今日这般传开了，怕是没那么简单了。

同警察周旋是一回事，收拾杨浒又是另一回事了。

有姜老爷子在场，这件事情不会闹得很难看，但警察进家门的消息只怕是拦不住了。

片刻，待老管家送警察离去，杨珊站在一旁气得浑身发抖，但碍于姜老爷子在，忍了又忍，半晌才咬牙切齿地道出一句："你好手段。"

姜慕晚闻言，勾了勾嘴角："我若是好手段，便不会挨这一巴掌。"她伸手缓缓落在自己白皙的面庞上，目光隐藏着丝丝冷意。

这日傍晚时分。

顾江年回梦溪园陪余女士吃饭。

余瑟此生也算是历经过大起大落，到了这般年岁，对许多事情都看得极淡。

每每他们母子二人坐在一起用餐时，餐食必然是她亲自来做。

如顾江年这般身份地位的人，外面的山珍海味早已不能吸引他了，能满足他的，反而是这些家常便饭。

满汉全席也比不过这四菜一汤。

厨房内，余女士擦干手，正欲将菜品端出去，便见顾江年挽着袖子进来，帮着她将简单的四菜一汤端至餐桌。

余瑟正欲转身进去盛饭，顾江年伸手压住她的肩膀："母亲坐，我来。"

余瑟也不多言，拉开椅子坐在餐桌前，望着顾江年站在大理石台前盛饭，这个在C市叱咤风云、无人不知的男人，归家之后，不过也只是这平凡人中的一个。

"下午姜家好像出事情了，听闻警车都来了。"

余女士坐在餐桌前同他话起家常。可她不知，这话让一向沉稳有度的顾江年走了神。

顾江年端起碗的手顿住，沉默了半响，才漫不经心道："何事？"

"具体的事情倒是未听闻，只听有人说姜太太的弟弟进去不久，便见警车来了。"说着，余女士一边接过顾江年递过来的饭碗，一边道，"姜家慕晚回来了，只怕这姜家要不得安宁了。"

"安不安宁，那也是旁人的家事。"

在顾江年看来，姜家的所有不安宁都是姜慕晚一手搅起的——越是不安宁，便越能让她达到目的，旁人的担心实在是多余的。那般女子，能吃得了几分亏？

"你可还记得小时那件事？"

余瑟所指，除了姜司南坠湖那件事，还能有哪件？

可顾江年只是望着自家母亲，问道："什么事？"

余瑟微愣半秒，随后轻轻叹了声，用极小的声音道："忘了也好。"

顾江年坐在对面，面上看似波澜不惊，可握着筷子的手微微紧了紧。

他淡淡地"嗯"了声，继续用餐，可低头时，眸中流转的光，是那般明晃晃。

顾江年并未在梦溪园留宿。

离开时，他远远地看见了姜家院门口的一道身影。

姜慕晚从姜家出来，正夹着烟站在院落外，思忖着要不要给付婧打电话，让她来接时，一道清脆的喇叭声响起。随即，一辆车行至身前，驾驶座的玻璃窗被摇下来，露出徐放的脸。

"姜副总去哪里？可要我捎一程？"这话，徐放问得客气。

大抵是瞧出了些许什么，最近几次见面，徐放对姜慕晚早已不同初次见面时的疏离、冷漠。

"不必了。"

她开口拒绝，坐顾江年的车，她怕自己头疼。

徐放闻言，抿了抿唇，朝后座望了眼，而后抬起眼皮瞧了眼姜家别墅二楼的窗子，才道："二楼的主卧似乎有人在等着看好戏，姜副总确定不坐我们的车走？"

闻言，姜慕晚的视线落在车后座外的玻璃上，借着玻璃的反光，瞧见了二楼那微微飘动的纱帘，随即，一声冷笑从喉间溢出来。

站在二楼窗边的人，不是杨珊，还能是谁？

"有劳了。"

言罢，她伸手拉开车门，徐放本想提醒，可自己的嘴皮子终究是没人家的动作快。

当姜慕晚拉开车门，瞧见坐在后座带着浅笑望着她的顾江年时，她的脑子开始嗡嗡作响。

静默数秒，顾江年倒也好脾气，将身体微微往旁边挪了挪，空出位置让她坐上来。

一时间，姜慕晚上车也不是，不上车也不是。

后有等着看好戏的敌人。前有顾江年。

她阴森森的目光朝一旁的徐放投去，后者躲开她的目光，稍有些不好意思地摸了摸鼻子："我刚刚想提醒的……"

"倒是我没领会到徐特助的好意了。"她凉飕飕地道出这么一句话，硬着头皮上了车。

上了车，她才瞧见，顾江年身边放着一摞文件。

许是隔得近了，姜慕晚从这人身上闻到一股淡淡的檀木香味，让人分外安神。

"蠢。"她刚坐下，身旁的男人薄唇轻启，丢出一个字，似是万般嫌弃，说完就没了下言。

顾江年这个"蠢"说的是谁，车内三人皆知晓。姜慕晚今日的举动实在是算不得什么好手段，折了杨浒又如何，还不照样损了自己？

伤敌一千自损八百的事，她倒是干得得心应手。

"顾董在说自己？"姜慕晚假装听不懂，侧眸问道。

本是低头看文件的男人听闻她的话语，侧眸望了眼她，轻轻勾了勾嘴角，笑了。

"蠢不可怕，怕的是蠢而不自知。"

"顾董这般聪明，当初为什么要多管闲事呢？"

一来一去，二人的嗓音既平静又温柔，感受不到半分火药味。可若是再细看二人的表情，便会觉得二人之间不简单。

"我可不可以理解为姜副总对我们的当初念念不忘？"顾江年伸手合上手中的文件夹，望着姜慕晚，笑着问。

而姜慕晚呢？

她有些渴了，恰好看见车内有瓶矿泉水，未拆封，于是伸手拧开，喝了口，一只手拿着瓶子，笑着看顾江年："何止是念念不忘，我时常在梦中见到顾董——彼时的顾董，青春年少，风华正茂，正气凌云，当真是人间好少年。"

天算不上热，夜间还有些凉，可此时，前座开车的徐放只觉得冷汗涔涔，这二人你来我往之间看似平静,实则暗潮汹涌。

字字句句仿佛都带着冰刀子。

姜慕晚手腕高,顾江年则是心狠手辣,两人对上,怎能不骇人?

"想不到姜小姐这般迷恋我,不如跟我回家,每日让你见上一见,也好解了这相思之苦。"

"顾董不去找块镜子照照自己当真是可惜了,真是吊死鬼打粉插花——"姜慕晚的冷嘲异常明显,到此打住,还横了他一眼。

"什么意思?"顾江年问。

姜慕晚冷声笑了笑,单手托腮望着他,轻启薄唇,开口:"死不要脸。"

徐放:……

顾江年的视线落在她身上,放在黑色文件夹上的指尖起起落落,嘴角勾着一抹叫人看不透的笑。

男人冷笑了声:"改道,去城南墓地。"

姜慕晚:"……"

——刹车声猛然响起。

后座的二人猛地前倾,而顾江年伸手摁住了姜慕晚,随之而来的是一个带着怒气的呵斥声:"会不会开车?"

"对不起,老板。"

徐放心惊胆战,他比任何人都知道城南墓地对顾江年来说是一种怎样的存在,更比任何人都知道,顾江年的本性远比众人所知的要恐怖。

而这句话,被顾江年这么轻飘飘地说出来时,他是震惊的。

"没事吧?"

顾江年见姜慕晚脸色不好,低声询问。

而回应他的是姜慕晚若有若无的呼痛声,只见她按着额头,神情恍惚。

接着,她便晕过去了。

刹那间,顾江年阴狠的目光落在徐放身上,带着怒气。

"开车,去顾公馆。"

顾公馆始建于2003年,耗时两年,外界传闻,顾氏江年在这寸土寸金的C市建了一座富丽堂皇的宫殿,取名顾公馆。

顾公馆临澜江而建,依山傍水,夜游澜江时,能瞧见公馆璀璨的灯火。

顾公馆落成之时,C市人人津津乐道,可这么多年过去了,新闻媒体能窥见的也只是它那依靠澜江的一角而已。

内里如何,无人得知。

兰英照顾顾江年的饮食起居五年之久,顾公馆建成之时,她便入住于此。

经年过去,除去身旁的秘书,她未曾见到自家先生带过任何女子归来,而且还是他亲自抱着进来的。

这日,顾公馆上上下下都惊动了,兰英本想询问,可目光触及徐放的脸,便止了言。

顾江年幼时历经家族动荡,落了个猜忌多疑的性子,这些年身旁虽有莺莺燕燕环绕,但带回顾公馆的女子,唯有姜慕晚。

"小心照看着。"他将人放在客房的大床上,压着嗓子道了如此一句,便转身走了。

兰英站在原地,有些局促,一来,是不知这位女士的身份,怕怠慢;二来,若这人与自家先生不是那般关系,又怕过了。

顾公馆的书房内,顾江年手指间夹着香烟立于窗边。窗外是大片的树林,树林中有一条小道一直向前延伸着,直至看不见。

"老板。"

身后,徐放毕恭毕敬地唤了声。

男人未应答,周身气场足以将这给冻住。

徐放战战兢兢地站在那里等着,半晌过去,等到的只是站在窗前的人声音低沉地道了句:"你觉得,她同我有几分像?"

几分像?

徐放仔细想了想这个问题。

顾江年善于隐忍,喜怒不形于色,绝对不让外人窥到丝毫。

姜慕晚呢?她行事果断,不在乎是否将情绪暴露于人前。

这二人像,也不像。

徐放未言,准确地说是不敢言,男人伸手推开面前的窗,一瞬间,江水拍岸的声响传来,带来了些许寒凉之气。

顾江年的成长之路不比姜慕晚好上多少,用她的话来说,他这是"搬起石头砸自己的脚",年少时的一腔正气又有何用?

顾江年一路踩着顾家人坐上了这个位置,如今见到姜慕晚,他好似见到了曾经的自己。

旁人说他心狠手辣，他无半分感觉。

见到姜慕晚的手段时，他才知晓，原来当初的自己是这样的。

他在姜慕晚的身上看见了自己当初复仇时的影子，是以，对这个女孩子多了一份关注。

像吗？像。哪里最像？姜慕晚走过的每一步路，他当初都走过。

姜慕晚醒来时，入目是雪白的天花板。

她平躺在床上，身上盖着真丝薄被。晨间的凉风顺着微敞的窗户缓缓吹进来。

静默数秒，她撑着手臂起身。低头瞧了眼，她见自己穿着昨日那身衣裳，微微安了心。

"喵——"她正欲掀开被子，一声软糯的猫叫声传来，一只通体雪白的猫蹲在被子上，睁着圆溜溜的大眼睛瞅着她。

那模样，极可爱。

大抵是它太白了，跟雪白的被子混为一体，姜慕晚第一眼未曾瞧见。她伸手，摸了摸它的下巴，它蹭了蹭她的掌心，而后转身跳开了。

她起身下床，朝门口走去。

入目是一条长廊，长廊铺着地毯，墙壁上挂着经典名画。

"姜小姐。"一声轻柔的呼唤让她回神。

姜慕晚侧眸望去，只见一个衣着干净、气质不凡的中年女子站在走廊尽头，朝她缓缓走来。

"您醒了。"兰英开口，话语轻柔。

"这是哪里？"许是因为兰英给姜慕晚的印象不错，她说话的语气都轻柔了半分。

"这里是顾公馆。"兰英轻轻开腔。

顾公馆？姜慕晚旁的不知，但这座顾公馆，即便是她未曾踏入其中时，也知晓它的名声。

这里是顾江年的地盘。

"先生昨夜带您回来的。"兰英伸手做了个"请"的姿势，微微弯腰。

行至楼梯口，姜慕晚看见刚刚那只白猫，它蹲在楼梯上歪着头瞧着她。

片刻，她视线缓缓平移，看到的是偌大的客厅，整个顾公馆都是黑白灰的经典配色，沉稳中透着大气。

"清晨起来当电线杆子？"

她正打量着，一道凉凉的声音从一旁传来，她侧眸望去，见顾江年端着一杯热腾腾的咖啡从一旁出来。

两人四目相对。

片刻，顾江年清冷的视线落在她身上，轻声道了句："过来。"

他这句话，不是对她说的，而是对那只蹲在楼梯上的白猫。

顾江年端着咖啡杯，正准备转身往餐厅而去时，像是听见什么声响，又往客厅落地窗边去了。

姜慕晚的视线顺着他的身影移过去，只见一只通体乌黑的猫在楼外面扒着玻璃门，尖细的爪子在玻璃上刮擦出刺耳的声响。

男人迈步过去，拉开玻璃门，黑猫立刻跑进来——好似这是每日必干之事，早已轻车熟路。

"顾公馆在建时，这两只猫便在了。先生搬进来时，这两只猫时常跑进来讨吃的，索性就放养着了。黑色的那只叫咪咪，白色的那只叫雪雪。"

姜慕晚听了身旁兰英的介绍，眸中的诧愕一闪而过，准备再细看，那只黑猫被用人抱去洗澡了。

想来，他们养归养，但还是没有太放纵它们。

顾公馆里突然多了一个人，用人是不习惯的，可顾江年似是并未觉得有何不同。

姜慕晚坐在餐桌边，也不用餐，就这么直愣愣地瞅着顾江年。

男人端起杯子喝了口咖啡，然后伸手，用餐刀将果酱抹在吐司上。姜慕晚的目光依旧未曾移走，眼巴巴地望着他，一动不动。

顾江年疑惑。

他停了手上的动作，一只手拿着餐刀，一只手拿着吐司，回望姜慕晚。

餐厅静谧极了。一旁的用人静立不敢言。

良久，男人似是瞧出了点儿什么，将餐刀上的最后一点儿果酱抹在吐司上，伸手将吐司递给姜慕晚。后者极其平静地伸手接过。

顾江年愣了半秒，笑了，不仅笑了，还点头，拿起另一片吐司，道："要人伺候是吧？"

这清晨的美景，都不及顾江年这一笑。这一笑，让人只觉得人间美景与他相比也要黯然失色。

"我来吧！先生。"

"我来，姜小姐身娇肉贵，旁人伺候不来。"

顾江年活了三十年，只有旁人伺候他的份，今日这般伺候别人，还是头一回。

这位姑娘自坐下来后就不言不语地等着他伺候。

姜慕晚安静地吃着吐司。

她的对面，顾江年慢条斯理地抹着果酱，然后优雅地靠在椅子上，嘴角带着一抹笑意，目光淡淡地瞅着她。

"包吃包住包伺候，姜副总临走时记得把费用付一下。"

一片吐司吃完，姜慕晚抬着手往四周瞧了眼，还未开口，对面的男人简单粗暴地伸手扔了块餐巾过来。

她倒也不讲究，拿起餐布擦了擦指尖。

"我付费之前，顾董是不是应该带我去做个全身检查？"

这意思很明显，她昨日因为司机陡然刹车而被撞晕过去的事，她还记着。

她清清楚楚地记着。

话音落地，她的眼睛盯向他手中另一片吐司，他似是感受到了她的目光，抹果酱的手一顿。

他只觉得这姑娘有点儿蹬鼻子上脸——想对付他的时候，咬牙切齿的；吃他东西的时候，眼巴巴的。典型的白眼狼。

他倒也不气，慢悠悠地将吐司递给她。

统共两片吐司，全进了姜慕晚的肚子。

姜慕晚吃完，又用他扔过来的餐巾擦了擦指尖，然后端起跟前的牛奶浅浅地喝了口。

望着顾江年，她轻轻扯了扯唇瓣，道了句："看来顾公馆也不怎么样。"

顾江年："……"

用人们："……"

顾江年勾了勾嘴角，笑了笑，颇有些没好气地说："姜小姐说说，哪里不怎样？"

姜慕晚的目光缓缓地扫过屋子，轻启薄唇，慢悠悠道："这里的住宿环境不好，餐饮种类极少。"

她又望着顾江年："服务员的脾气也不怎么样。"

顾先生笑了，被气笑的。他伸手端起杯子喝了口咖啡："吃我的、喝我的，还把我当服务员？"

他将杯子不轻不重地搁在桌面上，起身之际，跟兰英道："给姜小姐拿面镜子好好照照。"

姜慕晚疑惑，正欲询问，只听兰英轻唤了声，指了指自己的嘴巴："姜小姐。"

姜慕晚喝完牛奶，唇边留着一圈"白胡子"。

姜慕晚无视用人的偷笑，从餐厅出去时，恰好看见徐放从外面奔来，面上透着焦急与严肃。

"老板——"徐放的话语即将脱口而出，可乍见身后的姜慕晚，话语便戛然而止。

顾江年未言语，望了眼徐放，转身之际，他的视线从姜慕晚的脸上一扫而过。

见她嘴边的"白胡子"消失了，男人的嘴角浅浅地勾了勾。

徐放见到姜慕晚，客客气气地道了句"姜副总"，而后亦步亦趋地跟着顾江年上了二楼的书房。

书房内，男人俯身在茶几上倒了杯温水，许是晨间早餐被半道截了和，又被嫌弃了一番，这会儿烦躁得很。

房门关上。

徐放的话语声响起："姜副总昨日未归家，付婧报了警，因为昨日警察进了梦溪园，今晨外面都在猜测姜副总失踪与杨洢有关。"

言罢，顾江年端在手中的杯子倏地顿在了半空，好似杯子里装的不是水，而是毒药，还是姜慕晚喂给他的毒药。

显而易见，他被算计了。

商界之人但凡提及顾江年，只怕是无人不知，无人不晓。

这个男人，外表看起来是儒雅的商人，是出手阔绰的慈善家，是千金散尽只为博美人一笑的C市首富。

可他的本质是住在阎王殿里的阎王爷，是那个杀伐果断的刽子手。

霎时，静谧的书房里一声冷笑响起。

随之而来的是男人的呢喃声："姜慕晚。"

顾江年细细琢磨这三个字，将它拆开，再揉碎，似是想从这三个字中琢磨出什么深意来。

"老板，姜临的前妻无从查起，而且姜副总在B市的多年生活轨迹皆是空白，她——"留不得。

后面三个字，徐放没有说出来。这次，他们都被姜慕晚狠狠地算计了一把。

"徐放。"男人轻唤。

"在。"徐放回应。

"我倒是不知，我何时需要你来指点了。"

这句没有丝毫温度的话语让徐放一颤，本是挺直的背脊不自觉地弯曲，他颔首，颤巍巍地开口："我很抱歉。"

徐放跟随顾江年多年，摸爬滚打升到现如今的高位，若说没有能力和眼力，只怕是无人相信。

在顾江年第二次开口偏袒姜慕晚时，他知晓，姜家慕晚注定与旁人不同。

徐放离开时，见姜慕晚坐在客厅沙发上，眼前的茶几上放着一杯清茶，白猫蹲在灰色地毯上，她拿着小鱼干撩拨着它。

白猫跟着她时高时低的动作上蹿下跳。

许是感受到徐放打量的视线，姜慕晚将手腕停在半空，带着戏谑的目光落在徐放身上——四目相对，徐放猛然回神。

昨夜车内，他一脚刹车下去，原本也不会有什么事，而姜慕晚之后就晕过去，无疑是她事先谋划好的。

明白自己被人利用，徐放心里窝着气："姜副总不愧是姜老爷子带出来的，手段极高。"

姜慕晚嘴角的笑意不减："跟徐特助比起来，自然是高的。"

"姜副总这辈子应当未曾被人爱过吧，否则，怎能将人心算计得如此透彻？"

若是被人爱过的女子，断然不会谋划得这般细致的。

昨夜的姜慕晚利用的是徐放对顾江年的忠诚之心，亦是利用了顾江年的仁慈之心。仅是一个动作，仅在数秒之间，这个女子便得到了自己想要的。

此时，外界风起云涌。

她坐在顾公馆的沙发上万般悠闲，将别人的关怀踩在地上践踏，说她是狼心狗肺也不过分。

如此，徐放怎能不气？

姜慕晚这是在拿他的忠诚与顾江年的仁慈给自己制作嫁衣。

"啊——"

大抵是徐放的话太过尖锐，犹如针扎进姜慕晚的心里，让她有一瞬间的走神，逗猫的手没来得及收回，被小猫挠了一爪子。

"姜小姐。"兰英见此，发出一声惊呼。

而站在一旁本是压着怒火的徐放也因此步伐微动。

姜慕晚避开兰英关心的动作，本是平静的目光缓缓染上了一丝冷意，正欲开口时，一股极大的力道将她从沙发上扯起来，连拉带拖地扯进了卫生间。

半道，因为男人速度极快，她踉跄一下，险些扑到地上，可强势霸道的顾江年并未给她拒绝的机会。

待她反应过来时，冰凉的水哗啦啦地冲在她的手背上，随之传来的是一股肥皂味。

浴室内，顾江年冷着脸，拿着肥皂擦在姜慕晚手背上的伤口处。被猫抓了疼不疼，她不知道，可这样是真的疼。她屡次想将手收回，却被男人抓得更紧。

"顾江年，想报复我，你就直接说。"姜慕晚忍了许久，见他的动作未曾减轻，反倒是越来越狠，有些忍不住痛意，于是冷着嗓音道。

猛然，男人动作一顿，隐忍的目光落在姜慕晚的身上，如刀似剑："你也可以选择现在就逃跑。"

一时间，浴室里只剩下哗哗的流水声，以及二人微弱的呼吸声。顾江年英俊的面庞上带着寒意，姜慕晚防备的视线落在他的身上。

"算计我？嗯？"男人说着，抓着她手腕的力道越来越大，"警方之所以将此事怀疑在杨浒身上，少不了姜老爷子帮忙。姜慕晚，你倒是有能耐，敢算计在我头上。"

"怎么？你是觉得顾公馆能当你的避风港湾，还是觉得我顾江年能闷声吃亏，让你算计？"他再问。

他缓缓逼近她，话语阴冷。

"你信不信，我今日将你夜宿顾公馆的消息放出给媒体，姜老爷子也只能'打落了牙齿往肚里咽'。"

"你不会。"

不管是从利益，还是从名声出发，顾江年都不会这样做。

这个男人唯利是图，如他这般一步步爬上高位的男人最是爱惜自己的羽毛，怎会为了一时的冲动就搭上自己的婚姻？

她就是算准了他不会，才敢这般放肆。

她见过太多这样的人了，而顾江年充其量不过是其中一个罢了。

男人猛地甩开她的手腕，大手状似凶狠地掐在她的脖子，眼眸中是未掩藏的怒火。

这么多年，敢算计他的只有眼前这个女人。

"你倒是有能耐。"

男人冰冷的言语混合着水流声传进她的耳里，周身散发的冷酷气息狠狠地包裹着她。

姜慕晚伸手落在他的手腕上，试图将脖子上的手掰开，可拼尽全力也无济于事。

良久，她一字一句道："我若在顾公馆出了什么事，顾先生也是在为别人制作嫁衣。"

砰——

顾江年猛地甩开她，她一个趔趄，连退数步，瘦弱的背脊狠狠地撞在门把手上，疼得她一声闷哼，脸色霎时变得苍白。

那砰的一声响，让屋外的徐放与兰英都屏住了呼吸。

浴室内，顾江年嘴角带着一抹无情的笑意，他伸手将打湿的衬衫袖子缓缓挽起，而后步态从容地朝姜慕晚迈去。

那一步一步看似悠闲，可她知晓，这人目光凌厉，充满杀气。

她转头就想跑，可伸出去的手尚未碰到门把手，整个人便被顾江年摁到了门上。

男人将她禁锢在门板上，垂首，暧昧的温热气息从她的耳畔扫过："我不会？"

"姜小姐怕是个知，长得好看的女人即便是对事业没有帮助，我也是愿意接近的。"

"顾先生要是不怕，就尽管来。"

男人冷笑了一声："姜小姐倒是有能耐。"

"看来，这C市是谁的地盘，你还没弄清楚，我完全可以将你圈养在顾公馆，一根根地拔掉你的尖刺，让你知晓，谁能算计，谁不能算计。"

顾江年充满威胁意味的声音在她的耳畔响起。二人的姿势，除了压制之外，还多了一分暧昧。

"你和姜老爷子的算盘真是打得响，你算准了徐放护主心切，算准了我会收留你，才敢这般。失踪？杨浒？只怕外面传的消息都是假的，你想将我拉入你姜家的斗争才是真的。"

话已至此，顾江年伸手猛地将她转过身来，按着她的肩膀，将她狠狠地抵在门板上，钳住她的下巴，强迫她望着自己，再道："让我猜猜，接下来的新闻会不会是杨浒谋杀未遂，被君华顾董半路阻拦。"

"既能收拾杨浒，又能算计我，还能得到自己想要的，也能警告姜临、姜慕晚，你这一箭四雕的本事可真是练得炉火纯青啊。这么会算计，只谋取姜家还真是委屈你了。"言罢，男人伸手放在她白皙的面颊上，望着她的眼带着森冷的寒意。

让顾江年最为痛恨的不是遭人算计。

而是这个女人在算计他之后还睁着大眼、不言不语、乖乖巧巧地等着他伺候。

他顾江年这辈子难得有一次心软，被她姜慕晚利用了。

他能不气？

"来，跟我说说，姜副总是经历了多少男人，才练就这般手段的。"姜慕晚这个女人，一边算计他，一边给他灌迷魂汤，怎能说不是用了好手段？

姜慕晚冷笑了声："跟顾先生有关系吗？

"顾先生还真是自己没本事，却怪女人算计你。"

男人闻言，似是听了什么好笑的话，浅笑了声，而后点点头，凉凉地、淡淡地开口："你的嘴皮子还挺厉害。"

言罢，那落在她面庞上的手伸向她的衣领，撕扯着。

"顾江年，你要是敢碰我半根汗毛，我一定会让你后悔。"

"绝对让你断子绝孙。"

"啊——"

顾江年的动作停止在了姜慕晚的谩骂声中，抬手一拳砸在了门板上，在她耳边炸开，吓得她尖叫。

男人垂眸，阴沉沉的目光落在姜慕晚苍白的脸上。她那双本是清亮的眸子，含着点点泪珠，模样看起来尤为可口。

可是，这个看起来一脸高傲的女人刚刚对他毫不客气地威胁、呵斥。

顾江年静默了数秒,笑了。

"断子绝孙?"男人轻声念着这四个字,凝视着姜慕晚的眼眸带着森冷的寒气。

他一把拽住姜慕晚,强势地将她带出门:"不抽了你的傲骨,我跟你姓。"

★ 第三章　波澜再起

"罗毕。"顾江年沉着嗓子唤了声。

候在门外的罗毕进来。

男人猛地将姜慕晚推过去，开口道："请姜小姐暂住于此，你好好照看。"

"你敢？！"姜慕晚惊骇，放声咆哮。

"不，我只是请姜小姐暂住几天。"男人一字一句地道，随后，迈步过来擒住她的下巴，冷声道，"你不是善于算计吗？那就都依你。

"我倒要瞧瞧是你善于算计，还是我善于谋略，姜老爷子不求上门，你休想踏出这顾公馆半步。"

姜慕晚算计顾江年，却被他发现了。

姜慕晚在顾江年这里就好似没长大的孩子，他给了她几日好脸色，她就开始蹦跶，不被收拾一顿，长不了记性。

她败就败在，明知自己算计了顾江年，却还留在顾公馆。

"老板——"徐放喊道。

餐厅内，顾江年给自己倒了杯冰水。他站在餐台前狠狠地灌着，显然是被气得不轻。

"都听见了？"

男人未应，反倒是问了一句。

徐放闻言，脊背一凉，刚刚姜慕晚刻意提高音量说的那些威胁的话语，他想不听到都难。

可徐放也不能实话实说，于是，装傻道："什么？"

顾江年的白衬衫湿了一片，原本好好穿在身上的衬衫，这会儿皱巴巴的，领口歪歪斜斜的——尽管如此，也丝毫不影响他的颜值，反倒是添了点儿凌乱的美。

晨间闹这么一出，顾公馆里的气氛尤为紧张。

姜慕晚被请进配楼暂住下来。

二楼主卧偌大的衣帽间里，男人面带寒霜解开衬衫的扣子，伸手将湿漉漉的衬衫从身上剥下来，露出健美的好身材。

男人伸手去取衣柜里的衬衫，指尖刚落在洁白的衣衫上，通过衣柜玻璃门的反光，瞧见了自己脖子上的血痕——瞧着新鲜得很。

谁的功劳？除了姜慕晚，还会有谁？

他迟早要剪了她的爪子。

徐放见顾江年过来，迎上去："姜老爷子那边要怎么对付？"

"等。"男人说着，跨步离开。

想要假装失踪，一箭四雕？

那就陪你玩。

因为姜慕晚的这番算计，此时C市商界闹得沸反盈天，大家聊起姜家的事，说得绘声绘色。

"还以为那位姜太太是原配，敢情不是？"

"抢人家财产还绑架人家，是不是有点儿缺德了？"

仅是一夜之间，姜慕晚就成了一朵被后母摧残的娇花，变成了弱者，成了众人同情的对象。

她犹如一个女巫，顶着白雪公主的皮囊来迷惑世人。

可真是好手段。

莫说是徐放，就是顾江年听众人议论的话题，都隐隐觉得这个女人的手段实在是不简单。

人们对于弱者总是怀有同情之心，而她显然是紧紧地抓住了这一点。现在她就是利用舆论将杨珊踩在了脚下。

第一日，满城风雨。

姜慕晚住在配楼里，一日三餐，精致可口。

第二日，警方开始调查，频繁进出华众集团大楼与梦溪园。

姜慕晚让兰英给自己找了一本书，坐在屋里，仔细地翻阅着，仿佛不问世事般轻松。

第二日晚，顾江午回了顾公馆，招来罗毕询问情况。

罗毕道："她不吵不闹，也没有要逃跑的意思，相反，还挺悠闲。"

最后四个字，罗毕是小心观察着顾江年的面色一字一句说的，颇有一种老板若是不快，他能提前做好逃跑的准备。

果然，正准备脱下外套的男人手上的动作一顿，回眸望向罗毕，似是没听清，蹙眉问了句："还挺什么？"

罗毕咽了咽口水，小心翼翼地望着顾江年，重复道："悠闲。"

客厅内，兰英候在一旁，余晖照在游泳池里，反射出粼粼波光，映在天花板上，两只小猫在一旁玩着毛线球。

而顾江年目光阴沉的眼直视着罗毕许久——久到罗毕都以为他不会言语了。

下一秒，一件黑色西装朝罗毕劈头盖脸地扔过去，等他慌忙扯下时，瞧见的是男人压着怒火大步离开的背影。

配楼里，姜慕晚坐在房间窗边的椅子上，手拿一本书仔细地翻着，这两日没出门，反而给她创造了一个良好的阅读环境，现在她手中这本书已经看了四分之三，眼看着就要看完了。

顾江年见此，直接被气笑了。

听到一道突兀的冷笑声在身后响起，姜慕晚回眸瞧了眼，见是顾江年，又悠然地将目光移至书上。

"你还挺悠闲。"

"老祖宗说：既来之，则安之。"

顾江年站在门边冷眼瞧着她："看来姜副总很希望我能留你在这里多住些时日，让外面的狂风暴雨刮得越猛烈越好。"男人温和的话语在身后响起，她放在书页上的手指微微晃了晃。

只听他再道："警察之所以尚未查到你上了我的车，想必这中间少不了姜老爷子的功劳，而即便是警察觉得这事与我有关系，也会在排除其他一切可能之后才上我这顾公馆来。姜副总躲在我这顾公馆里避风头，也难怪会这般悠闲。"

"但只怕——姜副总悠闲不了几时了。"

顾江年的话说得有讲究，若是他说悠闲不了几日，姜慕晚尚且还能多想一想。

可他说的是悠闲不了几时，就说明他可能会在数小时之内将她送出去，然后为杨浒洗脱罪名，让她的精心算计功亏一篑。

可若今日顾江年将她送出去，就相当于大家都在期盼着下雨的时候，突然转晴了，一切都烟消云散了。

姜慕晚抿了抿薄唇，伸手将书页的边角折起来，将手中书籍缓缓地搁在窗台上，起身望着顾江年。

这世间有那么一种女人，不管她身处何种艰难的环境中，她挺直背脊站在你跟前时，你看见的是她高雅且不卑不亢的灵魂，而不是那凌乱狼狈的外表。

顾江年瞧着她极其细心地将手中书本放下，起身，视线未曾挪开半分。

"顾董想要什么？"姜慕晚问得极其平静，好似在问今日天气如何。

想要什么？

顾江年已经很久没听到别人这么问自己了，处在他现如今的这个位置上，难得有人会这么问了。

许久之后，他问："姜副总能给我什么？"

姜慕晚正思忖着该如何回答时，只听这人笑了声，再度开腔："金钱？权力？地位？美人？这些我应有尽有，更何况——姜副总握着这么一副烂牌，在此时的处境，手中有什么拿得出手的？"

"华众。C市首富的位置自然是风光无限，可顾董不想更上一层楼吗？"

"将华众收入麾下，顾董便又多了半壁江山，根基也会更加深厚。"

说姜慕晚心狠手辣似乎并不过分，身为姜家的嫡孙女，她却有将华众拱手送人的想法。若是姜老爷子知晓，只怕这大好人间也看不了几日，极有可能会被姜慕晚气死。

"怎么？姜副总是要替顾某打江山了？"

"说句不好听的，姜小姐自己都在泥潭里岌岌可危了，还有心思操心别人的事？我该是说你单纯，还是说你傻得挺可爱？"

顾江年说着，缓缓往屋内走去，行至她的跟前，微微弯腰拿起她看的这本德文小说，看了眼名字，而后又缓缓地放下去。

一双深邃如古井的眼带着看透一切的锐利："华众全今成立四十七年，这四十七年间，这个城市有人腰缠万贯，亦有人倾家荡产，可唯独华众始终屹立在金字塔之上，即便风雨飘摇，也动摇不了它。"

说到此，顾江年伸手将她落在身前的发丝缓缓拨至肩后，动作漫不经心，似是给她拂去灰尘："C大金融系是全球数一数二的，姜老爷子曾是C大金融系教授，现在C市财富榜前五十名的人中，有五分之三都是姜老爷子的学生。商人之间互相算计是常事，但无人想背上一个不尊师长的坏名声,也包括我。"

商人之间最重诚信,即便暗地里个个阴险狡诈,但明面上的功夫都会做足,即便是虚情假意,也要把戏演下去。

"顾江年,你我之间……"说到此,姜慕晚的目光落在顾江年的身上,而后慢慢道,"不同。"

不同?

在知晓姜慕晚回C市时,顾江年不止一次觉得,他找到了一个与自己极为相似的人。

当她说出他们之间不同的时候,男人嘴角扬起的带着冷意的微笑不由得加深了一些。

顾江年刚才说的话意思异常明显——姜慕晚就算是把华众双手捧到他面前,他也不会要。

不仅他不会要,这C市其他的人也不敢要。

顾江年并非好为人师的人,他素来不愿过多地提点旁人,可今天已经是他第二次提醒姜慕晚了。

临行前,他道:"士大夫损德之处,多由立名心太急。"

这话无疑是在提醒姜慕晚,心急吃不了热豆腐。

第三日,传闻甚嚣尘上。

顾江年与好友萧言礼一起用餐,提及姜家近日之事,萧言礼说出自己心中的疑惑:"现在各种消息满天飞,也没见警察上门去将杨浒如何了,这姜家在唱什么戏?"

顾江年闻言,笑了笑,伸手拎起茶壶给人续了杯清茶,袅袅热气从杯口缓缓升起。

萧言礼望了眼杯中的清茶,斜斜地倚在太师椅上,再道:"都这样了,华众股票不跌反涨,今日一天涨了快十个点。"

顾江年手上的动作戛然而止。

萧言礼蹙眉望向他,似是觉得好奇:"你不知道?"

男人放下手中的茶壶,面无表情地道:"没关注。"言罢,他伸手拿起桌上的手机,打开软件瞧了眼股市。

萧言礼倒也不急,等着顾江年看完,才接着道:"姜临自然是没这个本事了,莫不是姜老爷子?"

只怕也不是姜老爷子,顾江年心想,他的脑海中浮现出了那个坐在窗边的纤细身影。

"我又托人去B市问了一圈,提及姜慕晚,那边上层圈子里的豪门公子哥均是一脸疑惑,但提及付婧,多多少少知晓些许,可怪就怪在,从未有人在付婧身边见过姜慕晚。"

C市现如今多的是人想查姜慕晚,无非是想知己知彼,可她前面二十几年的人生皆是空白,叫人无从查起。

"老板,姜老爷子来了。"二人正聊着,徐放敲门进来低声道。

中式装修的包厢内,一支檀香斜斜地插在香盘上,袅袅轻烟缓缓往上空飘去。

姜老爷子一身中山装坐在对面,温和的目光落在顾江年身上,静静地看着他俯身给自己倒了杯上好的龙井。

"你泡茶的手法跟你母亲一模一样。"姜老爷子话语温和,但带着对待晚辈时特有的居高临下的语气。

"我也是在耳濡目染中学来的。"顾江年将茶放在桌面上,望着姜老爷子,话语间客气有余而尊重不足。

"我们家慕晚这几日给你添麻烦了——"姜老爷子似是不想与顾江年打太极,一开口便直奔主题。

姜老爷子原以为顾江年会开口接话,可这人嘴角挂着一抹浅笑,未曾开口。

他不准备开口。

姜老爷子原以为先开口便是掌握主动权,哪里知晓顾江年不按常理出牌。

顾江年低头望着杯中漂浮的茶叶,良久之后,哂然:"姜小姐聪明过人,胆识过人,手段更是高明。与她相处确实麻烦。"

那些客套话,顾江年自然说得敷衍,而后面这一句倒是说得颇为一本正经。

姜老爷子深邃的目光落在顾江年身上,似是在细细打量。片刻之后,他端起杯子喝了口茶。

"华众旗下餐饮与君华旗下酒店的合作,我们让利百分之三十。"姜老爷子在C市能有如今的威信,凭的是他做事的手腕与说到做到的诚信态度。

今日若是旁人来处理这件事，必然会先打太极，可姜老爷子上来就是给出实际可行的方法来讨论如何处理此事，行事干脆利落。

他先发制人，不给顾江年提意见的机会，让利百分之三十于他们而言并不算什么，可若是顾江年瞄准其他，想狮子大开口，只怕够让他们喝几壶了。

顾江年嘴角的笑意逐渐加深。

姜老爷子的算盘可谓是打得叮当响，区区百分之三十的让利就想让他吃下这个亏。

顾江年端起茶杯浅浅地喝了口，而后笑道："为商之道，当以诚为先，如此，方可服人心，立于世。"

他用极其平静的嗓音淡淡地道出这么一句话。

姜老爷子双手交叉落在拐杖顶端，听闻这句话，握着拐杖的手掌不由得慢慢用力收紧。

他尚未来得及开口言语，只听顾江年再道："这道理，是姜老您教我们的。"

早年，姜老爷子担任商会主席的时候，曾经在商会年度演讲上说过这番话来告诫后辈，可今日，当初告诫后辈当以诚为先的那个人却在推翻自己说的话。

"孔子曰：其身正，不令而行；其身不正，虽令不从。"

顾江年淡淡地开腔，借用这句话来表达自己对姜老爷子的不满。这是一场不太愉快的交谈，可大抵是二人都善于隐忍，即便是不愉快，也没有闹成剑拔弩张的局面。

"你想要什么？"老爷子微微沉思片刻后，开口。

"姜老手中目前没有什么是我想要的。"顾江年这话说得有深度，本是一句平常的话语，可"目前"二字夹在中间，就将这场谈判的时间拉长，而且没有定下期限。

目前没有，以后便不知道了。

姜老爷子明白这话语中的深意，缓缓点了点头，站起身笑道："那我等着江年来找我。"

"一定。"尽管交谈不愉快，这人却还是极有礼貌地站起身，目送姜老爷子离开。

门边，徐放将视线落在自家老板身上，见后者微微扬了扬下巴，抬腿跟上去,一直送到饭店门口。

"姜老找你所为何事?"萧言礼觉得万分诧异,能让姜老爷子找上门的事定然不简单。

萧言礼本以为能在好友这里得到答案,不想刚进去,便见顾江年拿起椅背上的外套,丢了句"先走了",便迈步离开。

此时,顾公馆配楼里,姜慕晚端坐在室内,目光落在窗外的花卉上,一株蓝雪花花开正好,夜风吹来,细碎的花瓣随风飘落。

她手边的德语小说已经被翻到最后一页,此时,正安安静静地躺在小桌上。

姜慕晚在B市的住宅里也有这样一盆蓝雪花,不同的是,那盆蓝雪花是在精心呵护下长大的。而眼前的这盆花,更多的是靠自己顽强生存、成长。

身处两种不同的环境,就有两种不同的活法,犹如她的人生一般。

可她既然选择了后者,又怎会回头呢?

"姜小姐,先生说您可以离开了。"

身后响起一声客客气气的话语,姜慕晚回头见是兰英,猛然回神。

随后,姜慕晚跟着兰英离开。

初来顾公馆时,她假装晕过去,不省人事。走时,她好似成了被邀请来欣赏顾公馆山水的客人。

姜慕晚闲庭信步于顾公馆的园林中,好似一个悠然的游客。

兰英紧跟其后,暗暗地打量走在前面的这位女子。

多年前兰英初见顾江年,只觉得他身上有着一种上位者才有的风范,有不属于他的年龄的沉稳与气度。

而今,她想姜慕晚与顾江年或许当真是同一种人——遇事不惊,临危不乱。

行至某一处,姜慕晚步伐顿住,细细听了听。

"每天傍晚时分,澜江都会涨潮,这是江水的拍岸声。"兰英看出姜慕晚的疑惑后,缓缓说道。

顾江年斥巨资依澜江而建的顾公馆,怎能说不是个世外园林?

罗毕驱车送她下山,二人一路沉默无言。顾公馆修建在山林之中,等车驶到山下已是数十分钟后的事。

此时,恰好顾江年驱车回来,他见姜慕晚从罗毕的车上出来。

一种怪异且微妙的情绪在顾江年的心底逐渐蔓延开来。

姜慕晚自然也是看见他了,四目相对,风也似乎就此止住。

前来接她的付婧顺着姜慕晚的目光缓缓望过去,冷冷地启唇:"别看了,你们不是一路人。"

次日,姜慕晚出现在华众时,引起不小的骚动。那些候在门口的记者如同猛兽看见猎物似的扑上来,犹如长枪短炮的话筒与镜头朝她伸过去,记者们提出的问题一个比一个刁钻。

"姜副总,请问您失踪的这几日是否被杨浒绑架?"

"姜副总,听说杨浒在梦溪园向您动手,此事是否为真?"

这些问题自然不能随意回答。

姜慕晚越过重重障碍走进大楼。等她到达办公室时,后背出了一层热汗。

刚进去,姜慕晚就打开保险柜,抽了份文件出来交给付婧:"交给法务部的人,让他们务必在今日行动起来,若是失职,用这个借口开除了。"

"你就不怕姜临找你麻烦?"付婧伸手接过文件,温和地问了句。

"我师出有名。"

杨浒那天打她的一巴掌便是她的机会,即便她闹上天,姜临也不会将她如何。

机会摆在她的眼前,她没有放过的道理。

"天下许多事皆福祸相依,我看杨浒那一巴掌,你虽受了痛,但也是有好处的。"

姜慕晚闻言,轻扯了扯嘴角:"谁说不是呢?"

下午,法院受理了关于华众集团杨浒以权谋私,且利用非法手段圈钱的经济案件。

消息传到姜临的耳朵里时,已是临近下班时间。

傍晚的霞光透过窗户落在地毯上。

姜慕晚远眺澜江,忽而,她想起了顾公馆里澜江水拍岸的声响,惊心动魄,又似是低吟浅唱。

这夜,姜家注定是不太平的。

杨珊听闻此事时,气得七窍生烟。

自打姜慕晚回来,不如意的事情一件接一件地发生,丝毫不给人喘息的机会，气得杨珊险些发疯。

这夜，招商办的人请客吃饭，奢华的包厢里众人推杯换盏，互相说客套话，吹捧不断。

用餐结束，众人转场。

凤凰台乃C市鼎鼎有名的地方，名字取自"凤凰台上凤凰游，凤去台空江自流"。

六层高的小楼，正对澜江，优美的环境将这诗句中的意境展现得淋漓尽致。

雨夜，天依旧微凉。

姜慕晚推门走进包厢后，便径直坐到了一边。

突然，手机来电铃声响起，她低头瞅了眼屏幕上的号码，眉头微蹙，拿着手机起身去了外面。

姜慕晚刚接起电话，立刻听到那边传来一道温润的声音："怎么不在家？"

"出差了。"

她一边回答，一边往供人吸烟的走廊拐角走去。

"在哪里出差？"

电话那边的人又问。

"S市。"

姜慕晚未曾思忖，谎话张口就来。

她随意走远一点儿，到了角落的位置，却在见到立在那里的熟悉身影时，愣了一瞬。

听到姜慕晚的回答，角落里倚靠着墙壁的男人挑了挑眉头。

这日，顾江年同几位投资商约在凤凰台应酬，自月中起，他已半月未曾归梦溪园，顾夫人一通电话拨过来——谁人不知顾先生是个孝子，一群人本是闹哄哄的，有人见屏幕上的备注，立刻提醒他人，大家都礼貌止了言，放了他一条"生路"。

顾江年到走廊上接起电话，安抚好亲妈。

挂断电话后，他伸手从兜里拿出一根烟低头正准备拢手点燃，打火机上的火苗还未触到烟头，便见姜慕晚拿着手机走了过来，且面不改色地说谎。

本是要拢手点烟的人也停了动作。

"喀——"

一道咳嗽声突兀地响起。

电话那边的人很快便问了句："怎么听到有男人的咳嗽声？"

她脸不红心不跳地说道："我在电梯里。"

话语落，她凶狠地盯着顾江年，眼眸中仿佛燃着熊熊怒火，好似恨不得能立马动手教训这个男人。

反观顾江年，他手指间夹着没有点燃的烟，倚在窗台边，脸上的表情似笑非笑，一双深邃的眼眸中带着一丝揶揄打量着她。

他此举无疑是在给姜慕晚警告。

匆匆挂了电话，姜慕晚怒瞪着顾江年。若眼神可以杀人，顾江年此时只怕是死了成千上万回。

可在顾江年看来，眼前这个姑娘跟炸毛的猫似的，逆光望去，仿佛是只毛茸茸的猫。

"C市市长若是知晓这里被无缘无故改了名，怕是该哭了。"男人扬唇轻轻嘲笑。

"咸吃萝卜淡操心。"

男人轻笑了声，抬手甩了甩打火机，而后拢手将叼在嘴里的烟点燃，轻轻吸了口烟，然后伸手拿下烟，微眯着眼望着姜慕晚道："我好不容易寻了处安静地，姜小姐一头扎进来扰我清静就罢了，怎么还指责我？"

闻言，姜慕晚笑了，勾了勾唇："这里写顾董的名字了？"

"写没写不重要，先来后到才是道理。"男人说着，又抬手抽了口烟。

"原来顾董就是这么成为C市首富的？"

——靠着土匪做派一步一步走上去的。

顾江年毕竟大她那么几岁，又恰好比她早入世那么几年，换句话来说，她现如今走的路，他都走过，可他走过的路，她并不一定知晓。

往日的姜慕晚是张扬的，可刚刚那通电话，无形之中，让她周身多了一些淡淡的温柔。

不难猜，这通电话来自谁。

顾江年幽幽地睨了她一眼，温和地笑了笑："让我来猜猜那通电话来自谁，C市与S市比邻，姜小姐之所以说在S市，大抵是怕人过来查岗，人若不来，还好，可人若是来了，姜小姐也能在最短的时间内将自己的谎言变成真话。"

闻言,姜慕晚的脸色已是极其难看了,那淬了冰似的目光狠狠地落在顾江年身上。顾江年其人,最善于诛心。

"顾先生知道自己像什么吗?"

她生气时也是极其平静的,无非就是将"顾董"换成"顾先生",唤顾董时,语气带着些许揶揄,唤顾先生时,有么几分咬牙切齿的味道。

可偏偏,顾江年就是喜欢。

男人轻轻挑了挑眉,示意她说。

姜慕晚冷笑了声,道:"像别人栓在家门口的狗,见了外人,都要过去吠两声。"

顾江年沉默了半晌,倒也不气,笑了一声——好心被当成驴肝肺。

果真,对付姜慕晚这种女人就是不能太仁慈,否则就是断了自己的后路。

这种没心没肺的女人,他对她再好也是白搭。

凤凰台这种地方不缺方便谈话的安静去处,而好巧不巧,这二人都在找这么个清静的地方。

姜慕晚见了顾江年,总忍不住嗤笑几声。

而顾江年这个 C 市首富在外本该享受的待遇,到了姜慕晚这里,消失得无影无踪不说,他相信,若自己的武力值不如她,她准能见他一次打一次,指不定还是往死里打的那种。

顾江年夹烟的指尖撑在身后的窗台上,他歪头望着姜慕晚,道:"想来姜小姐跟顾某是同一种人啊,不然,怎么次次见了我都得贴上来呢?"

顾江年面容凌厉而又清俊,沉默不语时,浑身散发着一种只可远观的危险感。

若是开口,他又是一副气势凌人的模样。

"顾董这样厚的脸皮,没被拿去修城墙,也实乃可惜。"

男人清冷的双眸里荡起丝丝笑意,未顺着她的话语往下接,而是悠悠然道:"C 市很多人都去 B 市调查你,均是无迹可寻,因为这些人只知姜家慕晚,却不知宋家蛮蛮。"

若说姜慕晚善谋人心,那顾江年又何尝不是?

这人倚在窗台上,那双透着精光的眼如同 只饿了许久的野狼盯着凭空出现的猎物,一眨不眨地盯着她,恨不得将她看穿。

正与他斗嘴的姜慕晚听到这话，背脊一僵。

她望着顾江年，目光虽说平静，可那僵硬的背脊已经出卖了她。

姜家慕晚对上顾氏江年，终究还是差了些。

姜慕晚抿唇不言，顾江年走到她面前，抬手不紧不慢地吸了口烟，缓缓吐出一口白色的烟圈，偏偏他这舒心的模样，在她看来极为刺眼。

霎时，她的手狠狠地放在了男人的脖子上，目光阴狠的眸子怒瞪着他，手中力道不减。

顾江年轻扯嘴角，脸上还有些许笑意蔓延开来。

转瞬之间，姜慕晚的手就被他一把擒住，接着，整个人便被摁在了墙上，与上一次不相同的是，门板换成了冰冷的墙壁。

顾江年抵着她，嘴角噙起一抹笑："我是该喊你姜慕晚，还是该喊你宋蛮蛮？嗯？"

"无论顾董您喊什么，我都觉得耳朵受到污染。"

猛然间，顾江年搂住她的腰肢，一只手擒住她的手腕，一只手捏住她的下巴，睥睨着她："我屡屡放你生路，你次次上来对我动手，可当真是好样的。"

"顾先生还真是让人笑掉大牙，把自己说得好似多么无辜善良，你真这般厉害，当初怎么没救救你妹妹？呃——"姜慕晚的话音刚落地，顾江年捏着她下巴的手就狠狠地一用力。

男人面上是温和的笑，可语气阴冷无比："什么话当说，什么话不当说，姜副总怕是不知。"

与顾江年相同，姜慕晚这人一直是极其内敛、沉稳的人，但即便再如何沉得住气，那语气阴森森的"姜副总"三个字仍让她心头颤了颤。

诚然，姜慕晚觉得自己这句话说得太过。

顾江年的妹妹，她不该提，可说出去的话就像泼出去的水，再难收回。

顾家何止一个江年？当年梦溪园里那个时常跟在自己屁股后头的小女孩，她怎会忘记？

"顾董不如教教我？"

"好——"男人点了点头，笑意盎然，"那我就教教你。"

说着，还未等姜慕晚反应过来，顾江年就俯身封住了她的唇瓣，没有丝毫柔情。

本是捏着她下巴的手落在她的腰肢上，狠狠地捏着，力道之大，似是恨不得能将她的腰给揉断。

可偏偏她身后是冰冷的墙，躲无可躲又藏无可藏。

倏然，姜慕晚抬起膝盖，半点儿力道都没留，而顾江年似是知晓，那本是捏着她腰肢的手向下狠狠地摁住她的膝盖，修长的指尖还用力地捏住。

刺骨之痛，一瞬之间遍布全身。她疼得眼眶泛红。

男人低头瞧了眼她悬空的膝盖，低沉的嗓音在逼仄的空间里响起，还带着些许冷冷的笑意："想让我断子绝孙？"

姜慕晚一双疼得泛红的眼狠狠地望着他："是又如何？"

"我顾江年若是在你手上受伤了，你放心，我会亲自修座尼姑庵将你送进去。"

言下之意——你得给我守活寡。

"那你最好把我的尼姑庵修在你顾公馆的边上！"姜慕晚的话刚一出来，回应她的便是顾江年再次狠厉地啃咬她的唇，这人可真是半分温情都没有。

那模样，就好似饿了几百年的吸血鬼看见血。

"不长记性。"

"老——"

这厢，包厢里的众人见顾江年接个电话许久不归，开始嚷嚷着取笑他是找个地方躲喝酒去了，徐放顶不住投资商探询的目光，硬着头皮出来找自家老板。

徐放的一声呼唤还未喊完，便被眼前的景象给吓得猛退了几步，那未出口的话语都卡在了喉咙里。

徐放猛地转身，抬手捂着胸口，许久不能回神，在这四月天里，额头的冷汗淌下。

他想，真是活见鬼了。

前几日还互相叫嚣要弄死对方的人，今日竟然躲在凤凰台的小角落里耳鬓厮磨。这世界何时这般癫狂了？

真是疯了。

顾江年眼角余光瞥见徐放，动作有一丝的松动，可偏偏就是这一丝的松动让姜慕晚抓住了机会，伸手狠狠地推开了他。

姜慕晚扬手就要挥过去，手却被顾江年拦截在了半空，男人睨着她，目光没什么温度。

"顾江年——"

"叫大点儿声。"

男人不急不恼,还颇为好心地提醒着她。

这一提醒,姜慕晚即便是满腔怒火,也得往下压一压,不想平白无故着了他的道,到头来得不偿失。

可偏偏顾江年并不准备就此放过她,他好整以暇地瞅着她,笑道:"怎么,不想骂了?"

而姜慕晚唇瓣嫣红,口红蹭到唇边,微红的眼泛着粼粼水光般望着他,一眼望去,流露出一种别样风情。

顾江年一笑,而后猛地低头,在她唇瓣上狠狠地咬了一口,霎时,她尝到了一股铁锈味。

她想回咬时,这人极快地躲开了,未曾给她丝毫的机会。

顾江年松开她的手腕,抬手用大拇指拭了拭唇瓣上的血迹,嘴角轻勾,一抹邪肆的笑意荡漾开来。

而后,他转身离开。

临行前,顾江年傲慢地抬眸扫了眼监控,让那边盯着监控的人不自觉地抖了抖。

刚转身,徐放听闻脚步声想回头又不敢回头,捂着胸口的手还没放下,显然是惊魂未定。

"走了。"

"老板。"

男人微微转身,只见徐放掏出手帕递给他,颇有些尴尬地咳嗽了声,伸手指了指自己的唇瓣。

顾江年接过手帕,抬手一擦,低头瞧了眼帕子上的口红,目光深沉。

随即,他扬手,将帕子扔还给徐放,冷着嗓子道了句:"去把监控处理了。"

"那……姜小姐?"怎么办?

顾江年闻言,睨了眼徐放,那一眼好似在说:"你敢招惹她,你就去。"

徐放自然是不敢的,虽好奇二人之间刚刚发生了什么,但求生欲告知他——不能问。

那边,姜慕晚气得眼眶发红,浑身都在轻颤着,许久,才压下心底那股怒火。

顾江年和姜慕晚两人回到各自的包厢，身上都仿佛穿上了一层厚厚的伪装，浑身散发着生人勿近的气息。

天一阁的包厢里，顾江年身旁环绕着莺莺燕燕，一群投资商见他接个电话去了这么久，等到他进来自然是要抓住机会起哄一番的。

另一包厢内，姜慕晚在人群中推杯换盏，面带客气的微笑与他人侃侃而谈。

散场时，好巧不巧，两拨人居然撞上了。

招商办的人见了顾江年自然是要打招呼的，毕竟C市首富的面子要给。

顾江年噙着笑望向姜慕晚："姜副总。"

那客气的模样，好似刚刚在角落里对她动手的人根本不是他，妥妥的"披着羊皮的狼"。

"顾董。"姜慕晚点头招呼，同样面带浅笑。

旁人不知，可徐放在一旁看着这二人打招呼的情景，只觉得头皮发麻。

顾江年开口同她介绍身旁二位："这是恒信的王董、余董。"

顾江年向来不为任何人引见旁人，大多是别人介绍他。而他今日这番举动，无疑是在给姜慕晚长脸，换句话来说，是撑腰。

莫说是徐放，就连姜慕晚都看不透这个面色温和但内心阴险狡诈的男人。

春雨霏霏，细嫩的杨柳枝条被风吹得左摇右摆，凤凰台位于江边，这里的绿化自是没话说，可到了这个时间，人行道上的花卉再美，也抵挡不住人们要去见周公的心。

金碧辉煌的大厅内，一群人寒暄了片刻。

众人皆以为顾江年介绍一番之后定会有其他言语，可事实证明，他们想多了。

原以为顾江年对待这位姜副总会有所不同，但他也仅仅是介绍了一句而已，除此之外，再无其他，颇有"点到即止，与她不太相熟"的意味。

也对，顾江年怎会为旁人作嫁衣呢？

离去时，姜慕晚与付婧站在一旁等着司机将车开过来，远远地见前方有一辆红色卡宴行驶过来，随后停在门口。只见原本站在一旁的顾江年叮嘱了徐放两句什么，便上了那辆车。

"听说那是顾江年的女人。"身旁的付婧忽然说道。

姜慕晚一愣，有些未反应过来："什么？"

"顾江年的女人。"付婧又说了一遍。

车窗关上,她未见其人,但也知晓开红色卡宴的怎么着也不会是男子。

但当付婧说出这简短的六个字时,她稍稍有些怀疑,疑惑摆在脸上,虽未开口,但也能叫人看出来。

此时,付婧再道:"C市人人皆知。"

顾氏江年,虽未娶妻,但C市人人皆知,经年过去,能立于他身侧的女子也仅那么一人。

饶是C市的大家闺秀、世家小姐使尽浑身解数,终究是入不了他的眼,反倒是那人,经年未换。

徐放听付婧如此直言不讳地同姜慕晚提及此事,不免觉得后背发凉。

这日,华众集团起诉前任执行副总的事如同一声惊雷,满城传开。

不得不说,姜慕晚的手段极高,她光明正大地用公司的名义给自己报了仇。

一来,华众能得个大义灭亲的名声,二来,也能将自己撇除干净,怎能不说是一箭双雕?

下午,鲜少出现在华众的杨珊着一身优雅的套装,化着精致的妆容,怒气冲冲而来,直奔姜慕晚的办公室。

一路上,连秘书办的人都没敢出来拦她,一时间,她心里的优越感节节攀升,心想,华众集团的总裁夫人依旧是她杨珊。

办公室内,姜慕晚正跟法务部的人聊关于杨浒的案子,杨珊会来这里,在她们的意料之中。

杨珊一进去,见法务部二位管事人皆在,面上堆砌起来的虚伪笑意瞬间便消散。

她本该假装出与姜慕晚感情融洽、母女情深的模样,现在见到眼前的景象,不用想都知晓姜慕晚是在干什么,或者说是准备干什么。

姜慕晚见她来了,也无动于衷,反而是法务部的二位管事人战战兢兢地站起身,恭敬地喊道:"夫人。"

杨珊冷着眼瞧着二人,满脸愠怒难以掩藏。

姜慕晚坐在沙发上,眼见站在一旁这二人冷汗涔涔,倒是做了回老好人:"去忙吧!"

二位管事人一听这话,就差连连道谢了。出了门,他们抬手一抹,手心里满是冷汗。

"你非要赶尽杀绝?"二人走后,杨珊目光灼灼地盯着姜慕晚。

姜慕晚伸手端起面前的茶喝了一口,漆黑的瞳孔含着笑意,她望向杨珊:"我以为您会说我为人正直、大公无私、秉公处理。"

"你心里记恨我。"杨珊眼睛眨也不眨地盯着姜慕晚问道。

姜慕晚靠在沙发上,望着站在跟前的杨珊,故作不解地看了她一眼,温声道:"我不明白杨女士的意思。"

"你比任何人都明白。"姜慕晚从回来开始,便在"扮猪吃老虎"。若说前面尚未有所察觉,那么此时,杨珊若是还不知道,当真是白活这么多年了。

杨浒那一巴掌,姜临和姜老爷子这些人,全在姜慕晚的算计之内,将众人玩弄于自己的股掌之间。

姜慕晚如此手段,高过宋蓉当年的千倍万倍都不止。

"你比你母亲有手段。"杨珊冷冷地嘲讽。

哐当——

上好的青花瓷杯子在杨珊脚边炸开了花,碎片四处飞溅,似是未曾想到她会突然出手,杨珊整个人被吓得连连倒退。

紧接而来的,是姜慕晚冷冷的声音在耳边响起:"你这样的女人也配提及我母亲?你算什么?"

姜慕晚说的每一字都让杨珊怒火中烧。

"你就是这么跟我说话的?"

"敢做还怕旁人说?姜司南若是知晓他只是你上位的筹码,你说会如何?"

杨珊气急败坏,听闻姜慕晚的话,伸手要去扯她。一番推拉,她倒在了一地碎片中。

霎时,尖叫声响起。

秘书办的人闻声而动,等他们赶到办公室时,只见姜慕晚倒在地上,身下是一堆碎片,杨珊正弯身伸手去拉她。

"愣着干什么?叫救护车啊!要出人命了。"

"不许叫!"

前面的那句话来自付婧,后面那句制止的话则来自杨珊。此时情况紧急,众人一时间无暇去多想这些话里的怪异。

这日下午，华众极其热闹，远在天津的姜临听闻这一消息，险些气昏过去。

C市第一人民医院，救护车疾驰而来。付婧跟在姜慕晚躺着的移动病床后面，满面焦急。

医院大厅内，路过之人见此阵仗，纷纷向旁边靠去，让出了通道。

一个打扮精致的妇人提着包站在一旁，瞥见躺在移动病床上的人影，眉头紧紧蹙了蹙，同身旁的人道："我瞧上面的人挺眼熟。"

"是姜家姑娘。"妇人身旁的女管家开口。

闻言，妇人张了张嘴，满面的惊讶掩盖不住。

这月未过完，姜家姑娘先是被人登门掌掴，现下又浑身是血地被送到医院。

这姑娘，真是命运多舛。

"按我说，当年发生那种事，她走了便不该回来，眼下C市这种境况，多的是人盯着她，那姜家人哪有一个是省油的灯？"

身旁的妇人闻言，抿了抿唇，不由得多看了眼被推至长廊另一端的身移动病床，微微叹息了声，拍了拍身旁人的手背，用听不出喜怒的声音道："走吧。"

这些话，她不想听，一个字都不想听。

"夫人——"管家意识到自己说错话了，急急地开口，却看到妇人面上的不悦，于是硬生生止了言。

是她忘了，顾家还有一人与姜慕晚的境遇颇为相同。

姜薇听到消息奔赴而来时，见杨珊浑身战栗地站在急救室门口，简直气昏了头，伸手将她扯至一旁，带着怒气的低沉话语狠狠说出口："你疯了？这种时候对她赶尽杀绝？"

"我没有。"杨珊哪里会承认自己没做过的事。

"不管你有没有，公司的人看见了什么就认为是什么，华众新上任的副总浑身是血地被救护车拉走，就单这一件事，便能让媒体猛赚一笔了，他们不会放过这个机会。"

"办公室难道没有监控吗？"她就不信没办法证明自己的清白。

姜薇闻言，笑了，显然是被气笑的。她抬眸看了眼杨珊身后，见无人过来，压低着嗓子开口道："姜慕晚现在的办公室原先是谁的？你那个好弟弟明目张胆地在华众收敛钱财，做尽犯法之事，你觉得他会在办公室安监控，等着华众的人去查他吗？"

杨珊只觉得天塌了,一时有些站不稳,靠着墙壁许久才平复情绪,稳住心神。

原来姜慕晚敢如此大肆动作,是早就计划好了。

傍晚时分,医生将姜慕晚身上十几处地方的碎片清理干净推出手术室送到病房。付婧守在她身旁,垂着头,让人看不清神情。

"怎么样了?"一旁,姜薇尽量柔着嗓子问道。

"死不了。"付婧不悦地回应,转眸见杨珊站在一旁,正蹙眉看着躺在病床上的姜慕晚,霎时,跟爹毛的老虎似的,愤怒地指责道,"你这个恶毒的女人,这天底下的后妈都像你这么虐待继女吗?前几天是你弟弟登门打人,今日是你登门想置人于死地,这天底下还有没有王法了?继女就没有活的权利了?

"你们姜家的人怎么这么恶毒?都藐视法律了?"

付婧与姜慕晚都属于有心计、有手段之人,这些话是她刻意说给外人听的。

她这番话说完,只怕是整个房间的都知晓了这浑身是血的年轻姑娘是被继母虐待成这样的。

三言两语便将事情道明,这是继母欺负继女的家庭纷争大戏。

华众副总浑身是血地被救护车拉走的消息虽说被姜临强制性压下来了,但该知晓的人,怕是已经知晓了。

姜薇虽在某些方面与杨珊有些许不和,但在外面,只要是涉及姜家人的事,她一定会帮忙维护姜家的形象。

面对付婧的叫嚣,她回道:"这是我们的家事,你一个外人知晓什么?"

"我是不知晓什么,但我眼睛不瞎。

"你们姜家的人个个是吸血鬼,仗着姜家的身份而肆意妄为,也不拿镜子照照自己,看看到底是个什么模样。"

姜薇被付婧的话给气着了。眼看着周围的人都在指指点点,姜薇的脸黑得跟锅底似的。

四月底,君华集团天津洲际酒店开业,顾江年前往剪彩。

酒席散场后回房间,他刚进电梯,就听到站在一旁拿着手机的徐放倒抽了口凉气——在这不大的空间内,尤为明显。

男人伸手扯了扯领带,漫不经心地问道:"怎么了?"

徐放看了眼手机，又瞧了眼站在身旁的老板，还是选择将手机递过去。

顾江年首先看到的是那个浑身是血躺在救护车上的人。

一时间，电梯内，空气近乎凝滞。

徐放侧眸望向男人，瞧不出他是何情绪。

片刻，男人将视线从手机上移开，平静地目视前方，电梯内的气氛颇为令人压抑。

直到电梯到达他们所住楼层，这人依旧薄唇紧抿，迈步出了电梯。

夜幕降临，华灯初上，凉风悠悠地从窗口吹进来。

酒店总统套房内，男人立在窗边，指尖烟雾袅袅升起，深灰色西装随意地丢在沙发上。

前几天，他曾忽然想起在梦溪园里发生过的一些陈年往事。

1989年春的一天，顾江年在傍晚时分从学校回来。路过姜家时，他听闻里面的吵闹骂声，觉得疑惑，归家同母亲说起此事，余瑟听闻后，面色极其难看，未曾回答他的疑问。

直至余瑟走开，家里的用人才悄悄告知他："姜家老太太很不喜欢自家孙女。"

彼时，年幼且天真的他问："为什么？"

用人道："老太太一心想把姜家的香火传下去，想抱孙子，自然是不喜孙女了……"

"你同一个小孩子说这些做什么？"用人话未说完，便被余瑟冷声打断。

"可我见姜爷爷很喜欢她。"他昂头望向母亲。

余瑟听到这话，只露出欲言又止与痛心的表情。

顾江年少时不懂，后来才知，姜老爷子明面上有多喜欢姜慕晚，多惯着她，私底下姜老太太便有多不喜欢她、厌恶她。

今日见到姜慕晚浑身是血的照片时，他恍惚想起了曾经在梦溪园听见过的肮脏、刺耳的骂声。

姜家慕晚何其可怜？

可这个可怜人偏偏又不认命，而这个不认命的可怜人反击的方法就是"杀敌一千，自损八百"。

心中情绪翻涌，他忆起凤凰台过道里的一幕，女子温软的唇瓣以及纤细的腰肢。他想——真是活见鬼了。

顾江年行至而立之年，逢场作戏之时抚过多少女子的腰，可只有姜慕晚的腰，能让他在午夜梦回时忽然想起。

次日，姜慕晚回梦溪园，姜老爷子训斥杨珊时，同她道了如此一句话："慕晚，你的心还是不够狠。"

五月，城东美食街项目正式开工，一开场便声势浩大。

这个项目交由姜慕晚亲自督导，让华众各部门的人打起十二分精神应对。众人虽有怨言，但绝不敢多念叨一句。

华众副总办公室内，姜慕晚低头翻阅手中文件，她着白衬衫，袖子挽起至手肘，长发别至耳后，整个人散发着一种温雅的气息。

"恒信的答谢宴，这是入场券。"付婧将手中设计精美的请柬放在桌面上。

姜慕晚抬起头来，一边拿起请柬，一边疑惑道："恒信？"

"就是之前你在凤凰台应酬时见到的站在顾董身旁的两人。"付婧开口提醒。

闻言，姜慕晚拆着请柬的手微微一顿，抬眸望了眼付婧，冷不丁笑道："这么说，我是沾了顾董的光？"

"算是。"付婧一本正经地点头。

今日恒信的请柬会送过来，确实是因为顾江年那日漫不经心的一次介绍，否则，那个跟他们公司完全没有业务往来的重工企业怎么会绕着弯子邀请她？

"二十四日？"

"下周五晚上七点，游轮上，夜游澜江。"

姜慕晚"嗯"了一声，将手中的东西搁在一旁。她素来知晓上流社会的人有多种多样的消遣方式，而这游轮晚宴不过只是那平平无奇的其中一种罢了。

"礼服我来定？"付婧临走时问了这么一句。

姜慕晚点了点头，算是应允。

澜江上的码头颇多，供豪门使用的游轮是位于最右边的十号码头。

二十四日晚，C市下了场不大不小的雨，雨水淋湿了地砖，让豪门小姐忍不住抱怨，道上一句天公不作美。

为何？

即使自己打扮得再美，妆容再精致，身穿再昂贵的拖地长裙，一旦碰上下雨天，便无法完美展现。虽说她们不差一件礼服的钱，可谁也不想看到自己的裙摆沾着污泥。

游轮入口处，众人三三两两地结伴向前而去，细听的话，定能听见有人提及C市首富顾江年。

C市首富顾江年，于这些豪门贵女而言，是高山之巅般的存在。

一个亿万身家的商贾大亨，投身商界八余载，C市房地产、酒店业的资源被他掌控了十分之九，而且手中互联网与通信企业的资产年年上涨。

C市商圈曾有人道出如此一句话：得顾江年者得C市。

窃窃私语的声音在一阵惊呼声中戛然而止，众人循声望去，只见入口处，有一女子着一条酒红色丝缎露背长裙款款下车，手中撑着一把不算罕见的奔驰轿车自带雨伞。

她于雨中而立，一头微卷的长发随意披散，一双红色高跟鞋踩在湿漉漉的地砖上，身上无过多珠宝装饰。

可即便如此，众人也觉得这女子当真是性感、妩媚、风情万种，一颦一笑都带着迷人的风韵。

如此美人，怎是一两句话便能形容出来的。

"天哪！那是谁？"人群中，有人发出惊呼声。

"华众副总姜慕晚。"有人提出疑问，必然有人给予回应。

一时间，人群中的窃窃私语声再度增大。

身后，一辆黑色林肯缓缓驶来，车内，正欲下车的男人侧头望了眼窗外，这一眼望去，看到的是裸露的后背，光从背影看，甚是迷人。

而且，这后背上，顺着脊椎画着一朵暗红色的玫瑰，仅是远远望着，便觉得这朵玫瑰实在是有摄魂夺魄的本事。

顾江年将视线缓缓移至一旁，只见众人震惊之下，表情各异，好不精彩。

"真是人间尤物——"

身旁一句突兀的评价让男人的视线收回。

是啊，人间尤物。

尘世间的男人，看女人要么看脸，要么看身段。

可若是一个女人脸和身段都有呢？或者说，一个女人不仅有脸、有身段，还有家世背景呢？那么，她一定会是众人追逐的对象。

而她显然成了焦点。

姜慕晚这个月在C市可谓是名声大噪，可如今日这般登场还是头一次，怎能不叫众人惊讶？谁又知道最近频频上新闻头条的华众副总，竟是如此天仙般的人？

"岂其取妻，必齐之姜，姜家女，尤物啊！"

顾江年下车时恰好听见如此一句话，瞬间步伐微顿。

前有"得顾江年者得C市"，后有"岂其取妻，必齐之姜"，今夜恒信的焦点，被这二人占了。

人群中，撑伞前行的女子听到有人提及顾江年的名字，回眸望去，身后，顾江年缓步而来，一身黑色西装，衬得整个人更加英俊挺拔，浑身有一种商界大亨的气势。

然而，此时姜慕晚却无心看他第二眼。

真正叫她定睛细看的，是站在顾江年身旁的女人。

女子一头深褐色波浪卷长发自然垂落，着一身米黄轻纱礼服，细雨微微，凉风习习，吹动她的裙摆。

许是姜慕晚的目光太过浓烈，以至于站在顾江年身旁的女子朝她微微颔了颔首，算是打招呼。

而姜慕晚只微微扬唇，算是回应。

可转身之际，她握着雨伞的手不自觉地紧了半分。

只是，当两人对视之际，顾江年的目光只停留在姜慕晚的身上。

宴会场内，三五成群的人各自低声交谈，无一例外的是，女子的目光均落在顾江年身上，而男人的目光自然流连于姜慕晚的身上。

厅内，众人推杯换盏之时谈起首次出现在这种场合的姜家慕晚，只道这人气质绝佳，如空谷幽兰一般可望而不可即。

有人提及姜慕晚容貌出色，气质出众，有知晓一二的男人轻轻开口："我听我妈说，姜慕晚的母亲才是个一等一的美人，而且气质端庄优雅，聪慧大方。"

"那个杨珊哪里比得上姜慕晚。"

"杨珊可是她的后妈，你在胡言乱语什么呢。"

另一边。

顾江年身旁从不缺试图攀附之人，男人端着酒杯静立于此，与那些人推杯换盏，挂着客气又不失优雅的微笑。

交谈结束，身旁的一名女子欲挽上他的胳膊，抬起的手将要碰触到他的时候，却见他面带微笑地低头看了她一眼，她的手犹如被滚烫的水烫到似的极快收回。

她面上的尴尬一闪而过。

顾江年刚刚悠悠地扫过来一眼，便让她面色灰白，指尖微微战栗，心生退意。

视线一扫，顾江年见不远处的姜慕晚正站在高台的边上，身旁站着几位豪门公子哥，有人蠢蠢欲动，亦有人壮起胆子试图搭讪。

顾江年不动声色地收回视线，勾了勾嘴角，看不出喜乐。

"姜副总。"

一声轻唤在姜慕晚的身旁响起。

恒信的余董余江迈步而来，见她的身旁站着几位年轻男子，立刻笑着揶揄道："姜副总魅力无边，瞧瞧将这些小年轻迷的。"

这或许并非一句夸奖的话语，但姜慕晚仍然笑着回应："您过奖。"

"姜副总的姿容乃大家有目共睹，这可不是我过奖。"一边说着，余江一边将端着杯子的手微微抬了抬。

姜慕晚也顺势抬起手，与对方的杯子隔空碰撞。

"往年可都是顾董独占鳌头，今年可算是能有一人与之平分秋色了。"说着，余江的目光朝顾江年所在的方向投了过去。

而站在那边的男人似是感受到什么，回眸，三人视线隔空碰撞。

顾江年跟身旁的人说了句什么后，便朝这边走来。

见他过来，姜慕晚端着杯子的手微微紧了紧——她与他上一次见面在何时？

哦，她想起来了——在凤凰台的拐角。

那可真不是什么美好的记忆。

思及此，姜慕晚端起杯子抿了口酒，稳了稳心神，恰好这人走近，脸上浮现一丝浅笑："姜副总怎么还自饮起来了？"

这是一句揶揄的话语，而且还叫人听不出其中深意的好坏。

顾江年此人，城府太过深沉。

话音落地，那凉凉的视线轻轻地从她腰间扫过，意味深长。

而姜慕晚呢？

她笑了笑，朝着顾江年抬了抬手中的高脚杯，笑道："远远地看见顾董迈步而来，只觉——"说到此，她微微停顿，看着站在一旁的余江，轻挑眉头，打趣道，"秀色可餐。"

话音刚落，余江仰天大笑，笑声惹得不远处的众人频频侧眸朝这边望过来。

再细看顾江年，这人正默默地注视她，瞧不出喜怒，只是端着高脚杯的手自然地晃了晃。

这算什么？

大庭广众之下，他顾江年被一个小丫头调戏了？见他远道而来只觉得秀色可餐，所以端着杯子多喝了两口酒？

行，真有她姜慕晚的。

余江笑着揶揄道："你也有今天。"

顾江年的目光如清风般扫了她一眼，望向余江，抿了抿唇，道："舅舅笑够了就去招呼客人吧！"

舅舅？这下，轮到姜慕晚惊讶了，恒信余总是顾江年的舅舅？

C市知晓二人是舅甥关系的人不多，而顾江年更是不轻易让旁人知道二人的关系。

唯独今日在此，在姜慕晚面前，他破天荒地喊了余江一声"舅舅"。

须臾，余江打量的目光从顾江年身上缓缓移至姜慕晚的身上，疑惑在心里蔓延开来。

顾江年极其记仇，心眼堪比针尖。

再次提及今日她打趣说的"秀色可餐"一事，已是多年之后。

婚后某日，顾太太在冬日生了一场病，胃口不佳，兰英费尽口舌几经规劝无果，正唉声叹气时，接到顾先生的电话，遂将此事告知。

不久，事务繁忙的顾先生赶回来了，将瘫在床上的人拎起来，让兰英端了碗清粥过来，坐在对面一本正经地瞅着她，只道："不是说我秀色可餐吗？吃。"

这乃后话，暂时不提。

这世上，不仅有胆小如鼠之人，还有胆大包天之人。

豪门世家的人聚到一起，除了聊生意，也会顺便寻找一些明面上的事情来借题发挥。

比如这日,当会场上响起探戈舞曲时,有舞伴的人带着自己的舞伴走到场中央,没舞伴的人也在寻着舞伴。

姜家慕晚如此惊艳,自是少不了被众多男士邀请。

有人似众星捧月,亦有人无人问津。于是,有些人便生出了妒忌心。

"真是只狐狸精,跟她妈一样。"

姜慕晚在几位前来邀约的男士中做完选择后,冷不丁听到一声轻笑忽然响起,而且声响不小,让周遭不少人都听见了。

姜慕晚向来极其维护母亲,说她如何都无所谓,但说她的妈妈绝对不行。

于是,众人只见姜慕晚手腕一扬,便将一杯红酒泼在了刚才说话的妇人身上。

随之而来的,是一声尖叫响起。

一时间,围在姜慕晚身旁的男士均是目瞪口呆,大抵是怕惹祸上身,皆往后生生退了两步,无形之中,仿佛给二人让出了一片硝烟渐起的战场。

"你干什么?"女人尖锐的咆哮声在宴会厅响起,纵使舞曲声不小,也没能压住她的吼声。

"你说我干什么?"相比于女人的崩溃咆哮,姜慕晚只有神情冷厉,语气倒显得平静很多。

"你难道不知道说人坏话的时候应该躲远点儿吗?"

"你哪只耳朵听见我说你坏话了?姜家就是这么教你的吗?上来就诬陷他人。"

"围在我身边上的人这么多,为什么我独独泼你?难不成是因为你长得比我好看?"

"你!你——"女子被气得浑身发抖,半晌都没说出一句完整话来。

"看你话都说不利索,骂人倒是一把好手,这是哪家的太太,丢人都丢到外人面前来了。"

今日的宴会,是恒信的场子。

眼前这里客人之间发生不愉快,身为当家人的余江说什么也是要过去打个圆场的,可刚行两步,便被人唤住了。

是顾江年。

"怎么?"

"你不想见识见识姜家小姐的厉害之处?"顾江年用仅有两人能听见

的声音低声问。

"你见过?"余江问。

顾江年闻言笑了,他何止是见过。她若要嘲讽挖苦别人,可是十分厉害。

顾江年想,若是姜慕晚今日输了,也是极好的。

在这样阴冷的天气下,她还任性地穿得如此凉快,合该长长记性了。

那如柳枝般的腰,碍眼得很。

"我倒是要让大家给评评理了,你诬赖我还有理了?你说我骂你,拿出证据来啊!"

言罢,女人狠厉的视线慢慢扫过站在姜慕晚身后的众人。

"证据?"姜慕晚冷笑了声。

众人只见姜慕晚缓缓迈步朝女人走过去,裙摆微微晃动。她明明未做什么,可站在她身前的女人却连连倒退,似是害怕。

接着,姜慕晚俯身轻笑着在女人耳边说了句什么。

忽然,众人看见女人伸手狠狠地推了姜慕晚一把,哗啦一声,她的手臂带倒了桌子上的酒杯。

姜慕晚看上去也不恼,道:"动手?"嘴角微扬,带着冷意。

随即,她从手包里拿出手机,拨了一串号码,点开免提,然后大方地将手机放在高台上。

众人疑惑不解,直至那边的对话传来——

"这里是110,请问有什么可以帮到您的?"

"有人动手打人。"

会场中顿时一片哗然。

女人竟然疾步过去抢过姜慕晚放在台面上的手机,直接挂断了电话。

如姜老爷子所言,豪门之中的人,向来最要脸面,吵归吵,闹归闹,斗归斗,但若是闹出家门,性质便不同了。

"明明是你污言秽语在先,你还反咬我一口?"

姜慕晚闻言笑了,双臂环抱,好整以暇地望着女人道:"说我污言秽语,你有证据吗?"

"谁听见了?"她声音高昂,望向身旁的众人。

姜慕晚等了片刻,见无人回应,笑了笑:"你说我污言秽语,无人听见,可你动手推我,大家刚刚都看见了。"

众人交头接耳,似是未曾想到姜家慕晚还有这样的一面,实在是令人惊讶。

　　不远处的顾江年嘴角微扬,看了眼站在身旁的余江,只见他牵了牵嘴角,淡淡地评价了一句:"不是个吃亏的主儿。"

　　"何止。"男人端起手中的酒杯,往唇边送了送,掩住嘴角的笑意。

　　今日这一出戏,让众人皆知,这个最近时常出现在 C 市各大报纸头版头条上的女人不仅长得美,还异常有个性。

　　今日的姜慕晚无疑是在用行动告知众人——

　　玫瑰,是带刺的,越美的玫瑰,身上的刺便越是尖锐。

★ 第四章 调戏

后来，有人问姜慕晚，那天宴会上到底同女子说了什么话，她但笑不语。
姜家慕晚一战成名，原先众人只闻其名，今夜见了其人才知道——
那火红的玫瑰，带着毒刺。
谁敢轻易招惹？
宴会散场时，雨势逐渐变大，姜慕晚撑伞离开，无视自己身后的目光，挺拔的身姿如同高傲的孔雀，高不可攀。
有人同顾江年打招呼，他仅是轻轻颔首算是回应。
唯独到了某人这里，顾江年目光微顿，笑着看对方，半开玩笑道："严总有个好太太。"
这句半开玩笑的话语，让身旁众人纷纷屏住了呼吸。
顾江年不露情绪，伸手接过身边人递来的雨伞，随即迈步离去。
他转身之际，脸上的优雅微笑早已消失不见，满脑子都是姜慕晚那盈盈一握的细腰和风情万种的笑脸。
他想，真是活见鬼了。
没想到，自己招惹了一次就忘不掉了。
这夜，细雨纷飞，晚春的风吹得院子里的树枝不停摇摆。
有人一夜好梦，亦有人彻夜难眠。
昨夜游轮上发生的事虽未上头版头条，但在豪门圈子里已经流传开了。
对于姜慕晚，有两种说法。
女人们皆言姜家慕晚心狠手辣，手段极高。而男人们只言姜家女实乃人间尤物。
而且，不论哪个说法，都是真的——心狠手辣是她，人间尤物亦是她。
再来说说，昨夜姜慕晚为何会如此冲动地与那个女人当场闹起来——

皆因杨珊。

她若是未曾记错的话,那个女人应当是严总的夫人,杨珊的闺中密友。而且,之前她还在梦溪园见过几次。

换作旁人,她可能抱着"多一事不如少一事"的心态,毕竟与人当场起冲突实在不是什么明智之举。

"那姜家慕晚可是个狠角色,昨日在游轮上四两拨千斤,将严太太数落得哑口无言,最后只能被打落牙齿往肚子里吞,那个憋屈样还真是少见。"

"听说她是姜老亲手带过一段时间的姑娘,只是后来父母离异,她跟着母亲走了,今年才回来。"

一家清吧内,三五位少女坐在一块谈论昨夜之事,优雅的音乐盖住她们低低的交谈声。

停了片刻,只听有人道:"姜总跟第一任妻子为何会离婚?"

这是 C 市上层圈子里的不解之谜。

但并非真的无人知晓,众人大多同余瑟那般不愿去过多提及旁人的家事,抑或是忌惮姜老爷子的威严。

其中一人闻言,往四周瞧了瞧,而后低声道:"听闻是姜老太太执意让她辞职回家传宗接代,夫妻二人最终因意见不合离了婚。"

大抵是因为在座的都是女孩子,是以听闻此言,空气仿佛有片刻的凝滞。

有人喝着手中的鸡尾酒,竟有些食不知味的感觉。

在豪门圈子里,女人看起来风光无限,可谁人不知,家产的大部分,向来都是男子继承,女子能得到的不过是小部分。

大抵是内心起了共鸣,让几位姑娘都沉默了。

"我怎么听说是姜临跟女秘书在一起后,生了个儿子出来,姜老太太便抱着孩子回家,直接逼走了姜总的第一任夫人?"

众人沉默时,旁边的一个女人夹着烟,漫不经心地说出了这么一句话,将众人的目光吸引了过去。

对于这个凭空冒出来的陌生人的话,一群小姑娘虽有所怀疑,但依旧是壮着胆子问了一句:"你怎么知道?"

"我怎么知道的不重要。姜总跟第一任夫人于 1992 年离的婚,姜司南于1988年出生,他是姜临出轨生下的。"

这话不假。

不管这人前面一句话是否为真,可第二句话是事实,足以证明这人所说不假。

付婧抬手抽了口烟,看了一眼这群小姑娘,嘴角牵了牵,眼底的算计一闪而过。

远远地看见卫生间有人出来,她立刻掐掉了手中香烟,将烟蒂丢进烟灰缸里:"姜总。"

清吧内,台上的歌手刚好一曲唱完,周遭安静了些许,付婧这声"姜总"就在这个空隙传出,让隔壁桌的人惊讶地张大了嘴巴。

姜临抬手压了压,语气随和地说:"下班时间,不用那么拘谨。"

付婧笑了笑,微微点了点头:"是。"

姜临招来服务生点了杯鸡尾酒,望向付婧,余光瞥见了烟灰缸里的烟头,目光微微闪了闪:"你来C市两个月了,我们也没时间好好聊聊。"

付婧面上微笑不减,放在膝盖上的手微微紧了紧,笑着寒暄:"您事务繁忙,怕打扰您。"

姜临笑了笑,但这笑带着几分客气与假意,他从兜里掏出一盒烟,抽了一根出来递给付婧,这是试探。

付婧怎会不知?

姜临是领导,领导给下属递烟,哪有不接的道理?

她俯身接过,将烟夹在手指间,却未点燃。

"这些年,慕晚在B市多亏了你照顾。"若问付婧何时觉得姜临有一点儿做父亲的样子,她现在会告诉你,大概只有今日,只有此时此刻。

一个十几年都未曾联系过自己女儿的男人,今日可算是破天荒头一回了。

"算不上照顾。"

"你父母还好?"

"都挺好的。"

"你宋阿姨呢?"

前面的所有话语都是铺垫,唯有这一句才是重点。尽管付婧之前对姜临的试探有所猜想,但也未曾想到他问的是宋蓉的情况。

"许久没回B市了,我也不知道。"付婧摇了摇头,说了句实话。

听到她这句回答,姜临放在单人座椅扶手上的指尖狠狠地往下按了按:"慕晚也未曾同你提起过?"

付婧再度摇了摇头:"慕晚向来不喜在旁人跟前提及父母,我们也——"说到此,她神情有些尴尬地瞧了眼姜临,"不好多问。"

"你有你宋阿姨的联系方式吗?"

付婧摇了摇头,表示没有。

付婧这番话可谓说得滴水不漏,父母离异这种事情,换了谁,也不想在旁人面前多提,一句话就封住了姜临的嘴。

姜临明显是有备而来,可也敌不过付婧的"一问三不知",且跟他说话的态度也可谓滴水不漏,叫人瞧不出半分破绽。

二人在清吧门口分别。付婧刚走两步,薛原紧跟上来,道:"付秘书,我送你。"

"顺路吗?"付婧也不想说什么客套话,直接问道。

而薛原见付婧不按套路出牌,还稍稍震惊了一下,才回答:"姜总的指示。"这话的意思是,无论顺不顺路,他都得送。

既然如此,她有车不坐白不坐。

不过,现在是晚上七点半,正值这座城市的晚高峰时间段,薛原伸手打开了车载广播,正在播报此时C市的交通路况。

车一路走走停停,薛原透过后视镜看了眼坐在后座的女子,试图交谈:"付秘书是B市人?"

"土生土长。"

刚才见薛原一直未开口,付婧心中还有些奇怪,只是"宁想他人坏,不想他人好",提防总是没错,毕竟他是姜临的人。

"那付秘书对C市熟吗?"

"不太熟。"

付婧小时候来过C市两次,还是母亲带着她来看姜慕晚,1992年之后,便未曾再踏足这片土地。

"C市可以玩的地方还是有很多的,付秘书若是想去哪里玩,可以来问我。"

这话若是放在大学时代,付婧必然会觉得眼前这个男生是一个热情阳光的学长。可此时身处这样的境况下,她很难不多想。

有人抛下鱼饵想钓你,若不给对方半分机会,岂不也是不给自己机会?

可偏偏薛原这种人,在商场上摸爬滚打数年,虽说不如君华徐特助那么有城府、手段,可也不是张白纸。此时,若是欣然应允不见得是最佳回答。

于是,她道:"像我们这种人,哪有机会玩?不都得随时待命,等着老板吩咐吗?"

薛原笑了笑:"也是。"

付婧不再言语,视线落向车窗之外,目光游移。

时常听人说,有了后妈就相当于有了后爹,起初,她觉得这话是无稽之谈,或许是因自己家庭美满,未曾经历过这些。

可今日见姜临约见她时的言行,她好像能理解了。姜慕晚现在的处境,大抵是前有狼,后有虎,中间还有人在挖坑,一招不慎,不是满盘皆输这么简单,只怕是要送命。

C市的气温逐渐升高,晨间外出不再需要披上外套,晚间的风也不如四月那般凉。

周五晚,姜慕晚结束应酬,甫一出酒店,不知是这温和的风吹得她脚步一顿,还是眼前的景象让她挪不动脚。

十六年一晃而过,C市高楼拔地起,从当初一座正在开发的城市变成了金融大都市。

即便这个城市发展得如此快速,可有些地方依旧未曾改变。

这日晚,姜慕晚站在C市澜江二路上,看着眼前这栋灰白的建筑失了神,年少时,她是这栋楼的常客,可现如今——

一切都成了过往的回忆,且这段过往的回忆中,夹杂着太多的恩怨、利益与算计,叫人痛恨。

因为这里的私房菜馆,澜江二路在C市也算是小有名气。它的对面是某国企大楼。

那灰白的小楼,在这座金融大都市里或许不甚起眼,那些年她频繁出入这里,而今却只能隔空相望。

故人不在故地,多望一眼,她便多一分伤神。

她饮酒微醺,摇晃着往前走着,脚步虚浮,但好在神志清醒,五月底温热的风吹来，起不到提神醒脑的作用，反而将人吹得越发昏沉。

从中央广场走出去，按照她这样的速度，大抵要走几十分钟。

这里以前是别墅区，房屋基本是二层楼建筑，院落与院落之间也无高墙阻挡，站在楼上向下望去，能瞧见马路上的车子呼啸而过。

这夜，君华集团高层也在此处应酬。

突然，顾江年接到海外电话，他指间夹着根燃了一半的烟，去了阳台。只是这通电话还未接起，他便见楼下昏黄的路灯光下，有一道熟悉的身影。

五秒过去后，男人才伸手接了电话，并用另一只手手敲了敲身后的玻璃门。

徐放一抬眼，恰好与顾江年的视线撞上，顾江年未说一句话，只是眉头微微蹙了蹙，徐放便径直起身，然后一把拉开玻璃门过去。

顺着顾江年的视线望过去时，徐放惊得一颤。

随即，徐放侧眸望了眼自家老板他正用一口流利的德语与电话那边的人交谈着，然而他放在栏杆上的手指却在一下一下地敲打着。

旁人看见这幕后或许不会明白，但徐放心中明了——

这个男人又在算计了。

姜慕晚漫步于澜江二路旁的人行道上，被洒水车浇了一身水。

被这么一浇，她瞬间清醒了。

姜慕晚抬眸望去，只见那辆洒水车和她印象中的有点儿不太一样。洒水车向前驶去，路人都知道往旁边躲一躲，唯独她是个另类。

姜慕晚心中恼火未消，一辆黑色林肯缓缓朝她驶来，停在身旁，车窗降下，只见后座上的男人微微侧眸，将视线落在她的脸上。

顾江年未有言语，只是将视线移开。

他赌，她会上车。

而此时，坐在副驾驶座上的徐放知道，在商场上杀伐果断的顾江年是怎样的人，他不仅谋事业，还谋女人。

一旦顾江年想得到什么，他会精心编织一张网——让人自投罗网。

比如，刚刚看到那辆洒水车浇了姜慕晚一身水后，便让徐放驱车过去。

一身狼狈的姜慕晚只好上了顾江年的车。

上车后，她才发现，这人一只手拿着手机，正与电话那边的人谈生意。

她想，难怪。她狼狈至此，这人怎么没有借机嘲讽两句，原来是没工夫搭理她。

姜慕晚刚坐下，徐放便从前座递了一条干毛巾过来。

她微微疑惑,有什么东西在脑海中一闪而过,速度极快,让她忽略过去。

与姜慕晚视线对上的那一秒,徐放以为是他们假装偶遇接近她的行为被识破,紧张得心跳加速,递毛巾的手都隐隐出汗。

"谢谢。"姜慕晚伸手接过,道谢后低头擦着身上的水渍。

"不客气。"

徐放小心地回答,转身之际,将掌心摁在西裤上,狠狠地擦了擦。

若这世间第一难伺候的是顾江年,那么,第二必然是姜慕晚。

她的手段,早前徐放已经见过,应付的时候不由得打起十二分精神,提防着。

车内飘着淡淡的酒精味,也许是顾江年的,也许是姜慕晚的,又也许是徐放的。只是本是淡淡的酒精味,等她上车后,便浓了几分。

由此可见,顾江年今夜没少喝。

身旁只听见顾江年低沉的声音,姜慕晚本想开口让他吩咐司机罗毕靠边停车,可反应过来时,车子已经开到了顾公馆,而身旁的人似乎太过"钟情"于这通电话,也没反应过来。

此时,只见这人极快地挂了电话,冷着嗓子训斥罗毕:"你怎么开车的?"

"抱歉,先生,我忘了姜小姐在车上。"

"滚下去。"男人说话的语气带着几分强势、霸道。

徐放见后座没有声响,这才侧着身子望向姜慕晚,客客气气地开口道:"姜副总既然来了,不如上去换身干净的衣物再回去,您看如何?"

徐放这话说得客气,而且小心翼翼,大抵是知晓姜慕晚也不是个什么好惹之人。

想他堂堂君华首席特助,别人见了都是客客气气地喊声徐秘书,可到了姜慕晚这里,自己就卑微到尘埃里去了。

现在他们三个这么一唱一和是为了什么,徐放岂能不知。

"嗯。"姜慕晚应道。

罗毕将车停在顾公馆的主干道上,等了半晌。直至姜慕晚开了金口,他才缓缓地吐了口气。

兰英见到姜慕晚,似乎也很高兴,见她满身水渍,身上的湛蓝色连衣裙湿漉漉的,不免关心地询问。

"去找一套衣服给姜小姐换上。"男人话音落地，手机也适时地响了，他望了眼兰英，听到后者应声才转身上楼。

　　他好似真的只是"不小心"将人带到了顾公馆，毕竟如他这般工作繁忙的人，哪里会去管一个女人。

　　可事实呢？

　　等姜慕晚去洗漱时，顾江年将兰英喊进了书房。

　　男人坐在书桌后，夹着香烟吞云吐雾，问道："你觉得姜小姐如何？"

　　"姜小姐很好。"兰英如实回答。

　　顾江年问："如果让她来做这顾公馆的女主人，你觉得如何？"

　　兰英被顾江年这句话震惊得久久不能回神，他虽是在询问，但其实心中早已有定论。

　　数日之前，兰英曾问徐放，姜小姐与自家先生是何关系。

　　徐放看了她一眼，表情纠结，只幽幽地回道："我也看不透。"

　　此时，兰英想起徐放的话，竟是有些认同。

　　旁的她不知晓，就单看在顾公馆时，顾江年与姜慕晚相处的态度来看，谁能想到他是喜欢人家的？

　　顾江年的询问，兰英答与不答都不重要。

　　安静的书房内，顾江年手指间的香烟逐渐熄灭。

　　他将手中的烟蒂丢进垃圾桶里，声音清冷："她今日酒喝多了，你准备一下安神醒酒的。"

　　兰英心中拿定了主意，随即恭恭敬敬地答道："明白。"看来他故意冷落姜慕晚是假，暗中照顾她才是真。

　　顾江年若想刻意引姜慕晚进他的网，她恐怕是插翅难逃。

　　姜慕晚借用了顾公馆的客房浴室，洗完澡换完衣服出来，恰好看见兰英端着一碗醒酒汤过来，面上带着笑："闻到姜小姐身上的酒味，想必是刚应酬完，给您煮了碗醒酒汤，您趁热喝。"

　　姜慕晚对兰英有无防范之心？

　　有，但不算多。

　　她伸手接过碗，温度刚好。

　　顾公馆的用人都是精心挑选出来的，做事都很专业、细心，仅仅是闻到她身上的酒味，便提前准备好了一碗醒酒汤。

　　姜慕晚喝完，便将碗递给兰英，并客客气气地向她道谢。

兰英伸手接过空碗："先生已经安排好司机，姜小姐若是想回去，随时都可以。"

"麻烦了。"

"应该的。"

不多时，姜慕晚整理好后，迈步下楼，行至过半，突然头晕目眩，脚下一软，险些直直地栽下去。

若非兰英离得近，拉了一把，她险些摔下楼去。

"姜小姐。"一声惊呼响起，正站在门外抽烟的徐放与罗毕听到，拔腿就往里冲。

可见到顾江年从楼上下来后，已经冲进门的二人又极有默契地退了回去。二人面面相觑，面上浮现一种难以言喻的表情。

"怎么回事？"男人冷厉的嗓音从身后响起，惊得兰英后背冷汗涔涔，一时间也没敢过去扶坐在楼梯上的姜慕晚。

在外人看来，她是步伐不稳，一脚踩空。可她自己知晓，她此时双腿发软，身体状态极不正常——跟喝高了有些相似。

从二楼下来的男人看见这幕后，并未过来，只站在楼梯上，双臂环抱，目光淡淡地瞧着她："姜小姐这是准备讹我一把？"

臭男人！

"你当我瞎了眼？"

纵使现在脑袋昏沉，她也不想让这个人口头上占了便宜。

男人冷笑一声，走到姜慕晚的面前，蹲着身子睨着她："不是？"

不待姜慕晚回答，这人抬了抬下巴，望着门口，一字一句地道："车备好了，人也候着了，你坐在楼梯上，难不成是因为我顾公馆的楼梯坐着舒服？"

此时，姜慕晚双腿发软，脑子嗡嗡作响，可偏偏她又没多少力气去跟这人斗嘴。

她深吸一口气，微微闭眼，试图抑制自己即将冲上头的怒火。

接着，姜慕晚掏出手机要给付婧拨电话，可手机拿出来的那一瞬间，人已失去了知觉，直直地栽倒在了顾江年的怀里。

这一幕，旁人看不见，兰英却看得一清二楚——自家先生的眼眸中带着隐忍、压抑，以及志在必得。

屋檐下，罗毕跟徐放二人竖着耳朵听着里面的动静。

直至再次安静，罗毕从裤兜里掏出一盒烟，抽了根出来叼在嘴里，伸手点燃，抽了两口之后，投向远方的视线才缓缓收回来："先生是看上姜副总了？"

徐放点了点头，语气犹豫地道："应该是。"

"姜副总这么难对付，顾先生为什么要放着满城温柔乖巧的小姑娘不要，却看中了她？"

罗毕这话，徐放无法回答。

在他看来，顾江年这样的人，若是找个乖巧听话的小姑娘回来指定是过不久的，一个掌控跨国集团的男人怎么会有时间去陪一个小姑娘腻腻歪歪。

可姜慕晚的性格也实在是太凶悍了些。罗毕都能看出姜副总难对付，他们老板会看不出？

徐放跟在顾江年身边的时间长，向来谨言慎行，可罗毕不同，在保护雇主的安全上，他细心谨慎，私底下却是豪爽直言的性格。

于是，他万分准确地说出了徐放的内心所想："顾先生要是真的娶了姜副总，我们的好日子是不是也到头了？"

罗毕话音落地，徐放抬手狠狠地吸了几口烟，一脸郁结的神情，实在是万分明显。

老板找其他女人，对方或许会因为他们是顾董的得力助手而在态度上客气几分，可若是找了姜慕晚——

难说。

话说到此，二人心情都很郁闷，对视一眼，一股同病相怜的感觉油然而生，不约而同地叹了口气——有苦难言。

二楼客房，穿着一条淡绿色长裙的女子正安静地躺在床上，没了往日的牙尖嘴利，也少了往日的生气。

室内十分安静，兰英站在一旁，望着自家先生不敢言语。

先前书房里的一席谈话，兰英看出了顾江年对姜慕晚的不同，如今看着先生隐忍的举动，她深感焦急，心想若是今晚将姜小姐留在这里，两人的关系或许可以更亲近。

于是，她自作主张地在为姜慕晚准备醒酒汤之际，在碗里放了一片安定药片。

"先生——"

"你先下去吧。"

夜色浓重,窗外的云彩将月亮遮得严严实实的。

顾江年坐在床边的沙发椅上,一双看似平静,实则暗潮汹涌的眼睛看着躺在床上的女子。

他是何时与姜慕晚纠缠上的?

大抵是在1992年深秋,某日用过餐后,本是陪着母亲散步,行至梦溪园后湖的他,见湖水中有人扑腾。彼时年少,他未曾多想,恰好识水性,便一头扎了进去。

只是,将人救上来时,他才看见湖边立着姜家姑娘,眼神复杂地盯着他。

她无意中害得姜司南掉落湖中,而自己误打误撞地将人救了,后来,他才知那是姜临跟情人生的儿子。

他们的相遇起始于十六年前,是以,十六年后,当他在姜家客厅再次见到姜慕晚,也并不惊诧。

这份纠缠,既然放不下,那就不放了。

兰英进书房关灯,站在门口,看见书桌上狼毫未收,纸上的墨迹未干。走近几步,她见白色宣纸上几个苍劲有力的字近乎力透纸背:"一念起,万物生。"

顾江年对姜慕晚的在意,愈发强烈,如决堤的洪水,无法克制。

兰英从书房出来,行至客卧门口时,本欲进去,却见自家先生坐在床边,手掌落在床上女子的脸上。

那轻柔的动作与他平时对姜慕晚的冷言冷语形成了鲜明的对比。

片刻,男人俯身,薄唇落在姜慕晚的唇瓣上,碰触,辗转。

次日,晨间醒来,姜慕晚头疼欲裂。

她将脑袋埋在枕头上,听到耳边传来两声猫叫,动作不由得一顿。

这一幕,让她迷糊起来。

她侧眸望去,一黑一白两只猫蹲在床边的椅子上,睁着圆溜溜的大眼睛瞅着她。

姜慕晚愣了片刻。

姜慕晚试探性地唤道:"雪雪?"

回应她的是一声猫叫。

若说刚刚醒来,稍有些不清醒,那么此时,姜慕晚整个人都清明了——她竟然又在顾江年的家里睡了一晚!

昨夜她应酬时喝的酒固然猛烈,后劲十足,但绝不至于一路都没反应,到了顾江年这里就晕了。

若说"病从口入",那碗醒酒汤,怕是不简单。

"兰英……"姜慕晚回想起兰英有哪些不对劲的地方,在心里将这二字缓缓地琢磨了一番。

亏她还觉得那人是个好人,如今看来,并非如此。

"姜小姐。"一声轻唤打断了她的思绪。

姜慕晚回眸,看见兰英正毕恭毕敬地站在床尾边,轻唤了这么一句。

女子一脸平静,淡漠的视线毫无温度地望着她,白皙的脸上没有丝毫情绪。

霎时,整间屋子静谧下来,姜慕晚用目光无声地质问眼前人。

姜慕晚为何质问,兰英心里一清二楚。准备开口时,她却见本是面无表情的人缓缓勾了勾唇。

有那么一瞬间,兰英只觉得腿软。

餐厅内,姜慕晚轻车熟路地迈步过去,见顾江年斜斜地靠在椅子上,一只手拿着报纸,另一只手的指尖落在玻璃杯上。

见她走过来,顾江年睨了一眼。

许是看出了点儿什么,这人又看了她一眼,然后伸手抖了抖手中的报纸,哗啦作响:"没睡好?"

餐桌上。

一份早餐摆在面前,若说矜持,她应当是有的,但在顾江年跟前,这东西早被她扔了。

用人拉开椅子示意她坐下,她不疾不徐地坐下,轻轻嗤笑:"原来顾董也会关心人。"

顾江年缓缓坐正身子,似笑非笑地说:"谁叫姜小姐一早起来就摆着一张丧气的脸,倒真不是我想关心。"

"顾董当真是眼拙。"

"如何说?"男人漫不经心地回应。

"清晨见你,倒胃口。"

顾江年:"……"

他想，跟女人斗嘴不是什么明智之举，跟姜慕晚斗嘴更是如此。她是一个无所顾忌的女人，谁能是她的对手？

姜慕晚静坐在餐桌前，与上次不同，今日的她，根本就没有要用餐的念头，反倒是颇有心情地靠在椅子上，双臂环抱地望着顾江年。

四目相对，均是无言。

霎时，餐厅的空气变得静谧。

"姜小姐，请问是餐食不合胃口吗？"兰英从旁低声询问。

闻言，姜慕晚轻轻笑了一声，垂首，额边的碎发垂落下来："因为我还想活着从顾公馆走出去。"

这话，她是看着顾江年说的，可冷汗涔涔的是兰英。

对面，顾江年落在杯壁的指尖缓缓下移，而后落在木质桌面上，一双目光深邃的眼眸带着几分淡笑望着她，似是在问，这是何意思。

而姜慕晚呢？

何尝不是个心机深沉的。

她伸手拍了拍裙摆起身，浅笑着离开了餐厅。

此时若跟顾江年把话说明白了，他指不定会反咬她一口，说她喝多了发酒疯，或者是有被迫害妄想症。

索性，她不给他这个机会。

她离去时，悠悠的目光落在兰英身上，未曾言语，但那一眼，深意十足。

她从顾公馆出来，极其巧合地在附近树林出入口的地方见到了付婧。

向岁毕一见这辆黑色奔驰，不由得想起那日码头上那个撑着雨伞的红裙女子。

有些人即便精心打扮，也比不过某人随意出现便能惊艳全场。

姜慕晚拉开车门坐进副驾驶，只听付婧冷声道："你离顾江年远些，你们不是一路人。"

"我们之间没什么。"她侧身拉过安全带系上，语气淡淡地说。

"你们没有牵扯的话就最好。当年顾江年大刀阔斧地将顾氏企业收入囊中，叔伯们眼下退的退，走的走，说明此人手段狠厉。更何况这人心思深沉，难以揣测，你们注定走不到一起去。"

言罢，付婧驱动车子离开顾公馆。

"可我这样的人与他又有什么不同？"姜慕晚应了这么一句，纯属因为自己想到了那些痛苦的过往,可听在付婧耳里,就变了味道。

她回眸,直直地盯着姜慕晚,落在方向盘上的指尖慢慢收紧,而后似是在提醒姜慕晚,道:"你别忘了,B市还有人在等着你。"

晨雾弥漫,阳光尚未透过云层,顾公馆里静得只听得见澜江水的拍岸声。

罗毕将人送走后,又极快地返回,在主宅门口便感受到里面气氛沉重,一时间他往前的步伐都慢了半拍。

他走进后,方才听见兰英低低的道歉声。

而坐在餐厅里的那位,未有只言片语,脸上的神情却如同暴风雨来临之前般阴沉沉的,看起来尤为骇人。

顾江年精于算计是没错,但奈何姜家慕晚也不傻,防备心如此重的人怎会看不出这其中的门路呢?

但他不急,她会送上门来的。

姜慕晚从顾公馆离去时,兰英追上来递了一个礼品袋给她,直至她到了公司将袋子打开,才发现里面是一对毛毡玩偶,一只黑猫,一只白猫。

姜慕晚看着眼前的一对玩偶微微失神,正思忖着,秘书办的人进来,看到玩偶后问道:"准备的儿童节礼物吗?"

姜慕晚微愣,才想起今天是六一儿童节。

这份礼物,确实是挺别出心裁的。

她一开始接了这份礼物,无非是想看看顾江年在搞什么花样,不料,是一对玩偶。

看了片刻,姜慕晚将一对玩偶放回礼盒,然后丢进柜子里。

C大校园里,不乏豪门子弟,众人聚在一起聊的是什么?

无非就是别人家的八卦。

研究生宿舍内,有人写作业写到头皮发麻时,停下手中的笔,问身后的人道:"你最近有没有听到有关姜司南的传闻?"

"什么传闻?"身后的人搁下手中的笔,抬头问道。

"私生子啊,听说是姜总出轨才有的他。"

"真的假的?他妈妈不是姜夫人吗?"

有人不可置信。

谁不知姜司南的母亲是华众的总裁夫人?每每在宴会场里,她和姜临立的是恩爱夫妻的人设,怎么一下子姜司南就成了姜临的私生子了?

"他母亲前段时日将姜慕晚打得浑身是血,进了医院。新闻被姜家给压下来了,才没爆出来。"

谈起那事,至今还有人唏嘘。姜家慕晚,何等天姿国色,没想到却有如此遭遇。

"你怎么知道?"

"圈子就这么大,听医院里的小护士说,姜慕晚的秘书在急救室门口跟姜司南的妈妈吵起来了,说什么姜司南的舅舅先登门打人,后面姜司南的母亲就上门要人命之类的。"

"那也不能说人家是私生子吧!"

"姜总跟第一任妻子1992年离的婚,但姜司南是哪一年生的?"

屋内瞬间安静。

门外,有人抱着书,浑身战栗。

这夜,付婧归家,见姜慕晚正穿着睡袍坐在餐桌前用餐。

阿姨在厨房里忙碌,见她回来,喊了声"付小姐"。

付婧点头回应,径自拿杯子给自己倒了一杯温水。

她淡淡的视线从姜慕晚身上滑过,本是平静的目光倏然变得深沉,往前几步,将手中杯子放下,一手撑着桌面,另一只伸过去扯开姜慕晚的衣领。

这个年龄的女孩子,即便是未经人事,也会知晓一些恋人之间的事情,姜慕晚脖子上的痕迹可不像是被蚊子咬的。

付婧将视线从她白皙的脖子缓缓移至她的脸上,四目相对,空气有片刻的静谧。

大抵是因为一直没有照镜子,未发现这个痕迹,姜慕晚看到付婧的态度,有些蒙:"怎么了?"

"你们在一起了?"

"什么?"她依旧疑惑。

"你疯了?天底下那么多男人,你不碰,你跑去顾公馆招惹顾江年?"因为身后有阿姨在,付婧将声音压得极低。

啪!

姜慕晚伸手一把拍开付婧的手,起身冲进往卫生间,伸手扯开衣领,拨开头发，才看到脖子上的痕迹。

瞬间，姜慕晚只觉得怒火上头，甚至有些站不稳。

那个道貌岸然的臭男人！

姜慕晚一闭上眼，脑海中全是顾江年一脸无辜的表情，好似不知晓兰英所干之事一样。

那个浑蛋！

付婧站在卫生间门口，双臂环抱望着她，一脸的欲言又止。

"瞧你这副样子，倒像是顾江年占了你的便宜。"怒火消了大半，以至于付婧言语时，语气都好了一些。

姜慕晚穿着一身睡袍，她手撑着台面，闻言，侧眸冷冷地瞧了眼付婧："我被他占便宜了，难道你很开心？"

"不敢。"

跟姜慕晚开这种话，只能点到即止。

付婧看着姜慕晚，道："你跟顾江年不是一路人，纵使你们年少时的境遇有那么几分相似，我陪你回 C 市，若是眼睁睁地看着你跟那样的人走到一起，那跟看着你跳入火坑有何区别？再说了，退一万步讲，即便你们两情相悦，那也不一定能有好结果。

"我劝你一句，逢场作戏容易，抽身而退，难。"

付婧一直觉得姜慕晚是那种极其清醒的女生，可后来才知道，姜慕晚再如何清醒理智，也扛不住顾江年的阴谋与算计——那个男人的段位太高。

这顿晚餐，姜慕晚只吃了一半，余下那一半是无论如何都吃不下去了。

不急，来日方长，她还有报仇雪恨的机会。

城东美食街项目进入招商阶段，姜慕晚每日晨出晚归，一天下来数场会议连轴转。

与此同时，杨浒案的二审即将开庭。

这日上午，姜慕晚刚从一场会议中脱身出来，付婧就告知她后日杨浒案开庭之事。

付婧问道："姜临会不会收回对杨浒的起诉？"

"不会。"她回答道，而且万分肯定。

姜临是一个爱惜自己羽毛的人，眼下姜老爷子对华众还没放权，杨浒还不足以让他去冒险。

"万一姜老爷子插手呢?毕竟是儿媳的亲弟弟,不管说不过去。"

闻言,姜慕晚笑意更浓,停下前行的步伐,笑问她:"你认为杨珊将我弄伤送进医院的事情为何会不了了之?"

这一刻,付婧不得不承认,若说精于算计,还是姜慕晚更胜一筹。

姜家慕晚,太善于谋算人心。

六月,热浪席卷整个C市。

这日,姜家聚餐,姜慕晚提着两瓶茅台跨进姜家的院落时,恰好看见姜薇驾车归来。本是要进屋的人似是不着急了,站在院子里等她停好车,待人走近,还客客气气地喊了一声"姑姑"。

"你带的什么?"姜薇见姜慕晚手中提着东西,似是好奇地问道。

"茅台。"

"还是姑娘贴心。"

姜薇这话似是说得无意,实则在戳她的脊梁骨。

当初在这个院子里,她差点儿被老太太打死。

闻言,姜慕晚即便内心怒意滔天,可面上依旧保持着得体温柔的微笑:"姑娘再贴心,家产不都还是儿子的吗?"

这话无疑是在说,你再贴心,分家产的时候不还是没有姜临分得多吗?

二人的语气看似是平静,实则一字一句都冒着怒火。

"豪门世家不皆如此?"

"也是,嫁衣做得再好看,也是别人的。"姜慕晚笑着点了点头,语气随意。

二人之间硝烟弥漫的战争,在踏入这间屋子时暂停。

两人进了姜家的门,大家又是其乐融融的一家人。

屋子里众人相谈甚欢,谁也不去提及前些时日杨浒的案子,更无人提及杨珊将姜慕晚"送"进医院之事。

客厅内,本是浅笑着与众人相谈甚欢的姜慕晚端起空玻璃杯起身,欲去餐厅倒杯温水。

杨珊见状,俯身去接她手中的杯子,被她伸手挡开了,笑道:"哪里有让长辈给晚辈倒水的道理?"

杨珊见茶壶里的水不多了,用人又在厨房忙碌着,索性拿着水壶也进了餐厅。

餐厅吧台前,姜慕晚端着杯子接水,一条淡紫色连衣裙,将的她身材勾勒得异常纤细。

一旁的杨珊倒是穿得很随意,白衬衫扎进黑色百褶裙里,走的是居家路线。

"满意了?"哗哗的流水声中,杨珊冷漠的嗓音从旁响起。

"杨女士是什么意思?"姜慕晚笑问,似是当真不懂她这话语里是何意思。

"杨浒有没有绑架你,你比任何人都清楚不是?"

流水声不断,夹杂着姜慕晚的一声轻笑传来,她语气清冷地说:"外面的人说他绑架了,那外面的人就觉得他绑架了。"

水流声停止,姜慕晚将杯子端在手中,侧身望着杨珊:"成年人,该为自己的行为付出代价,我姜慕晚的脸岂能是被白打的?"

言罢,她冷笑了一声,脸上的嘲讽丝毫不掩饰,正准备离开,却被杨珊伸手抓住臂弯:"你明知当年之事不是我一人所为。"

杨珊越来越确定,姜慕晚回来就是为了不让她好过的。

这个姑娘,平时在老爷子面前,看起来人畜无害,乖乖巧巧,可实际上是个笑面虎。

姜慕晚听她这般话语,万般嫌弃地伸手拨开她的手:"你要怪就怪老太太走得太早。"

——让我现在找不到主谋,只能拿你开刀。

"你母亲知不知道你回 C 市了?"杨珊话语中稍有几分急切。

姜慕晚却仿佛没听见,抬腿就走。

"你母亲离婚这么多年没主动给你父亲打一个电话,完全是老死不相往来的态度,你现在回来这里,她知不知道?"

杨珊急了,她似是终于明白了只要姜慕晚在姜家一天,她就难有一天好日子过。

"我回不回来,都改变不了我身上流着姜家血的事实。杨女士,你在想什么?"

杨珊想让宋蓉将姜慕晚接回 B 市,好还给她一块清净之地,这简直是痴心妄想。

这夜,吃晚餐时,姜家一派其乐融融的景象,一家人坐在一处,万分美满。可实则,每个人在想什么,别人都心知肚明。

梦溪园另一边,顾江年从国外回来,落地后直接回了梦溪园,进屋尚未站定,余瑟阴阳怪气的话语声从旁传来:"还知道回来?"

男人低头换鞋的动作一顿,随即笑道:"怕再不回来,余女士不让我好过。"

余瑟闻言,嗤笑了一声,放下手中的茶盏,起身迈步过去,接过他臂弯间的外套,没好气地说道:"我可不敢让顾董不好过。"

顾江年抿了抿唇,目光移向一旁低头偷笑的用人身上,眼眸中带着些许询问。

此前也有长时间不归家的时候,可他也没被如此暗讽过。

"怎么了?谁惹我们余女士生气了?我替余女士教训他去。"

顾江年说着,一只手搭在余瑟的肩膀上,将人往沙发那边带。

余瑟伸手拍开他的手,佯装生气地质问他:"你跟姜家慕晚是怎么回事?"

男人愣了半秒,而后似是想起什么,一副恍然大悟的模样:"原来是舅舅。"

"什么舅舅?我问你跟姜家慕晚是怎么回事?"

顾江年答非所问的模样,让余瑟更加疑心。

白日听余江说起那日宴会之事时,她还在疑惑,联想起自姜家女回来,他来梦溪园的次数是往年的数倍后,她就不淡定了。

往常每月都回不了一次梦溪园的人,近期可谓是来得频繁。

顾江年自幼沉稳,定是干不出来那些头脑发热之事,那么余江的话语不是不可信。

顾江年不用细想,都知晓是自家舅舅把自己给卖了,约莫是同余女士说了游轮宴会上发生的事。

"我们只有工作往来。"

男人开口,话语中带着几分安抚。

"工作往来?我可是亲眼见她上了你的车——"

"何姨。"顾江年开口打断余瑟的话,目光深邃的眼瞧了何池一眼。他摆了摆指手,示意她下去。

何池转身进了厨房。

顾江年揽着自家母亲的肩膀,将人带到沙发上,二人坐下,他伸手将袖口挽了挽,然后给自家母亲倒了杯茶,颇有让她消消气的意思。

顾江年那一打断,余瑟若还不知晓是何意思,这么多年就白活了。

看来姜家的事,不好多言。

余瑟端起杯子喝了口茶,微微叹息了声,望着顾江年,语重心长道:"相似的人不适合一起终老。"

这是规劝,也是过来人的经验总结。

不管顾江年对姜慕晚是何感情,余瑟都觉得二人不合适。婚姻之事,若是性格互补还好,可若是二人都强势,那么这场婚姻,几乎难以和睦。

余瑟话音落地,顾江年端着杯子的手紧了紧,面上表情依旧,可心底波澜起伏。

余瑟的话对吗?

不对。

他与姜慕晚只是现在相似而已。

迟早有一天,他要将她困于金殿之中,拔去她的一身尖刺,让她对自己俯首称臣。

"姜家此时各方势力之间盘根错节,一时半会儿理不清,你远离些为好。"

他现在没想将人带回家,当然,这话他不能开口轻易说出来。他只笑着点了点头道:"安心。"

六月底,华众与君华的合作正式拉开帷幕,姜薇身为华众财务总监,自然少不了与君华高层接触,于是一直频繁往来于华众与君华之间。

这日下午,姜薇带着文件前往君华,身旁跟着助理林蜜。

君华董事长办公室内,顾江年与萧言礼在外面应酬完刚回来。

萧言礼半瘫在沙发上,揉着太阳穴,脑子嗡嗡作响。顾江年站在办公桌前,伸手端起桌面上的杯子,灌了一口冷茶水。

"顾董,姜总监来了。"

秘书站在办公室门口说。

男人伸手将杯子搁在桌面上,不轻不重,但也足以看出情绪有些不佳。

"请去会客室等着。"

秘书应了声,正准备转身离开,只听身后一道愠怒的声音响起:"去倒两杯茶!"

"好的,老板。"秘书声音微颤。

整个君华,能做到与老板交谈时面不改色心不跳的,估计也只有徐放了。

这秘书办的人,谁不说一句顾董是千年冰山,可望而不可即,尚未走近只怕是已经被冻得体无完肤了。

萧言礼靠在沙发上，斜斜地望了一眼顾江年，问："华众的项目要提上日程了？"

"嗯。"男人应了一声。

"哪位负责？"

这华众放眼望去，能说得上话的都是姓姜的人。

这些人接触起来，甚是烦人。

"姜薇。"

下午，萧言礼跟着顾江年一起离开，行至电梯口，与姜薇和林蜜撞了个正着。

萧言礼的目光骤然一变，仅是一秒便又恢复了正常。

"萧总也在？"

C市人人皆知萧言礼跟顾江年关系不错，在此处见到这人，似乎也没什么可惊讶的。

"姜总监。"萧言礼客气地打招呼，唇边笑意深深，而后他望了眼身旁的顾江年，笑道，"你忙，我先走了。"

晚间，顾江年回到顾公馆，见萧言礼斜倚在院子里的椅子上，拿着一根不知从何而来的狗尾巴草在逗猫。

"不请自来？"

"我这分明是送上门。"萧言礼纠正他的话，空出去的手想去摸摸猫头，却被小猫躲过。小猫跑到顾江年跟前去扒拉他的裤腿。

真是谁养的跟谁亲。

顾公馆跟君华总部大楼还是有不同之处的，比如不待顾江年发火，兰英已经将茶水送过来了，而且还屏退了其他用人。

后院，泳池边。

顾江年一只手抱着小猫，坐在椅子上，端起清茶喝了口，声音平淡："说吧。"

"说什么？"萧言礼无辜地问道。

"不说就滚。"男人伸手，将猫放回地上，白猫还想扒着他的裤腿往上爬，奈何大长腿的主人从椅子上起身，准备离开，惹得它直叫唤。

萧言礼笑着伸手，又把人按回了椅子上，将茶水递过去，颇为语重心长地哄道："你看看你，急什么。"

他端过茶水喝了口,倚在椅子上好整以暇地看着萧言礼。

白猫顺着他的裤腿又爬了上来,窝在他的腿上打瞌睡,他用修长的指尖摸了摸它的脑袋,不等萧言礼开口,直接道:"林蜜是姜慕晚的人。"

萧言礼被一口茶水呛得咳了半晌,才道:"你怎么知道?"

萧言礼知晓是因亲眼看见,可顾江年是如何知晓的?

男人闻言,轻笑了一声。

他怎么知道?

他魔怔了,魔怔到不放过有关姜慕晚的一切,甚至不惜暗中去调查她,只为将她掌控。

萧言礼此前对姜慕晚的印象还是"不知好歹"——刚回C市便想收拾姜临,也不想想姜临是何段位的人。

现如今,他陷入了深深的自我怀疑中。

姜慕晚在姜薇身边安插了人,估计在其他人身边也都安插人。这人倘若一开始就打定复仇,该是何其恐怖?

"姜慕晚这个女人的手段太高了……"萧言礼不由得低声呢喃这么一句。

"查不出她在B市的一切生活轨迹,是不是也是她事先安排好的?"

此时的萧言礼跟顾江年坐在一起讨论姜慕晚,能让这二人提及的女人,必然是有过人的手段。

"或许。"顾江年的掌心一下一下地抚着猫,脸上浮现出一抹狩猎者般略带冷酷的微笑。

"看来她也是深藏不露的人。"萧言礼说道。

"放着这么一个人在身边,姜临该是何等心大?"

赶不走人家,而且还得天天防着,岂不是等于放了一颗不定时炸弹在自己的身边吗?

澜君府。姜慕晚夹着烟站在阳台上接电话,眼前澜江夜景正美。霓虹灯光映得江面五颜六色,江轮驶过,水面泛起粼粼波光。

那边,女子温柔的声音传来,姜慕晚静静地听着,偶尔回应两句,话不多,但都能说到点上。

许久,姜慕晚转身进客厅,见付婧正端着杯咖啡往唇边送。

"你晚上不准备睡了？"

"说得好像我不喝咖啡就能早睡似的。"付婧幽幽地冒出来如此一句话。

姜慕晚点了点头，似是认同："那倒也是。"

"君华跟华众的合作项目能顺利启动？"

沙发上，一条薄毯随意堆放着，姜慕晚伸手捡起地上掉落的一条毯子往旁边放好，语气漫不经心地说："谁知道呢！"

一切皆无定数，谁知道呢？

"杨珊最近频繁前往织品酒业旗下工厂，只怕是坐不住了。"

"不急。"来日方长，姜慕晚有的是时间和她过招。

自上次姜慕晚在顾公馆被算计一事发生之后，姜慕晚和顾江年再见面，是在C市国际机场的VIP候机室里。

姜慕晚提着包走进VIP候机室时，见到的是如此场景。

VIP候机室内，以顾江年为中心，君华的高管坐在他的旁边，人人面前或是摆着电脑，或是手中拿着文件，坐在中间的顾江年双臂环抱，英俊的面庞上阴云密布。身旁，徐放跟前摆着电脑，汗水顺着脸颊流下，还要故作镇定地向老板汇报工作。

她这一推门进去，君华的高管便齐刷刷地朝她望来，包括坐在正中间的男人。

男人眉眼间的不悦丝毫未曾掩饰。你若问徐放此时有何感觉，他定会告诉你，他看姜慕晚不是姜慕晚，而是救世主。

若是平常人见了如此情形，应当会悄无声息地退出去的。

可姜慕晚是谁？被算计的仇，她还记着。

于是，君华的高管就这么眼睁睁地看着华众姜副总抚了抚裙摆，极其优雅地坐在了VIP候机室里，修长白皙的双腿随意地交叠在一起，身子斜靠在椅背上，脸上挂着从容的微笑，且还伸手招来地勤，要了一杯咖啡。

君华众位高管就这么静默无声地看着她。

而顾江年，本是充满凉意的目光盯着她，都快冒出火花来，浑身散发着生人勿近的气息，可偏偏姜慕晚跟没瞧见似的，偏要去触他的霉头，很有"见你不高兴，我就很高兴"的意思。

说起今日，徐放只觉得"一个头两个大"。B市君华分部CEO因酒驾出事故,被媒体用口诛笔伐送上了"断头台"。C市君华总部收到消息时,高层们正在召开会议,需要在最短的时间内给这件事拿出解决方案。

本是有私人飞机,但此时,俨然等不及各种安排所需要耗费的时间,是以,他们以最快的速度买了最近一班飞机的票,直飞B市。

好巧不巧,他们遇见了姜副总。

地勤端着咖啡进来时,手都是抖的,战战兢兢地将咖啡放在姜慕晚旁边。

堪称商界传奇的顾江年,无人不知,无人不晓,而如今,华众副总直接走进了他的地盘,便出现了如此尴尬的场面。

于是,善良大方的地勤美女轻声开口在她的耳边道:"隔壁的VIP候机室是空的,姜小姐若是不介意——"

"我介意。"

地勤美女温柔的话语尚未说完,便被姜慕晚开口打断了。

她伸手端起一旁矮几上的咖啡浅抿了一口,目光从地勤美女身上缓缓移至另一边的顾江年身上,随即,嘴角微扬,眼眸中狡黠的笑意流淌出来:"顾董这般英俊,多看一眼,都能令人身心愉悦。"

话音落地,不大的VIP候机室里有片刻的静谧,落针可闻。

随即,尴尬的咳嗽声肆意响起,以徐放为首,其他高管三三两两地站起来,看似沉稳,实则逃也似的离开了VIP候机室。

而在姜慕晚身旁微微弯身的地勤美女愣了半晌没动,还是徐放将她带出去的。

顾江年阴沉的视线落在姜慕晚的身上。

良久,男人伸出食指与中指,往下扯了扯领带,静谧的候机室里凭空响起三个字:"调戏我?"

不待姜慕晚反驳,男人再道:"胆子还挺肥。"

都说"事不过三",今日是第二次,他顾江年记着。

他抬脚踩在地板上,锃亮的黑色皮鞋在灯光的照耀下反着光。

须臾,男人高大的身子微微弯曲,将姜慕晚圈在椅子上,后者端着咖啡微微昂起头,唇边笑意散开:"我明目张胆地调戏,也好过顾董偷偷摸摸地占人便宜,顾董说是不是?"

机场广播响起,优美柔和的女声传来,或催促人们登机,或寻找旅客。

君华的高管站在VIP候机室门外,愣了数分钟。

良久,有人开口问道:"刚刚进去的是华众姜副总?"

有人问,自是有人答:"是的。"

"她刚刚是——在调戏顾董?"那人再问了一句。

这句话,无人应答了,也不敢应答。

机场广播正在播报登机信息,高层们的谈论声戛然而止,一旁,徐放正在摸烟的手随着大家的静默而停住。

徐放侧眸望向身旁的人,四目相对,只听对方悠然然道:"要登机了。"

要登机了?然后呢?徐放望着人家。

一旁,君华执行副总曹岩微微叹息了声,轻飘飘地开腔:"该进去喊老板出来了。"

徐放闻言,只觉得后槽牙微疼,哑了声:"你去?"

"特助的职责是安排老板的一切行程。"曹岩冷冷地开腔,意思是,这不是我的工作。

安排行程是他徐放的职责没错,可眼下这种情况,他进去不是找死吗?别以为他不知道,边上这群人都想看着他进去送死。

旁人不知,徐放能不清楚?

自家老板对姜慕晚起的是狩猎的心思,姜慕晚当众调戏他,这人能咽下这口气?

VIP候机室外,高管们各有猜想。

而VIP候机室内,两个主人公正在无声地对峙。

姜慕晚望着顾江年道:"长得一表人才,干的是无耻之事,顾董这反差都可以进教材当案例使用了。"

男人闻言,与她对视,良久之后,一声冷笑从鼻间冒出来,低声问:"我到底对谁无耻了?嗯?"

"顾董心里有数。"

"姜副总这是在难为找。"

"那顾董受委屈了。"姜慕晚冷笑。

"是挺委屈。"男人一本正经。

姜慕晚笑了,被气笑的。

什么儒雅的商人,都是伪装。这个男人就是一颗黑芝麻馅的汤圆——外面白,里面黑。

"顾董觉得我是个愿意吃亏的人吗?"姜慕晚笑问。

"不太像。"这人依旧将她圈在臂弯之间,居高临下地看着她,说出来的话语都带着那么几分上位者的傲气。

姜慕晚笑着点了点头。

随即,她慢悠悠地将手中的咖啡搁在一旁的矮几上,伸手,扯住男人脖子上微微松垮的领带往下带了带,两人四目相对。

男人搭在扶手上的手微微扣紧,而姜慕晚拉着他领带的手依旧未松开,而且唇边的笑意幽深,带着几分揶揄。

"顾董说错了,不是不太像,而是根本不会。"姜慕晚慢悠悠的话语从他的耳边飘过,男人落在扶手上的手背青筋毕现。

片刻之间,顾江年洁白的衬衫领子上多了一个鲜红的唇印,足以让人想入非非。

他若今日就这般出去,让外面的人瞧见了,只怕是脸都丢到太平洋了。

可顾江年是谁?即使居于下风,他也不会有半分惊慌。

男人垂眸望了眼自己的衣领,随后望着她一字一句道。

"我还以为姜副总有多大能耐,不过是'雷声大雨点小'。"

言罢,男人似是极其不在意,伸手抚了抚自己的衣领,并将另一只搭在扶手上的手缓缓地往回收。

仅是一瞬间,落在衣领上的手就捏住了她的下巴,而扶手上抬起的那只手狠狠地摁住了她的后脑勺。

再一次,顾江年用实际行动向她证明了什么叫能耐,与上次的浅尝辄止不同,与上上次的凶狠亦不同。

这一次,顾江年似是极有耐心。

捏在她下巴的指尖缓缓摩挲着,如同平日里在顾公馆逗弄那两只猫似的。

顾江年的吻技很好,好到让人觉得这人是个流连花丛的情场高手。姜慕晚性子极烈,被他压着吻,岂能束手就擒?

她张口要咬下去时,却见这人往后退了半分。

随即,顾江年放在她后脑勺的手不轻不重地拍了拍,带着半分笑意道:"迟早有一天拔了你的小虎牙。"

"顾董的癖好还挺独特。"二人相隔很近,说话时能感受到对方的呼吸,如此姿势,实在是暧昧。

"随便调戏男人可不是个什么好习惯,姜副总这个癖好,也挺独特。"

顾江年这话就差直接告知姜慕晚——他们是同一种人了。

"老——"

砰！

门外，VIP候机室的地勤美女看着他们的目光带着无声的催促，终是没有办法，徐放几经挣扎——再不进去，飞机该飞了。不承想，他硬着头皮推门进去，瞧见的是如此劲爆的一幕。

徐放觉得心脏跳动的速度超过了他能承受的极限。

"怎么了？怎么了？"屋外，一群高管睁大眼睛看着徐放推开门，还没瞧清楚，就见门被哐当一声又关上了。

"想知道？"徐放问。

众人点头。

徐放往后退了半步，将门边的位置让给他们："自己看。"

敢吗？他们自是不敢。

片刻之后，众人还在心里"问候"徐放时，VIP候机室的门被拉开，顾江年从里迈步出来。

众人抬眸，仅是一眼，随即抬起的眼又狠狠地垂下去，心里震惊的程度不亚于刚刚徐放推门进去时。

为何？

一个素来不近女色，在凤凰台那种场合都不沾染美色的男人，此时，衣领上染着大红色口红，而薄唇即便是擦拭过，也能看出那淡淡的口红痕迹。

到底是顾氏江年染指了姜家慕晚，还是姜家慕晚染指了顾氏江年？

任由旁人的内心刮起狂风暴雨，走在前头的顾江年依旧是一派淡然，而且前行时，他还伸出修长的手指整理了一番衣领，更让身后的一群人惊诧不已。

★ 第五章 酒馆

顾江年，坐拥亿万身家，长期霸占C市财富榜榜首之位，可对儿女之情素来冷淡。在应酬场上，他可以豪掷千金博美人一笑，也可以送出名贵珠宝让人芳心大动，却从不会让自己沾染上她们半分真心。

2005年深冬，他在洛杉矶时，曾有合作伙伴在酒桌上经过一番周旋后，想要用其他手段——

将美人送上他的床榻，美人金发碧眼，细腰盈盈一握。

可顾江年呢？

他将她关在了房门外面。

众人原以为不沾染胭脂俗粉的人，今日在C市国际机场的候机室里，跟华众的姜副总待了许久，怎能不令他们惊讶？

此时，众人心里还有另外一个想法：招惹谁不好，竟然去招惹姜慕晚？

这个女人身后的家族争斗不说，姜家老爷子也不是个好说话的，而且这个姑娘也不是个好招惹的人，搞不好会被她暗算一把。

君华的诸位高层心里如同打翻了调味瓶般五味杂陈，虽心中如此想，可到底是无人敢言语出来。

姜慕晚走进头等舱时，君华的高层齐齐在心里叹了口气。

原以为两个小时的飞行期间，他们能看一看这二人的互动，好判断他们之间是真情还是假意。不承想这位姜副总上了飞机就开始闷头睡觉，而且像定闹钟似的，飞机准备降落时恰好就醒了。

刚才闷头睡的人伸手将蒙在头上的被子拿下来，露出了圆溜溜的脑袋，一头长发散乱地披在脑后。

她这一觉，许是睡得有些久，此时神情恍惚，醒来半天都未曾回过神来，只睁着大眼放空自己。

过道另一边，本是低头翻看文件的男人像是注意到了，侧眸望去，正好对上了她的眸子。

四目相对，数秒之后，放空自己的人回神了。

她抱着薄被坐起来，喊来空姐，要了杯蜂蜜水。

她这一动，引得君华的高层齐刷刷地朝她行起了注目礼，弄得她端着水，喝也不是，不喝也不是。

姜慕晚疑惑地看过去，那些人或咳嗽或摸鼻子，纷纷转头。

"姜副总，需要送您一程吗？"

下了飞机，徐放得到顾江年的眼神示意后，连忙过来询问。

姜慕晚侧眸望了眼顾江年，问道："徐特助这话是真心的？"

就今日君华这些高层防着她的眼神就跟防着大灰狼似的，她觉得徐放说这话只怕是半分真心都没有。

"姜副总说笑了。"徐放不敢表露有异议，毕竟是老板看上的人。

姜慕晚笑了笑，没回应。

徐放以为她答应了，可行至出口才知晓，早已有人在等候她。

出口处，姜慕晚身影刚现，前方，顾江年步伐急切地走向她，等站定到她身前，立刻张开手臂将人狠狠地搂进怀里。

大抵是隔得太近了，君华的高层真真切切地听到顾江年问了句："想不想我？"

看见姜慕晚与顾江年相拥的姿势，其他人不由自主地用余光瞧了眼自家老板的面色。

徐放站在一旁，心都颤了。

他明显察觉到身旁人周身的气息在逐渐变凉，紧紧抿住的唇瓣透着几分隐忍。

徐放提着公文包，反复数十次才算是做好心理建设，开口："老板。"

顾江年面色如常，可周身的气场着实让人生畏，直至离了姜慕晚身旁，众人才觉得呼吸顺畅了。

徐放在心里为自家老板默哀数秒。

实在是——太明显。

上车后，徐放坐在副驾驶座上，拉过安全带，只听后座的男人声音阴沉地甩出两个字．"去查。"

"明白。"徐放应声。

查什么，不用说。

另一辆车内，君华的执行副总曹岩沉默半晌，向身旁人问道："刚才是什么情况？"

莫说是曹岩，只怕是这些人都不知晓。原以为老板跟姜慕晚关系匪浅，可刚刚那一幕，又令人看不透。

身旁的人用不大肯定的语气回道："她……脚踏两只船？"

敢对顾江年脚踏两只船，她姜慕晚是活腻了？

夏日炎炎。

三十五六摄氏度的天气实在是让人燥热难耐，甫一出机场，只觉得热浪来袭，不待人家开车门，姜慕晚径直伸手拉开车门就往里钻。

她刚坐稳，另一边的车门被拉开，男人坐进来，摘了口罩、帽子，将后视镜拉下来一边拨弄头发，一边问道："刚刚那人是君华的顾江年？"

"认识？"姜慕晚颇为好奇。

"听说过。"男子回答。

"最近很忙？"男子低声询问。

"忙。"她道。

"付婧也不见踪影了。"

"公司事情比较多，哪儿能跟您比，成日里就跟池塘里的小鸭子似的，优哉游哉的。"

"调侃我？"男人手握着方向盘，嘴角浮现一抹笑意，等红灯的间隙，微微侧头看了一眼身旁的女子。

姜慕晚耸了耸肩，不以为然。

"小心——"

砰——

姜慕晚的提醒，终究是晚了些，车内，刚见面的二人连叙旧的话都未说完，便被这场突如其来的交通事故给打断了。

姜慕晚拉着扶手，面色微微苍白。

前方，一队排得整齐的黑色林肯车以平稳的速度向前驶去。

车内，徐放握着方向盘，手心里尽是冷汗，透过倒车镜看了眼后方打着双闪的车，心微微沉了沉。

几分钟前，徐放只觉得车内空气仿佛凝固一般，靠在后座的男人周身似是笼罩着一层阴霾。

安静的车内有手机铃声响起,这人似是未曾听到。

铃声响了停,停了又响,因为B市这边事态严重,徐放担忧会错过要事。

于是,他谨小慎微地开腔:"老板。"

"别上去。"顾江年突兀地开口。

"什么?"徐放疑惑。

"别上去。"顾江年语气阴狠,脸上明显浮现出了一丝不耐烦。

徐放向来会察言观色,他看了眼后方车辆,思忖了一番他们此时的处境。他们本就是争分夺秒地来处理事情,不然为何放着专机不坐,让老总们去坐头等舱?

权衡一番之后,徐放心里突然有了主意,于是将旁边一辆灰色的大众给别过去了。

身后一声巨响响起时,徐放透过后视镜看了眼自家老板,见他的面色已经稍有好转。

七月,盛夏的阳光洒下来,整个城市仿佛是一座火炉。

君华B市分部执行经理的丑闻被狠狠压下去,仅是一夜之间,风平浪静。

而顾江年的动作也是极快的——配合警方做好调查,亲眼看着警察将人送进看守所。

能坐上君华执行总裁位置的人,说白了,得识大体。与其说顾江年此番来给人"擦屁股",不如说是来稳住合作商们躁动的心。

这日下午。

看守所内,昏暗、燥热。

男人坐在玻璃隔断的这一边,斜斜地靠在椅子上,手指间夹着根雪茄,冷漠的目光落在对面人的身上,洁白的衬衫不消片刻便汗湿了大片,紧贴着身体。

即便如此,这人端坐的姿势依旧高雅,如同那天上月般,让人觉得高不可攀。

"热吗?"男人突兀的话语声响起,问了这么一句,惊得对面的人浑身一颤。

"顾董。"男人垂首喊道。

"嗯。"顾江年低声应道,让人觉得似乎带着半分温情。

"对不起。"男人再度开口,声音轻颤,甚至还有些哽咽。

顾江年向来对下属要求严厉，君华的高管工作能力好且家庭和睦。那些花边新闻满天飞的人，永远都坐不上君华高管之位。

只因顾江年说过如此一句话："逢场作戏无人言，假戏真做得掂量。莫让自己那些不该有的欲望影响公司的声誉。"

商场上，多的是逢场作戏，但假戏真做，得付出代价。

更何况现在这人因为带着情人醉驾，闹出人命，顾江年怎会容得下他？

"你对不起的是你的妻子，而不是我。"烟雾缭绕，男人微眯着眼，用极其平静的语气回应他。

"你带着情人醉驾还闹出人命，你的妻子本可抛弃你，却被社会舆论困扰。"男人凉薄的话语从喉间溢出来，"你年迈的父母与年幼的子女都成了她的负担。"

"顾董……"男人捂着脸哭出声，这个前两日还意气风发的男人如今成了阶下囚。

顾江年静默无声地看着对方，良久之后，才开口道："我也可以保护你的妻儿父母，让他们不因你受到任何干扰。"

"顾董需要我做什么？"哭泣的男人猛地抬起头望向他，绝望的目光中又透出些许希冀。

"顾董。"见人出来，徐放赶紧挂断电话迎上去，面上的表情有些难看。

"嗯。"大抵是因为感到燥热，男人面色不佳，不咸不淡的声音里带着些许凉意。

"C市那边，出事了。"

徐放小心翼翼的话语让顾江年前行的步伐一顿，侧眸，阴沉的目光落在他身上，等着下文。

看守所门口实在不是个说话的好地方，可此刻不得不说。

"恒信前日的游轮上出事了。"

恒信集团乃C市数一数二的重工企业，说是余家的产业，但无人知晓，它的大股东是C市首富顾江年。

恒信承包了整个C市澜江上的游轮经营权，相当于掌控了C市的半个旅游圈。

"说清楚。"

"恒信游轮营业当日，从织品酒业进了一批酒。那批酒有问题，游轮上很多人喝过后都出现了过敏症状。织品酒业是杨家的企业,有可能是姜副总的手段。"

徐放说完,不敢看顾江年的面色,只觉得身旁的风都是冰冷的。

他垂在身旁的手,冷汗涔涔。

身旁男人的目光阴郁,让人不敢看。

C市。澜江十号码头。

救护车呼啸而至,接上病患后送往各医院。

路边,一辆黑色奔驰停在停车位上,后座的女人目光清冷地看着眼前的一幕,看着医护人员抬着担架急速奔走,看着很多人面色惨白,颤巍巍地从游轮下来,看着闻风而来的记者举着相机猛拍。

余江面色阴沉地站在码头上。

有些人,生来无情。

曾经有人这般形容过姜慕晚——纵使她顶着一张美丽的脸,也掩饰不了她是个无情之人的事实。

她为达目的,不择手段。

织品酒业是杨家大树上最后一颗果实,而姜慕晚,偏偏对他们家这颗仅剩的果实下了手,让杨家彻底站不起来,让杨珊彻底没了后盾。

你瞧,姜慕晚何其无情?

弄死杨珊明明可以不费吹灰之力,姜慕晚却偏要一点一点地折磨她,一根一根地抽掉她的傲骨。

随着时间的推移,游轮中毒事件的热度逐渐升高。

巨额赔偿金,再加上名誉受损,够他们喝几壶了。但姜慕晚没想到,杨易辰这人极有手腕。

一个卖酒闹出中毒事件的人,最终竟然成了"积极配合政府工作,有错就改的企业家"。

姜慕晚看见这一则新闻时,简直被气笑了。

她伸手从茶几下方的抽屉里抽了根烟出来,想要稳定下心神。

她千算万算,漏算了个杨易辰。

打火机的声响在静谧的客厅里响起时,让站在厨房择菜的阿姨侧身望了她一眼。

见她抽烟,阿姨似是见怪不怪,转身又忙了起来。

阿姨转身之际,坐在沙发上的人缓缓起身,刚走两步,手机响起。

她低头瞧了眼，见是付婧，伸手接起。

那边许是酒过三巡，气氛正浓，她隐隐能听见喧嚣声："我猜你现在肯定很难受。"

"所以，你是想来看看我有多难受？"

"我是想出来透口气，你郁闷，我也不见得好到哪里去。"B市某酒店阳台上，付婧端着杯子灌了几口白开水，似是想起什么，道，"你猜我刚刚看见谁了？"

"谁？"她问。

"贺希孟。"

突兀的三个字冒出来，让正在抽烟的人手中动作一顿，连带着目光都变得深沉了些。

"他看到你了吗？"良久，姜慕晚问。

那边有片刻的静默后，姜慕晚只听付婧道："刚刚没看见，不过——现在看见了。"

随即，她听见付婧打了声招呼。

男人身姿挺拔，气质过人，一眼望过去，只让人觉得他荷尔蒙爆表。

贺希孟远远见到一抹熟悉的身影，与友人结束话题后，便往这边走来，同她点头招呼，视线如探照灯似的扫了一圈，随即开腔询问："一个人？"

"姜慕晚不在。"付婧直截了当。

贺希孟闻言，神情有片刻僵硬，应了一声，算是知晓。

随即，她听到贺希孟再道："工作再忙，身体要紧，注意劳逸结合。"

"你的话，我一定带到。"

付婧当然不会认为这话是同她说的，贺希孟这般出身，岂是她这般凡夫俗子可以觊觎的？

另一方，姜慕晚将二人的对话听得一清二楚。

夹着烟立在原地，直到手中烟灰掉到手背上，她才回神，猛地甩手，速度极快地挂了电话，低头望去，只见手背上被烫红了一片。

"姜小姐。"

屋内，阿姨做好晚餐，出来唤她吃饭。

刚走过去，阿姨便见她摸着自己的手背，眉头紧紧地皱着，似是被烫得不轻。

"被烫着了吗？"阿姨问。

她应了声，声音平淡。

"您去坐着，我去给您找药。"

"不——"姜慕晚一句拒绝的话尚未说出口，阿姨转身就走了。

坐在沙发上的人缓缓低头，视线落在茶几上漆黑一片的手机上，眉头微皱，随即只听闻她淡淡地叹息了声。

"是有什么烦心事吗？"阿姨拿着药膏蹲在一旁给她抹药，清凉的药膏涂在手背上，带着丝丝凉意。

"没有。"她淡淡地开腔，语气里带着自己都未曾发觉的一丝失落。

阿姨闻言抬眸，眼中带着惊讶与好奇。

片刻，放在茶几上的手机响起铃声，看了眼上面的号码，姜慕晚微微疑惑，但依旧伸手接起。

"小骆？"

"晚姐，出事了。"骆漾焦急地说道。

"你慢慢说。"姜慕晚神色不变，语气沉稳。

"慎哥今天在C市有活动，活动结束，主办方邀请大家一起聚餐，慎哥在凤凰台不小心得罪了一个人，他现在被人留住了。"

电话那边环境嘈杂，或许是顾及身旁有人，骆漾虽语气急切，但声调不高。

"凤凰台？"姜慕晚拿着手机起身。

"天一阁。"骆漾话语微颤，显然是事态紧急。

"等着我，我马上赶过去。"

姜慕晚极少去凤凰台，纸醉金迷的生活过久了，容易让人迷失方向，而她显然不愿意让自己迷失在浓雾中。

凤凰台天一阁内，包厢里面，有一个男人双臂环抱坐在上位，一身黑色的西装，仿佛他整个人与暗处融为一体。

而身旁，一群富家公子哥此时吵吵嚷嚷地在边上起哄道："喝完一瓶洋酒，此事就算过去了，不然你今儿怕是不能出这门。"

"万少，有话咱好好说啊！误会一场，解释开了就好了啊！"尚嘉娱乐公司的经理在一旁打着圆场，急得团团转。

他也不知身旁这位大爷是发什么疯，没事要去招惹C市这群土生土长的公子哥。

C市不比B市，越是背景深厚的人，便越是善于隐藏锋芒。

眼前，这位深藏不露的少爷跟只疯狗一样紧咬他们不放。

万开这人是出了名的浑蛋，在C市提及万家二少爷，少不了得说一说他流连花丛闹出的那些事。

"误会？我瞧着可不是什么误会，你不喝酒也行。"哐当一声，一把泛着冷光的匕首被丢在了桌面上，万开冷眼瞧着人，扬了扬下巴，似是极其瞧不起他，"自己把脸划了。"

宋思慎从出道伊始走的就是靠脸吃饭的偶像小生路线，这若是毁了脸，艺人生涯可就毁了。

"万少高抬贵手。"

培养一个当红流量小生得花多大的时间和精力啊！宋思慎此时正是赚钱的时候，毁了他的脸就是毁了一棵摇钱树啊！"

"我瞧着你们家艺人那一身傲骨可不像是要让我高抬贵手的样子。"万开的视线冷冷地落在宋思慎的身上。

他跷着二郎腿坐在沙发上，整个一副二世祖的模样。

他瞧着宋思慎的目光带着几分玩味。明星在他们这群二世祖眼里不过是高兴了就捧一捧，不高兴了就拿来寻乐子的对象。宋思慎这种硬骨头，他见得还少？

"慎哥。"经理低声轻唤，似是想让他服个软。

"慎哥？"万开似是听到了什么好笑的话，尾音微微往上扬了扬。

万开瞧了瞧玻璃茶几的厚度，望着宋思慎道："要不我也喊你一声哥？"话音落地，惹得一旁的人纷纷低头冷笑，似不屑，似好笑。

"一个靠脸吃饭的戏子，骨头还挺硬，你信不信，我轻而易举就可以让你在圈子里混不下去？"

经理站在宋思慎身后，冷汗涔涔，生怕这中间出现什么意外。若是旁人，低头道个歉就完事了，可这人是宋思慎。

他是娱乐圈里出了名的特立独行的主。

经理拉了拉宋思慎的衣袖，他依旧不为所动。

"C市的富家子弟都像你这么猖狂吗？"沉默良久的宋思慎冷声开腔，嗓音让在场的人为之一愣。

"你还挺傲。"万开冷笑一声，伸手将手中的半截烟丢在烟灰缸里，而后俯身拾起匕首，敲了敲玻璃台面，语气阴狠，"给你脸，你不要，那就别怪我不客气了。"

"万少!"经理站在一旁惊恐地开口,"思慎——"

见万开没有要停下的意思,经理将希望放在宋思慎身上,企图他能低头道个歉。

屋外,骆漾听着屋子里的动静,急得团团转,眼睛却一直注视着走廊的尽头,似期盼救星赶紧到来。

"这C市,还当真找不出像你这般不上道的人。"万开拿着冰冷的匕首,在宋思慎的脸上轻轻拍着,说着让人心凉的话。

万开神情高傲地站在宋思慎面前,看着他如同看着蝼蚁一般。

"这一刀下去,得有多少追星少女失恋啊?"

他身后,传来一阵低笑声。

宋思慎在娱乐圈号称"国民男友",这要是毁了容,还怎么当国民男友?

"想知道有多少少女失恋,我们试试不就知道了?"身后,有人抱着看好戏的态度揶揄道。

"那就试试。"

"万少手中的刀子可得长长眼,这一刀下去,宋思慎毁的是脸,你没的可是命。"

突然,包厢的门被人推开,众人还未看清来人,便听到了对此人清冷的声音。

啪嗒。

有人伸手按开包厢大灯的开关。

众人循声望去,只见姜慕晚双臂环抱靠在门边,微笑地望着万开。

在场的人即便未曾见过姜慕晚本人,也看过报纸上她的相关新闻,知道有她这么号人。

这群人,虽说个个都是二世祖,但在如此环境下熏陶着长大,有哪个是不会权衡利弊的?

"我当是谁,原来是姜副总。"万开说着,已将贴在宋思慎脸上的匕首慢慢地移开。

见此,姜慕晚缓缓站直身子,迈步过去,清冷的视线扫了扫万开手中的匕首。

而后她看了眼宋思慎,似是在确定他有无受伤。

"还挺会玩。"说着,她冷眼缓缓扫过在场的每一个人,当视线落在坐在上位的男人身上时，停顿了片刻。

"万少起的头？"

这话，她是笑着问的。

"姜副总，这锅，我可不背。"万开笑道，伸手将手中泛着冷光的匕首搁在茶几上。

姜慕晚扫了眼茶几上的刀子，笑了笑："是吗？"

她转身，伸手拉过一旁的椅子坐下，弯腰伸手捞过桌面上泛着冷光的匕首，刀尖对着桌面点了点，只听她道："我瞧着这刀子可是锋利得很。"

"原来他是姜副总的人？"

万开不答反问，微微弯身想要坐在沙发上。

只是他屁股尚未落下去，对面一道凌厉的声响凭空而起。

姜慕晚将手中的匕首快狠准地插在了盘子里的苹果上——她身子微倾，目光带着浅笑。

万开顿住，凝神望着眼前的女人。

"姜副总是何意？"

"你觉得我是何意？"她反问，嗓音冷冷的。

"我不太明白。"他笑了笑。

她也不急，侧眸望了眼宋思慎，伸脚，将一旁的椅子踢过去，话语温和："坐，站着干吗？"

宋思慎倒也听话，拉过椅子坐在姜慕晚身旁。

"万少不明白，我手中这把匕首可是明白得很。"她抬手拿起插着匕首的苹果，不紧不慢地削着皮。

"姜副总这是在为难我？"

万开思忖片刻，语气没了一开始的客气。

杨家近日来的事情闹得满城风雨，姜家跟杨家的人都低调行事，他不信姜慕晚今日能在这凤凰台闹出个什么事情来。

"我瞧着是万少在为难我们。"

"这么多人在，我想为难也为难不了啊！"万开说着，俯身从桌面上的烟盒里取出一根烟，甩了甩打火机，点燃。

很快，烟味在包厢里散开。

姜慕晚笑了笑，优雅地削着手中的苹果，动作不快不慢："这么多人在场看着，万少都能将刀子贴在别人的脸上，要是现在没人，宋思慎岂不是没命了？"

"姜副总说笑了。"万开的语气依旧吊儿郎当。

"既然万少这么说，看来城东美食街的项目，万丰也不太想要。"

啪嗒。

姜慕晚松开手，苹果掉在桌上，然后骨碌碌地滚到了万开跟前，最后又掉在地上。

姜慕晚的话音一落地，万开的动作忽然狠狠地顿了下。

原本站在一旁看好戏的人将惊讶的目光落在了姜慕晚身上。

只见她双臂环抱，冷眼注视着对面的万开。

万丰集团乃C市有名的水产供应方，近乎囊括了C市的大半水产商品，可这只是大半而已，并非全部。而华众旗下的美食街眼下正在招商阶段，美食街这么一块大肥肉，可不止万丰一家想吃。

统一招商管理的情况下，美食街的水产供应最终选择与哪家合作，还是未知数。而今日，姜慕晚轻飘飘地甩出这么一句话来，无疑是拿美食街的项目对他进行施压。

"姜副总说的哪里话，美食街的项目，我家老头子可是注意了许久，今天的事只是朋友之间的玩闹罢了。"能屈能伸，才是聪明人。

"朋友之间的玩闹？"姜慕晚轻启薄唇，将这句话重复了一遍，淡漠的视线落在宋思慎身上，带着询问，"认识？"

"万少我可不敢认识。"宋思慎冷声开腔。

众人原以为，一个演员，万少给了台阶就得下，不承想这人顺着姜慕晚的话，直接打了万开的脸。

姜慕晚冷笑，声音尤为刺耳。

"今日只是误会一场，来来来，我们喝一杯，就当过去了。"

一旁，有向着万开的人给姜慕晚倒了杯酒，欲要杯酒泯恩仇。

可他伸手将杯子递给姜慕晚时，她修长的手指依旧尖搭在膝盖上，未曾动弹。

她嘴角带着森冷的笑意，不言不语，周身弥漫着寒气，只望向万开，似是在等着他开口。

万开此时也识相，顺势低头："晚姐，此事是我不对，没有搞清楚状况，我自罚三杯，您大人不记小人过，别跟我一般计较。"

说着，万开接过朋友手中的酒瓶，拿着杯子开始倒酒。

"三杯？"

一道清冷的声音响起，让万开手中的动作一顿。他抬眸望向姜慕晚，等着她的后话。

"我宋家的脸是你三杯酒就能打的？"

B市宋家，C市这群公子哥或许不太清楚，但B市人人知晓。

说起宋家，谁人不知？

万开一听B市宋家，稍有疑惑，可待身旁的人对他耳语几句之后，面色难看起来。难怪这宋思慎一身傲骨，绝不低头。

听到"B市宋家"这四个字，坐在角落里的人端着酒杯的手微微一顿，目光落在姜慕晚身上，带着几分打量。

"是我有眼不识泰山，晚姐随意罚。"万开心一横，反正人也得罪了，宋思慎一身傲骨，绝不低头，但他不行。

他还指望着美食街的项目做出成绩，原以为十拿九稳的事若是被他搅黄了，他家老爷子不得活扒了他的皮？

"你这声晚姐，我担不起。"

"晚姐，实在是误会一场。"有人打着圆场。

"误会？"姜慕晚侧眸望向那人。

俯身，她伸手又将插在苹果上的刀子拔出来，啪嗒一声丢在那人跟前："既然是误会，那就按你刚才对宋思慎说的那样做给我看，我就相信今日之事只是误会一场。"

那人一哽，似是没想到姜慕晚会这么强势，一点儿脸面都不给，这句话可是打了一圈人的脸。

"要我高抬贵手也不是不可以。"

姜慕晚话锋一转，给了万开几分希望。

"晚姐您说。"

"我刚刚削的苹果——"说到此，她微顿，望着万开，再一字一句清晰道，"吃了。"

霎时，包厢内有人倒吸了一口凉气。

她刚刚削的那个苹果从茶几滚落到地上，此时满地烟灰和酒水的残渍。

让万开吃那个苹果，此举无疑是将他的脸面按在地上摩擦，可偏偏说出这话的人只是好整以暇地靠在椅背上望着他。

"晚姐。"万开还想挣扎。

"别让我说第二遍。"

可姜慕晚非一般人，直接拒绝了他的求情。

"或者你可以给万董打电话，让他来跟我谈。"

她这话就差直言：你做不到，就喊你的父亲来。

"别说我没提醒你，美食街的项目，你输不起，宋家你也惹不起。若真是宋家人出手，万少觉得还会只是吃一个苹果这么简单？"

姜慕晚倒也不急，伸手从茶几上的烟盒里抽出一根烟出来，叼在嘴里，尚未言语，身旁的宋思慎打开火机递过来了。

霎时，烟雾笼住她的面庞，叫人看不真切。她抬手将唇边的香烟缓缓拔下来，面含浅笑地看着万开。

姜慕晚笑着点了点头。"万少的意思，在下懂了。"

万开不愿意吃——

那就是不要美食街的项目，抑或是想得罪B市宋家。

她俯身将手中的烟摁灭在烟灰缸里，正欲起身，便见万开慢慢地蹲下身子，在众人诧异的目光中拾起地上那个不知滚了几圈的苹果。

"得饶人处且饶人，多个朋友多条路，姜副总何必为难万少。"

包厢里面，那个隐在暗处的男人忽然出声，语气漫不经心，声音夹着些许冷意传来。

姜慕晚侧眸望去，笑意深深："萧总刚刚若是出手，也没后面这些事了。"

"姜副总是在怪我？"男人反问，话语里夹着几分笑意。

包厢里光线较暗，因此，她一直都瞧不见萧言礼的神情变化，也摸不透这个男人此时是何心思。

"做人不能太'双标'。"她轻轻地开腔。

"姜副总这是不准备给我这个面子了？"萧言礼道。

"萧总这张脸长得实在是不合我的胃口。"

简而言之，想让我给你面子，也不看看自己长什么样。

姜慕晚言罢，似是不想跟萧言礼多纠缠，凝神望向万开，还高傲地抬了抬下巴，等着他动作。

姜慕晚双臂环抱，看着万开一口一口将苹果啃完，最后还"颇为好心"地抽出两张纸巾递过去，状似关心地说道："擦一擦。"

她抬手，拍了拍万开的肩膀，话语间带着警告。"玩归玩，闹归闹，但我家的孩子，别人是碰不得的。"

"是我有眼不识泰山。"万开再次低头道歉。

他当着身旁世家公子哥的面,让姜慕晚将自己的脸在地上踩。

"这单我买了,你们好好玩。"

言罢,她单手插兜转身离开。

"你怎么会在C市?"出了包厢,宋思慎望着姜慕晚,目光有些疑惑。

"工作。"她言简意赅道。

"是工作还是回了姜家?"

这句不轻不重的询问让前行的人步伐一顿,但片刻之后,便又迈步向前,似是并不准备回答他的询问。

包厢里的人,一口一个姜副总地叫着,宋思慎即便再傻,也听得出来这其中的深意。

人多时,他未曾开口言语。

眼下只有他们二人,若不问清楚,他对不起自家姑姑。

他伸手拉住姜慕晚的臂弯,神情认真,再问:"你是不是回姜家了?"

"付婧是不是也跟你一起回C市了?"

见她不语,宋思慎再问。

"你这么做对得起大姑?宋——"

"闭嘴。"

宋思慎后面的话尚未喊出来,便被姜慕晚开口喝止了。她冷冷地瞅着他,开口警告道:"当说就说,不当说的,你把嘴巴给我闭严实了。"

这日,她们从织品酒业出来之后直接去了机场。

下午,C市交通拥堵。

付婧开着车缓缓在这拥挤的车流中移动。

姜慕晚靠在副驾驶座上,盯着前方拥堵的车流,脑海中浮现的却是昨夜在梦溪园与顾江年交谈的一幕。

吱——

前方车子急刹车,付婧也跟着一脚踩下刹车,将正在走神的姜慕晚从回忆里拉了回来。

"一座金融城市,天天到处挖、挖、挖,建、建、建,也没见搞出个什么名堂来。"

"一条路,从年头挖到年尾还没挖完。"

付婧满含愠怒的声音在身旁响起。

姜慕晚抬手摸了摸鬓角,微眯着眼,余光一瞥,似是想起什么:"见过我的手表没有?"

"没有。"付婧盯着前方,打开转向灯欲插队,插进去之后,才回眸望向她,"手表不见了?"

"嗯。"她淡声应着。

"你那只表也该换换了,太恋旧了不好。"

付婧后半句话,她未太听清。机场快速道上,他们车子的前方出了车祸,现在整条路被堵得水泄不通。

大家无奈放弃继续前行的打算,索性停车熄火,等在原地。

等候时,她伸手按开车窗欲透透气,车窗降下的一瞬间,身旁那辆车子驾驶座的车窗也随之降下。

两人眼神交会的一瞬间,姜慕晚从那人眼眸中看到了惊愕与诧异。

她将手又放到了把手上,而后点头与那人打招呼。

那人亦是。

"美则美矣,缺少灵气。"付婧顺着姜慕晚的视线看了对方一眼,回头之际,道出了这样一句话。

顾江年的女人,美则美矣,少些灵气。

她好似长期依附别人的菟丝花,少了些许灵气与骨气。太过娇弱的美,哪里经得起这世道的摧残。

姜慕晚毫不意外,之前她就见到了对方的身影。

对方轻声招呼:"姜小姐。"

"你好。"姜慕晚客气地回应。

"柳霏依。"似是知晓姜慕晚不记得自己的名字,柳霏依开口,语气温婉地告知。

这番自我介绍略有些突儿,但女人柔和的声音莫名让人舒心。

闻言,姜慕晚轻轻点了点头:"昔我往矣,杨柳依依。今我来思,雨雪霏霏。很有诗意的名字。"

柳霏依似是想起了什么,清秀的面颊一红,有些害羞:"顾先生也这般说过。"

顾先生?哦,顾江年。

每每听到别人将自己和顾江年一起提到,她就颇为不开心。她扬唇轻笑,神色却冷淡。

"姜小姐是去哪里?"

柳霏依有意攀谈。

"B市。"她回应。

"好巧,我也是。"

"是挺巧。"

她点头回应,语气淡然。

姜慕晚即便再愚蠢,也能知晓柳霏依的话语中带着些许的探究之意。这姑娘,瞧着并不像表面那么柔弱无害。

"你坐,我出去抽根烟。"

柳霏依的探究停止在姜慕晚微冷的声音中,而后惊觉,姜慕晚说的每一句话都带着些许强势。

柳霏依目送姜慕晚离开候机室,直至候机室的门关上,她的视线才缓缓收回。

VIP候机室独立吸烟室内,姜慕晚手指夹着烟,倚着墙壁缓缓吐着烟圈,另一只手里拿着手机,在看今日新闻。

那姿态,慵懒又颓废,让一旁抽烟的男士瞧得挪不开眼。

她正欲抬手吸烟时,机场广播让她的动作停了下来。

"尊敬的各位旅客,从C市飞往B市的C630航班因B市天气影响,取消飞行,请乘坐C630航班的旅客前往——"

这意味着B市之行只能取消。

只是眼下这会儿正值下班高峰期,她回去还得遭受堵车的折磨。

付婧将她送到机场后便返回,正被堵在半路时,接到姜慕晚的电话告知航班取消的消息,被气笑了。

她一只手握着方向盘,望着堵在前方的车,没好气地道:"你有空去庙里拜拜吧。"

"万一菩萨嫌我太倒霉,让我滚呢?"

"那你没救了。"

……

与付婧通话结束,姜慕晚微笑着挂了电话,刚走两步准备去打车,身后一道温柔的声音响起:"姜小姐。"

她侧身回眸，只见柳霏依站在身后："我见送姜小姐的人离开了，要是不介意，我载姜小姐一程？"

还真是"打瞌睡碰上枕头正合适"，柳霏依这声询问可正合她的意。

"那就劳烦柳小姐了。"

"顺路而已。"

柳霏依算是个聪明人，她知晓在商场上但凡是稍有段位的世家子弟，如顾江年一般宁愿多花钱，也不愿欠人情。

大抵是沾了顾江年的光，她长期与这些人打交道，也练就了一身本事。

路上，车里放着舒缓的音乐，缓和了令人压抑的气氛。好在她们返程时，已过了车流高峰期。

一路上都较为顺畅。

下了机场高速，开车的人微微侧眸望了眼坐在副驾驶座的女子，轻声问道："姜小姐去哪里？"

"柳小姐的目的地在哪儿？"姜慕晚问。

"淮南一路。"柳霏依答。

"那就将我送到那里好了。"

柳霏依闻言点了点头，她说的顺路或许是假，可姜慕晚不愿再多承一份她的人情是真。

若真想承情，她说个地点让柳霏依送过去便可。

她拿笔在她们之间画了条楚河汉界的分界线。

当柳霏依将车停在淮南一路某家店门口时，她抬眸，入目是一家装修风格异常温暖的酒馆"了事"。

霎时，一句熟悉的诗句在脑海中一闪而过。

"姜小姐要是不忙，进去喝一杯？"柳霏依伸手解开安全带，淡淡的询问声隐藏着几分试探。

"柳小姐开的店？"姜慕晚问。

柳霏依点了点头，只听她再道："了却君王天下事，赢得生前身后名，好名字。"

姜慕晚话音落地，柳霏依伸到后座拿包的手猛地僵在半空，眼中闪过惊愕、诧异、难以置信等各种情绪。

一瞬间，她似是在这人身上瞧见了顾江年的影子。

姜慕晚并未察觉到对方的神情变化，她目视前方，打量着这间酒馆，一道修长的身影停在了车前。

两人四目相对,尽是错愕。

七月的晚风带着热浪缓缓吹过。

车内,柳霏依惊愕的视线落在姜慕晚的侧脸上,而姜慕晚的视线落在车前。

男人穿着铁灰色衬衫,袖子高高挽起,暖黄的路灯光照在他的脸上,倒是多了一份乱人心智的柔和。

柳霏依回过神来,侧眸顺着姜慕晚的目光望过去,见到立于车前的男人后,喜上眉梢,推开车门下车,脚步欢快地朝顾江年而去。

车外,男人幽深的目光从姜慕晚身上缓缓移开,落在柳霏依的身上,眸中的些许温情似是被这夜风吹散,剩下的只是冷冰冰的凝视。

跟随他多年的柳霏依知晓,他心情不佳,她该慎言。

"跟姜副总一起?"话音落,凉意来。

"在机场碰到,航班取消,就载了她一程。"柳霏依如实回答,话语间的柔和又多了几分。

男人单手插兜,"嗯"了一声,转身之际,透过挡风玻璃睨了一眼坐在车内的人,毫无温度的声音响起:"将人请进来。"

车内,姜慕晚只见顾江年睨了她一眼,而后转身离开,那个满心欢喜的女子下车兴冲冲地朝他走去,却连他的衣角都未碰到半分。

姜慕晚心想,这世间立于山巅的男人,有几个是有真心的?

"姜小姐。"

她正想着,身旁的车门被拉开,柳霏依站在旁边,轻唤了声。

事先都答应人家进去喝一杯了,此时若是因为见了顾江年而临阵脱逃,未免有些窝囊。

她下车时,立在林肯车旁抽烟的罗毕还以为自己看错了,再细看,发现当真是姜慕晚。

他一声惊呼差点儿便要顺着从喉咙里冒出来——顾江年、姜慕晚、柳霏依,好巧不巧,这三个人撞到一起了。

罗毕的目光跟随着姜慕晚的身影而去,直至她走进酒馆。

酒馆内。

姜慕晚坐在吧台边,同样坐在那里的还有顾江年,隔在中间的那把椅子让二人之间的距离远了些许。

男人微微低头，余光扫到身旁的空位，嘴角微扬。他端起杯子喝了口酒，随即平淡的嗓音响起："姜副总坐得这么远，是怕我吃了你？"

正在给姜慕晚调酒的柳霏依猛地抬头，望向顾江年。可仅仅是看了一眼，她便飞快地低头继续调酒。

"错了，我是怕被狗咬。"姜慕晚漫不经心地应了一句。

她一只手搭在吧台上，另一只手落在袖口，宽松的真丝衬衫衬得她整个人越发消瘦。

男人的视线从她脸上缓缓移至腰间："姜小姐这胆量确实是堪忧。"

姜慕晚似是没有心情与他斗嘴，听到讽刺的话语从他嘴里蹦出来，难得没有接腔，只是侧眸睨了一眼，随即视线又缓缓落到吧台里面穿着一条雪纺碎花长裙正在调酒的柳霏依身上。

姜慕晚的嘴角微微上扬，面带浅笑。

可就是这抹浅笑，让身旁的顾江年内心深处有什么地方被触动了一下。

大抵是时间尚早，酒馆内尚无多少人。悠扬的歌声从音响中，缓缓流淌出来。

二人静坐于此，良久无言。

直至柳霏依将一杯调好的鸡尾酒递给姜慕晚，男人才冷冷地开腔："搬起石头砸自己的脚，感觉如何？"

姜慕晚设局算计织品酒业，到头来，这个锅还是自己背，还被姜临摁着头吃闷亏。

姜慕晚端起杯子小饮了一口酒，唇边笑意渐渐扩开，微微侧眸望着身旁的男人："如果我说心情还不错，顾董信吗？"

顾江年这人内敛隐忍，纵使内心波涛汹涌，面上亦不动如山。

他平视前方，目光随着调酒师的移动而回神，随即笑道："姜小姐说还不错，那就是还不错。"

姜慕晚点了点头，伸手端起杯子，朝着顾江年举了举，随即一饮而尽。

此举，让在吧台内的柳霏依惊愕地望着她，正准备开口，只见她缓缓起身，望着顾江年，似是颇为体谅地说道："我就不打扰顾董与柳小姐聊天了，先走一步。"

姜慕晚起身，柳霏依明显感受到落在自己身上的那道视线冰凉，而且带着怒意。

罗毕候在车内，刚与徐放说了今日看到的戏剧性事件，便见姜慕晚出来了。

不过几分钟，顾江年也从酒馆内出来。

只见这人英俊的脸上布满寒霜，吓得罗毕不敢多言。

姜慕晚与织品酒业杨逸凡之间保持着一种相互牵制的微妙关系。

织品酒业欲用重金让出现过敏症状的客户撤诉，更有意出大笔资金让他们出面做公关。

八月初。

早晨。

姜慕晚站在浴室镜前洗漱，身后，付婧的嗓音响起："杨逸凡已经在找最后一拨客户了，不出意外的话——"

姜慕晚转直，望着她开口道："人性的贪婪远比你我想象中的恐怖，织品酒业想脱身，没那么容易。"

"你亲自出面？"

付婧问道。

"不，我们隔岸观火。"

她轻扬嘴角，嘴角挂着志在必得的浅笑。

如姜慕晚所言，织品酒业想脱身没那么容易，而且还将恒信拖下了水。

顾公馆。

男人穿着睡袍低头看着办公桌上的报纸，发丝相比往日多了几分凌乱，他面色虽平淡，但周身气质是极冷的。

书房内，站着余江与君华的另外几位高层。

"织品酒业的过期酒受害者大闹织品酒业的工厂与十号码头！"

头版头条上，是两张众人拉横幅的照片。

良久，男人抬手抽了口烟，夹着烟的指尖落在报纸上，转头，阴沉的视线缓缓看向身后排排站的众人。

那一眼看过去，立刻叫众人只觉得在这三伏天里通身寒凉。

"杨逸凡若连这点儿本事都没有，织品少东的位置也该坐不稳了。"

此事若是在君华闹出来，以顾江年的雷霆手段只怕早已解决，可偏偏发生在恒信，他不能出面。

所以只能看着自己被抓住把柄，这是多么丢脸！

书房内气氛凝重。

连余江都感到脊背发麻,更不用说站在这里的其他人。唯有两只猫躺在沙发上呼呼大睡,似是半点儿没受寒冰气氛的影响。

徐放不得不感叹一句——猫命比人命好。

"前几天织品酒业那边找到受害者家属并与之商谈,对方都口头答应了,不想突然反悔,还闹了这么一出。"

恒信公关部经理回忆近段时间跟织品酒业那边接触时的情况,本以为马上就要解决好了,哪里想到出了这种事情。

"去查原因。"男人厉声开腔,满面阴云密布,愤怒地盯着公关部的人。

"若十月能源项目之事落空,都给我做好卷铺盖走人的准备。"

"明白。"

众人齐声回应,嗓音微微颤抖。

"必要时刻,不必顾及杨逸凡,以大局为重。"

利益跟前,旁人都是草芥。

顾江年若是个仁慈之辈,也坐不到现如今的位置。

"明白。"余江颔首回应,面色异常难看。

顾江年未再言语,只瞧了一眼身旁的徐放,后者似是会意,带着其他高层离开书房。

房门刚被带上,余江就清了清嗓子,斟酌了片刻,才开口:"此事会不会与姜副总有关?"

鉴于顾江年对姜慕晚的态度,余江本是不敢说的,可奈何此次事件发展得太过邪门,若无人从中作梗,只怕是不可能。

姜慕晚看似与杨逸凡保持距离,可这两人的关系会不会另有变化,难说。

余江目光小心翼翼地落在顾江年的身上,只见他的指尖落在办公桌边缘,香烟的灰烬落到桌面上。他微眯着眼似是在思忖,却叫人看不出情绪。

"去查。"良久,男人轻启薄唇开腔,声音低沉,难掩怒气。

余江垂在身侧的手缓缓紧了紧。

熟识顾江年的人都知晓,这人素来杀伐果断,有雷霆手段,对损害自己利益的人,从不心慈手软。

若是往常,有姜慕晚这样的危险存在,早已被掐死在了摇篮里。

可今日,只有两个字。

这日上午，罗毕见高层们苦着脸从楼上下来，他倚着车门，视线缓缓落在徐放的身上。

　　后者迈步过来，一声叹息也随之响起。

　　"出事了？"罗毕问。

　　商场之事不好多言，徐放应了声，一边摸烟，一边道："我总觉得此事跟姜副总脱不了干系。"

　　从织品酒业过期酒事件可以看出，姜慕晚的存在就是颗定时炸弹，不解决这颗炸弹，搞不好就又会牵连到他们了。

　　"上次老板在'了事'撞见姜副总之后，半个月未曾再去过了。"

　　徐放嘴里叼着烟，正准备低头点烟的动作倏地僵住。

　　顾江年与柳霏依之间关系不清明，但又从未将两人关系挑明，连他们这些人都摸不透自家老板的想法。

　　他给她名贵珠宝、豪车别墅，心情好时可以花大把的钱在她身上，可从不提及她的身份和地位。

　　徐放一直以为，在顾公馆有女主人之前，柳霏依会是他身边的女人，可现如今发现，不是。

　　姜慕晚的出现，打破了这些在他们猜想中"本该"的事。那个即使再忙，每周也都会抽空去坐的人，竟是半月未踏足那处了。

　　也难怪徐放惊讶。

　　片刻，徐放收回思绪，啪嗒一声，按开打火机，点燃了烟，低头狠狠地抽了两口。

　　当局者迷，旁观者清。

　　或许顾江年自己都未曾发现，对于姜慕晚，他的态度是不同的。

　　徐放一根烟未抽几口，便见余江下来，面色凝重，周身散发着一股阴寒之气。

　　"余总。"徐放见人来，轻声呼唤。

　　余江沉着脸，应了一声。

　　"有什么需要我效劳的？"徐放再问。

　　"去查姜慕晚。"余江并未因为罗毕在而有所隐瞒，而是直接就说出来了。

　　闻言，徐放心里一咯噔，而后抬手狠狠地吸了口烟。

　　见余江朝他伸出了手，他立刻明了，掏出烟盒递给余江，有些疑惑地问道:"若此事真的跟姜副总有关呢?"

言下之意,真与姜慕晚有关的话,老板会怎么办?

这问题将余江问住了。

"你问我,我问谁去?"余江气冲冲地回他,而后抬手抽出一支烟点燃,狠狠地吸了口,道,"天底下那么多女人不去招惹,偏偏去招惹姜慕晚。谁都看得出来,她现在一心想弄杨珊一家,这会儿不管你是谁,只要撞上去,她就跟只疯狗似的咬两口。顾江年要真瞎了眼,我能把自己的眼珠子捐给他?"

早上,姜慕晚与付婧二人晨起未来得及梳洗,穿着睡袍站在客厅里,看着电视里的《晨间新闻》,受害者家属拉着横幅在织品酒业门口哭天抢地,大骂他们是无良奸商。

付婧双臂环抱,侧眸望向姜慕晚,好奇地问道:"你干了什么?"

"利用了人性的贪婪而已。"她答,语气轻松。

"就如此?"付婧似是不信。

她点头:"就如此。"

华众大楼内,姜慕晚刚刚踏进去,便被薛原唤住,只道是姜临找她。

付婧侧眸望了她一眼,她给了一个安心的眼神。

随后她转身,和薛原一起离开。

姜慕晚进入办公室,姜临坐在办公桌后头也未抬,冰冷的话语扑面而来:"织品酒业那边怎么回事?"

姜慕晚想,如果有朝一日,姜临在她跟前垂死挣扎,她救还是不救。她仔细想了想,不救。

这样的父亲不要也罢。

"赔偿金额未谈妥,据说织品酒业给各位受害者的赔偿金额不一致,导致有人不甘心。"她如实告知。

"为何会不一致?"姜临这才抬眸望向她。

她稳了稳心神,酝酿了一番,直接开口:"这属于织品酒业的内部问题,我们不好多问。"

姜临的心底对姜慕晚是埋藏着几分亲情的,但这份柔情有多少,不好断定。

若论姜司南与姜慕晚二人,他在谁身上倾注的亲情多一点儿,那一定是姜慕晚。

可这日，当姜慕晚一句冷漠无情的"不好多问"说出来，他猛然间意识到，他们父女之间如今或许只靠血缘关系维系着。

姜临张了张嘴，望着姜慕晚，似是有什么想要说，可终究是没说出来。

反观姜慕晚，薄唇紧抿，浓浓的不悦挂在脸上，情绪丝毫不隐藏。

她不满姜临莫名其妙的质问，但也不会像别的女儿一样大声地同自己父亲诉说自己的委屈。

"与织品酒业那边的对接是你在负责。"

姜临冷冷地开腔，有意提醒她。

"是我在对接，但父亲是否太高看我了？您认为织品酒业的内部问题，我也能伸长手去解决？还是父亲觉得杨逸凡会让我参与其中？

"出了这种事情，父亲不该是去质问杨逸凡管教不力吗？还是您觉得我的能耐大到已经可以替别的公司解决这种大问题了？

"织品的员工都知晓我跟杨家关系尴尬，明里暗里地防着我，但凡我要顾及脸面，就该有自知之明，可父亲似乎觉得我是个不要脸面的人。"

"姜慕晚！"

一声大喝打断了她激昂的话语。

姜临只说了一句，而姜慕晚源源不断的话从嘴里说出来，且越说，越是激动，直至姜临的一声咆哮声响起。

门外，薛原低头翻阅着秘书办的人刚刚送过来的行程单，听到这声怒吼，翻阅文件的指尖微顿。

站在他跟前的秘书同样如此。

"父亲想制裁我直说便是了，何必如此大费周章地为难我。"

言罢，她转身离开，毫无想要再言语的意思。那干脆利落的态度一如当年宋蓉离开时一样。

办公室门被带上的一瞬间，姜临扔了手中的钢笔，靠在椅子上，微微闭眼，脑中想起姜老爷子说过的那句话。

"尘世间，人人都想儿女双全。"

他儿女双全，可家庭不全。姜临忆起往昔，想起那个说走就走且十六年再无联系的女子，不由得心中泛起了寒凉。

许久之后，薛原敲响姜临办公室的门，推门而入。他站在门口，沉默了片刻，似是有话想说，但又不敢言。

"说。"

"姜副总离开了。"

从姜临办公室出去的姜慕晚直接走了。

闻言，姜临面色难看了一分。

"我马上去请她回来？"薛原试探性地问道。

若是不请回来，只怕是用不了多久，整个公司的人都会知晓这父女二人吵架，姜副总翘班了。

这个上一秒还在思考父女感情的男人，转瞬之间，脑海中闪过的是如何将自家女儿移出华众的想法，让她离开副总的位置。

姜慕晚走得正合他心意。如此，他就可以大肆宣扬这个副总德不配位，也好动摇她在华众的根基。

"让她走。"

姜临开口，简短的三个字带着无限凉意。

薛原眸中错愕一闪而过，但极快便回了神，他微微颔首，转身要离开。

"姜副总能力有限，胜任不了副总之位。"

姜临的声音再度响起。

薛原转身，望向姜临，只见这人正低头翻阅手中的合同，好似刚刚那话不是他说出来的。

此时薛原才知，那些所谓的父女之情在这二人身上是不存在的。

豪门之中，谈感情就是残忍。

姜临是姜慕晚背后的山，可这背后的山塌了。

姜慕晚对姜临的感情本该似水柔情，可这水是浑浊的。这二人，表面是父女，可这背后，都拿着刀，恨不得架在对方的命脉上。

如此父女，怎能是父女？

薛原在震惊中回过神来，毕恭毕敬地道："明白。"

通往机场的快速道上，一辆白色奔驰疾驰而过，姜慕晚双臂环抱靠在副驾驶座上闭目养神，付婧手握方向盘目视前方。

"东西送过去了？"闭目养神的人轻启薄唇开腔，语气悠然，胜券在握。

"送过去了。"付婧应道，她伸手打开转向灯，问道，"你就不怕姜临看出点儿什么苗头来？"

"跟姜临那样的人相处，要记住，不能太聪明，但也不能太傻，你以为我不激他，他就会信我？"

这边，薛原领命尚未行动，人事部的人急匆匆地拿着一封信函直奔二十四楼。

"姜总不在？"人事部的经理语气急切地问道。

"在，怎么了？"薛原问。

"姜副总的辞职信，姜副总还在公司内网发了离职声明。"人事部的经理看了眼手中的"烫手山芋"，面色为难，说"离职声明"这四个字时，脸色更是怪异。

薛原立刻伸手拿过她手中的信函，然后抽出里面的信纸，"辞职信"三个字映入眼帘。

薛原只觉得心里一咯噔，拿着辞职信，快速朝姜临的办公室而去。

"老板。"薛原将辞职信放在姜临的办公桌上。

"姜副总提交了辞职信，公司内网也发了声明。"

无疑，姜临被反将了一军。

他想将姜慕晚赶下副总裁位置的行动尚未开始，姜慕晚便用一封手写的辞职信打了他的脸。

姜慕晚整篇辞职信言辞极其温和、谦逊，说自己德不配位，担任不了华众执行副总裁一职，字里行间将姜临让她去帮助织品渡过难关一事描写得完整详细，从起因到结果，都一字不差地写在里面。

而且结尾之处表明，她晨起时因知晓织品酒业事件发酵，因自己负责的事情未得到合理解决，内心惭愧，辜负了姜总的期望，深觉自己不适合继续坐副总裁之位，遂退位让贤。

啪——

极大的声响让站在办公桌前的薛原吓得一激灵，再看姜临，他已气得面色铁青，双手叉腰在屋里来回踱步，嘴里更是咬牙切齿地念着"姜慕晚"三个字。

顾江年刚到公司，徐放那边调查的结果刚有苗头，他便听到了华众姜副总辞职一事。

他前行的步伐微顿，缓缓转身望向徐放，似是未曾听清后者刚才的言语："你说什么？"

"姜副总辞职了。"徐放道。

若说顾江年刚刚还无法确定，那么，此时这份不确定变成了肯定。

此事肯定与姜慕晚有关。

姜临想让她吃哑巴亏,她看似乖巧地咽下这个哑巴亏,可不承想她反击回去的动作如此激烈。

她制造公司纷乱,而后扔下一颗炸弹离开。

"她想独善其身?"

顾江年冷笑一声。

把他们拉下水之后想用一封辞职信解决一切?姜慕晚当真做梦。

C市国际机场。

姜慕晚下车,付婧拉开驾驶座旁的门下车站在一旁,二人隔车而立。

付婧面色担忧,姜慕晚神色平淡。

"宋思慎毕竟在娱乐圈混了这么些年,心里应当有数。"

"B市那边有事情,记得找贺总。"

付婧看着姜慕晚似是有着操不完的心,碎碎念的模样仿佛是操心的老母亲。

此行,若是宋思慎嘴上没个把门的,姜慕晚这一去,怕是回不来了。

二人在C市精心布局,现在网都没收,怎能心甘情愿地离开?

"姜临这边,你只管说什么都不知道就行了。"姜慕晚轻声嘱咐。

付婧点了点头,让她安心。她转身离去的背影带着几分萧瑟之意。

姜慕晚啊,何止是善谋人心。

一封辞职信,如惊雷响彻华众,同时也影响了某些人的利益。

她那封字里行间都在表述自己德不配位的辞职信,再一次将织品与华众推上了舆论的风口浪尖,同时受到牵连的还有恒信。

候机室内,她刚坐下,大门便被人推开,如此熟悉的情景再一次上演。

穿着一身黑色西装的徐放表情肃然,他望着姜慕晚,沉默了片刻,才开口:"顾董要见姜副总。"

这是一句不容反驳的陈述句。

闻言,姜慕晚笑了,姿态优雅地靠在沙发上,看着徐放,慢悠悠地开腔:"徐特助是觉得我有多傻?"

被你们顾公馆邀请"做客"了一次两次,还有第三次?

来之前徐放已经做好了准备,可当姜慕晚这直白的话语道出来时,他还是微微蹙了蹙眉。

要怪只能怪自家老板下手太狠,让人留下了心理阴影,只怕这顾公馆已经成了姜副总的禁地。

"姜副总如何想，我不敢揣测，但顾先生的性格，您也知道，请姜副总仔细想好后再做决定。"言罢，徐放将手中的手机递过来，放在姜慕晚身旁的圆桌上，示意她看。

姜慕晚侧眸望去。

手机屏幕上，宋思慎的面孔倏地呈现在眼前，他所在的似乎是一场新闻发布会，底下坐着密密麻麻的记者，个个都举着长枪短炮。

姜慕晚落在膝盖上的指尖微微动了动，仰头看向站在身旁的徐放，眉头轻挑，似是在问何意。

徐放将手机收回，语气平淡地说："姜副总喜欢隔岸观火，但并不见得我们不会，宋二公子的发布会现场，很好操控。"

宋思慎的新闻发布会现场，若是有心之人提及 C 市姜慕晚这么号人物，于她而言便是致命的危险。可能她连姜家还未来得及收拾，便要被宋家人绑回去了。

"无须过多，仅五个字便可。"徐放伸手理了理西装，笑得意味深长，望着她，再一字一句道，"C 市姜慕晚。"

一瞬之间，姜慕晚冷厉的视线落在徐放身上，目光冰冷，整个人迸发出强烈的敌意。

两人都未有言语。

须臾，一声冷笑从喉间溢出来，浑身的冷意渐渐收拢，姜慕晚望着徐放，缓缓起身。

八月下旬，本该回 B 市的她再度落到顾江年的手里。

二人过招之间，皆是杀气腾腾。

一盘胜，一盘输。两人的博弈结果总在胜败之间交替。

君华，姜慕晚站在空荡荡的办公室中央，观察周遭的环境。

顾江年的办公室与顾公馆的装修如出一辙，黑白灰色的搭配，时尚中透着低调、沉稳。

看惯了太多的中式与新中式的办公室，见了顾江年的，她倒也觉得这人品位不俗。

"顾董在开会，姜副总稍等。"

君华会议室内，为首的男人靠着椅背听着下属做工作汇报。徐放推门而进，俯身在他耳边道了句什么，他点了点头，却无起身之意。

徐放懂，这是要晾着她。

这一晾，便是两个小时。

顾江年开完会回来，推门而入，映入眼帘的，便是姜慕晚站在办公室的落地窗前，一只手夹着烟。

等她缓缓转身，顾江年这才看清，姜慕晚抽的烟是他放在办公桌上的那一包。

啪——

男人面色微寒，将手中的文件夹扔在桌面上，发出清脆的声响。

将他的军，还抽他的烟，下一步是不是要抢他的人了？

"姜副总好雅兴，怎么不等我进来给你点烟？"男人冷声道，嘲讽之意尽显。

"我恐怕无福消受。"姜慕晚抽了口烟，语气淡淡地回答，她睨着顾江年，目光未有半分躲闪，"顾董这般姗姗来迟，怕是想留我吃晚餐。"

顾江年闻言，跨步朝着姜慕晚而去，嘴角带着一抹森冷的笑意，走近，在她面前站定。

他居高临下地望着姜慕晚："姜副总不怕？"

一声轻笑响起，姜慕晚仰头看着他，呛声道："只要不是断头饭。"

"若是断头饭呢？"

"那便一起吃。"

★ 第六章 交锋

顾江年低头睨着她，英俊的面庞上渐渐浮现一抹虚假的笑意："倒还是头一次有人邀请我吃断头饭。"

"是吗？"姜慕晚冷笑。

男人点头笑了笑，微微退开几步，与姜慕晚拉开距离，眼中闪过一丝算计。

一时间，空气都仿佛变得稀薄了。

姜慕晚在算计顾江年的同时，顾江年又何尝不是在算计姜慕晚？

二人心里的算盘拨得噼里啪啦响。

"姜副总说，我现在若是一个电话拨给姜总，会如何？"

"这就是顾董把我请过来的目的？"姜慕晚反问。

"你煽动织品酒业的受害者闹事在先，然后借机与姜临闹翻，趁机扔出一封辞职信制造纷乱，既能将织品再踩一脚，又能丢了手中的烫手山芋，还能顺势将我拉下水。姜慕晚，你这算盘打得可谓是叮当响。"

"不及顾董。"明明手上已掌控着君华这么座大山，还有其他心思放在其他行业上，顾江年这是想独霸一方。

"请姜副总来一趟，不容易。"

看来候机室里的事情，徐放已经一五一十地告知他了。

"出了问题要找源头，顾董不去找杨逸凡，反倒来找我，敢问是什么意思？"

"杨逸凡没有那个胆子敢跟我较量，倒是你姜慕晚，在事态停息之时上去踩的这一脚，很是让我上头。"

姜临也好，杨逸凡也罢，包括顾江年，都希望此事早些解决。可偏偏有一个女人，屡屡让他们栽跟头。

"在我顾江年的地盘上动手脚的人，没几个有好下场。"

"顾董，难道你以为我今日来是想求一个好下场吗？"她似是听了什么天大的笑话，抬手吸了口烟，然后缓缓吐出一团烟雾，让站在跟前的男人微微眯了眯眼。

她猛然想起在梦溪园的某个晚上，母亲说她抽烟时的片段。

男人忽然走向前，伸手抢过她手中还剩半截的烟，然后扔到伸手可及的烟灰缸内。

姜慕晚视线微顿，顺着他的动作将视线落在茶几的烟灰缸上，而后抬头，将目光移至他的脸上。

有那么一瞬间，她似是在顾江年的脸上看到了那个许久未见的人。

她眼眸中逐渐浮现的水光，让站在她身前的男人看得恍惚。

仅是数秒之后，这样的恍惚感便消失不见了。

"我该不该说姜副总还挺有自知之明？"

顾江年伸手欲掐住她下巴，却被她微微侧头躲开。

姜慕晚冷意森森的视线落在顾江年的脸上："顾董想如何对付我？还是说可以破了我的局？"

她此时森冷的眼神与刚刚的眼神形成鲜明的对比，之前的仿佛带着些许对久远回忆的怀念，现在的却是带着肃然的杀气。

顾江年自然不会傻到看不清姜慕晚眼眸中的情绪，他将停在半空的手缓缓垂下，将问题抛给她。

"姜副总觉得呢？"

姜慕晚淡笑了一声，道："我觉得顾董会送我回去。"

男人嘴角微微牵起，眉头微挑，扬了扬下巴，示意她继续。

"顾董若是毁了我的局，能源的项目，我敢保证恒信拿不到手。"

顾江年闻言，面上阴狠的神色一闪而过，他伸手钳制住她秀气的下巴，冷声问道："姜副总拿什么保证？嗯？

"什么时候宋家有这个能耐了？我铺了五年的路若是毁在你姜慕晚手里，岂不是白忙活了？"

九月，恒信集团将参与能源项目竞标，一旦恒信拿到能源项目，无疑是有了更大的靠山，顾江年的身价何止是更上一个台阶那般简单。

这次竞标，多的是人参加。顾江年对它本是志在必得，却被姜慕晚屡屡找麻烦。

眼下竞标在即，不收拾她，顾江年只怕是连觉都睡不安稳。

"顾董只怕是记错了，我想毁的只是织品，跟君华、恒信都无半点儿关系。"

"那恒信只能自认倒霉了？"

姜慕晚面色平静，没有半分恐惧。

顾江年见此，缓缓点了点头，高傲不屈？满身傲骨？不急，他迟早要拔了她浑身的尖刺。

男人伸手，拨通办公室内线电话，语气冷冷地吩咐："请姜总共进午餐。"

"老板，现在楼下有记者。"徐放拿着听筒的手微微发抖。

"说？"

"有人通风报信说姜副总之所以从华众离职，一来是因为在华众受到不公待遇，二来是因为顾董您给姜副总抛出了橄榄枝。"

徐放心想，顾江年只要没疯没傻，就不会向姜慕晚抛橄榄枝。更何况，她可以说是在老板的眼皮子底下耍手段，最后还拿捏住了他们的要害。

正拿着听筒的男人微微侧眸，泛着冷意的目光落在姜慕晚身上，那目光中有一丝愠怒，亦有他掩于内心深处的异样情愫。

顾江年想，姜慕晚这人若是放到宿敌的位置上，确实有足够的本事让他头疼。

姜慕晚不用想也知晓顾江年想说什么，她双臂环抱立于窗边，笑着望向顾江年："我说了，断头饭得一起吃。"

顾江年伸手，松开指尖，听筒不偏不倚地落在座机上。啪嗒一声响，尤为清脆。

男人冷笑数声，款款朝她而去。他缓缓点头，似是肯定道："我们是得一起吃。"

"你说说，我要是先散布出去一些消息，然后让你出现在楼下的记者面前，他们会如何编写我们的关系？"他伸手钳住她的下巴，而后放下，话语带着寒意，道，"姜慕晚，你这般拙劣的手段去骗骗其他蠢人也就罢了，竟然有胆子用到我头上？"

他寸寸逼近，她步步后退。

"姜副总怎么不说我顾江年将你带到君华呢？"男人尾音轻扬，单单听着这句话，不看此时二人之间剑拔弩张的氛围，只怕还以为他们是在甜蜜约会。

男人刚说完,她便抬手狠狠一巴掌拍过去。

他伸手,掐着她的下巴,扭着她的脸看向窗外,语气凶狠,带着怒火:"姜慕晚!"

顾江年这些年不是未曾动过心,可他以事业为重,从未长久过,抑或,对其他女人仅是一眼之间的动心。

可姜慕晚是他人生中的特例,这份特例因为她的一颦一笑,以及各种惹得他发怒的本事。

他想征服她的欲望是那般强烈,她越是高傲,他便越想试图掌控她,一寸一寸,一分一分。

那日,她转身离开时,顾江年才知晓他在害怕什么——他在害怕这个激起他心湖涟漪的女子从他的人生中消失。

他尚未得手,怎能落空?

"顾董,你要知道,若是一开始我就想拉你下水,那早就拉了。"

"那我还得感谢姜副总给我见证你实力的机会了?"顾江年冷声问道,用钳制住她下巴的手狠狠地将她的脸强行转过来,一双蕴藏着怒气的眸子冷冷地盯着她。

"只因顾董一直想毁我的局,我只能将顾董拉下水了。顾董布局五年之久不假,但并不见得我耗费的时日比顾董短,若是功亏一篑,我当然要顾董陪着一起血本无归才行。"

"姜慕晚,这里是C市,人在屋檐下该低头的道理,你得懂。"男人手中动作加重,捏着她腰肢的掌心近乎下了狠力。

随着一阵痛意袭来时,姜慕晚的脑子瞬间也清醒了一分。

"我至今未曾低头,只能说顾董的本事还不够强。"

"是吗?"男人宽厚的掌心的温度传递过来,他的手也在姜慕晚纤细的腰肢上为非作歹。

"我的容忍与退让到了姜副总这里似乎一文不值。"

"我险些以为顾董是专做好事的慈善家了。"她说着,伸手将落在自己腰肢上的手抓拉下来,力道极重。

"顾董要是寂寞了,我不介意给你介绍合适的女生。"

"顾董想占我的便宜,也得先认真想想,强吞下去能否消化。"

越是豪门人士,越是注重身份、地位。姜家在C市,虽然算不上一等一的富有,但只要姜老爷子在一日,这C市商界大半的人都得给他几分薄面,一如顾江年所言,没有人会愚蠢到拿自己的名声去博。道义是座高山,一旦压下来,你得背负一生。

闻言,顾江年笑了:"威胁我?"

"能被你姜慕晚威胁,我顾江年当真是白混了。"

"能不能消化,尝一口不就知道了?"男人冷冷的嗓音响起,带着商人特有的刻薄。

顾江年为人,深沉世故,手段高深,谈笑间便能找准对手的弱点或要害。这 C 市哪个敢惹他半分?即便是长辈见了他,也会客气地喊一声"顾董"。

正值中午光景,阳光照射在玻璃上,在地板上投下道道光影。

楼下,一众记者将君华围堵得水泄不通。

楼上,顾江年将姜慕晚压在玻璃窗上。

姜慕晚算准了顾江年不敢将她如何,但没算准,他从来不按套路出牌。她越是反抗,他便越是强势。

人的欲望一旦被点燃,便会疯狂。而顾江年的疯狂来自那痒了数日的手今日终于得到了任意妄为的机会。

他的手放在姜慕晚的细腰上,那盈盈一握的杨柳腰成了他掌中的玩物。

男人俯身过去,姿态中带着三分霸道,三分强势,剩下四分是讨好。在这场男女情爱的角逐之中,比起得到她,他更想征服她,如同猎人征服野兽那般。

这时,徐放推门而入的声响,倏地打破了办公室里的暧昧氛围。

霎时,顾江年极快地转身挡住她,冷眼注视着徐放,一声大喝响起:"滚。"

徐放惊得一愣,转过身去,然后极其快速地带上了门。

屋内。

顾江年揽着她的手尚未放下,姜慕晚平复下急促的呼吸,冷笑了一声:"顾董想继续?"

"姜慕晚,说话切忌太过猖狂。"顾江年说着,将人半拉半拖弄进了休息室,扔到了那张大床上。

哐当一声,他关上门离开。

他可以给她喘息的机会,但绝对不会放过她。

姜慕晚此时就是他的笼中鸟,他必须将她牢牢地控制在自己的掌心里。

"你最好是有天大的事情。"

屋外，胆战心惊的徐放被身后愤怒的嗓音吓了一跳，转身，只见自家老板满面阴沉地看着他。

"姜老过来了。"徐放颤巍巍地告知，似是想到什么，又加了一句，"夫人也过来了。"

他想，这应该是天大的事情了。

外界的风言风语将顾、姜两家人都联系到了一起，怎能不是天大的事？

外面晴空万里，可这么好的天气，与姜慕晚无关。

她站在顾江年休息间的浴室里，对着镜子整理自己凌乱的头发和衣衫，白皙的面庞上没有丝毫神情，好似刚刚历经一场耳鬓厮磨的人不是她，与顾江年斗智斗勇的人也不是她。

楼下，余瑟与姜老爷子撞个正着，二人隔着车而立，余瑟走到姜老爷子面前站定，语气谦卑地开口："不管此事是否为真，我先代江年向姜老道歉。"

她身为晚辈，先低头，并不丢人。

而且，余瑟只觉得自家儿子对人家姑娘好似还真有些上心。若此事与顾江年有关，她留条后路也是好的。

"商场中的风言风语从来信不得，我今日是来跟江年谈谈两家合作之事。"姜老爷子一句话，便将余瑟的话给堵了回去，道，"顾夫人呢？"

余瑟虽说未在商场上混迹过，但也是出身世家的女人，姜老爷子这番试探的话语看似普通，实则暗藏玄机。

她若是告知自己是来求得真相的，那么只能说此事或许有这个苗头。

她笑了笑，看了一眼身后何池手中的保温瓶，淡淡地说道："知晓他工作忙，没时间吃饭，我过来送午餐。"

"慈母爱子，非为报也。江年有福气，不像我们家慕晚。"

姜老爷子话语至此，微微叹息了声。

这声叹息让余瑟心中一紧，连站在身后的何池心里都咯噔了一下。

"儿孙自有儿孙福，失之东隅，收之桑榆。慕晚是个很懂事的孩子，姜老放心。"

"但愿。"姜老爷子微微叹了口气。

君华大厦顶层办公室内，见余瑟与姜老爷子一起进来，徐放心里咯噔，快步迎上去。

"公事重要,我去休息室等着,姜老请。"余瑟伸手,示意徐放将姜老爷子请进去,转身之间,挂在脸上的笑容渐渐消失。

而姜老爷子脸上看似慈祥可亲的笑半分未减。

"夫人,姜老他——"一进休息室,身后的何池小声开腔,话语间带着些许小心翼翼。

余瑟闻言,微微牵了牵嘴角,语气冰冷,没了刚刚与姜老爷子言语时那般客气:"姜老爷子看不上江年。"

姜老爷子刚刚那番话,就差直接点明了。

听闻有人嫌弃自己的儿子,余瑟这么温和的一个人也有了情绪。

"我瞧姜家姑娘也不是个安稳的,姜老这么说似乎有些过了。"何池在一旁嘀咕着,伸手将手上的保温瓶放在休息室的茶几上。

何池望了眼余瑟,见她面容冰冷,便不敢再多言。

办公室内,顾江年早已恢复一副精英商人的模样,迎着姜老爷子进去。

"姜家的事情,让江年见笑了。"一番寒暄过后,姜老爷子温和地开腔,语气虽平和,但审视他的视线如野狼般犀利,似是想从他的眼眸中窥探出一二分不易察觉的情绪。

可奈何顾江年亦是有心机谋略之人,即便此时姜慕晚正在他身后的休息间内,他仍然能面不改色道:"那些都是媒体无中生有罢了,姜老别跟他们一般见识。"

他前半句的"无中生有"是在对外界传闻之事委婉地做解释,后半句是安抚姜老爷子。

"还是江年心胸宽广啊!"姜老爷子笑着端起茶杯,喝了一口清茶。

"心胸宽广算不上,只是这一路走来,对这些事情早已见怪不怪了。"顾江年说着,俯身提起茶几上的茶壶,给老爷子续了茶。

"后生可畏啊!"姜老爷子微微感叹。

这感叹声刚落地,身后休息室里传来砰的一声传来,让顾江年拿着茶壶的手在半空僵了一秒,随即,面无波澜地轻轻将茶壶放下。

而姜老爷子眼眸中浮起了浓厚的探究之意。

一个而立之年的富商,未婚时金屋藏娇并不算什么,可若被"藏"的这人是他姜家姑娘,那绝对不行。

姜老爷子到底是个历经多年风雨的人,笑意深深的眼眸打量着顾江年,揶揄道:"怕是我这老头子来得不是时候。"

顾江年回以浅笑，似是并未有半分尴尬，提起茶壶给自己倒了杯清茶，微微笑道："小姑娘不太懂事，让姜老见笑了。"

此时，若是别人，定然会打趣问一句是哪家的姑娘，可混迹商场多年的人见过的这种场面何其多。

姜老爷子只是笑了笑，并未追问，反倒是慢悠悠道："快去看看，别让小姑娘生闷气。"

这话里带着刺，让顾江年心生警惕。

若他开门，姜老爷子便能看见里面的姜慕晚。他若是刻意不动，无疑是坐实了姜老爷子心中的怀疑，所以，他只能起身。

顾江年不动声色地端起跟前的茶杯，低头之际，眼眸中的光一闪而过，浅酌清茶，随即伸手将茶杯放在茶几上，笑道："那劳烦姜老先坐坐，我去去就来。"

一转身，他脸上优雅的微笑消失不见。

前行时，顾江年一只手拿着手机，另一只手落在门把手上，将休息室的门缓缓推开，极有技巧地挡住了姜老爷子的视线，拨弄了一下手机，随后进了屋子。

姜老爷子只见顾江年在休息室门口略微站了一会儿，才走进去，反手轻轻掩上门。

屋内，顾江年推门进来一刹那，姜慕晚有轻易便能让眼前的衣冠禽兽现出原形，可低头看到他手中的电话屏幕时，所有话语卡在了喉间。

顾江年站在门口。

姜慕晚在屋内，目光凌厉地盯着他。

在他身后，姜老爷子如鹰的眼盯着他。

而处在中间的顾江年，游刃有余地应付着姜家的这一老一小。

良久，见姜慕晚没有言语的意思，他跨步进屋，然后反手将门掩上。

他倚门而立，双臂环抱，望着姜慕晚，手中仍旧拿着正在通话中的手机。安静的房间内，只有电话那边传来的声响。

须臾之后，见姜慕晚不动，顾江年走过来，立于她跟前，用略带警告的目光冷冷地瞧着她。

男人投向她的视线带着几分讥讽，她的视线亦毫无惧意，两人四目相对，暗潮汹涌。

片刻，顾江年转身离去，未有一句言语，却将姜慕晚拿捏得死死的。

屋外，姜老端着茶杯静坐，视线随着顾江年的身影回到沙发上，嘴角带着温和慈祥的浅笑。

顾江年不待他开口询问，只道："让姜老见笑了。"

姜老爷子闻言，笑意悠然："年轻人就该有年轻人的朝气，哪里有见不见笑一说。"说着，他将手中的茶杯搁下，望着顾江年，再度语气温和地开腔，"你母亲还在等着你们用餐，我就不打扰你们了。"

这句"你们"实在是太有深意。他本是来试探究竟的人，此时得到想要的结果，也没什么好留的。

顾江年没有顺着老爷子的话,起身跟在老爷子身后,道："我送您出去。"

徐放在办公室，见自家老板与姜家老爷子相谈甚欢地走出来，提起来的心，倏地放下。

若让姜老爷子知晓姜慕晚在君华，怕又是一场腥风血雨。

任何人都不希望外人插手自己的家事，关起门来，天大的事都是小事。可若是外人插手，那便难说了，更不用说是这种关系复杂的豪门。

徐放捂着胸口狠狠地松了口气，自打姜慕晚出现，他觉得自己这颗心实在是备受摧残。

顾江年送走姜老爷子，便见徐放出来："夫人在另个休息间。"

闻言，顾江年蹙了蹙眉头。

刚送走姜老爷子，又来了个余瑟，可见今儿这风是有多大。

休息间内，顾江年刚推门进去，余瑟轻飘飘的视线移过来，语气凉凉地说："谈完了？"

"等很久了？"他迈步过去，坐在余瑟的对面。

余瑟原本是抱着一探究竟的心理来的，可此时，姜老爷子走后，她那探究的心思便去了大半。

"不是说了吗？往后我自己回去就好，您别太累。"

顾江年说着，将茶几上的保温瓶拧开，一旁的何池欲帮忙，被他轻轻伸手隔开。

"我闲着也是闲着。"余瑟着一件短旗袍坐在对面，静静地看着顾江年，见他伸手倒汤汁时洒了些出来，于是伸手抽出两张纸巾递给他。

休息间内，顾江年安安静静地与母亲坐在一处用餐，面色平静温和。

而办公室套间内的休息间里，姜慕晚站在屋子中央，薄唇紧抿，浑身散发着冷冽之气。

秘书办内，徐放靠着办公桌狠狠地灌了几口水。

楼下，记者还在，一片骚动。

姜老爷子下楼后并未急着离开，而是在车里坐了许久，将顾江年刚刚的一举一动在脑子里琢磨了一遍又一遍，未发现丝毫可疑之处，才让司机开车离开。

管家陪在身侧，望了眼姜老爷子道："小姐幼时受过挫折，与顾家公子说是有过节也不为过，虽说年龄不大，但也是个知晓轻重之人，老爷别太担心。"

而余瑟在顾江年用完餐后，也未过多停留，拿着保温瓶离开，只是离去的步伐不太坚定。

她忆起与姜慕晚的数次碰面，更是思及那日在梦溪园见到的景象，心更是沉了半分。

"我瞧少爷也不是个胡来的人，知晓何人该娶，何人不该娶，夫人放心。"身旁的何池见她面色不佳，便轻声宽慰着。

余瑟微微叹息了一声，只说："我晚上回去跟赵家太太约个饭。"

"好的。"何池应道。

一颗炸弹扔过去，八方动荡。

姜慕晚这招何其狠？

此时她若是离开 C 市回 B 市，只怕是能将众人都气到内出血。

办公室的休息间内，顾江年推门进去，见姜慕晚依旧是刚刚那个姿势，眼神深沉了几分。

他关上门，走向浴室，入目的是一地水渍。

顾江年转身，将身上的西装外套脱下，扔到铺着干净床单的大床上，黑色西装与白色床单形成了鲜明的对比。

他伸手去解衬衫袖扣，不快不慢的动作带着无尽优雅。两人相对而立，他此时倒是不怕姜慕晚跑了，不仅不怕，还"颇为好心"地问道："想跑？"

姜慕晚圆睁的眼睛瞪着他，目光带着熊熊怒火。

"你爷爷这会儿说不定就在楼下等着，跑出去正好让他救你。"顾江年的风凉话凉飕飕地飘过来。

姜慕晚冰冷的视线扫到他身上，带着一丝阴沉："顾夫人想必也在。"

男人解袖扣的手一顿，而后点了点头："姜副总有何想法？"

姜慕晚冷笑了一声："没什么想法，就是想约顾夫人去'了事'坐坐。"

顾江年左手落在右手的手腕上，正要将袖扣解开，听到姜慕晚的回答，沉默了数秒。片刻之后，他慢条斯理地将袖子往上推了推："那你大胆地去。

"我给你造作的机会。"

姜慕晚犹如被顾江年困在笼中的野兽般，好似无论她如何反抗，这个男人手上掌控着她的弱处，她稍有不慎，便会让自己遍体鳞伤。

此时，姜慕晚的怒与顾江年的漫不经心形成了鲜明的对比。

正当男人要向前时，手机铃声忽然响起。他抬手接起，徐放的声音在电话那边响起："老板，华众回应了。"

"说。"男人冷声开口。

"他们回应说姜副总辞职的事情是姜副总在公司的账号被盗，有人恶意而为之。"

"他们倒是机灵。"男人浅笑了一声，挂了电话。

姜慕晚若是去了B市，那么华众的这份声明即便发出来，也不会有人信。可此时，她因顾江年的威胁，被迫待在君华不敢动弹，不论姜临有何举动，她都只能接受。

她布下的局虽然未破，但现在也被瓦解得差不多了。

顾江年向来心思深沉，只有他百般算计他人，甚少会被他人连番算计。

"你将一颗炸弹扔下来，搅得四方不安。

"你想转身回B市，无疑是想让媒体将舆论引导得更激烈，让事态发酵，好坐收渔翁之利。姜慕晚，你是一个成年人，做事情有始有终，招惹了人就跑，算什么本事？"顾江年站在姜慕晚的面前，一双目光深邃的眸子紧紧地盯着她。

若说姜慕晚心中不恨，是不可能的。

她编织得如此完美无缺的一张网，被顾江年徒手撕毁，而且还给了姜临一次还击的机会。

人的怒火燃烧到一定程度，反而会沉默无言。这四个字可以形容此时的姜慕晚。

"顾董的本事就是将一个女人困在这里？"突然，姜慕晚冷声问道，一双清明的眼眸泛起水光。

哪怕此刻她心中怒火滔天，恨不得冲上去教训顾江年才好。

本是泰然自若的男人在看到她眼眸中的水光时，稍一怔，但仅是片刻，又道:"觉得委屈、不公?觉得自己布局良久就要功亏一篑?"

顾江年冷笑了一声,带着几分凉薄之意:"你若承受不住,就不该走上这个战场。"

冷酷无情的言语如同寒冬腊月里兜顶浇下的一盆凉水,让她瞬间清醒。

良久,她侧头,视线缓缓上移,轻笑道:"也是,像顾董这样的人——"

在这个世界上,没有人可以对另一个人的伤痛感同身受。你万箭穿心,你痛不欲生,也仅仅是你一个人的事,别人也许会同情,也许会感叹,但永远不会清楚你的伤口究竟让你痛到何种地步。

她原以为顾江年跟她有着相似的过往,应该是能对她的遭遇感同身受,可事实证明,一切不过是她的多想。

"觉得我应该可以跟你感同身受?"男人见她欲言又止,轻飘飘地问了这么一句。

顾江年从口袋里掏了一根烟出来,然后迈步朝床头柜走去:"五年之前,我会跟你感同身受,这世间欠我的人,不用上天给报应,我会亲自出手收拾,可是——"

他拉开床头柜的抽屉,拿出打火机,点燃烟,才继续道:"我身居高位,凭什么再退回去跟你来感同身受?鲲鹏展翅,扶摇直上九万里,它看不见地上的蝼蚁,即便你们曾经走的是同一条路。"

"顾江年,你掩饰得再好,也抹不掉曾经发生的事。了却顾家事,赢得生前身后名,可你了却得了吗?"

"你此时是鲲鹏,我是蝼蚁,但乾坤未定,胜负未分,谁能保证山不会塌,蝼蚁不会爬上巅峰?"

姜慕晚这豪放的言语听上去似是颇为好笑,男人俯身在床头柜的烟灰缸上弹了弹烟灰,轻笑道:"蚍蜉撼大树,不自量力。"

屋外,徐放从秘书手中接过午餐,说是午餐,但现在已是下午时分。

这份迟来的午餐是谁的,他无须多想。

他刚走两步,手机响起,付婧的号码明晃晃地显现出来时,让他有些恍惚,沉默了数秒,接起。

那边的人很客气:"徐特助,我是付婧。"

"付秘书。"

徐放步伐顿住。

"联系不上顾董,只能联系徐秘书了。"

"付秘书有何指教?"徐放警惕了几分,连带着说话都变了语气。

"劳烦告知顾董一声,我跟柳小姐现在在君华停车场,而顾夫人就在我的面前,十分钟,我要见到我老板。"

"付秘书什么意思?"徐放眉头微蹙,语气加重。

徐放和付婧均是老板的得力助手,也都是狠角色。

"徐特助不懂,但顾董懂,只有十分钟。"言罢,付婧挂了电话,透过后视镜看了眼昏迷的柳霏依。

那边,徐放提着装着午餐的食盒快步朝顾江年的办公室而去,行至门口,似是想起什么,刻意用力地敲了敲门。

见无人回应,他只觉得头疼,既怕扰了老板的好事,又怕付婧会做出不当举动。

片刻,徐放站在门口拿着手机拨了通电话。

那边接起,他语气急切,将刚刚付婧的话如实告知顾江年。

闻言,男人拿着手机的手狠狠地紧了紧,他凝视着姜慕晚,目光带着杀气。

"知道了。"男人低声回答。

然后,他微眯着眼打量着姜慕晚,冷笑一声,讽刺道:"倒是小瞧你了。"

"我说过,顾董得送我出去。"

地下停车场。

准备离开的余瑟被一辆车挡住了去路,而且挡得还颇有技巧。君华专属停车场的出口总共有两个,呈 Y 字形,而付婧的车子,好巧不巧地横在了中间。

司机见此,不由得心头一紧。到底是顾江年培养出来的人,他的警觉性颇高。

见此情形,他一个电话拨过去。

"先生,有人在停车场挡住了我们的去路。"

那边,顾江年语气不轻不重地应道:"她不敢如何。"

听到这话,司机或许是知晓了什么,沉默了。

"姜副总觉得柳霏依于我而言是怎样的存在?"男人挂了电话,扔回床上,冷漠的语气让姜慕晚听不出这人的情绪。

"顾总跟柳小姐是何关系,我不在乎。"

不在乎?男人闻言点了点头,神情冷厉。好一个不在乎。

"姜副总高看了柳小姐,也低看了我。"

来往之间,顾江年扔出去的所有攻击都被姜慕晚反击回来。

双方博弈,可谓斗智斗勇,皆不留余地。

"如果这场斗争一定要分出个胜负来,那输的那个人,一定是姜副总。"

"我认为,输的那个人一定会是顾董。"

"你且试试。"男人声音低沉,叫人听不出其中的喜怒。

姜慕晚冷笑,伸手拉开门,准备出去,却被拦了下来。

顾江年将她摁在门板上,并钳制她的双手,语气凶狠地道:"你以为区区一个付婧就能让我打退堂鼓?"

付婧无论如何都不是他的对手,而柳霏依的安危也对他构不成半分威胁。

顾江年紧锁着她的目光变得阴狠。

"你大可试试顾夫人见到柳小姐会如何?顾江年,你内心强大,无所畏惧,并不代表你妈也是。"

须臾,顾江年伸手转过她的脸,强迫她望向自己。

"你没有这个机会。"

顾江年欣赏姜慕晚的手段,也钟情于她的腰。

"刚刚没做完的事情,不知姜副总还有没有兴趣。"

这询问太过嘲讽,连姜慕晚自己都觉得已是他的盘中餐。

"你敢!"她怒声咆哮。

可这声咆哮在顾江年听来跟家里的两只小猫发怒没有区别。

小猫发怒,尚且还能上来挠他两爪子,可姜慕晚的双手此时都已被他钳制住,她还能拿什么抓他呢?

"不长记性。"男人俯身,强势地从她的唇间吻到脖子,还不忘问她,"你眼下还有什么手段,你尽管使出来,我顾江年要是退一分,便跟你姜慕晚的姓。"

他将姜慕晚困在自己的双臂之间,她的身后是门板,身前是他。

顾江年唤了一声徐放,站在办公室门口的徐放听到后立刻推门而入,抬头见此情形,又猛地转身要逃走。

"站住。"

徐放欲逃之夭夭的步伐就此定住。

"手机拿出来,给付婧打电话。"顾江年要收拾姜慕晚的心思早就有了,今日是无论如何也不会放过她。

"顾江年!"怒吼随之而来。

高傲如姜慕晚,此时不仅受制于顾江年,还当着他下属的面,她怎能不恼火、愤恨?

徐放拨通付婧的电话,隔着半开的门将手机递过去,而后逃也似的离开了办公室。

停车场内,付婧正与余瑟的司机无声地对峙着,刚接起电话,便听到顾江年冷厉的嗓音响起:"我是顾江年。"

听到他的声音,付婧直起身子,提高警惕:"顾董。"

"现在,姜慕晚在我手上。"男人道,沉默了两秒,深沉的视线紧紧地锁着姜慕晚,"柳霏依不过是众多跟着我的人里的一个,而姜慕晚是什么样的身份和地位,相信你心里有数,拿那样一张无用牌也敢与我赌?"

"不——嗯!"

姜慕晚的声音止在唇齿之间。

顾江年在故意哄骗付婧。

柳霏依是张无用牌,但顾夫人不是。可这话,顾江年没给她说出口的机会。

楼下,付婧挂了电话,将车子靠边,正欲松开安全带下车,却见徐放和罗毕带着人从电梯出来,她推开过半的车门被罗毕关上。

另一边,徐放弯腰同余瑟解释,等她的车扬长而去,才迈步往付婧这边走来。

"顾江年把人怎么了?"

她降下车窗,目光凶狠地瞪着徐放。

徐放站在一旁,道:"你问的都不是我能知道的事情,我只知道付秘书再不走,等着你的将是门口的那一大堆记者。"

付婧从车窗里钻出,挣脱罗毕的钳制,大步往电梯方向而去。

罗毕大抵是未曾想到付婧是个会些功夫的人,是以,没有防备,被摔倒在地。这一摔,给他摔蒙了。

徐放错愕的目光落在付婧的身上,带着半分打量。

这边，罗毕与付婧扭打成一团。

那边，姜慕晚被顾江年摁在床上。

……

姜慕晚侧躺在床上，背对顾江年，白皙瘦弱的肩膀露在外，长发散落在床单上。

顾江年侧身点燃了一根烟。

她忍着酸痛翻身而起，抬手朝顾江年挥去。

脸颊上的指痕立现，男人缓缓转头，侧眸望着怒火中烧的姜慕晚，面色阴寒，但与之前神情相较而言，多了一丝隐忍。

顾江年用舌尖抵了抵腮帮子，似是疼痛。

"上来就打脸的习惯是谁教你的？"

"衣冠禽兽！"她恶狠狠的声音从喉间冒出来，痛恨的语气让顾江年眉头微蹙。

姜慕晚再次抬起手，朝顾江年的脸上挥去。

顾江年伸手擒住她的手腕。

"你之前与我有多亲近，需要我提醒你吗？"

姜慕晚此时处于下风，又怎会是顾江年的对手。

于是，她不吵，也不闹，如顾江年一般靠在床头。静默了片刻，一只宽厚的大掌伸过来将她身上的被子往上拉了拉。

如此动作，若是往常，定然带着万般柔情，可此时的姜慕晚没有半分动容。

静谧的休息间内，只听她冷笑一声，自嘲道："也是——这不过是男女之间的一场游戏罢了，有什么大不了的呢？"

男人拉着薄被的动作顿住，侧眸冷冷地望向姜慕晚，半晌才问："你这句话是什么意思？"

"简而言之，除了你，我还有更多的选择，不是吗？"

"呵——"

顾江年笑了，被气笑的。

"你试试。"

有朝一日，他一定要让她彻底臣服。

此时，兰英将衣服送来，徐放正站在办公室门口，见她来，他看了眼她手中的袋子，随即闭了闭眼，狠狠地叹息了声——他们终究是走到一起了。

这实在是令人万般头疼。

"你先进去吧。"

徐放退开一步，让兰英进去。

兰英疑惑地问："先生他？"

"别多问。"

不是徐放不想说，而是实在说不出口。

姜慕晚的感情史并不算简单。

徐放在心里为自家老板默哀数分钟——强势霸道的顾江年居然会跟绝不认输的姜慕晚走到一起。

满城娇软可人的女人不招惹，他偏偏去找颗炸弹。

这不是找虐吗？

休息间内。

若非门外敲门声响起，顾江年绝对会与姜慕晚再起争执。

数十分钟后，姜慕晚站在床边，面无表情地往身上套着衣服，将那满身青紫遮在衣物之下。

顾江年靠在床头，炙热的目光落在她的腰肢上。

姜慕晚穿好衣服去了办公室，再进来，她的手中多了一个包。

她面容清冷，站在门口，布满寒霜的眸子泛着丝丝讥讽。

她从包里拿出一沓钞票，随即扬手。纸钞从手中飞出去，落在地上和那张凌乱的大床上。

"我不白占顾董的便宜。"

姜慕晚嗤笑了一声，提着包转身离开。

办公室内，兰英见姜慕晚从休息间出来时，惊愕得合不拢嘴。她本该打招呼的，可声音似是被卡在喉间，发不出来。

兰英看着姜慕晚先去拿包，而后回到休息室，走到顾江年的身前，从包里掏出一沓纸钞，一扬手，如同天女散花般，将纸钞扔向顾江年的脸。

此情此景，何其惊心动魄？

姜慕晚路过兰英时，仅是一眼，那充满杀气的眼眸便惊得她浑身一颤。

休息间内，顾江年裸着上半身靠在大床上，看着满地满床的红色钞票。

他面色阴寒，周身散发着的森冷的气息。

姜慕晚这是把他当什么？

屋外，徐放正靠在墙边抽烟，听到办公室的门打开，回眸看去，见姜慕晚冷冷的目光带着杀气投过来，让他抬起的手僵在了半空，半晌未有言语。

姜慕晚不是个善茬，徐放早先就知晓。

"付婧在哪儿？"听到她冷冷的嗓音响起时，徐放才觉得脑子恢复了正常。

"澜君府。"徐放如实回答。

顾忌姜慕晚这号人物太过心狠手辣，他跟罗毕二人都不敢将付婧如何。

徐放话音落地，姜慕晚阴狠的视线从他的身上扫过，刚走几步，只听徐放急忙开口："姜副总。"

她步伐一顿，但未曾转身。

"楼下有记者，我送您出去。"

"徐特助做起这种事情来，可谓是得心应手啊！"电梯内，姜慕晚嘲讽道。

徐放不敢言，明知姜慕晚心中有火，还主动往上冲，这跟找死有何区别？

而他的不敢言，在姜慕晚这里就成了默认。

许久之后，姜慕晚跟顾江年吵架时，提起这件事气得他半夜三更打电话将徐放从床上喊起来。

徐放见姜慕晚并不是往他所在的方向前行，而是往相反的方向走去。

见此，他连忙急切地唤道："姜副总！"

姜慕晚似是未曾听到，步伐依旧向前。

"姜副总。"

"姜副总想去哪里？我送您过去。"

姜慕晚微微回眸望向徐放，薄唇轻启，冷笑着道："我要去织品酒业，徐特助送我过去吗？"

霎时，徐放脑中嗡的一声响。他深信，姜慕晚这话不是说说而已，这个女人做得出来。

自家老板将她困在君华，让姜临破了她的局，她怎能甘心？眼下若是让她去了织品酒业，局面必然会有所扭转。

"我劝姜副总还是不要太过固执，以一己之力制造纷乱——"大抵是跟随顾江年的时日长久，徐放说话时的语气有了顾江年的味道。

猛然间，前行的女人回身，一扬手，一巴掌实实在在地落在了徐放的脸上。

啪的一声响,格外清脆,惹得旁人频频注目。

"你算个什么东西,也敢教训我?"

姜慕晚冷冷的声音里带着杀气,她本是心中压着怒火,不能将顾江年如何就罢了,一个徐放也敢在她跟前指手画脚?

这一巴掌,将徐放打蒙了。

当他回过神来时,姜慕晚已经上了一辆随手拦下的出租车。反应过来后,他狂奔至自己车上,立刻启动车子,跟在她坐上的出租车后面。

徐放连忙打电话给顾江年,语气急切:"老板,姜副总去织品酒业了。"

男人静默了片刻,随即冷声甩出三个字:"拦住她。"

这个世界上多的是路,可不见得每一条路都能行得通。

姜慕晚直奔织品酒业的目的明显——

她想要的,必须得到。

马路上,一辆黑色宝马紧跟在出租车身后,一路疾驰追赶。

出租车内,司机似是发现了什么,透过后视镜看了眼,问道:"姑娘,后面那车是不是在追我们啊?"

"甩开他,我给你双倍的钱。"姜慕晚开口。

司机微愣后应下,也未曾多问。

于是,在这条路上,一辆出租车被一辆黑色宝马在这条路上追逐,徐放咬牙追赶着不放弃。

对姜慕晚而言,织品酒业是她唯一翻盘的底牌。

若是错失这个机会,她将在这场斗争中输得彻底。

徐放一边惊叹姜慕晚惊人的耐力,一边为她环环相扣的手段折服。

除了顾江年,还有谁能在她手上占半分便宜?

君华大厦顶层休息间内,兰英正在收拾卫生,自然也不会不知晓这里发生过什么。

她伸手抖开床单,上面的痕迹让她倒吸一口凉气,捏着床单的手狠狠地抖了抖。

一抹猩红入了她的眼,惊愕从她眼中一闪而过。虽身为顾家管家,可此时,她的心里竟然莫名地为姜慕晚生出了一分同情。

洞房花烛夜,本该温馨浪漫。可从眼下的情况来看,只怕是并不愉悦美好。

顾江年走进来时，见兰英盯着床单，道："被套扔了，床单留下。"

听到身后传来的声音，兰英一惊，随即问道："洗吗？"

回应她的是顾江年冰冷的目光。

……

八月底，C市交通异常拥堵，而这种拥堵，主要是因为C市的几所大学开学。

它们给C市带来了活力，也给这座城市的交通带来了压力。

姜慕晚与徐放一路互相追赶着，没多久，在离织品酒业只剩下一个拐弯的时候，姜慕晚的车忽然被民警拦下了，而徐放立刻刹车，将车停在了离路口数十米远的地方。

他目光紧锁前方，见姜慕晚从车内出来，给民警递上了证件，民警拿起看了一眼后开口。

"姜女士，之前有人报警，说您失踪，烦请您跟我们走一趟。"

"明早我会去找你们。"

"恐怕不行，请您配合我们的工作。"

民警面色为难地望着对方。

姜慕晚立于夜色之下，单手插在裤兜里，凝神望着眼前的交警，锐利的目光在这二人身上来来回回，似是在思考什么。

"警察同志，我还有重要事情需要先处理。"

"十分钟而已，不会耽误您太多时间，派出所就在前方两公里，也就几分钟就到了，不会超过二十分钟，麻烦姜女士走一趟。"

姜慕晚警惕的视线落在这二人身上，凝神蹙眉道："不知道的还以为我干了什么伤天害理之事，让警察同志来请我。"

她将"请"字咬得极重。

"姜女士言重了。"

姜慕晚此时即便是想走，也有些为难，僵持太久只会浪费时间。

她从君华出来才不过半小时，便被"请"进了派出所。

九月五日，恒信竞标能源项目之前，再也不能出任何差错。姜慕晚想动织品酒业，而偏偏恒信跟织品酒业有所牵连，眼下最幸运的就是碰巧这个失踪的报案反而拦住了姜慕晚。

顾江年不希望她出来捣乱，以免恒信受牵连。

顾江年行事最是公私分明。

顾江年或许对姜慕晚有那么一丝感情,但这一丝感情不足以让他弃大局。

一江春水一双手,一山更比一山高。这话用来形容顾江年与姜慕晚二人似乎极其合适。

顾江年的每次设局出招,姜慕晚都能反击,而她的每一次反击都能被他扼制住。

姜慕晚暂时无暇分身来处理织品酒业的事情。

……

顾江年未归顾公馆,亦未回梦溪园,而是在办公室住了一晚。

这一晚,注定是个不眠之夜。恒信老总与君华董事亦是守在办公室内,数人彻夜未眠。

夜半,余江点了根烟,起身去外间抽烟,见徐放端着咖啡过来:"织品那边的事情解决了?"

"顾董亲自出手,应该是解决了。"

徐放开口言语。

余江闻言,狠狠地吸了口烟,遂再问道:"你们家老板最近感情——"

后面的话,余江未言,但徐放听懂了。

"这个——"徐放说到此,微微停顿,"我不太清楚。"

不在私底下议论老板的隐私,是秘书的准则之一,否则,他也不会坐上这个位置。

"你们老板的脖子都让人抓出痕迹了,你没看见那些高层惊愕的眼神?"

徐放摇了摇头,依旧表示不知。

余江似是气得不行,摆了摆手,示意徐放走,后者才松了口气。

如余江所言,顾江年脖子上的痕迹确实是过于"精彩",而这一切,都是姜慕晚的"杰作"。

无人知晓君华的高管在见到这样的他时有多惊愕,但很快,众人脑海中齐刷刷地蹦出三个字——姜慕晚。

众人不敢当着顾江年的面询问,只能将或探究或审视或疑问的目光落在徐放身上。

可徐放始终觉得,保命重要。

傍晚时分,顾江年接到家母的电话,余瑟让他晚上回家用餐。

顾江年告知事务繁忙，近几日或许不行。然而，素来通情达理的余女士今日难得地不讲理了一回。

"是工作重要，还是家庭重要？"

余女士冷着嗓音甩出这么一句话。

顾江年沉默了。

片刻后，他才道："晚上回来。"

"在竹溪园，晚上七点半，不能迟到。"

余瑟听他答应，直接说出地址。

顾江年愣了，鲜少见自家母亲在外用餐。

"母亲有何安排？"

"约了你赵叔叔一家吃饭，你按时来。"

余瑟绝口不提是何安排，只说了时间、地址，让他前去。

晚间，竹溪园包厢内，余瑟与好友相谈甚欢，顾江年的身份无须旁人过多介绍，这C市的人都知晓。

这场聚餐，说是聚餐，不如说是变相相亲。

徐放送人去竹溪园，快到时，靠在后座闭目养神的人轻声开腔："我进去十五分钟之后，你给我打电话。"

"好。"徐放应允，随即问道，"是推不掉的应酬吗？"

往常，若是推不掉的应酬，徐放大多会陪着进去，中途替自家老板打掩护。

可现在，后座上的人只轻飘飘地来了一句："余女士安排的相亲。"

徐放一脚刹车踩到底，随后立刻道歉。

他本该是稳稳地停住车子，可顾江年的这一句话让他极其震撼。

姜慕晚之前被"请"进了派出所，自家老板没有关心几句，却出来相亲。

徐放都不得不感叹一句，姜慕晚实在是可怜。

顾江年进来时，包厢里的谈论声戛然而止。

众人齐刷刷地将目光落在他身上，这张让人惊为天人的脸，配上高贵的气质，整个人如同神祇一般。

无论是谁，只怕都会感叹一句"上天不公"。

余瑟本该是极其高兴的。

可这高兴的好心情在目光触及顾江年脖子上的痕迹时，慢慢冷了下去，就连赵家人都惊呆了。

若是别人如此,定然让人会觉得顾家欺人太甚。

可这人是顾江年,是C市商场上高高在上的神,是不可攀爬的高山,如此男人,身边有红颜知己也正常。

★ 第七章 相亲

包厢内，余瑟脸色难看，但顾及着顾江年的脸面，很快便恢复了正常神色。

顾江年坐下后，余瑟开口同赵家人道歉："让你们见笑了。"

赵家人笑着摆了摆手，示意无碍。

得顾江年者得C市，莫说顾江年脖子上"精彩纷呈"的抓痕，就算他今日带着绯闻女友出席，众人只怕也会觉得没什么。

对于赵家的大方、包容，余瑟内心可谓是五味杂陈。

顾江年才坐下没多久，电话响起。他歉意地看了眼赵家人，后者谄媚地开口："顾董先忙。"

顾江年拿着电话欲要起身，却被身旁余瑟一把拽了回去，怒声问："你现在还要忙什么？"

顾江年怎会不知余瑟此时内心恼怒，他坐下来，掐了电话，笑道："母亲教训得是，是我不好。"

言罢，他端起酒杯，同赵家人赔罪。

另一边，昏迷的柳霏依醒来，第一件事便是去摸自己身上的衣物，确认完好无损后才狠狠地松了口气。

随即，她摸出手机颤抖着给顾江年拨电话，却不想电话被掐断。

她再打。

若是往常，打过去的第一个电话未接，她便不会再打第二个。可大抵是被绑架后的恐惧感太强烈，让她又打了一个。可她第二通电话拨过去，依旧无人接听。

"了事"酒馆内，柳霏依抱着臂膀蹲在地上放声大哭，那娇柔的模样实在是惹人心疼。

顾江年花了两个小时陪自家母亲吃完了这顿饭。

若是在应酬场上，一笔订单怕是早已经谈妥，可这日，他只为让母亲高兴。离开时，余瑟有意让顾江年送赵家小姐回家，顾江年应允。

两人上车，赵家姑娘报了地址，徐放驱车朝目的地而去。

行至半路，顾江年却忽然喊停，他侧眸望向身旁赵家姑娘："我让徐放送赵小姐回去。"

顾江年推门欲要下车，却被身旁人急切喊住："顾先生。"

他的动作顿住，回眸，只听她问："顾先生觉得我如何？"

男人闻言坐正身子，好似准备跟人促膝长谈。

"赵小姐想知道？"

赵家姑娘点了点头。

顾江年拍了拍徐放的肩膀，后者会意，从口袋里掏出烟盒，抽了支烟递给他。他伸手接过，然后将车窗按开，点燃烟轻轻吸了一口："正常姑娘见到相亲对象像我这副模样，只怕早已气得不行，而赵小姐却无动于衷，可见赵小姐并不在乎我顾江年这个人如何，在乎的是我背后的万贯家产。"

顾江年再道："倘若要用万贯家产来换婚姻的话，赵小姐并不是顾某人的首选。"

此时，顾江年就差直言，既然要花钱，那我一定要娶个最好的，而你还不够格。

顾江年下车离开，让徐放送赵姑娘回去。他打车回到办公室时，余江等人正在用餐，见他突然出现，客气地询问是否要一起用餐。

他回答"不用"，接着一边脱下外套，一边往办公室而去，语气不善，一脸愠怒。

徐放回来后，立刻被余江抓住问和老板出去后发生了什么事。

徐放道："老板被夫人抓去相亲了。"

"相亲？"余江一脸震惊，而后似是意识到自己声音太大，微微压了压嗓子，再道，"老板疯了，不遮掩一下脖子上的抓痕去相亲？"

身后一众高管，个个都竖着耳朵想听后续。

徐放抿了抿唇，没说话，转身走了。

徐放行至办公室门口，被顾江年喊了进去。他甫一推门进去，便见这人站在窗边抽烟："姜慕晚那边如何？"

"还不清楚。"徐放如实道。

"嗯？"男人尾音轻扬，甩出这么两个字。

听得徐放心头一惊，随即周身一激灵，紧接着开口道："我去打电话求证。"

顾江年深深吸了一口烟，似是想用这种方式来宣泄自己的不满，这种难以用言语表达的不满。

"顾董。"徐放刚走，秘书办的人便敲门进来。

顾江年应了一声。

"夫人来了。"

秘书的话说完，顾江年眉头紧拧，似是头疼得不行："让恒信余总过来。"

余江进来，还未来得及询问是何事，只听顾江年道："余女士过来了，舅舅去劝劝。"

他说的这句话并非在询问对方。

"你妈这脾气，不好劝。"说着，余江还将目光落在顾江年脖子上。

"涨薪的事情，不好办。"顾江年用和余江一模一样的语气说道。

余江只觉得心头发颤，咬牙切齿地领命，便出去了。

余瑟怒气冲冲地来到君华，还未见到顾江年，人便被余江拦下，劝说她打道回府。

余江劝人的口才极好，声情并茂地描绘了一番——顾江年近来事务繁忙，吃不好、睡不好，但哪怕他万事缠身，依旧抽空去应付相亲，可见心里还是有她这个母亲的。

余瑟质问："他脖子上的抓痕是怎么回事？"

余江四两拨千斤地回道："江年身处高位，难免会有逢场作戏之时，再说，他已至而立之年，感情生活不可能还是一张白纸。而且，姐姐你给人介绍对象之前，是不是该先问问他？你这先斩后奏的做法，也不能怪人家不开心。你看这C市的世家公子哪个不是万花丛中过？你再看看江年，如此已算是好的。"

"我不管他跟谁有纠缠，但是姜家姑娘不行，你要帮我看着他。"

余瑟对姜慕晚其人并无偏见，只是从双方的家庭背景来考量，他们绝对不合适。

"我也觉得那姑娘不可行，你安心。"

余瑟看的是家庭，可余江看见的是姜慕晚无情的手段。

此时，刚刚通完电话的徐放正往这边走，便听到这句话，惊得后背汗湿。

"老板。"

"直接说。"

"那边说，姜副总早已被人接走了。"

低头签署文件的男人动作顿住，笔尖的墨水在纸上洇开来，开出了一朵黑色的花儿。

"她倒是厉害。"他唰唰地在文件上签下自己的名字，冷冷地说了这么一句。

他合上文件推给徐放，后者接过，未敢言语。

徐放不得不再一次感叹——姜副总是真硬气。顾江年也是真的无情。

这段时间，姜家老爷子动用所有力量寻找姜慕晚，却依旧未有任何结果。梦溪园上空的天，肉眼可见地暗了下来。

姜老爷子急得上火。

客厅内，老张从旁规劝："兴许是忙自己的事去了。"

若这话能劝得了姜老爷子，只怕他自己早就想开了。

老张见姜老爷子揉着鬓角，一副头痛的模样，思忖许久，他小心翼翼地提议道："不如我们跟宋家的人联系，问问他们。"

"此举不妥。"姜老爷子直接开口拒绝。

若让宋家的人知晓，只怕又是一场腥风血雨。

"织品之事若真是她从中做了手脚，只怕余江会插手其中。"

C市所有人都如姜老爷子这般所想，想到最多，也只是想到一个余江，却未想到顾江年。

"去查余江。"

晚上，君华一众高管前往君华兰博旗下餐厅。

一个应酬而已，却出动了君华几位高层，可见这场应酬何其重要。

包厢内，两方人围绕着桌子而坐，往常，君华的人在外是众星捧月般的存在。

可今日，他们成了捧别人的那一方。

但这些人能坐上高位，哪个不是一等一的好手？即便是巴结，也是不动声色地巴结。

"顾董，久仰。"能源那边还派了很厉害的人来监督项目合作。

众人在见到顾江年这号人时，说不惊讶是假的。

他浑身的气派竟是丝毫不输出生于钟鼎世家的贺希孟。

更别说他年纪轻轻就坐上了C市首富之位，手段与谋略，只怕是无人敢小觑。

"贺总，幸会。"

两个在各自领域都是顶尖级的人，连寒暄都氛围不一样。桌上，众人觥筹交错，谈笑风生间，皆是在互相试探。

须臾，贺希孟手机响起，他看了一眼来电号码后，便直接当着众人的面毫不避讳地接起。

见他接电话的动作，整个包厢里瞬间变得静谧无声，只听得他温温柔柔地喊了一句："婧婧。"

这声"婧婧"让徐放靠着椅背的背脊倏地僵了僵。

顾江年亦是如此。

徐放心想，希望贺希孟喊的这个婧婧，不是他们想的那个婧婧。

数秒后，只见贺希孟微微起身，歉意地看了一眼众人，而后拿着手机往包厢外而去。

临出去时，大家还隐约听到他对电话对面的人说了一句："别着急，慢慢说。"

贺希孟出去的那一瞬间，顾江年看向徐放，后者会意，拉开椅子，亦出去了。

徐放便见贺希孟拿着手机走了过来，他向对方微微颔首，算是招呼。

贺希孟却站在他跟前，冷冷地看着他许久，眼眸中带着杀气。

良久，他似是为了确认般，拧眉说了句："徐放？"

徐放一愣，心中不祥的预感节节攀升。

数秒之后，他收了眼底的诧异："是。"

君华兰博酒店长廊内，贺希孟冷冷地瞧着徐放，仅是说了这么一声，也不再言语。

贺希孟这日穿着深蓝色衬衫，在长廊灯光映照下，颜色似蓝似黑，看不清楚。

他拿着手机的手垂在身侧，看着徐放。

这个上一秒在包厢里与众人谈笑风生的男人此时仿佛成了阎王爷，仅是这么望着，徐放都觉得这人是来索命的。

"认识付婧？"

"认识。"徐放如实告知。

贺希孟笑了笑，目光先是瞥了眼包厢里头，再缓缓回落到他身上："我贺家的人，什么时候轮到你们来踩踏了？"

此时你若问徐放是何心情，他只能说：命运弄人。

"您这话恐怕有失偏颇……"徐放斟酌良久才道出这么一句话。

贺希孟刚刚接的那通电话无疑是付婧打来的，不用想，她必然已将事情的前因后果告知眼前人。

自己若直接否认，未免太不可信，此时也只能承认，还只能大大方方地承认。

徐放这不卑不亢的回应是贺希孟未曾想到的，大抵是见多了巴结、阿谀奉承抑或是事后咬死不承认的态度。

徐放这般，他当真还是头一次见。

贺希孟看着徐放，眼眸中闪过一丝精光，他将手机揣进兜里，推门进了包厢，包厢里的谈笑声因着他的到来戛然而止。

贺希孟坐回原位，虽未言语，但众人都能看出——他心情不佳。

他拿起桌面上未拆的烟盒，不紧不慢地拆开，而后取了一根烟出来。君华老总坐在他身旁，见此，忙伸手掏出打火机要替他点烟，却被他不动声色地躲开。

对面，顾江年只见这人侧身点烟，浅浅吸了口烟之后，微眯着眼瞧着他，二人视线倏地对上。

贺希孟将烟夹在指尖，将眼前的酒杯拿过来，在里面弹了弹烟灰。如此动作，摆明了是在告知众人——这场酒喝不下去了。

"顾董，我想跟你问一个人。"贺希孟微微抬起眼帘，睨着顾江年。

顾江年现在，他已经能确定，刚才贺希孟接到的那通电话是付婧打来的了。

上位者之间的对决，往往都是悄无声息。

"不知是谁能让贺总亲自开口询问？"

"姜慕晚。"贺希孟说。

话音落地，顾江年面上一如既往那么平静，并未因着贺希孟说出这三个字有任何错愕。

只是，君华一众高层不淡定了，若姜副总真跟眼前这人有渊源，那一切怕都该推翻了重新再来。

"姜副总跟您……"这是一句询问。

但这询问中带着几分提醒——姜慕晚来C市瞒着宋家人，眼前的贺希孟不见得会是知情者。

是以此时，他称呼的不是姜小姐，而是姜副总。一旦对某人的称呼带上职位，有些关系便会被重新定义。

果不其然，听到顾江年这声"姜副总"，贺希孟夹着烟的手微微抖了抖，望着顾江年的目光深沉了几分。

良久，贺希孟才道："她是我的未婚妻。"

啪嗒——

徐放脑海里一直紧绷的弦就此断裂。

何止是徐放，在场的君华高层的心里无不震惊！

徐放故作冷静地端起杯子喝了一口水，想压下内心躁动。

顾江年素来善于隐藏，喜怒不形于色，可坐在他身旁的徐放知晓，他此时内心只怕是早已翻江倒海。

顾江年在心里无声地念了一遍"姜慕晚"三个字，望着贺希孟的眼光带着几分打量。

贺希孟带来的人似是听出了什么深意，领导的未婚妻和顾董有关系？

"不知道顾董和她是不是有什么误会？"贺希孟语气冰冷地开口，整间包厢里仿佛一瞬间满是寒意。

贺希孟的目光中没了刚刚的隐忍，而是怒火与杀气交织。

顾江年道："我向来都是遵纪守法的好公民，再说，姜副总的事情怎么会和我有关，您多虑了。"

顾江年轻松应答。

"顾董倒是谦虚。"贺希孟抬手将烟送至唇边浅浅抽了口。

他睨了身旁下属一眼，后者缓缓起身，同君华方的人歉意地开口："还有事，我们竞标场上再见，诸位。"

本是志在必得的项目，此时成了待定，或许还会得罪一个关键人物。

贺希孟，最是难惹。

而且顾江年还招惹了他的未婚妻。

君华的人心里只怕是都在打战，以顾董跟姜副总这不清不楚的关系，如今人家正牌未婚夫找上门来，见面没动手已算是不错。

贺希孟起身，面色冷厉地朝包厢外而去，行至顾江年身后时，只听这人冷飕飕地问了句:"不知道您是姜副总的哪一任未婚夫?"

顾江年对上贺希孟,用狮对上虎来形容恰如其分。

这二人都是各自领域叱咤风云的人物,顾江年也好,贺希孟也罢,无疑都是站在顶端的人。

可现在这样两个了不起的男人,在这一方天地里,当着各自下属的面,为了一个女人针锋相对。

顾江年斜靠在凳子上,贺希孟站在他身后,侧头望向他,冷厉的视线落在他身上,带着寒霜。

"顾董这是操的哪门子心?"

这些人今日能一起出现在这间包厢里,无疑都是为了谈成这次合作。可现如今却因为一个女人翻脸了。

顾江年千算万算,没有算到后面还有个贺希孟。他知晓那边会派人下来监督,却不承想会是贺希孟——姜慕晚众多前任中的一个。

须臾,顾江年作势要起身,身旁徐放眼明手快地将他身后凳子拉开。

霎时,这二人面对面而立,四目相对,火花乍现,整个包厢都充斥着杀气。

"问问而已,"顾江年轻嗤一声开口,毫不躲避贺希孟的打量,"不过您记得把墙脚砌结实。"

贺希孟似是听了天大的笑话:"顾董是想挖贺某墙脚?"

"您可能没听过一句话,娶妻当娶姜家女。这C市想挖贺总墙脚的人——"说到此处,顾江年拍了拍贺希孟的肩膀,"不少。"

"顾董倒是菩萨心肠,自身难保了还有心情担心贺某。"

闻言,顾江年笑了,垂眸轻唤道:"徐放。"

徐放颤巍巍地应声,只听自家老板吩咐道:"让厨师炒盘韭菜,给贺总带走。"

徐放:"……"

君华众高层:"……"

这是要明目张胆地告知贺总,他被"绿"了?

话音落地,顾江年先一步离开包厢,这场原本应该在今夜谈妥的合作因为姜慕晚暂停了。

站在门边的余江听见开门声,抬眼就看见了顾江年怒气冲冲的模样。

顾江年站在门口,只听身后贺希孟高声呼唤身旁下属,道:"整两只耗子送给顾董，我瞧他很适合养那个。"

言下之意，狗拿耗子——多管闲事。

听见这句话的众人："……"这是在骂顾董是狗？

众人不知自己是如何出酒店的，只知这二人之间剑拔弩张，都恨不得弄死对方。

返程途中，徐放驱车时可谓是小心翼翼，生怕顾江年迁怒自己。

自家老板这是——"被小三"了？

原以为他们此次可以合作谈妥，如今到嘴边的鸭子要飞了，谋划五年的能源项目或许要血本无归了。可众人之中无一人敢有半句怨言。

只能怪自家老板，天底下那么多女人不去染指，偏偏去染指人家未婚妻。

车内，执行副总曹岩一手撑着脑袋，唉声叹气。

顾江年此时气极。

若无贺希孟，明日能源的事情敲定，他必然会亲自去找姜慕晚，可谁能知晓，半路杀出来一个贺希孟。

"顾董跟其他人，也无甚区别。"

"这不过是男女之间的一场游戏罢了。"

姜慕晚的话在顾江年脑海中回响着。到头来，姜慕晚潇洒地抽身离去，而他顾江年，却动了不该动的情。

她一心只想颠覆姜家，为了此事下狠手，谋大局，将所有人都卷了进去，只为求一个"稳"字。

"老板，现在去哪儿？"

徐放轻声询问。

"去公司。"

后座男人冷声开腔。

徐放只好改道前去，绕了一个大圈。

顾江年这人，能立足于C市，自然不会让自己的命运掌握在旁人手里。

几天前。

贺希孟站在派出所门口，望着女子良久，沉重的呼吸声响起，随之而来的是一声轻唤："蛮蛮。"

听到熟悉的声音，姜慕晚缓缓抬起眼帘，望过去。门口，贺希孟背光而立,身姿如同青松般挺拔。

她微微张嘴,嗓子有些发涩,咳了一声,才找回自己的声音,道:"你怎么来了?"

四目相对,二人心中各有所想。

贺希孟的手握紧又松开,才道:"你说的到洛杉矶开拓市场是假,回姜家是真。"

姜慕晚无法回应。

若非付婧那通电话,他只怕还被蒙在鼓里。

姜慕晚的沉默恰到好处,纵使贺希孟有心去探究竟,也知晓此处不是个说话的好地方。

贺希孟带着姜慕晚从派出所出来,视线带着几分冷意。

"蛮蛮,别怪我多事。"

言罢,他看了眼站在一旁的男人,冷声唤了句:"司北,去查清楚。"

"是。"

贺希孟驱车往澜君府而去,姜慕晚坐在副驾驶座上,从上车开始,便没有开口说一句话。

一路上,车内始终静默。

贺希孟一直在斟酌言语该如何开口,而姜慕晚的沉默是有些许逃避的意思。

"没什么要说的?"贺希孟开口,尽量让自己的嗓音听起来温软些。

姜慕晚侧眸望向窗外,许久之后,才轻飘飘地问:"我应该说什么?"

"姜家的事,你母亲知不知晓?"

此时,在贺希孟眼里,顾江年只是一个意外,而姜慕晚将决定这个意外能否会长久地持续下去。

或许,有些人生来就站在巅峰,惯用高傲的目光无视某些人。

"暂时不知。"她答,话语依旧平淡。

"是你母亲暂时不知,还是你不准备让她知?"等红灯间隙,贺希孟侧眸望向她。

"如果你来接我,是为了质问我,那么麻烦你放我下车。"贺希孟的语气冷一分,姜慕晚的态度便强硬一分,二人在这狭小的空间内对视着,谁也不让谁。

直至从后车传来喇叭声，贺希孟才启动车子离开。

一时间，车内气氛凝重。

又是一个红灯，贺希孟缓慢踩下刹车，将车停稳，又问："顾江年呢？"

"我们只是正常往来罢了。"

"蛮蛮，如果不是付婧联系我，你是不是准备瞒着我们到天荒地老？"

"每个人都有自己想做的事情，我也不例外，我是独立的个体，有自己的思想与行动能力，不是事事都得请示别人之后才能行动。"

"我不是这个意思。"大抵是意识到自己语气太过强硬，贺希孟嗓音软了半分。

"是不是这个意思，你比谁都清楚。"姜慕晚压下自己满腔的怒火，靠在副驾驶上，闭眸不言。

B市虽好，可那里有着太多令她难以喘息的事情。每个人看似关心爱护她，可这些关心爱护，都是变相的压迫。

车内的静默一直延续到澜君府停车场。

贺希孟将车子倒进去停车位，姜慕晚并未急着下车，而是在这逼仄的空间里，薄唇微启，缓缓开腔："抱歉，我刚刚情绪不太好，但没有针对你的意思。"

不管出于什么目的，贺希孟都将她接出来了。

贺希孟侧眸望着她，想从她平静的神情中窥出那么一二分异样情绪。

此时，贺希孟内心当有千言万语的，可这千言万语只汇成了一句话，他伸手解开她的安全带，语气温柔地说："你上去吧。"

"B市那边？"临下车之前，姜慕晚侧身问道。

这一侧身，姜慕晚脖子上那些令人想入非非的痕迹，便露了出来。

贺希孟落在方向盘上的手狠狠握紧，周身有一股杀气散发开来。

停车场内有车进来，按了一声喇叭，将他惊醒。

他扯了扯唇角："你不想让他们知道的话，我不说。"

"谢谢。"姜慕晚一句客气的话语就这般不自觉地说了出来。

贺希孟抬手摸了摸她的头发，笑意温和："上去吧！"

"你呢？"

"我还有事情。"他答道。

见她似是有话要说，贺希孟适时地阻止了她："你上去以后，先洗个澡，好好睡一觉，明早我给你送早餐。"

姜慕晚刚进电梯，一个戴着鸭舌帽的男子从楼里出来，走到贺希孟车旁，毕恭毕敬地喊了句："老大。"

贺希孟视线落在电梯口，目光深沉，语气冰冷："人呢？"

"在车上。"那人道。

"给顾董送去。"男人冷声开腔，语气透着一股子狠劲。

"二小姐那边？"

"让人护着，别惊动。"

"明白。"

……

澜君府内。

付婧站在客厅内来回踱步，拿着手机想拨电话却又不敢。直至听闻身后门口有响动声，她抬腿往玄关奔去，姜慕晚恰好推门而入。

付婧猛地上前，将人抱了个满怀："顾江年将你怎样了？"

突如其来的冲击让她重心不稳，伸手扶住墙壁才勉强站稳。她用另一手拍了拍付婧的肩膀，道："先让我上个卫生间。"

"顾江年把你困在澜君府了？"姜慕晚从卫生间出来，手上水渍未来得及擦干，直接开口问道。

"嗯，你呢？"

"在派出所配合调查。"

那轻飘飘的语气，好似事情根本不值一提。

她俯身抽出几张纸巾，擦拭手上水渍。然后，她将手中纸巾团成一团，丢进垃圾桶里。

随后，她站直身子，用凝重的目光望着付婧，沉默片刻，才道："以后你遇事要沉住气，病急乱投医，不好。"

虽未言明，但付婧知晓，姜慕晚在责怪她联系贺希孟的事情。姜慕晚实在告知她，贺希孟对于自己而言，不是良医。

她伸手拍了拍付婧的肩膀，才道："我去洗个澡。"

"你是不是在怪我？"

闻言，姜慕晚头也没回，径直向前而去："别多想。"

徒留付婧一人站在客厅。

姜慕晚洗完澡，裸露着身体站在镜子前，原本白皙的皮肤，此时青一块紫一块。

她抬手擦干镜子上的水雾，目光落在自己腰肢上，微微闭眼，君华大床上发生的一幕幕缓缓从脑海中回放。

良久，她咬牙切齿地开腔，缓缓地吐出三个字。

"顾江年。"

君华大厦顶层内。

众人屏息凝神，不敢吱声。

窗边，男人指尖夹烟，背对众人。即便是相隔数米，也能感觉出这人周身仿佛阴云密布般的。

谋划五年之久的项目一朝几近落空，怎能叫人不感到郁闷？莫说是顾江年，就是君华众高管，此时都觉得难以接受。

人生有多少个五年？一个企业有多少个五年？

"都散了，明日该如何便如何。"

事已至此，只能走一步看一步。

"贺希孟那边怎么办？"余江不确定地开口询问。

"决定权不在他手上，只要我恒信手中有能源项目合作方那边想要的，事态便还有转机，现在不过是捷径没了罢了。"

一开始，他们是准备走贺希孟这条捷径，不承想，捷径没走成，反而多出来一个情敌。

顾江年现在恨不得把姜慕晚抓过来，狠狠教训一顿。

君华高层退出办公室，徐放把门带上，外头走廊内直接炸了锅。

"姜副总有未婚夫？"

"老板现在算什么？小三？"

"是横刀夺爱吗？"

徐放之前目睹自家老板瞒着姜副总去和赵家姑娘相亲，正在为姜副总打抱不平时，又杀出一个贺希孟，局面一转，自家老板反而成了"插足者"。

"大家还是去问顾董比较好。"徐放一本正经地说道。

霎时，走廊里鸦雀无声。

长久以来，君华高层在C市商场口碑极好，从未听闻有什么风流韵事，大家都认为君华高层不入风月场，将三好标签贴在这群人身上。

好男人，好父亲，好下属。

旁人不知为何如此，可君华各位高管心里清明——是自家老板不喜。

可如今——思及此,众人狠狠叹了口气。

"徐放。"

待众人离去,站在一旁的余江轻声唤道。

徐放闻言,腿肚子都打战,苦兮兮地望着余江,就差哭出来:"余董,我是真不知道。"

知道也不能说啊!你们何苦来为难我一个小小的秘书呢?

余江凝眸深深望着徐放,对于他说自己不知道,是不信的——若贴身秘书都不知晓,还真是说不过去了。

可眼见徐放一副有苦难言的神色,再问便是他为难人了。

余江转身前,深深瞧了眼徐放,这一眼,让他后背发凉。

贺希孟回到酒店,大家正在就明天的竞标开会。他未走进会议室,倚在门边点了根烟,抽了半根。

有人出来,见了他,同样是倚门而立。

"不去找你未婚妻了?"

贺希孟闻言,浅嗤了声:"吴哥说笑了。"

"能源项目这次的合作方,定了?"

"定了。"吴成开口,看了眼贺希孟。

"恒信?"贺希孟问道。

吴成点了点头。

贺希孟脸上阴郁之色毫不掩藏,吴成见状,伸手拍了拍他的肩膀:"上方定下来的,不是我们可以更改的,定下来的合作商必然从多方面审查过,人品、能力、手段以及家世背景是否干净。"

"一套程序下来很严格。"

"你跟恒信顾董若是有私仇,怕是得私底下解决。"

贺希孟点了点头,知晓他们这些人不过是走走过场而已。

见他未言,吴成将话题扯开,笑道:"你何时订的婚?怎么之前一点儿风声都没有?"

贺希孟脑子里闪过姜慕晚露出脖子上痕迹的画面,他夹着烟的手指微微抖了抖:"你忙,我还有事。"

君华,徐放正准备离开,忽然接到楼下保安电话,那边语气焦急,徐放电话都未曾挂断,便直奔顾江年的办公室。

澜君府内,姜慕晚从卫生间出来。

"如果你觉得我不该将此事告知贺希孟,我向你道歉。"付婧知道姜慕晚心中有火。

"能走到一起早就到一起了,那些兜兜转转始终未在一起的人,不仅仅是因为缘分未到。不必道歉,你担心我,我很高兴。"

"有件事情我很疑惑。"

"你问。"

"你们的订婚为何会推迟?"

姜慕晚略微诧异的目光落在付婧身上,好看的眉头微微拧起,她纠正道:"不是推迟,是取消。"

"所以你才会将主意打到顾江年身上?"付婧与姜慕晚相熟十余年,她怎会看不出姜慕晚有心接近顾江年。

一个女人最聪明的地方是善用自己的美貌,用美貌去为自己求得某些东西。

"我从来不做没有分寸的事情。"

倘若此时,她是贺希孟的未婚妻,断不会去做逾越之事。做这一切的前提,是不违背伦理道德。

次日。

能源竞标项目竞标会在君华集团旗下酒店宴会厅正式开始召开。

这次竞标会有多方参与,场面自然是十分的热闹。

余江带着恒信高层现身,顾江年没有出面,隐藏在暗处观察、操作。

若是昨日顺利,他本不用过来。

楼下,竞标展开,"神仙打架"的场面异常热闹。

楼上,顾江年端着一杯黑咖,站在窗边。

悠放与不便露面的一些君华高层站在显示屏前,监控会场实况。

姜慕晚回C市的第五个月,在这场角逐中,她算不上赢家,但也不算输家。

晨间起床,付婧穿着睡袍双臂环抱站在客厅,阿姨在厨房做早餐。

姜慕晚走进客厅,阿姨端着一杯低糖拿铁过来,她轻声道谢后,伸手接过。

"姜小姐跟付小姐也在关注这个呀?"阿姨看到电视内容,忍不住开口。

这话让端着咖啡往唇边送的两个女人齐刷刷地停住了动作,望向阿姨,付婧轻声问道:"阿姨也知道?"

"听我丈夫跟儿子提起过。"阿姨点头回应,"这么多家公司,我们都觉得恒信是不错的。"

"怎么说?"姜慕晚似是来了兴趣,抿了一口咖啡,低声问道。

"我们家原先是在码头那边,后来拆迁被收购了,收购的企业有许多家,但若是论良心企业,还得是恒信。"

阿姨一番话音落地,姜慕晚微微扯了扯唇角,侧眸望向付婧,二人将对方眼眸中的那点儿情绪看得一清二楚。

难怪古人言,得民心者得天下,此话不假。

顾江年为了这个项目准备了五年之久,这五年,少不得要做些得民心之事。

"看来这盘棋输赢已定,还看吗?"付婧问。

"罢了。"说完,姜慕晚往餐厅而去。

付婧伸手关了电视机。

这场战役,顾江年成了最终赢家。

君华酒店内。

好消息传到顾江年耳里时,这人笑得开怀,身后各位君华高管或激动泪目或扶额轻叹。

五年,人生能有多少个五年?

如顾江年这般能隐忍谋划五年之久的商人,又能有几个?

这日,顾江年成了 C 市最大的赢家,他谋人心,谋商道,最终,谋的不过是君华的大好前途。

于顾江年而言是个难忘的日子——他的身家翻了数倍。

这时,秘书办的人送了张报纸进来。

报纸版面上,一行大字映入眼帘——"华众副总与织品经理酒店私会",而且还附上了一张极其刺眼的照片。

顾江年拿着报纸端详着,从照片上女子那盈盈一握的杨柳腰来看,可不就是姜慕晚吗?

当初姜慕晚说的那几句话,再次在顾江年的脑海里回响。这个前一秒还笑着的人，后一秒周身冒着杀气。

徐放想，杨逸凡怕是要遭殃。

自家老板被贺希孟惹出来的怒火还未消散，杨逸凡撞到枪口上来了。

男人愤怒的表情逐渐被微笑取代，他缓缓地将报纸撕开。

不妨，来日方长。

竞标的事情落幕，他有的是时间慢慢收拾她。

于是，这人将撕开的报纸揉成一团，抬臂轻挥，纸团准确无误地被投进了垃圾桶。

"晚上准备一场答谢宴，快去安排。"男人的声音在屋子里响起。

众人一颗提起的心这才落下去。

徐放立马着手安排了下去。

顾江年其人，甚是猖狂。猖狂到何种地步？

他亲自写了一张请柬，让秘书送给贺希孟，而且借用了唐代诗人李白的诗作《将进酒》：

"人生得意须尽欢，莫使金樽空对月。

天生我材必有用，千金散尽还复来。

烹羊宰牛且为乐，会须一饮三百杯。"

顾江年此时正得意，他敞开大门，将贺希孟迎进来，不仅要让对方亲眼看着，还要端起酒杯对饮。

告诉他，瞧瞧，你贺希孟再厉害，不也让我得了利？

这人，太过狂妄。

办公室，秘书将拿着请柬出去，徐放拿着手机进来，道："姜老进医院了。"

顾江年闻言，轻挑了挑眉头。

徐放再道："听说昨夜姜副总回了姜家，出来不久，老爷子就被送进医院了。"

徐放话音落地，顾江年没有半分疑惑，颇为淡定地轻轻应了一声："猜到了。"

"华众股票又开始新的一轮暴跌，风控那边的人说，有人在大量收入股票。"徐放此时竟不知该说是姜慕晚摊上这么个爹惨，还是姜临摊上这么个女儿惨。

这二人，你来我往地较劲之间，就差闹出人命了——都在掐着对方的脖子。

顾江年的指尖落在桌面上缓缓敲了敲，良久，这人轻声开腔："跟风控的人说，用国外账户收华众股票。"

"老板——"

徐放诧异，急忙唤了声。

此时插手华众不见得是什么好选择，毕竟姜老爷子还在。若这中间真有什么，媒体的口水会将他们淹没。

"去办。"

男人冷声开腔，打断徐放接下来的话。

徐放还欲规劝，可抬眸之际，撞见顾江年眸间冷色时，所有的话语都咽回了肚子里。

晚上，恒信答谢宴在十号码头游轮上举办。

许多合作商，再加能源、恒信、君华三方人。此时的恒信不同以往，拿下能源项目合作，无疑是站在顶峰了。

这场宴会，何其热闹。

这日，能源那边的人出席，由余江亲自接待。

顾江年端着杯子出现时，众人谈话声恰好停止。寒暄完后，顾江年便将目光落到贺希孟身上，举了举手中杯子，似炫耀、似讽刺，万千情绪从他眼眸中流淌出来。这人狂妄得不屑隐藏。

"恭喜顾董了。"

贺希孟也举了举杯子。

"感谢贺总高抬贵手。"

这话，顾江年说得讽刺。到底是不是贺希孟高抬贵手，众人心中都万分清明。

贺希孟不整他就不错了，怎会高抬贵手？没碰顾江年，只能说贺希孟尚无这个能力。

"送的礼，顾董可还喜欢？"

贺希孟面露浅笑，轻轻问道。

"很喜欢，改天我也送贺总一份。"

"怎么没见你将未婚妻带来？"说着，顾江年朝贺希孟身后瞧了瞧，似是在寻某人的身影。

"蛮蛮说，怕狗。"

徐放："……"

众人："……"

顾江年闻言唇角轻扯，那浅浅的笑意，竟是带着些许轻蔑。

他端起手中的酒杯喝了一口，笑意悠然："若是你不急着返程，有时间可以去君华旗下的高尔夫球场玩玩，那里的草地，在这盛夏的季节，正是适合享受的时候。"

闻言，贺希孟脑海中蹦出姜慕晚脖子上的那些痕迹，再看顾江年，眼眸中竟是带着那么几分杀气。

可这几分杀气，来得快，去得也快。

"顾董盛情邀请，当然得去。"贺希孟话音落地，伸手招呼来服务员，"给顾董换一杯意式鸡尾酒。"

什么意思？

君华集团B市分部老总酒驾出事前正带着情人在夜场里喝酒，喝的便是意式鸡尾酒。

此时贺希孟搬出这件事，无疑是在戳顾江年的痛处。

"您倒是消息灵通。"

"只能说顾董手下之人不凡。"

这场较量，并未结束。

临近宴会尾声，二人在游轮甲板撞见，说巧也巧，说不巧也不巧。

"看来贺总极喜欢C市的江景。"

顾江年推开玻璃门出来，见贺希孟站在栏杆边抽烟，轻飘飘的话语乘着江风送至他耳边。

贺希孟微微回首，见顾江年站在身后，仅是睨了眼，便又回眸，姿态带着几分不屑。

"蛮蛮小时同我说，C市不是个好地方。顾董觉得呢？"

姜慕晚极其不喜C市，大抵是年幼时的经历太过惨痛。

"不是好地方，你不是也回来了？"

顾江年冷声轻嗤。

"有时候踏足一个地方不是因为喜欢。"贺希孟说着，抬手吸了口烟，"对人也一样。"

这话无疑是在"内涵"顾江年——即便是与你有其他牵扯，也不见得是因为喜欢。

可顾江年哪能是这般轻易让人"暗指"的？

他这般狂妄，又那般小心眼。

"贺总有本事就把姜慕晚带回B市，让她日后离此地远远的，否则——"

"顾董这么不在乎自己的名声？"

顾江年不疾不徐地从口袋里掏了根烟出来，点燃，视线望向江边的某栋高楼："我顾江年不过是一个穷得只剩下金钱的人，不在乎那些所谓的名声。"

言罢，这人将手伸出栏杆，点了点烟灰，而后，他夹着烟的手微微抬起，指向江边的某栋楼，似告知般开口："澜君府。"

霓虹灯闪烁，江面游轮鸣笛声此起彼伏。

二人比肩而立，站在甲板上，仿佛在夜游澜江。

走近再看，二人之间的氛围又是另一番感觉。

九月，股市动荡得厉害，而姜慕晚坐在澜君府书房内盯着电脑。

她要的只有华众以及姜家现在拥有的一切——那些本该属于她的一切。

贺希孟出来后直奔澜君府。

因着澜君府物业管理极严，付婧接到物业拨过来的电话时，有些拿不定主意，看了眼书房，思忖数秒，终究是让人上来了。

贺希孟刚出电梯，便见在走廊里候着他的付婧。

"等我？"

贺希孟身上散发着极重的酒味。

"嗯。"付婧应。

付婧抬头望着贺希孟，斟酌良久，才小心翼翼地开腔："你跟蛮蛮的订婚宴取消了？"

语落，贺希孟落在身侧的指尖微微动了动："蛮蛮跟你说了？"

付婧点了点头："说了，这是为什么？"

贺希孟抬手摸了摸付婧的脑袋，带着兄长特有的温柔："进屋吧！"

显然，他不愿就此事多言。

付婧有心追问，可看着贺希孟离去的背影，她忍住了。

他和姜慕晚之间的有些事，不是三言两语可以说清楚的。

既然说不清楚，那便不说。

澜君府书房,贺希孟推门进去,见姜慕晚靠在椅背上,眉头紧拧,神情紧绷。

听到响动声,姜慕晚微微抬起眼帘,见是他,复又缓缓阖上。

简单的动作,包含着信任。

贺希孟反手带上门,将付婧的视线隔绝在门板之后。

一时间,沉默充斥在书房内。

良久,贺希孟才主动开口打破了沉默:"慕晚,宋家不会允许顾江年入家门。"

"你想太多了。"

她轻启薄唇开腔。

贺希孟所认识的姜慕晚,聪明、善隐忍,知晓自己想要什么,所以关于顾江年的话题,他只点到即止。

"姜家那边需不需要我出面?"

贺希孟这句询问出口,姜慕晚错愕了许久,大抵是未曾想到贺希孟会主动站在她这边。

她现在格外需要一个背景雄厚的人出面,去威慑姜家,以此,才能让她更快地得到自己想要的。

可这个人,不该是贺希孟。

"不需要。"

姜慕晚这声"不需要",是思忖良久之后才说的,显然是她在内心深处权衡一番利弊之后做出来的决定。

贺希孟知晓,但未曾点明。

"什么时候回B市?"她问。

"你希望我什么时候回?"贺希孟将这个问题抛回给了姜慕晚。

一时间,静默又充斥着书房每一个角落。

姜慕晚望着贺希孟,张了张嘴,千言万语哽在喉间,清明的眸子看着贺希孟。

她薄唇紧抿,始终未有言语。

良久,贺希孟点了点头:"我知晓了。"

"B市那边,你不愿让他们知晓这些事,我帮你瞒着,日后你若有事,联系我。"

"谢谢。"

"蛮蛮，如果可以，我希望未来你在选择丈夫时，可以优先考虑我。"

这句话何其卑微？

他贺希孟若在外面动动手指，便有大把世家小姐扑上来。可就是这般一个人在姜慕晚跟前，用了"如果可以"四个字。

带着乞求，希冀，以及些许期盼。

可姜慕晚这人自幼知晓自己想要什么，为了回C市，她铺了多年的路，怎会甘心让一切落空？

笼罩内心数年的阴霾让她成为一个凉薄之人，这种凉薄让她轻视万物，于是，她淡淡开口："我这辈子受不了约束。"

她想成为翱翔九天的鲲鹏，怎会心甘情愿去做一只笼中雀？

贺希孟拉开门出去时，付婧取了东西进来，刚关上大门，转身之际，便见书房门开了。

"要走了？"她问。

"嗯。"贺希孟应。

"你们——"

付婧欲言又止。

"有事给我打电话。"

贺希孟说完这么一句话，便转身离开了。

付婧进书房，见姜慕晚手肘落在桌面上，用双手撑着脑袋，叫人看不清神情，她将手中东西放在姜慕晚面前："恒信答谢宴的请柬。"

"不是举办过？"

"这次答谢宴，只邀请内部人员，他们拿下这个大项目，怎能不炫耀一番？"

"去不去？"

付婧见姜慕晚不语，又问了这么一句。

"不去。"

从语气可以听出，姜慕晚很烦躁。

这种烦躁的情绪或许与贺希孟有关，抑或是与顾江年有关。

……

顾江年醉酒归家。

徐放扶着人进屋，抬眸便见余瑟着一身古法旗袍站在客厅中央，正冷眼瞧着他们，怒气冲冲。

"夫人。"

他开口招呼。

余瑟冷冷地应了一声，视线落在似不清醒的顾江年身上，带着怒火的嗓音在客厅响起。

"给你家先生熬点儿醒酒汤，让他醒醒脑子。"

这话，她是对着兰英说的。

徐放将人扶到主卧，让他靠坐在床头，回身恰好跟端着水杯进来的兰英打了个照面。

他轻挑眉头望了眼客厅方向，似是在问什么情况，兰英摇了摇头表示不知。

余瑟下午过来时，面色就不大好，一直在等着顾江年。若是往常，见他喝成这般，她心疼都来不及。

可这日，即便是顾江年醉了，余瑟也没准备放他休息，大有一副即使弄醒了也要跟他谈谈的架势。

顾江年靠在卧室床头，似是头疼。

他剑眉紧拧，想躺下，但微抬眼帘时又见余瑟坐在床边，双臂环抱，冷冷地瞧着他。

他眼中不由得流露出几分无可奈何。

"母亲大发慈悲，今日放过我行不行？"他温声开口，带着些许讨好之意。

"你跟姜家慕晚到底怎么回事？"余瑟便直奔主题，一定要问出个所以然来。

"什么怎么回事？您这又是从哪里听来的风言风语，不分青红皂白地就来质问我了？"

说着，顾江年伸手去端床头柜上的水杯，喝了大半，靠在床头望着自家母亲，希望她会可怜可怜自己。

"韫章——"

余瑟望着顾江年，喊出了他的表字。

这二字，余瑟鲜少喊，大抵是不想唤起不好的回忆。可今日她眼含泪光地望着他，略微哽咽地开腔，这声柔柔弱弱的轻唤，着实是叫他头疼又难受。

"我在。"顾江年微微叹息了声。

"商场上，逢场作戏在所难免，但这人，我不希望是姜家慕晚。"

顾江年试图让余瑟可怜可怜自己，却不想余瑟上来直接给他打出了亲情牌。

"母亲安心。"他语气飘忽。

"安心是何意思？"

余瑟穷追不舍，似是一定要听到清清楚楚的答案。

"安心就是不会的意思。"顾江年答。

不会跟姜家慕晚逢场作戏，他要的，远不止逢场作戏这般简单。

一句话，两种意思。

九月十二日晚，恒信答谢宴在邮轮上举行，两次宴会，在同一个地点举行，只能说明恒信想借此热度来减弱织品酒业带来的负面影响。

富丽堂皇的宴会厅里，男人西装革履，女人身姿婀娜，言笑晏晏，他们举手投足之间都带着攀比之意。

姜家亦在被邀请之列。

姜老爷子带着姜临与杨珊等人出现时，引起了不小的轰动。正如顾江年所言，姜老爷子在C市的声望远高过任何人。

这些人中，独独没有出现姜慕晚。这点不免叫人多想。可想归想，无人会去多嘴询问。

正当姜家人与其他人寒暄时，身后有喧闹声响起，众人纷纷回眸望去，只见姜慕晚着一身深蓝色吊带星空图案的连衣裙，朝厅内缓缓走来。灯光照射下，只觉这人似是带着漫天星辰而来，闪闪发光。

优雅动人，又带着蛊惑人心的美，白皙的皮肤在深蓝色的衬托下更白了，她款款而来，等人缓缓走远后，众人才瞧见那光洁的后背。

然后，又是一阵吸气声此起彼伏地响起。

"你来了。"最近有些姜家的流言蜚语太多，为了避免姜慕晚做出什么不可控的举动，姜老爷子先开了口。

姜慕晚点了点头，轻声问了句："您身体好些了？"

这句话太过疏离，让站在身旁寒暄的众人看向他们的目光充满探究。

姜老爷子毕竟活了这么多年，从某种意义上来说，是个人精般的存在，笑道："你若是不那么忙，我会好得更快。"

"我尽量。"姜慕晚笑答。

转眸之际，姜慕晚撞上姜临的目光，而后，她又不动声色地移开，半分要低头的意思都没有。

姜临见状，薄唇微不可察地抿了抿。

某处角落，萧言礼坐在沙发扶手上，端着一杯鸡尾酒望着这方，身旁，顾江年跷着二郎腿靠坐在沙发上。

"我怎么瞧，都觉得这姜家慕晚不是个善茬。"

顾江年端着酒杯的手晃了晃，唇边勾起一抹淡淡的笑意。

"能在这个圈子里站稳脚跟的，有几个会是善茬？"

言罢，顾江年缓缓起身，端着酒杯，挂着商人特有的笑朝姜老爷子走去。若是徐放在，会在心里念叨一句，老板这是醉翁之意不在酒，只在姜家慕晚也。

顾江年越走近，越觉得姜慕晚那白花花的后背刺眼得很，那条裙子将她完美的腰肢曲线展露无遗，美不胜收。

顾江年眸色暗了暗，步伐亦是沉重了几分。

"姜老。"顾江年与萧言礼一前一后地走过来，向姜老爷子打招呼。

老爷子颔首回应，脸上带着慈爱笑意。

"您身体可好？"

"安好，让你们两个晚辈记挂了。"

"应当的。"

两人之间的寒暄听起来极为温馨，可实际上有几分真、几分假，众人心中都有数。

"杨总——"

正聊着，萧言礼唤道，众人侧眸望去，见杨逸凡着一身黑色西装往这边走来。

原本热闹非凡的宴会厅瞬间安静了。

前段时间报纸上标题为"华众副总与织品经理酒店私会"的照片，大家可都记忆犹新，此时，这二人撞上，众人八卦心思渐起。

站于顾江年身旁的萧言礼只觉周遭温度都稍降了几分，但不知这凉意从何而来。

远处，余江太阳穴突突地跳着，有了上两次的经验，他现在一看见与姜慕晚有关的事情，心中就害怕，立刻朝身旁下属使了个眼色。

下属会意，很快朝那边走过去了。

杨逸凡走近，向以老爷子为首的姜家人一一打过招呼。顾江年的目光不着痕迹地落在杨逸凡的身上，而后又悄无声息地移开。

姜慕晚见杨逸凡来，未有避嫌的举动，反倒是大大方方地朝他望去，嘴角还带着半分浅笑。这抹笑，在顾江年看来，格外刺眼。

男人端起手中杯子喝了一口酒，欲要压下心中怒火。

这时，舞会音乐声响起，众人自觉散开。

而这一切，无疑是余江的安排。

今日余江这般做，是怕姜慕晚再次做出什么惊人的举动来。

"我上辈子莫不是与姜慕晚结仇了。"余江端着杯子，心有余悸，咬牙切齿地嘀咕这么一句。

身旁跟着应酬的副总似是没听清，好奇地问："什么？"

换来的却是余江的白眼。

一旁，未投身到舞会中的姜慕晚同老爷子站在一旁，老者侧眸望了眼身旁年轻漂亮的姑娘，开腔："顾氏江年不是良人之选，慕晚你要有分寸。"

"嗯。"她端起酒杯，抿了口酒，随意应道。

"你这声'嗯'是什么意思？"老爷子穷追不舍。

"是清楚，也是知晓，您安心。"她伸手将杯子搁在托盘中，伸手提起裙摆，朝老爷子微微颔首，"我去补个妆。"

顾江年也好，姜慕晚也罢，二人说辞出奇一致。

卫生间内，姜慕晚正对镜补妆。

忽然，门被人推开，抬眸望去，只见顾江年正倚门望着她。

二人四目相对。

良久，姜慕晚将手中口红一点儿点儿转进去，啪嗒一声盖好，指尖一松，口红落进了包里。

她睨了眼顾江年，未有要言语的意思，目光不屑。

"怎么？对着杨逸凡可以言笑晏晏的，见了我就笑不出来了？"

顾江年刚才看见姜慕晚对着杨逸凡轻轻地笑了笑，心里就在意得很，否则，也不至于跟到这里来。

"顾董以为我是什么样的人？"她凉飕飕地开口。

姜慕晚微微转身，一手撑在台面上，一手垂在身旁，微微歪着脑袋望着他，道："顾董行事还挺独特，这里不应该是你出现的地方吧？"

她轻嗤了一声。

"姜慕晚,我提醒过你,如今看来,我瞧你是一点儿记性都不长。"

姜慕晚屡屡挑衅他,最后都是惨败收场,如此都不能让姜慕晚长长记性,顾江年当真是要考虑自己是否太仁慈了。

"不必好心。"

姜慕晚凉飕飕的语气,配上那漫不经心的表情,顾江年觉得刺耳又刺眼。男人微微眯眼,视线从她脸上缓缓移至她腰间,目光不由得暗了几分。

"你努力谋划一场,如今却落了空的感觉,如何?"顾江年唇边噙着一抹嘲讽的冷笑。

姜慕晚抬手双臂环抱,笑望着他,磨牙道了句:"这一切都要拜顾董所赐。"

顾江年唇边笑意更甚,他跨步上前,低眸睨着姜慕晚:"赔了夫人又折兵的感觉,如何?"

姜慕晚想弄垮织品酒业,织品酒业还存活。

而且,她还在顾江年这里被占了便宜,可不就是"赔了夫人又折兵"吗?

★ 第八章 柳霏依

姜慕晚脸上的笑容冷冷的,伸手将挡在跟前的人推开,轻呵了声,拉开卫生间的门出去。

顾江年目光落在她白皙的后背上,拳握紧了几分。

出卫生间门,姜慕晚沿着长长的过道往宴会厅走去,尚未走近,被身旁一道轻唤声止住了步伐。她侧眸望去,只见杨逸凡站在甲板上抽烟。

身后霓虹闪烁,是无尽的繁华。指尖香烟闪烁,是掩盖不住的寂寞。

乍一望过去,姜慕晚心头一惊。

这样的画面,也映射出了她多年的豪门生活——繁华却寂寞,那种无法言语的痛楚,无法同人诉说。

她提起裙摆往甲板而去,深蓝色星空裙的裙摆在夜风下飞舞,此情此景,不足以用"美"字形容。

姜慕晚提着裙摆站在右边,杨逸凡不动声色地将烟换了只手,似是怕烫着这个落入凡间的仙女。

"我还以为你不会过来。"毕竟刚刚在宴会厅内,众人那八卦的眼神可是丝毫不曾掩藏。

"嘴长在别人脸上,我不来,他们就能不说吗?"姜慕晚道。

"你刚刚走来时,我还以为自己喝醉了。"

"怎么?"她问。

"醉到踏上了九重天,看见了仙女。"说到此,杨逸凡默默地往旁边跨了一步。

这一步,不多不少,但足以让姜慕晚注意到。

她轻挑眉头望着这人,似是在问,你避嫌?

"别误会。"他低眸看了眼手中香烟,道,"我怕烟熏到你,也怕仙女沾染了我这个俗人的俗气。"

姜慕晚闻言，轻嗤了一声。

若论俗人，她才是个十足的俗人，一边想要弄垮织品，一边刻意接近杨逸凡。

甲板上，冷风飕飕，吹动她的纱裙在夜风下飞舞。

姜慕晚微微弯着身子站在栏杆前，搭在栏杆扶手上面的修长的指尖缓缓摩挲着。

她的视线从左至右，望着眼前闪烁的霓虹灯，神情平淡。

"我还是第一次在江面上看江景。"

"以前没看过？"杨逸凡背靠着栏杆侧眸望向她，这一侧眸，入目的是大片雪白的背。

一瞬间，他略有些僵硬，直至风将烟灰吹到手背，才惊得他回神。

姜慕晚最是知晓自己的迷人之处在哪儿，无论是上一次，还是这一次，都将自己的优点毫不掩饰地展露在众人眼前，让他们惊艳称叹，让他们觉得可望而不可即。

看得见，摸不着，才是最心痒难耐。

"我离开的时候，这里还没有这般繁华。"

她语气平淡，带着些许伤感。

"哪一年？"杨逸凡将手中香烟扔进垃圾桶，问道。

"1993年。"

话就此止住，杨逸凡脑子里回响的是姜慕晚那日跟他说的那些话——我父母1992年离婚，姜司南出生于1988年，你说你姑姑是不是插足者？

父母1992年离婚，她1993年离开C市，2008年回来。

她回来的原因是什么？难道是因为念及亲情？只是因为思念故土？

杨逸凡想，并不见得。如姜慕晚这样的女人，是不允许自己有太多不切实际的欲望的。

见她伸手抱臂，双手缓缓搓着手臂的皮肤，杨逸凡将身上外套脱下，搭在她肩头，岔开话题："世间对女子总是不公平的，为何女性参加宴会一定要穿裙子？而男性为何一定要穿西装？"

"因为能热死一个算一个，能冻死一个又算一个。"姜慕晚笑着回答。

这话惹得身旁人笑弯了腰。

这边二人交谈甚欢。

另一边，萧言礼端着酒杯靠在栏杆上远远看着这一幕，微微咋舌，道："他们还真是不避讳啊！"

有人开怀大笑。必然，也有人心烦难耐。姜慕晚与顾江年形成了鲜明的对比。

"想上头条的话，送他们一程。"顾江年冷声开腔，这句混合着江风说出来的话，带着冷飕飕的寒意。

"今儿姜老爷子坐镇，谁敢胡乱开口？你以为只有我们瞧见了？"萧言礼说着，视线往左边瞟了瞟。

何止是他们看见了，窗边的杨珊与几位阔太也瞧得清清楚楚。

顾江年此时何止是手痒，不急，他倒要看看她姜慕晚能翻出什么大风大浪来。思及此，这人面色阴冷地端着杯子转身离开，叫萧言礼不由得多看了两眼。

"老爷子喊你过去。"姜薇得了姜老爷子的命令，过来喊人。

姜慕晚纹丝不动，只听姜薇再道："现在这里人多眼杂，你别把自己置于困境。"

言下之意是，姜老爷子既然已经服软了，她也该见好就收。

"姜女士怕是忘了，我都说了，我不是你们姜家人了。"

"那也改变不了你身上流着姜家血脉的事实，你说不是就不是？"

"那姜女士觉得我如何？"姜慕晚端着杯子轻笑反问，凝视着她的眸子带着几分揶揄，片刻，再道，"你多希望我不回来，可又不甘心姜家的好处都给杨珊占去了，现如今的你看似是好心好意地劝说我回去，实际上，是想让我成全你坐山观虎斗的愿望。姑姑，我不傻。"

姜薇不喜姜慕晚不假，不想被杨珊占尽便宜亦是真。

姜慕晚这句轻飘飘的话直接说到了她的痛处，让她脸上挂着的笑容不受控般地垮了。

"你想拉我入你的战壕给你挡刀，姑姑可真是一点儿诚意都没有。"姜慕晚说着，视线缓缓移至姜老爷子那边，爷孙二人视线撞上，前者眼神深沉，后者眼神漫不经心。

"我倒是不知，我手上还能有你姜慕晚想要的东西了。"

"姑姑觉得呢？"她反问。

"说说看，你想要什么。"

"华众三年来的财务报表。"

话音落地，随之而来的是姜薇的一声冷笑声，似是觉得姜慕晚这般没出息——要什么不好，要那些破纸。

可这份得意未曾持续太久，便被姜慕晚撕碎了。

她说："我要B份。"

姜薇："……"

华众集团财务报表有两分，A份会公开，B份是送到姜老爷子手上的，显示着华众旗下众多产业的实际情况。

"你怎么知道？"此事就姜老爷子跟她二人知晓，姜慕晚怎会知？

"不是姑姑告诉我的，自然是另外一人告知我的。"

姜慕晚是姜老爷子一手培养长大的，实际上，对于是否有双份报表的事情她并不确定，只是年幼时听老爷子提过一嘴，今日这话，不过是诈姜薇的罢了。

姜薇想将姜慕晚拉回姜家，让姜慕晚和杨珊窝里斗。可姜慕晚今日这话，更是让她警惕了几分。

姜老爷子将此事告知姜慕晚，是否有意将她培养成下一个财务接班人？

倘若是，她该如何？

姜慕晚无疑是给姜薇扔了选择题，舍谁留谁，由她自己做主。

姜慕晚见她未曾作声，笑了笑，转身离开——懒得理会这群人，此刻她只想找个地方稍作休息。

二层是宴会厅，不是一个好选择，不如去三层。

她提着裙摆向上去，刚走到三层甲板，便隐约听到一阵暧昧的声音，阻了她的步伐。她站定数秒，以为自己听错了，尚未走近，身后一道低沉的嗓音响起："未曾想姜副总对旁人的私事这般感兴趣。"

姜慕晚放下裙摆，微微转身，见顾江年倚在包厢门口笑吟吟地望着她。她扯了扯唇瓣，内心道了句"禽兽"，伸手将耳边碎发别至耳后，笑道："哦，我刚刚是在猜测这里面的人是不是顾董来着。"

扑哧——

姜慕晚话音落地，顾江年身后笑声响起。

男人缓缓转眸，望着萧言礼的视线冷到近乎能冻死人。

"二位聊，我先下去。"萧言礼道，他知道这二人不对付，他怎么会傻傻地站在这里等着被殃及呢？

随后，萧言礼抬腿离开。

良久，顾江年开口道："看来姜副总很希望是顾某。"

姜慕晚歪了歪脑袋："是很希望。"

"理由？"男人倚着门边，轻挑眉头问道。

"想让顾董多份工作挣点儿钱，算不算？"

顾江年："……"

记起那次在君华大楼顶层休息间内，姜慕晚将一沓纸钞甩向他的场景。今日再见，她竟然还敢提那件事。

行，姜慕晚这是将他当成靠脸活着的小白脸了？

他堂堂 C 市首富，还需靠这个挣钱？

"你过来。"沉默片刻后，男人倚门不动，嗓音柔了半分说道，带着几分哄骗之意。

姜慕晚未动。

此时的顾江年就跟哄骗小红帽的大灰狼似的，可笑的是，他是想"空手套白狼"。

可真是厉害。

"姜少，你这是在找谁？"原来萧言礼一直没有走远，他一声高呼，将走廊里沉默的气氛打破。

前方夹板，暧昧的声响不断，成年人都知晓那里在发生什么。

包厢门口，顾江年看好戏似的等着她。

在破坏别人的好事和掉进顾江年的狼窝之间，她选择跟姜司南杠上。于是她提着裙摆转身准备离开，刚走两步，就被人扯住手腕直接拖入了包厢内。

包厢内大灯被突然关上。

随之而来的是男人发狠的吻，顾江年的一只手掐着她的下巴，将她摁在门上，另一只手擒住她的手腕，让她不得动弹半分。

他强势，霸道，且带着怒火的吻如雨点般落下，手掌落在她裸露在外的后背上。

姜家慕晚杀人不用刀，勾魂夺魄全在腰。

顾江年的魂和魄当真是老老实实地丢她身上了，宽大的手掌在姜慕晚腰上徘徊，一寸寸，一下下，惹人战栗，带着留恋。

姜慕晚昂头望着他，嗓音略带沙哑，缓缓开腔："怎么？顾董的钱花完了？"

"咝——"倒吸气声随之响起。

落在她腰肢的手狠狠一捏,疼得她倒抽一口凉气。

"嗯,花完了,来挣点儿生活费。"这人心情似乎好了半分,顺着姜慕晚的话回答了这么一句。

"要不要给顾董介绍点儿生意?"

"姜副总还挺照顾我。"

"当然。"她冷笑回应。

漆黑的屋里,暧昧的气氛中,二人就这么你来我往地斗嘴,谁也不肯让半分。

"若有朝一日,姜副总折在我手上了,你说我该如何折磨你。"

顾江年不止一次想过这个问题,若是有朝一日,姜慕晚折在他手上了,他该如何捉弄人家。

"顾董这梦做得可真好。"

"梦还是要做的,万一实现了呢?"

包厢内,这人握着她腰的力道越来越重。

起初,她尚能接受。到了后面,疼得她伸手去扒拉人的手。

"柳小姐的腰也被顾董这样对待过?"姜慕晚冷飕飕的话轻飘飘地甩出来。

顾江年手中动作一顿,随之用手掐着她细瘦的腰肢,将人狠狠往上一提,平视对方,反问道:"姜副总觉得呢?"

姜慕晚冷笑了一声,伸手揪住他的衣领,直视他的目光带着几分笑意。她正欲言语,这人口袋中的手机震动了起来。

男人动作未有半分放松,似是并不准备接这通电话。倒是姜慕晚,好心提醒了句:"顾董不接?"

"呵。"男人轻嗤了声,提着她腰肢的手加大了几分力气。

直至第二通电话响起,顾江年才微微松开她,他掏出手机,见是余瑟的号码,略带警告性地瞧了眼姜慕晚。

后者耸耸肩,一副无所谓的模样。

"母亲。"他开口轻唤。

姜慕晚的眼眸中闪过一丝算计。

"嗯。"余瑟说了什么,这人不轻不重地应了声。

"顾董——"姜慕晚站在他对面,一声矫揉造作的轻唤从她口中就这么飘了出来。

让那侧正在言语的余瑟话语一顿。

她沉默了数秒，似是觉得这嗓音稍有些熟悉。

接着，本是坐在沙发上的余瑟猛地起身，打翻了何池端过来的热茶，热水泼到手上，她尚且来不及感觉到疼痛，对着电话质问道："你之前是如何答应我的？"

"母亲你听错了。"顾江年凶狠的视线落在姜慕晚脸上，见她欲开口，伸手捏住了她的嘴巴，将她所有的话语都止在唇齿之间。

"我听错了？那不是姜家慕晚的声音？"余瑟的声音微微提高，让站在顾江年跟前的姜慕晚都听得一清二楚。

姜慕晚用嘲讽的眼神盯着顾江年，看他的回应。

有那么一瞬间，顾江年从姜慕晚眸中看到了除戏谑以外的其他情绪，似是期待与好奇。只是这种情绪太快，快得令他抓不住。

姜慕晚坏心起，伸手攀上顾江年的脖子，狠狠地咬了一口。

疼得男人眉眼都皱在一起了。

"太太，你的手！"顾江年正欲开口时，何池的惊呼声透过听筒传了过来。

顾江年闻言，松开了姜慕晚，深深地看了她一眼，而后拉开门，拿着电话疾步而出。

过道上，萧言礼正与姜司南打太极，见顾江年面色阴沉地拿着手机出来，还未开口，只见这人便一阵风似的离去。

那一晃眼之间，萧言礼似乎瞅见了他脖子上的口红印，于是他甩下姜司南，往顾江出年来的包厢而去，似是想求证什么。

他伸手猛地推开包厢门，见姜慕晚站在窗边，指尖夹着烟，缓缓抬起又缓缓落下，姿态颇为妖娆。

听到声响，这人回眸。

萧言礼的视线落在她的唇瓣上，见其妆容完整，没有花掉，暗暗说了句："活见鬼。"

萧言礼不知晓的是，姜慕晚来时涂的口红颜色与此时的，根本不是同一个色号。当然，在这昏暗的环境下，让一个男人去分辨什么口红色号，无疑是在为难人。

"呵——男人。"

顾江年赶回梦溪园时，方铭正坐在沙发上给余瑟擦药。

"如何？"顾江年伸手脱了身上西装外套，随意搁在沙发上，扯了扯裤腿坐下去。

"没什么大碍，擦几天药，就不会留印子。"方铭一边说，一边开始收拾手中药箱，抬眸望向顾江年后，话语戛然而止，望着他的视线，也流露出一些尴尬。

而后，他极其尴尬地咳嗽了一声："没什么事的话，我先走了，顾董。"

"何池，送一程。"顾江年应了一声，大抵是注意力都在母亲的手上，并未看到方铭那有意提醒的眼神。

何池转身，送方铭出去了。

客厅只剩下二人，余瑟坐在他的右边，冷眼看着他。

顾江年也不言语，越是说，只怕是越惹人恼火，此时的他乖巧得很，等着自家母亲先开口。

"刚刚那个人是不是姜家慕晚？"余瑟冷冷发问。

"母亲听错了。"顾江年语气里带着些似有若无的叹息，听起来颇为无奈。

"你少忽悠我。"余瑟不信。

"我身边现在出现任何一个女孩子，母亲只怕都会以为是姜家慕晚。"

顾江年知道，余瑟现在对姜慕晚有着强烈的抵触心理。

"你说我无中生有？"

"母亲言重了。"说着，顾江年伸手给自己倒了杯水，俯身倒水之际，微微侧身，这一侧身，脖子的痕迹也显露无遗。

啪！余瑟一巴掌落在顾江年的手腕上，伸手扯住他的衬衫领口，力道之大，险些让他跪在地上。

"顾江年！"余瑟的暴怒声在客厅响起。

屋外，方铭让何池留步，善意提醒："何姨还是等等再进去比较好。"

顾江年刚才急匆匆归家，未曾来得及细细打量自己，不承想脖子上留了痕迹。

"我告诉你，任何女孩子都行，只有姜家慕晚不行。"

余瑟的咆哮声让顾江年微微叹息。

"姜老爷子明显瞧不上你，你若是还倒贴上去，那便是无耻。"余瑟气急，站起来居高临下地瞪着顾江年，就差双手叉腰指着他破口大骂了。

"旁人也不见得瞧得上我，不过是瞧上了我身后的金山银山罢了。"顾江年温声开腔，望着余瑟的视线带着半分无奈。

大抵是这话让余瑟稍有些触动，她默了几秒。

顾江年以为此事翻篇了，但他还是低估了余瑟非要一探究竟的心理："是哪家姑娘？"

不管是哪家姑娘，绝对不能是姜家姑娘。

若随便扯个名字出来，以余瑟的性子，怕是要去探访探访人家。

若说是逢场作戏，他想，以余瑟的性子，明天就能将他拉着去相亲。

顾江年纠结，逃过一劫还有一劫，劫劫不断。商场上的事情难不倒他，倒是自家母亲将他为难得就快抓耳挠腮了。

"平常人家的姑娘。"

"哪家平常人家的姑娘？"

"我心里有数，母亲若总是因为此事跟我上纲上线，会让我很苦恼。"顾江年这话就差直接告知余瑟不要来烦他了。

余瑟知晓自己有些上纲上线了，可转眼一想到姜老爷子那嫌弃的模样，就头脑清醒了些："你向我保证，一定不能是姜家慕晚。"

"我保证。"顾江年无奈地点了点头。

"母亲不在乎你娶妻是否门当户对，但对方家世一定要清白。"

"明白。"他再次点头。

顾江年从梦溪园出来后，狠狠松了口气，伸手扯了扯领带，满脸都是一副劫后余生的表情。

等顾江年回到顾公馆，站在衣帽间落地窗前瞧着脖子上的口红印，思及姜慕晚唇边那抹揶揄浅笑，当时不懂，现在终于懂了。

原来在这里等着他。

九月中旬，姜慕晚离开C市。

而C市，关于华众副总账号被盗的新闻又被报道出来。姜慕晚一天不回华众，众媒体便一天抓住这个新闻不放。

姜老爷子就此事同姜临发了几次大火，姜慕晚无疑是在等着姜临亲自请她回去。

若不是他，谁来都没用。

九月底，有热心人士给媒体送了几张照片，照片内容在国外某海岛上拍的，华众姜副总正穿着比基尼，与一外籍男子在海边一起晒阳光浴。

新闻一出，有人气得险些拍碎了办公桌。

织品酒业办公室内，刚开完会的杨逸凡正端着杯咖啡站在办公桌前，随意翻了翻今日份报纸，目光猛地停在了娱乐版面上，随即，一声轻笑在静谧的办公室内响起。

而此时，顾江年正将手中报纸揉成一团，丢进了垃圾桶。正端着咖啡准备进来的徐放，又默默退了出去。

十月黄金周，姜慕晚返回了B市，付婧也离开了C市。

C市关于华众副总姜慕晚的新闻依旧还在继续。

每每新闻要停歇时，总有人下一剂猛药。

黄金周，姜慕晚返家。

顾江年飞新加坡。

"输了？"宋家餐厅内，姜慕晚坐在餐桌上吃着早餐，脚边一只黑白色的边牧犬正眼巴巴地望着她。

宋思慎拉开椅子坐在对面。

姜慕晚睨了人一眼，未作声，继续吃手中的三明治。

"回来当宋家大小姐不好吗？非得去跟他们斗？"

姜慕晚将手中的三明治边丢给脚边的边牧犬，拉开椅子起身。

"我今晚飞新加坡，跟长辈说一声。"

"去干吗？"

"签个合同。"

十月九日，新加坡。

姜慕晚到时，晨曦刚把夜幕破开，她迎着朝霞去了酒店。

到了酒店餐厅后，放下行李箱，姜慕晚端着盘子挑选合口的餐食。

隐隐觉得有人在看她，她侧眸望去，见顾江年一身灰色休闲装站在餐厅门口，笑盈盈地望着她。

她想，真是活见鬼了。

简直是孽缘。

姜慕晚本来还觉得这家酒店的食物不错，能多吃两口，眼下只觉得，眼前的美味佳肴都不合胃口了。

"还挺巧。"顾江年接过服务员递过来的餐盘，站在姜慕晚身旁。

姜慕晚闻言轻呵了一声，端着托盘往餐桌而去。

而顾江年似是不知晓姜慕晚不喜他，悠闲地走来，看起来颇为神清气爽。

"姜副总这是被新加坡哪家公司挖过来了？"

姜慕晚未言，坐了一晚上飞机，丝毫没有想跟他说话的欲望。

顾江年这话无疑是在嘲讽她，还在拿织品一事戳她的脊梁骨。

她微抬起眼帘，瞧了一眼坐在对面的男人，冷哼了一声，然后伸手扯出两张纸巾擦了擦唇瓣，随即，将手中纸巾揉成一团丢在桌面上，转身离开。

"有的人，让人倒胃口。"

顾江年目不转睛地盯着她这一气呵成的动作，他从姜慕晚口中听到的嘲讽真是越来越多了。

下午。

姜慕晚下了出租车，刚行至大厅，一声"姜副总"从旁响起。她侧眸望去，只见邓卓站在一旁，似是等候她许久。

姜慕晚微挑眉。

邓卓是姜临的心腹，他在，代表姜临也在。

"姜总在等您。"邓卓走近说道。

姜慕晚未动，邓卓再道："姜总先去了 B 市，但听到的消息说您在新加坡，我们坐您之后的航班过来的，刚落地。"

"去了 B 市？"姜慕晚凝眸询问。

"是的。"邓卓答。

"见了谁？"

"宋家大小姐与二少爷。"邓卓如实告知。

邓卓跟随姜临已有许久，姜临与宋蓉的那段婚姻他是知情者，知晓这段感情从两个人变成三个人的经过，也知晓姜慕晚在 C 市受的那些苦难。

但这些，不是他一个下属能评判的。

"不管如何，见一面吧。很多事情不是你想的那样。"邓卓忍不住劝说。

"我想的是哪样？"她问。

"一段婚姻走到尽头绝对不是一个人的错，你恨你父亲，但你该给他一个解释的机会。"

"一段婚姻走到尽头固然不是一个人的错,但是如果是因为出现插足者呢?"她反问,仅这么一句话,便将邓卓接下来的话语悉数给堵了回去。

父女二人在新加坡相见。

酒店餐厅包厢内,父女二人面对面而坐,姜临伸手给她倒了一杯茶。

"你在等我。"他开口,语气笃定。

姜慕晚端起杯子抿了口茶,不否认,也不承认。

"这点,你跟你母亲很像。"姜临端起杯子抿了口茶,而后从身旁拿出一份文件,缓缓推至姜慕晚面前,"这是华众百分之六的股权转让书,从司南名下移出来的。"

"我以为会是全部。"她开口,话语间带着冷意。

"有野心是好事,但前提是要知晓你的能力是否能撑得起自己的野心,适得其反的事,别做。"

她轻笑了一声,将文件翻开,随意看了一眼。

随即,姜慕晚准备起身,只听姜临道:"如果你回来认祖归宗,我欢迎,但若你回来是想制造麻烦,别怪做父亲的心狠手辣。"

姜临今日来,既是示好,也是警告。

织品之事,错在他偏心。

今日他亲自向姜慕晚表达歉意,已是低头,但是自己的低头换来的是家族不安宁,那么他只能下狠手了。

话音落地,姜慕晚起身绕过椅子准备离开,身后,姜临再道:"你妈不会允许你跟顾江年在一起,行事之前,自己掂量掂量。"

那日,游轮宴会之后,姜司南回来告知他说,隐约看见顾江年跟姜慕晚从同一个包厢出来。且顾江年出来时,脖子上还沾着口红印。

不管这口红印是不是姜慕晚的,姜临都觉得,必须提醒一声。

又是顾江年。

姜老爷子那边提醒结束,姜临开始了。

姜慕晚慢慢转身,目光落在姜临身上,微微眯了眯眼眸,开口道:"小时候奶奶拿院子里的荆棘条抽我,父亲是看见过的吧?但是哪怕你看见了,却从来不过来阻止,还为了她,瞒着我母亲。

"你从来就不管我的死活,现在又来扮演什么好父亲?"

十月十七日，姜慕晚带着百分之二十六的股份授权书回归华众，一跃成为除姜老爷子和姜临之外，华众的第三大股东。

这一招隔岸观火，让她得偿所愿。

她从不做无用之功，不论是跟杨逸凡传绯闻，还是在国外沙滩与男人共晒阳光浴，每一步都在她的掌控与算计之内。

可谓步步为营。

因姜慕晚的回归，C市的流言蜚语就此止住。

一招以退为进，让她赚得盆满钵满——华众的股份，以及新加坡八亿信托业务。

无论是哪一件，都能让她身价百倍千倍。

有些人，生来属于战场。

……

这夜，姜慕晚再度踏入"了事"。

她提着包跨步进去时，正在吧台里调酒的人手中动作停住，似是未曾想到她今夜会过来。

"柳小姐不介意我坐这里吧？"这声询问，暗藏他意，只因上次顾江年来时坐的是这个位置。

柳霏依闻言面色一红，摇了摇头。

"姜小姐喝点儿什么？"

"柳小姐推荐一下。"

"玛格丽特怎样？"她问。

"好。"姜慕晚点头。

"很久不见姜小姐了。"柳霏依调酒之际，同她闲聊。

"嗯，我休息了一段时间。"她语气轻飘飘的，好似与柳霏依关系甚好，似是亲密无间的朋友那般聊着家常。

"工作还顺心吗？"

"比起不顺的人算顺心，比起顺心的人算糟心，看自己要如何看待。"

她一边回答，一边唇边勾起一抹浅笑，身旁几个小年轻看着她，都不禁微微红了脸。

姜慕晚怎么会听不出柳霏依言语间的试探，但对她而言，算不得什么。

夜色渐深，清吧里的人越来越多，吧台边上的人换了一拨又一拨。

唯独姜慕晚待得最久。

她一杯接一杯，似有买醉之意。

忽然，身旁的位置被一道身影挡住，姜慕晚侧眸望去，那人同样侧眸望了她一眼："一杯汽水。"

"来清吧喝汽水？先生口味挺独特。"姜慕晚轻轻喷了声。

那人闻言，淡笑着勾起唇角："那就来杯跟这位女士一样的。"

"如何？"身旁男人笑问。

在清吧这种地方，搭讪这种事柳霏依见得多了，但当身旁男人似笑非笑的目光落在姜慕晚身上时，柳霏依有些担心："姜小姐。"

姜慕晚回眸望向柳霏依，唇边笑意浅浅，并未言语。

柳霏依见她如此态度，张了张嘴，终究是把那些言语咽下去了。

"美女是一个人？"

"你不也是？"

"刚刚是，但现在是两个人了。"男人笑意深深。

……

姜慕晚在柳霏依的店里同陌生男人谈笑，好不快活。

酒后，男人邀请姜慕晚共度良宵，姜慕晚正欲应允，却被一直关注这边情况的柳霏依拦了下来，而且还将一通求救电话拨到了徐放那里。

她知晓，现在若是拨电话给顾江年是拨不通的，所以只能绕个圈子，先打给徐放。

当徐放接到柳霏依电话时，听到那边的声响时，只觉得脑子嗡嗡作响。

又是姜慕晚，又是姜慕晚。

"怎么？"

后座上，男人冷淡的嗓音响起。

徐放在心里狠狠叹了口气，道："柳小姐打电话过来说，姜副总在了事喝多了，旁边有个陌生男人要带她走，她拦不住。"

闻言，本在闭目养神的人倏然抬起眼帘，目光冰冷。

"现在开车过去。"

顾江年这声吩咐，即使徐放不问，也知去哪儿。

徐放驱车到"了事"时，顾江年尚未下车，便见到一个人抱着姜慕晚，走出"了事"。

柳霏依面色焦急，紧随其后。

姜慕晚被男人半揽在怀里，不知是真的醉得不省人事，还是不想省人事。

柳霏依拦不住对方，却又不敢报警，见了顾江年的车子，她松了口气的同时，胸口微微发紧。

自从上次见面之后，她已经很久没有再见他。

将车停稳后，徐放推开车门大步下车，拦住了男人的去路，面容不善。

"胆子倒是挺大，什么人都敢带走。"

"你是谁？"男人微眯着眼，瞧着眼前的徐放。

徐放懒得同他言语，直接将人摁住。

顾江年只用了三五分钟，就从男人手中接走了醉得不省人事的姜慕晚，动作极其干脆利落。

"徐特助。"屋檐下，柳霏依急匆匆喊了声。

徐放微微回眸，朝着她点了点头，却未言语。刚走两步，见柳霏依追了上来，徐放便停下前行的步伐。

顾江年抱着姜慕晚上车，让罗毕驱车远去。

徐放这才缓缓回身，望着追上来的柳霏依。

"柳小姐。"

"徐特助。"柳霏依开口，许多话语哽在喉间，想问问不出来。

"柳小姐有话不妨直说。"

"九月初，我遭人绑架，隐约听到对方提及'君华'二字。不知此事，徐特助知不知道。"

那日，即便她昏迷不醒，也能听见前座有人打电话时提及了"君华"二字。

之后，她试图联系顾江年，可未能联系上。

她本想寻到君华，却又没那个胆子。今日她见了姜慕晚，私心作祟——担心姜慕晚是假，想见顾江年是真。

"我知不知晓不重要，重要的是这件事情已经过去了，柳小姐。"

若是以往，徐放段不敢这般同柳霏依讲话。

因为他摸不透自家老板的性子，摸不透顾江年将柳霏依放在何等位置上。更怕这人有朝一日会成为自己的老板娘。

现在他之所以敢这样说，是因为知晓自家老板的心并不在这人的身上。

柳霏依的存在，充其量也只是他人生中的一道调味剂，而如今有人接替了这个位置。

"可犯罪嫌疑人还没有抓到。"

"做人也好，做事也罢，有时候不能太认真。"

柳霏依现在满脑子都是顾江年抱走姜慕晚的画面。自那日她从机场将人载回来，便隐隐觉得顾江年对姜慕晚不一般。

今日再见，无疑是百分百确定了心中的猜想。她遭绑架那日，给顾江年拨了数通电话都未曾有人接听。

而刚才，她只是给徐放拨了一通电话，这人便来了。在顾江年心里，自己和姜慕晚孰轻孰重，她怎么会看不出来？

直至徐放离开，柳霏依依旧站在"了事"酒馆门口，半晌未动。

许久之后，她微微转身，抬头看着店面招牌，微微眯眼，即将涌出的眼泪被她逼了回去。

车内，姜慕晚处于半醉半醒状态，醉是醉了，但尚未真的到不省人事的地步。或者说，到了顾江年这里，无论如何她都得保持清醒——

任谁身边坐了个禽兽，也睡不下去了。

十月中旬的天气，白日热，夜间微凉，她伸手按下车窗，冷风灌进来，让人清醒了半分。

顾江年侧眸望着浑身酒气的女人，目光深沉，含着几分薄怒，尚未来得及发作，只听姜慕晚娇嗔道："顾董真是惯会扫人兴。"

姜慕晚这话，听在顾江年耳里，听起来像在怪罪他打扰了她的好事。

"怎么？怪我打扰了姜副总的'好事'？"

姜慕晚闭着眼靠在车门上，轻嗤道："顾董还算是有点儿自知之明。"

"那我还得给姜副总赔罪了？"

姜慕晚有没有听出顾江年语气中的怒意，罗毕不知，可他确确实实听出来，那一声"那我还得给姜副总赔罪了"，带着咬牙切齿之意。

"罢了，只求下次不要再遇到顾董就好了。"她摆了摆手，姿态何其相当大方。

可实在是刺人眼。

"下次？"

顾江年将这二字重复念了一遍，便越发觉得心里难以忍受。想起她之前新闻上报道的，又是海岛日光浴，又是小奶狗，他早就看着不爽了。

男人闻言，内心压着的一股子邪火噌噌地往上蹿。

他本是能忍的，败就败在，醉得不轻的姜慕晚一本正经地点了点头，还"嗯"了一声，并极其认真道："下次。"

这一本正经的回答，可算是戳中了顾江年的心。

片刻之间，顾江年伸手将人捞进了怀里，随即俯身。

前座开车的罗毕何曾见过顾江年这种举动，握着方向盘的手猛地一抖，险些开到隔壁车道上去了。

他心惊胆战地升起了后座与前座之间的挡板。

将一切隔绝在视线之外。

许久之后，他抬起一只手拍了拍胸口，狠狠地吐出一口气。

后座，顾江年揽着姜慕晚。与上一次游轮上的亲吻不同，姜慕晚这日大抵是喝多了，也或许是心情好，没有拒绝。

一次亲密接触，就此展开。

起先，顾江年对于姜慕晚的配合，感到心情颇佳。直至最后，似是思及什么，他伸手掐着人的下巴，迫使姜慕晚直视自己。男人目光深邃的眸子盯着她，欲要从她眼中看到半分清明。

"我是谁？"男人问，语气冷硬。

"你是谁？"姜慕晚伸手推开下巴上的手，反问。

"我是顾江年。"男人一字一句，语气咬牙切齿。

"臭男人……"姜慕晚喃喃地说。

顾江年不是没听过姜慕晚骂他，可前两次都是模糊不清的，而刚刚他却是听得清清楚楚的。

霎时，这人面色阴沉了数分，他泛着冷光的眸子瞅着姜慕晚，问道："谁是臭男人？"

"顾江年是臭男人！"

似是怕他听不清，姜慕晚且还颇为"好心"地伸出手捧着他的面颊，望着他，一字一句地说道。

姜慕晚一口一个"臭男人"确实是让他高兴不起来，顾江年冷眸瞧着她。

"那么，谁不是臭男人？"

他轻飘飘的话语中带着几分试探，也明显是在给姜慕晚"挖坑"。

姜慕晚笑而不答，可偏生这笑让人极为不爽，顾江年再问："贺希孟？"

提及贺希孟，姜慕晚只觉自己不清明的脑子稍微清明了半分，她望着顾江年，目光深沉。

"人跟狗，不能比较。"

谁是人，谁是狗，无须言明。

若是往常，依着顾江年的脾气，必定发作，可这日这人只是冷嗤了一声，而后问道："既然贺希孟这么好，姜副总怎么还取消跟人家的订婚宴呢？"

话音刚落，随之而来的是姜慕晚错愕的眼神，然而转眼之间，她眼里的这份错愕就变成了杀气。

哪里还有半分醉意？

姜慕晚与贺希孟的订婚宴取消，只有两家人才知晓，这才短短几日功夫，顾江年就知道了。

"顾董可当真是神通广大。"她话里带着几分讥讽。

男人闻言倒也不气，笑着靠在椅背上。天晓得，他知晓这二人订婚宴取消时，笑得有多开怀，郁闷了多日的心情豁然开朗，仿佛阴沉多日的天空终于转晴。

未婚妻？见鬼的未婚妻。

她姜慕晚这辈子都没有机会成为贺家人了。既然她不会成为贺希孟的妻子，那他又怎么会放过她呢？

他有的是法子把姜慕晚搞回家。

"我权当姜副总是在夸奖顾某了。"男人低低浅笑，心情颇佳。

"顾董随意。"你脸皮厚，我也拿你没办法。

贺家与宋家的订婚宴，即便取消，那也是两家人私底下进行的，尚未对外公布。

可今日，顾江年这一番话，实在是让姜慕晚不由得多看了他一眼——

顾江年的手伸得也太长了。

这事得从九月中旬姜慕晚离开 C 市说起。

九月底，顾江年飞了趟 B 市。B 市某个宴会上，尚嘉娱乐老总带着旗下知名艺人等候多时，只为拿下君华旗下品牌代言。

若论尚嘉娱乐头牌，怎能没有宋思慎？

那日晚间，顾江午的目标就是宋思慎。

宴会上，众人推杯换盏。

桌上，徐放看出老板用意，与身旁公关部经理端着杯子劝酒，意图将尚嘉的人喝倒一两个——主要目标是宋思慎。

这场应酬，谁胜谁负，很快便见分晓。

宋思慎醉得不省人事，徐放趁机支开包厢里的其他人，独留顾江年与宋思慎。只是尚嘉的人出去时，看向自家老板的眼神，稍有些不一样。

而且，他们临出去时，还小心翼翼地唤了句："顾董。"

徐放将人送了出去，站在门外，还不忘解释了一句："我家老板不是恶人，各位安心。"

包厢内，顾江年以为会花极大功夫，才能撬开眼前这个醉鬼的嘴，没想到的是，出乎意料的顺利。

顾江年点了根烟，思忖着如何开口，随后，他漫不经心地开腔："你知道姜慕晚跟贺希孟是何时订的婚吗？"

大抵是听到跟前有人说话，宋思慎抬起脑袋晕乎乎地瞧了人一眼："都取消了，还订什么婚。"

包厢外，徐放以为会等很久，可不到一根烟的工夫，这人便出来了，且心情还颇佳。

九月底，顾江年夹着烟，站在 B 市街头，唇边笑意悠悠，眉眼弯成了天上月，引得过路的小姑娘频频回望。

他问徐放："你觉得姜慕晚如何？"

徐放默了片刻，问自家老板："老板您是指哪方面……"

顾江年微眯了眯眼，答："为人妻子的那一面。"

徐放没有马上回应，以他跟随顾江年多年经验来看，此时的顾江年心中早已有答案。

现在的他，走的每一步，都以姜慕晚为中心点，铺下的所有网，都只为网住姜慕晚而已。

车子停在顾公馆门口，罗毕刚推开车门，便见顾江年从另一侧下来，绕至这方，替姜慕晚开了车门。

放眼 C 市，除了梦溪园的夫人，谁还能有如此待遇？

罗毕正惊愕着，就见姜慕晚下车，许是醉酒让她稍有些头重脚轻，扶了一把站在跟前的男人："我以为顾董会极其绅士地送我回澜君府。"

男人闻言，低眸睨了她一眼，轻嗤："你肯定还指望我再给你送几个小白脸过去。"

姜慕晚点了点头:"如果可以的话。"
"去睡一觉吧!梦里什么都有。"
姜慕晚:"……"
兰英再见姜慕晚,身子都有些发抖。自上次君华顶层休息间一事之后,她思忖了许久——以后姜家慕晚再出现在顾公馆,她该以何种态度去伺候。
是先生的女朋友?还是逢场作戏的女人?抑或是未来太太。
高门大户里,素来讲究这些。若稍有不慎,她这个管家之位,怕是不保。她琢磨许多,没想到,这个夜晚难得地相安无事。
顾江年本来大可不必将人带回顾公馆,但思及若放她出去,自己头顶上的"草原"可能会茂盛一些,又想了想。罢了,还是把她带回家看着吧!
这样才安心。
与兰英的纠结不同,姜慕晚神色自然,态度也随意得很,好似那日之事无须在意。
深夜,顾公馆一派安详景象。

C市中心城区,一辆红色保时捷疾驰在路上,车速俨然不正常。直至路口,在闯黄灯时,被一辆车撞飞了出去。
直到那砰的一声响起——惊醒了多少梦中人啊!
次日,晨曦撕破夜幕,将光亮洒到大地上。
姜慕晚靠在顾公馆床头,电话中,付婧正在同她说着什么。她安静地听着,不时地回应两句。
片刻之后,她起身下床,走到窗边,伸手拉开窗帘,光线突然洒进来时,稍有些刺眼。她偏了偏头,微微闭了闭眼。
姜慕晚再回眸向外望去,只见晨曦中,顾江年着一身白色运动装踏着草坪而来,臂弯间抱着只黑猫。
他的身后,一只白猫拖着大尾巴亦步亦趋地跟着,身上脏兮兮的。
姜慕晚恍惚以为自己在做梦。
做一场有关于顾江年的梦。
这个男人,褪去一身正装之后,原来,也可以生出几分亲近感。
楼下草坪上,男人许是感受到了姜慕晚的视线,停住步伐,缓缓抬眸望着窗口方向。站了片刻后,他微微俯身,将臂弯间肥肥的黑猫放下,大步往屋子里而去。

须臾,用人拿着小鱼干出来,将两只猫哄进了屋子里。

姜慕晚走下楼,便见罗毕从外面走进来,步伐急切,手中拿着今日份报纸,厚厚的一摞。

见了她,罗毕犹豫了数秒才道:"姜副总。"

"手上拿的什么?"她开口,明知故问。

罗毕看了眼手中报纸,再瞧了眼姜慕晚,怎会听不出她话语中的言外之意。

但他还是老老实实道:"报纸。"只作答,却没有要给她看的意思。

姜慕晚扯了扯唇瓣,淡淡笑着,转身去了餐厅。

顾江年着一件铁灰色衬衫从楼上下来时,姜慕晚正坐在餐桌前低头用餐,一碗白粥去了一半,这人倒是丝毫没有要等他的意思。

"先生——"罗毕跨步进来,连忙将手中报纸递给顾江年。

顾江年接过,映入眼帘的是一行醒目的标题:"君华顾江年绯闻女友出车祸。"

仅仅如此吗?并不。

在罗必将报纸送上来之前,相似的新闻早已经开始满天飞了。

而柳霏依所在的医院,大门口也被记者堵得水泄不通。

顾江年看着手中报纸,面色寒了寒,欲要发作,抬眸之际,恰见姜慕晚端着碗眼巴巴地瞅着他,眼神中还有些幸灾乐祸的意味。

"很好奇?"男人问道。

姜慕晚倒也未曾隐藏,一本正经地点了点头。

"知道猫是怎么死的吗?"男人轻声问道。

他转身离开之际,睨了眼兰英,后者微微颔首,知晓顾江年的意思。

"何管家来电话,说夫人已经知晓此事了,早上气到昏厥,方铭正赶过去。"

新闻并不重要,重要的是这件事情造成的影响。

客厅内,顾江年双臂环抱,站在落地窗前,脚下的白猫伸出爪子,扒拉着他的裤腿。

"说说经过。"良久,他冷声开腔。

"今日凌晨两点,柳小姐驱车回家,在淮海路与白马路的交叉路口处闯了黄灯,恰好正有车快速过来。"

"交通事故?"顾江年发问时,目光朝坐在餐厅的姜慕晚望去。若非昨夜姜慕晚醉成那样，他完全有理由相信，此事与她脱不了干系。

"交通事故。"罗毕答道，许是觉得自己空口无凭，又补充道，"警察看过现场了。"

顾江年缓缓地摇了摇头："未必。"

梦溪园。

顾江年到梦溪园时，方铭正在给昏迷的余瑟输液。

何池见了他，叹息一声。

"夫人是从不看报纸的，今晨出去散步她见到送报的人，便要了一份，一打开，版面就是那姑娘的照片，气得她浑身发抖，还未走到家便晕了过去。"

"梦溪园的报纸，我若是没记错，都是晨间七点左右送过来，母亲散步都在六点半，怎么就撞上了？"

顾江年微眯着眼，听着何池一番话，转瞬间从中捕捉到了有用信息。

这一问，将何池问住了。

到底是陪着顾江年从风雨中走过来的人，他猛地意识到了事态的严重性。

"先生。"何池望着顾江年，神情严肃地喊道。

顾江年头疼不已。

他静默了片刻，单手插进裤兜里摸出烟盒，拿出一支夹在指尖，却未急着点燃："你进去看着，等母亲醒了再给我打电话。"

这日晨间。

姜慕晚到了华众，刚进办公室不久，付婧便推门而入。

她将手中包搁在办公桌上，倒了杯水："人撤了吗？"

"还没。"付婧道。

十月中旬，从新加坡回 C 市后，姜慕晚隐隐觉得有人在暗处跟踪自己，她把人揪出来，经过一番询问，才知晓是姜老爷子派来的人。

姜老爷子未有监视之意，只是想知晓她跟顾氏江年是否真如她所言的——没有瓜葛。

所以她才有了昨日那番举动。

姜慕晚去"了事"是有意而为之，接受陌生人的搭讪也是，算到柳霏依会为了试探，给顾江年打电话亦是。

最后，将柳霏依绯闻女友的身份公之于众，还是。

姜慕晚喝了口水，不咸不淡地道了句："知道了，把那个送报纸的送出去，别让顾江年的人抓到。"

"明白。"

姜慕晚这种人，怎会轻而易举地被顾江年摁在地上摩擦。

时隔许久，不见得她是忘记了——把柳霏依从媒体的围堵中弄出来，既能报她曾在君华顶层受辱之仇，亦能让姜老爷子放松警惕，将人撤走。

否则，她寸步难行。

C市某小区内，姜慕晚的人与顾江年的人一前一后分别到达。只是罗毕带着人去时，已经人去楼空。

可想而知，一直以来顾江年都在暗中铺网，而姜慕晚又何曾不是在周密布局？这二人都在心里默默盘算着。

一个为了谋人，一个为了谋事业。

姜慕晚这次谋划，每一步都走得恰到好处，可见她用心之深。C市首富的绯闻女友，热度堪比明星。

这个世界上，有一些人知晓柳霏依的存在，但并不影响他们来看这个八卦。

医院外，报纸满天飞。医院内，死气沉沉。

身为当事人的柳霏依完全不知晓外界发生了何事。

梦溪园内。

余瑟慢慢醒来，她甫一睁眼，见到窗边立着的身影，又缓缓闭上了眼，似是余怒未消。

"太太——"

何池坐在床边轻声呼唤，这一唤，也将立在窗边的人的视线吸引了过来。

"让方铭上来。"顾江年走近，轻声吩咐。

何池起身，顾江年坐在了床边椅子上，望着余瑟，后者亦回望他。

"没什么要解释的？"余瑟撑着身子起身，顾江年伸手扶了一把。

"新闻而已，母亲何必当真，白白伤了自己的身子。"顾江年开口，轻声劝道。

啪——

余瑟伸手，猛地拍掉顾江年正给自己扯被子的手，厉声吼道："你是畜生吗！"

"顾江年，你的人性呢？"一连两句怒吼出声，余瑟气得伸手欲要挥向他。

顾江年身子微微后仰，躲过了余瑟的"毒手"。

"媒体口中没几句话是真的，那人是假的吗？"

"人是真的，故事不是真的。"

顾江年的淡然自若与余瑟的愤怒形成了鲜明对比，他好似将一切都掌控于股掌之间，万事都不能让他乱半分分寸。

"你把她带来，给我瞧瞧。"良久，余瑟稳住情绪，有气无力道。

"恐怕不行。"男人缓缓摇头，拒绝道。

"不行是什么意思？"

"斯人已去，再见无疑是触景伤情。"

"那你还跟别人有纠葛？"余瑟显然不信顾江年的忽悠，以至于说出口的话语都有几分急切。

"乍见觉得那人很像，接触过后才发现，像的也只是一张皮囊而已，不想让母亲抱着希望见人又徒增失望。"

何池与方铭在楼下，听到楼上余瑟撕心裂肺的哭声从二楼一直传到一楼。

顾江年坐在床边拥着自家母亲，一下一下地抚着她的背脊，宽慰着。他早已料到会是今日这般结果，只是千防万防，不承想还是没防住。

顾江年浑身笼罩着一层低气压，在自家母亲跟前，他向来温和，如今日这般强硬拒绝母亲的要求，还是第一次。

余瑟靠在顾江年的怀里痛苦捂面，抽泣不止，哭得肝肠寸断。

本是被尘封的往事，因着今日的新闻又被撕扯，本是早已结痂的疤痕，再度鲜血淋漓。

"她跟我的月月真的好像，好像啊！"

余瑟抽泣着，一声声好像刀子似的，扎进顾江年的心里，让他呼吸紊乱。

男人眸色暗了暗，伸手拍了拍自家母亲的背脊，轻声宽慰着："不是同一个人，母亲宽心。"

顾江年安抚好自家母亲再出来时，已是下午光景。

见人出来，候在屋外的罗毕快步走近："我们去的时候，对方已经离开了。"无论怎么看，都像是有人蓄意安排。

"去医院。"

顾江年对被人算计无甚感觉,只是此事难保跟姜慕晚没关系。之前一次失手,不见得这人真的会乖乖地放手。

但,姜慕晚……迟早有天得狠狠地磋磨她。

华众顶层办公室内,工作人员陆续出去,姜慕晚伸手将手中东西搁在桌面上,靠着沙发背坐着。她伸手慢慢揉着鬓角,似是头疼得不行。

"人送走了。"付婧坐在对面轻声言语。

姜慕晚闻言,略微疲倦地点了点头。

"医院那边需要人盯着吗?"

"不用。"她答,似是想到什么,揉着鬓角的手一顿,"以我的名义,送个花篮给柳小姐。"

"好。"

傍晚时分,柳霏依从昏睡中醒来,微睁眼,便见病床边坐着人,恍惚以为自己看错了。

顾江年最有耐性。

所以,他能在柳霏依的病房里,从下午等到黄昏,也能在她醒来之后,迎视着她那赤裸裸的且不确信的目光。

"顾董。"病床上,柳霏依开口,嗓音沙哑。

顾江年静坐床边,点了点头算是回应,除此之外,再无半分动作。

一时之间,柳霏依心中刚升起来的一点儿感动,又迅速地湮灭。顾江年静静地注视着她,将她眼眸中那些情绪变化瞧得一清二楚。

"怎么会出车祸?"

"是我自己——不小心。"柳霏依是不大敢直言的,这都因为她底气不足。

若那辆车是她自己买的,顾江年问她这话时,她可以理直气壮地回答。

可那辆车是顾江年送的,因为她那发了狂的嫉妒心,导致出了车祸,自己受伤便罢,车子也报废了。

柳霏依醒来乍见他,原以为这人会关心自己那么一两句。

可事实证明,一切都是她的妄想。

顾江年闻言,落在膝盖上的指尖缓缓点了点:"那你便好好养伤,有什么事情给徐放打电话。"

顾江年缓缓起身,望着柳霏依:"每个人都有自己存在的价值,柳小姐应当清楚。"

清楚她没有资格对他动心，也该清楚，他们二人之间有着难以跨越的横沟。

顾江年这话，实在是太伤人心。

他等了一下午，只为说出这寥寥数语，可只是这寥寥数语，就将她伤得遍体鳞伤。

"我清楚……"她轻声开口，嗓子发涩。

男人起身，准备离开，行至病房门口，尚未伸手，外面有人将门推开。

二人四目相对，付婧眼眸中的诧异一闪而过，而顾江年眼眸中，也闪过一丝着难以捉摸的深意。

他瞧着付婧，视线缓缓下移，落在她手中的花篮上，唇角微勾，视线中带着几分不一样的情绪。

……姜慕晚。

若说此前他脑海中稍有那么几分的不确定，可此时在柳霏依病房里见到付婧，这几分不确定就被狠狠地压了下去。

姜慕晚这盘棋当真是下得极好的，居然算计到他头上来了。

但，不急，用不了多久，他就会让她姜慕晚心甘情愿地走进顾公馆，冠上顾太太之名。

胸有惊雷而面如平湖，用来形容此刻的顾江年再适合不过。

这人颇为好心情地往后退了一步，给付婧让出了位置，让她先进去。这么一个简单的动作，却让付婧起了防范之心。

她提着花篮往过道里退了两步，客气地说道："顾董先请。"

顾江年见此，轻轻笑了笑。

付婧不如姜慕晚谨慎，可防范之心在姜慕晚之上。

"老板——"

顾江年将出病房门，徐放疾步过来映了声。

男人微微了扬手，止住了他的话，隔着门板，用不轻不重的嗓音道："临县酒业代工厂之事，曹副总那边动身了没有？"

徐放望着顾江年，不清楚这人葫芦里卖的什么药，思忖了数秒，才道："动身了。"

"让他抓紧，在杨逸凡拿下之前，把它收过来。"

男人语气凌厉，带着几分急切之意。

屋内，付婧提着花篮站在门口。

听着顾江年的话微微拧眉，落在花篮上的手紧了紧，面色凝重，心中若有所思。

这一整日，徐放与罗毕的心情如同过山车似的，随着顾江年的情绪忽上忽下。

临进电梯，徐放不解："老板准备拿下临县酒业代工厂？"

顾江年站在电梯里，侧眸瞧了眼徐放，唇边深深的笑意在告知他，自己心情极佳。

"嘘——莫惊了林中鸟。"

夜间，因着余瑟情绪不佳，顾江年留宿梦溪园。大抵是自己心里想明白了，余瑟虽面色难看，但也不像下午时分那般悲恸了。

顾江年陪着她在梦溪园内走了走。

"何时遇见她的？"余瑟淡淡的询问声响起。

"2005年。"顾江年如实告知，并未隐瞒。

余瑟叹了口气："罢了，如你所言，逝者已去，我何苦再有执念。"

人行道上，顾江年跟在余瑟身后，仅一步之遥。他将手背在身后，牵着狗绳，柯基犬扭着屁股摇摇晃晃地跟在身后。

梦溪园内有许多豪门阔太。

可这些豪门阔太中，无一人不羡慕余瑟有顾江年这么一个好儿子。

年纪轻轻，事业有成，性格沉稳，同龄人尚在吃喝玩乐，他却能抽出时间，在晚饭之后陪着母亲在院子里走一走。

当真是"货比货得扔，人比人得气死"。

"母亲能想开就好。"顾江年在她身后点了点头。

余瑟到底是曾经也经历过家族的大风大浪的人，情绪来得快，去得也快。

"赵家小姐你不喜欢，改日我约了曲太太来家里喝茶，你抽空回来一趟。"

顾江年一阵静默，心想，自家母亲怎会这么快就转过弯来了，原以为是见过世面心态豁达了，不承想在这里等着他。

走了一个赵家小姐，又来了一个曲家姑娘。

余瑟这是跟顾江年杠上了，大抵是怕夜长梦多，她管不了别人家姑娘，只能管管自家儿子了。

顾江年牵着狗绳的手,微微松了松,得了解脱的柯基撒着欢地奔了出去。

顾江年正欲跨步去追狗,借此逃过一劫,刚抬步,就被余瑟伸手一把拉住。

知子莫若母,余瑟怎会瞧不出顾江年的小手段?

顾江年苦笑了声,似是颇为无奈,开口道:"我都听母亲的。"

如此,余瑟才松开他。

次日,关于柳霏依的新闻凭空消失,顾江年的神通广大在此事上尽显无遗。

晨起,付婧同姜慕晚言语此事时,她微微勾了勾唇,似是一切在意料之中。

"织品酒业代工厂因之前让游轮客人中毒的事正在停业整改,一时半会儿肯定不会开工,如此情况下,杨逸凡若想保证织品酒业的运转,必然会找第二家代工厂,我们要不要从中截和?"

餐桌上,付婧就昨日之事同姜慕晚讨论起来。

姜慕晚想弄垮织品的心思依旧没变。姜临给她的股份远远满足不了她的野心——她想让姜司南与杨珊分文不值,可显然实现这个目标并不轻松。

若非顾江年,织品现在早已成了空壳。可就是因为他横插一脚,让她现在再想收拾杨逸凡,就得绕道而行。

"再等等。"

"杨逸凡善推广运营,只怕再等下去,他已经让织品酒业翻身了。"

对付这种有手段又有脑子的人,就该趁热打铁,不能给他喘息的机会。不然喘息之间,就是给他东山再起的机会。

姜慕晚未言,她从不多问。

餐桌上,二人聊着,付婧喝完了杯中的最后一口牛奶,望着姜慕晚问道:"柳霏依真是顾江年的女人?"

后者伸手舀了一勺子粥,漫不经心道:"不是。"

"那你还将人家拉进来?"

闻言,姜慕晚笑意深深地望了眼付婧,问道:"她什么时候在局外过?"

在姜慕晚看来,柳霏依从来就不是局外人。她一直身在局中,不过是摆的位置没那么显眼罢了。但拉她进局里的,不是她姜慕晚,而是顾江年。

若要找罪魁祸首,非顾江年莫属。

除了他还有谁?

餐桌上,姜慕晚唇边带着志在必得的笑意。

梦溪园姜家,姜老爷子晨起后在院子里修剪花草,管家拿着汗巾跟水杯站在一旁,静静候着。

"京墨还没来?"

"人在路上了。"管家在身后轻声告知。

姜老爷子"嗯"了声,算是回应。

"我瞧着顾家江年是个有主儿的人,老爷是不是太过谨慎了些?"对于姜老爷子派人看着姜慕晚一事,管家知晓。

而有关顾家江年的绯闻,他也知晓。

闻言,姜老爷子仅是笑了笑,换了把小剪子,望着跟前的一盆迎客松,指了指上面连着的枝条,同管家道:"这两根枝丫,看似各自生长,谁又能清楚底下它们是相连着的?"

"椰子树之所以能长得挺拔,笔直,粗壮,是因为它没有多余的枝丫。顾家江年就是那多出的枝丫,当剪则剪。"

言罢,姜老爷子手中的剪刀落下,多余的枝叶被剪掉,落在了地上。

管家站在他身后,几度张嘴,却无言语。

姜老爷子想培养姜慕晚,可这一路上,顾江年于姜慕晚而言是意外,明知是意外,怎能不防着他?

顾氏江年,姜家慕晚。他们之间,注定是孽缘。

"我瞧着季家那小子不错,虽无大成就,但也是个不错的。"姜老爷子立于园林之间,望着远方,喃喃开腔。

"您是想——"

"嗯。"管家尚未言语,姜老爷子便应了声,证实了他的想法。

"可宋家与贺家本就有婚约在身。"

"我管的是姜家慕晚的婚事,宋家的婚约与我老爷子有什么关系?"

言下之意,姜慕晚不是宋家女。

B市有B市的圈子,C市又何尝没有自己的圈子?老爷子想撮合姜家慕晚跟季家言庭,也不会仅仅是想想而已。

这日下午时分,顾江年从商场视察回来,刚进君华大厦顶层办公楼,徐放就迎了上来,轻声告知:"姜老最近似乎在派人盯着姜副总,姜副总也知晓。"

闻言,男人步伐未停,拧眉问道:"为何?"

徐放摇了摇头:"不知。"

顾江年正欲言语,电话响起,见是自家母亲,他只觉脑子嗡嗡作响。

半晌,他将手机递给徐放。

余瑟打来的电话,徐放从未接过,往常,即便是正在开会,这人也会中止会议,出去接自家母亲的电话,而今日,却将手机扔给了他。

一时间,徐放觉得自己拿的不是手机,而是烫手山芋。

"老板。"他不敢接。

"接!"顾江年语气强硬。

接起电话,徐放先唤了一声"夫人"。

"顾江年呢?"

"老板在开会。"徐放硬着头皮开腔。

"让他接电话。"电话那边,余瑟语气不善。

大抵是被顾江年放了鸽子,以至于这怒火让徐放隔着电话都可以体会到。

"老板在接待客户,不太方便接电话。晚些时候我让老板给您回电话,夫人看如何?"

余瑟显然气得不行,事先说好之事落了空,幸好她之前未将话说得太死。

君华大厦顶层办公室内,徐放将手机小心翼翼地递还给顾江年。

后者接过,明显松了口气。

余瑟的这通电话似是并未打断顾江年的思路,话题又回到了姜慕晚身上:"姜副总有何动作?"

"没有。"

"没有?"顾江年前行步伐微顿,似是不信。如姜慕晚这般脾气,知晓有人盯着她,会没动作?

"没有。"徐放确定。

顾江年的诧异在徐放的意料之中,他知晓此事时亦是如此感觉——如姜副总那种人知晓有人盯着她,会没动作?

顾江年静默良久,挥了挥手,示意他出去。

徐放退了出去,顾江年点燃了一根烟,站在办公室窗边。感情之事,他从不强求,有则有,无则无。不来没关系,但若是来了,费尽心思,使尽手段，也要将它抓在手中。

这场追逐本是他与姜慕晚之间的游戏。

现如今，多了个姜家老爷子。他在追求姜慕晚的同时，还得防着姜老爷子。

思及此，顾江年冷嗤了声，心里只觉得又好笑，又头疼。

傍晚，徐放急急敲门进来告知，余瑟来了。

顾江年想，大抵是流年不利，不然怎会在他还没有找到两全的办法时，又杀出个余瑟来。

头疼，实在是头疼。

"母亲。"俗话说，伸手不打笑脸人。

"你还挺开心？"余瑟见他这笑嘻嘻的模样，怒火噌噌往上蹿，没好气地冷声质问。

"您来了，我自然开心。"

"顾董是大忙人，地位高了，答应旁人的事也能出尔反尔了。"

"哪里话，我正想回去来着。"

"看你这模样，是想今天通宵达旦地工作？"

"答应母亲的事情我不敢忘。"

"我瞧你忘得很彻底。"余瑟不信。

"这不怪我，我正想去，母亲您便来了。"

余瑟被气笑了，将手中的包搁在他办公桌上，点了点头，道："怪我，没事先跟顾董确认好时间。"

余瑟与顾江年二人一番交谈，可谓是"你有张良计，我有过墙梯"。

顾江年将下午茶躲过去了，可晚间的这顿饭，他是跑不掉了。

就连徐放都有些许同情老板。

十月下旬，华众旗下餐饮集团有意拿下C航新航线的餐饮供应业务，其间，以姜慕晚为首的人，正与C航那边负责人进行洽谈之中。

这日晚间，应酬场上，姜慕晚正端着酒杯与人你来我往，白酒啤酒混着来，付婧站在一旁，明里暗里帮忙挡了不少。

商人跟商人之间的交谈，酒桌上也不一定能见真情，众人你来我往之间，相互夸赞之言多是明褒暗贬。

姜慕晚饮酒过量，于是，脱身后就直奔卫生间而去。

她刚刚坐下,便听外面有长辈的训斥声低低响起:"得顾江年者得C市,你不是没听过。妈妈不管你是心有所属,还是如何,这顾江年,你给我拿下。"

听到"顾江年"三个字,本是要回包厢的人也不急了,坐在马桶上托着下巴,听着母女二人的对话。

"可他有女朋友……"

"有女朋友怎么了?只要没结婚,你把他抢过来,那就不算道德败坏,再说了,这C市豪门公子哥儿哪个不是莺莺燕燕环绕?天底下的男人那么多,为何不找个条件优越的?"

听到这里,姜慕晚点了点头,表示同意。

顾江年在C市的名媛圈里也是个香饽饽了,怕是人人都想上去啃两口。

听完八卦的姜慕优哉游哉地回到包厢,付婧见人去趟卫生间回来,似乎心情不错,便侧身问道:"在厕所捡钱了?"

"听到了一些八卦。"姜慕晚拉开椅子坐下去,温声道。

"谁的?"付婧问。

"一个男人的。"姜慕晚浅笑着告知。

"哪个男人?"

姜慕晚只是笑了笑,未曾作答。

应酬结束,姜慕晚与一行人浅笑着边交谈边向外而去,刚行至大厅,一声不重不轻的"顾董"传来。

姜慕晚回眸望去,只见顾江年与余瑟从另一方而来。

男人似也瞧见了姜慕晚和付婧,微眯了眯眼眸,点头招呼。

仅是一眼,姜慕晚就瞧见了站在顾江年身后的两个女人,之前虽未见到脸,但身着的衣物她还是认识的,可不就是在卫生间商量如何勾住顾江年的人吗?

见此,姜慕晚唇角的笑意加深,她客客气气地唤了声"顾董"。

"难得碰见顾董。"

"顾董这是?"

C航的人一连两句话说出,前一句还好,后一句,顾江年正想开口回应,却被自家母亲抢了先:"同曲家姑娘一起吃个饭。"

而且她这句话还是看着姜慕晚说的。

姜慕晚闻言挑了挑眉,隐隐约约能听出点儿这话里的门道——明面上说是吃饭，但带上一个曲家姑娘，这意思只怕是在场的人都懂。

"顾董跟曲小姐郎才女貌，天作之合。"姜慕晚缓缓开腔，笑容淡淡。

眼下莫说是让姜慕晚说两句好听的话了，让她鼓掌都行。余瑟对她的敌意，当真是莫名其妙。

"我瞧着也是。"一旁，付婧点头附和，表情一本正经。

而顾江年呢？

他望着这二人，本是平静的目光逐渐转冷。

这一场交锋，未持续太久。

只因姜慕晚很快便道："改日有机会再聚，今日就不打扰顾董的好事了。"此话怎么听怎么乖巧、识趣。

众人纷纷点头，然后离开。她们才将人送走，身旁的付婧就冷飕飕地问了句："你说的男人是顾江年？"

扑哧一声笑从嗓间蹿出来，她点了点头，算是回应。

片刻，只听付婧评价："倒也挺般配。"

行至露天停车场，姜慕晚前行步伐一顿，目光轻飘飘地落在那辆黑色林肯上，停顿了数秒，正欲转身离开时，余光瞥见了什么。

付婧只见她提着包过去，蹲在一个乞讨者跟前，从包里掏出了一沓现金，还同那人言语了几句。坐在地上的乞丐回眸瞧了眼。

只见姜慕晚点了点头，提着包朝自己来。

"说什么了？"

"给他送钱去了。"她答，言简意赅。

这日，二人饮酒过量，未开车，行至路边打车时，刚招到一辆出租车，便听见身后砰的一声响，随即而来的是车辆警报声响起。

姜慕晚见此，笑意深深地拉开车门上了车。

罗毕不过是上个厕所的工夫，车就被人砸了一砖头，挡风玻璃上那偌大的窟窿让险些他爆粗口。

不久前。

姜慕晚谈完项目后出来，忽然想到什么坏主意，便提包走到路边乞丐的跟前，望着那人道："我给你钱，你帮我个忙。"

说着，她从包里掏出一沓现金——比那天砸到顾江年身上的数目还多。

"什么忙？"乞丐望着她手中的钱，微微眼红。

姜慕晚朝他身后抬了抬下巴："看到那辆黑色林肯了吗？去把玻璃砸了，这些都是你的。"

"万一人家抓我怎么办？"乞丐回眸望了眼顾江年那辆价值不菲的豪车，稍有些担惊受怕。

"抓你的话，你就说是一个女人让你砸的。"

"那他们就不会抓我了？"

"我保证，不会。"

★ 第九章　各自相亲

　　酒店内，顾江年迈步出来，见罗毕正一脸无奈地站在车前。他视线扫过去，便见挡风玻璃破了个大窟窿。

　　夜色下，一群人面色各异。

　　"罗毕。"男人阴沉着嗓子喊了声，望了眼自家母亲，示意她与身后人留步。

　　"怎么回事？"

　　早在顾江年出来之前罗毕就抓住罪魁祸首了，可这罪魁祸首也实在令人头疼。

　　罗毕扬了扬下巴，指向蹲在一旁地上的乞丐。

　　"他说是一个女人给了他钱，让他砸的。"因罗毕未曾进去，不知晓刚刚大厅发生了何事。

　　可一听说女人，顾江年脑子里冒出来的那个人，除了姜慕晚，还有谁？

　　顾江年皱着眉头，冷飕飕的目光落在乞丐身上，话语无丝毫温度："那个女人穿什么颜色的衣服？"

　　"她穿了一条蓝色的裙子。"乞丐声音颤巍巍地道，他望着顾江年，莫名觉得身子有些发颤。

　　穿蓝色的裙子……除了姜慕晚还有谁？

　　顾江年静静地看着他，随即，目光落在他口袋处。

　　微微弯腰，他伸手将乞丐口袋中的红色钞票扯了一些出来。见到钱，顾江年眉毛挑了挑，这姜慕晚羞辱人的方式当真是简单直接，他跟乞丐竟画上了等号。

　　"她给了你多少钱？"男人嗓音极冷。

"我……我还没数。"大抵是没见过这般有气场的人,乞丐舌头已经开始不利索了。

"数。"

在这十月凉飕飕的天里,顾江年单手插兜,面色冰冷地盯着一个乞丐坐在地上数钱,且极有耐心地等着人家数完。

"六千五百元。"

顾江年心里不爽,没想到他在姜慕晚心里,比乞丐还廉价。

"老板——"一旁,罗毕声音颤颤地开口轻唤。

顾江年抬头望天轻呼了一口气,转身,脸面上的阴霾被优雅的微笑取而代之。

"出什么事了?"余瑟见顾江年走近,轻声询问。

"一些小事,罗毕会处理。"顾江年说着,引着余瑟下楼梯。

出租车疾驰在路上,广播正在播放一首经典歌曲。姜慕晚许是心情极佳,靠在座椅上摇头晃脑地跟着哼了几句,若是有舞台,只怕是该翩翩起舞了。

"砸了人家的车就这么高兴?"付婧坐在身旁浅笑着询问。

她侧头望了眼付婧,唇边笑意更甚:"见他不爽,我甚是愉快。"

"你的快乐建立在顾江年的痛苦之上?"

"好像是如此,"她大方回应,未有半分掩藏,每次见他不爽,她的内心是何等欢愉啊!

付婧望着她静默了数分钟,有许多话语在喉间升起又落下,静默了片刻,才凝重开口:"不怕日久生情?"

"生什么?"姜慕晚似是未曾听清,加上又有些醉醺醺的,嗓音微扬问了这么一句。

"情。"付婧再答。

语落,一首歌结束,呼呼的晚风顺着车窗吹进来,于是,司机跟付婧只听她反问了句:"那是个什么鬼东西。"

"什么什么鬼东西?"前座,开车的司机师傅只听到这么一句,顺着二位姑娘的话语问道。

"情是个什么东西?"姜慕晚又陈述了一遍。

红灯亮起,师傅将车停在车道里,接着姜慕晚的话道了句:"那是个害人不浅的东西。"

姜慕晚闻言，颇为赞同地点了点头，且还一本正经地应了一声。

她醉了，好像时而不清醒，时而又是清醒的，不清醒地故意让人去砸顾江年的车，清醒着回到家，抱着马桶大吐特吐。

付婧扶着她起来的时候问道："何必呢？"

"人活一口气，你说何必呢？"

她当然是咽不下这口气，不然为何好好的 B 市不待，跑到 C 市来？

深夜，姜慕晚因为喝醉酒昏昏欲睡。另一边，顾江年坐在顾公馆书房内，望着一沓纸钞入神。

这日，C 市大雨滂沱，温度骤降，前两日还温暖的天气，到了今日稍有些寒凉。

姜慕晚端着一杯咖啡站在阳台正深思着，付婧的声音在身后响起："柯朗那边还等着我们去操盘，老爷子把我们看得这么紧，会让我们很被动。"

付婧的话，恰好便是她此时正在思考的这件事情："让我想想。"

傍晚时分，雨势初歇。

姜慕晚下班接到姜老爷子的电话，说在外吃饭，定了家素食馆。

她下车后，没有马上进去。

因为今天整日忙碌，姜慕晚神情流露出一些疲惫，便先进了素食馆旁边的小店，点了杯咖啡。

她拿着咖啡正准备出门，迎面撞上来一人，若非眼明手快，只怕这杯咖啡就要"贡献"给人家衣服上了。

"抱歉。"

"看着点儿。"

前一句来自拉开门的男生，后一句来自姜慕晚，语气不耐烦。

话音落地，一人低头，一人抬头。

喔——

二人都不言语了，就站在门口，这么直勾勾地望着对方，尴尬之色爬上二人的脸上。

良久，两个招呼声同时响起。

"姜小姐。"

"季先生。"

"好巧。"

"是好巧。"姜慕晚回应。

片刻，季言庭伸手将门拉开了些，往外退了一步，将位置腾出来，客气绅士地说道："姜小姐先。"

"谢谢。"姜慕晚道了谢，端着咖啡出去。

擦肩而过时，季言庭低头看了眼她手中咖啡，随后视线跟着她一路望过去，见她下了楼梯，几步路的工夫，便见将那杯咖啡喝光，并在进素食馆之前，将杯子丢进了垃圾桶。

姜慕晚走进包厢，见包厢内，除去姜家人外还有些外人。但这些外人，她只有印象，并不熟悉。

"梦溪园的季爷爷和叔叔阿姨。"一旁，姜临开始引见。

姜慕晚算是乖巧，顺着挨个儿叫过去。

"过来。"老爷子心情尚且算愉悦，拍了拍身旁的位子，让她坐下。

她刚坐下，包厢门被推开。

姜慕晚抬眸望去，只见季言庭站在门口，二人视线相对时，错愕在他们眼中一闪而过。

父母长辈齐聚一堂，两家晚辈对面而坐，如此情景，怎么看都像是相亲。姜慕晚端起眼前的杯子嘬了口温水，压住了心中那份错愕。

"你们二人是见过了？"季家老爷子见二人视线碰撞，将二人眼中的那抹错愕捕捉在眼里。

"刚刚进来时撞到过。"未待姜慕晚开口，季言庭先一步回应。

"那怎么没一起进来？"季老爷子在问。

"我去买了包烟。"男人低声作答，温和的视线扫向姜慕晚，绝口不提她站在便利店灌了杯咖啡的事情。

这句话说得有技巧。

季言庭无疑是用这句话将姜慕晚送到了高位——二人既然事先相见，若季言庭因买烟让人提前进来，无疑是失礼在先。

于是，这顿饭姜家发完话才开始。

众人话语间，明里暗里都往姜慕晚与季言庭身上引，二人也都端着乖巧的姿态，你问，我就答，绝不隐瞒。

来往之间，诚实最重要。

"听说姜小姐最近准备拿下C航新航线餐食供应链的生意？"聊天间

隙，季言庭望着姜慕晚问道。

姜慕晚微微诧异，却也未有隐瞒："是这样。"

"姜小姐有眼光，C航近几年准备大力发展国外旅游业，与国外各航空公司对接，是块肥肉。"

姜慕晚笑了笑，毫不避讳姜临与杨珊的目光，淡淡笑道："依季先生所言，看来我得加把劲才行。"

晚餐结束，一行人离开包厢，长辈在前，姜慕晚与季言庭二人缓行在后。

二人比肩而立，看着倒也是一对佳人。

"姜小姐事先知晓？"

"不知。"姜慕晚回答，她原以为姜老爷子约的是家宴，哪想是相亲宴。

"季先生呢？"她反问。

"一样。"季言庭苦笑，朝着姜慕晚耸了耸肩。

一行人下楼，将至庭院，前方一个熟悉的声音响起。

姜慕晚抬眸望去，只见顾江年带着一众下属站在对面，身旁是科研院的几位院士。

今天这番相遇，只怕不会过早结束。

素食馆内，顾江年一眼便瞧见了人群中的姜慕晚，这日的她，穿着一身简单灰色运动装，不似往日那般干练，但多了一番青春气息。

只见她正低头与季言庭侃侃而谈，面上还挂着一抹浅笑，看起来颇有些刺眼。

姜慕晚与季言庭的交流声戛然而止。

一行长辈嘘寒问暖，姜老爷子跟科研院的人都很熟悉，如此场合不期而遇，怎么也得聊两句，更甚至姜老爷子也在，恨不得立马组个茶局都是极佳的。

可无论如何，众人皆知，今日是顾江年的场子，主客之间，要分辨清楚。

茶局组不了，但寒暄未少半分。

"今天难得在外面碰上姜老师。"对面科研院的前辈开口，称呼姜老为姜老师，若姜老爷子尚在教育行业，只怕也是个了不起的"浇花人"。

"带着家人出来一起跟季老吃个饭。"姜老笑眯眯地开口，目光朝着季老爷子望去，后者回视。

"这是好事将近？"有人笑着揶揄了这么一句。

就是这么一句揶揄,让君华那些高层暗暗将目光都落到了自家老板身上,徐放的心咯噔了一下——怎么就"好事将近"了?

反观顾江年,这人面上笑容依旧,不显山不露水,似是刚刚那句"好事将近"未曾入他的耳,也好似眼前站着的人不是姜慕晚。

"万事还得凭缘分。"姜老爷子这话说得巧妙。

老人家深邃的目光缓缓扫过眼前众人,却偏偏,独独在顾江年身上多停了一秒。

这多出来的一秒,除去当事人外,只怕是谁也没有注意到。

余瑟的段位不如姜老爷子,对姜慕晚的抵触摆在脸面上。可姜老爷子何尝又不是在无声地嫌弃他?

众人之中,唯独顾江年有发言权,于是众人只听他道:"姜小姐与季先生郎才女貌,天作之合。"

他将姜慕晚的话原封不动地还了回去。

话音落地,旁人无甚感觉。

姜慕晚的心却咯噔了一下,定睛望去,只见顾江年微笑着望着她,四目相对,全是算计。

顾江年这话,在场的人都不太敢接——姜慕晚与季言庭八字还没一撇,说"是"不行;若说"不是",无疑是在打两家人的脸。

如此一来,回应顾江年的是沉默。

而姜老爷子就差明晃晃地道一句让顾江年识相些了,此时顾江年这话抛出来,他顺势就接住了:"借顾董吉言。"

徐放:"……"

君华众高层:"……"

"姜老言重了。"顾江年轻笑着回应。

他望了眼姜慕晚与季言庭,见这二人都未有半分言语,垂在身旁的手指漫不经心地搓了搓,唇边笑意更深了半分。

送姜慕晚归家的差事落在了季言庭身上。

归家路上。

姜慕晚坐在副驾驶上,望着眼前一闪而过的高楼大厦,视线缓缓地移至倒车镜,看了眼,身后熟悉的车辆不知是淹没在了车流之中,还是木曾跟上,总之她木看到。

"在看什么？"季言庭见她盯着倒车镜良久，开口询问。

"看看身后有没有查岗的。"她直言。

季言庭笑道："有吗？"

"没看出来。"她如实回答。

"老人家做事，不是我们这些晚辈能瞧出端倪的，我们能想到的都是他们玩剩下的。"

季言庭等红绿灯间隙，伸出指尖敲了敲方向盘，轻飘飘的话语叫姜慕晚侧眸多瞧了他两眼。

"季先生看得通透。"她适时地点头回应。

季言庭听闻此言，笑意更甚，摇了摇头："血泪史，不说也罢。"所谓豪门，身在其中，若想得到自己想要的，谁不是含着泪走下去的？

绿灯亮起，季言庭松开刹车。

砰的一声响，一辆电瓶车横穿斑马线时直直地冲着他车头而来，且精准无误地撞了上来。

这一撞，让车内二人都惊讶了。

车水马龙的街头，车后车辆堵成了长龙。

路口交警看见后，横穿车流而来。他站在车前看了眼状况，处理完一切事宜之后，解决了交通拥堵问题。

姜慕晚站在路旁，看着季言庭跟交警交涉。

转眸之际，见一辆黑色林肯轿车的窗户缓缓放下，露出顾江年那张英俊的脸。

男人坐在车内，注视着她，唇边噙着一抹浅笑，似嘲讽，似戏谑，似得意。

姜慕晚的视线越过车流落在他脸面上，倘若此时她有特异功能，第一件要做的事情便是上去扇向他的脸。

车子启动之际，男人漫不经心地扫了她一眼，随后扬长而去。

姜慕晚气得牙根痒痒，垂在身旁的手松开了又握紧，握紧了又松开。

片刻后，手机铃声响起，她狠狠地吸了口气，缓了缓情绪才伸手接起。

"冷吗？"男人的嗓音带着那么点儿笑意。

"顾董下来试试？"

"姜副总猜猜今日刮的是什么风？"男人冷意悠悠的声音淡淡响起。

"顾董给我科普一下。"她答，语气里带着些许咬牙切齿之意。

男人在那侧极轻地笑了一声，似是心情愉悦，姜慕晚隔着手机听筒都能听见男人的笑声。

半晌,只听他道:"管他东南西北风,姜副总今儿都得喝到肚子里。"

"那我还得谢谢你这个狗男人了?"

顾江年拿着手机,再次听闻"狗男人"这三个字,眉头皱了皱,默了片刻,以不气死她不罢休的语气再道:"不客气,跟姜副总学的罢了。"

"没错!"姜慕晚挂了电话,才意识到自己是在大街上。

正在跟交警交涉的季言庭,听闻身后这道怒气冲冲的声音响起,不禁愕然。

回眸望去。

只见姜慕晚刚刚收了手机,满面怒意无法掩藏。

"狗男人?"季言庭见这声怒骂是姜慕晚骂出来的,不禁觉得好笑,顺嘴就接了这么一句。

姜慕晚闻言,回眸对上季言庭带着浓厚笑意的眼眸,朝天翻了个白眼,深呼吸了一口气,暂时稳住了自己的情绪。

不气不气,那种男人不值得自己生气。

"一个神经病。"她答,怒火未消,但语气算是柔和了些。

季言庭笑声渐大,只点了点头,未曾追问。

到达目的地后,二人互留了联系方式便各自离开。

姜慕晚归家,怒火未消,满脑子都想着如何收拾顾江年那个狗男人。

付婧拿着手机,见她回来,疾步走来,即将出口的话语止在了她的喉咙里。

"怎么了?"她问。

姜慕晚未回答,反问道:"你这边怎么了?"

"新加坡的信托项目,对方款项到位了,就等我们操作了。"

"缓缓,我把姜老爷子派到我身边的人甩了就回去。"

"夜长梦多。"付婧始终如此觉得。

"先让柯朗盯紧点儿,联系林蜜把姜薇的印章拿到手。"

如姜慕晚这般人,即便怒火冲天,但在谋划布局时,她依旧冷晚间撞车之事好似翻了篇,此时的她是那站在山顶之上指点江山的

"你是想借姜薇的手?"付婧惊愕的嗓音在客厅响起,望目光带着不可置信。

此时的她借姜薇的手来动这笔钱,到时候万一出了任收场。

俗话说，富贵险中求。

一旦借用姜薇的手从华众挪走这笔钱，那她们拿到手的，也绝不仅仅是几千万的佣金那么简单了。

姜慕晚的野心不输顾江年。她想一口吞下华众与新加坡那边项目这两块肥肉，这般谋略与手段，叫多少人自愧不如啊。

姜慕晚笑而不语，算是回应。

付婧双臂环胸，靠着墙望着姜慕晚，笑意悠悠。

"今晚吃饭，有发现什么吗？"

"姜老爷子想撮合我跟季言庭。"姜慕晚开口说道。

"季言庭？"付婧似是没听清，嗓音微微拔高了几分。

姜慕晚点了点头。

"你如何想？"她在问，有些疑惑。

姜慕晚思忖了片刻，脑海中闪过季言庭的面容，默了两秒："若是跟他在一起能让姜老爷子把人撤走，也不是不行。"

"出卖感情？"

"如果出卖感情能换来利益，又何尝不可？还是你觉得感情这个东西，它值几个钱？"

姜慕晚的这句反问让付婧沉默了。

对于利益至上的人来讲，感情确实不值钱。但对于感情至上的人来讲，利益又值多少钱？

顾公馆。

书房内，徐放将手中整理好的文件递给坐在沙发上的男人。

男人伸手接过，搁在膝盖上，修长的手指翻开文件，目光定在页面上，面上瞧不出任何情绪。

他们应酬结束后，本是该归家了，无奈中途碰见了姜慕晚。

撞见就撞见了，人家还在相亲。这可真是令人忧愁。

"都调查清楚了？"

男人低沉的嗓音响起，拉回徐放的思绪，他应道："清楚了。"

"现在就让人去办。"

"现在？"徐放稍有些不能理解。

顾江年闻言，抬眸睨了他一眼，眼神深沉："那你觉得什么时候去办合适？"

徐放心头一惊，前几日还不焦急的人，今日再提此事，态度便是刻不容缓了，伴君如伴虎这话还真不假："我明白。"

他颔首回应，正准备退出去，只听身后冷漠嗓音说道："此事若成，一切好说。若不成——"

后面的话，无须说出。

徐放停住步伐，对着顾江年微微颔了颔首，心头不禁紧了紧。

"明白，我亲自去督办，老板放心。"

"让人去盯着季言庭，敢染指姜慕晚……"说到此，顾江年端起眼前的杯子喝了一口水，而后，视线缓缓落到躺在对面沙发的白猫身上，声音轻飘飘的，带着狠意，"就要好好给他一个教训。"

管他是什么姜家、季家，敢染指他看上的人，谁的面子也不必给。

可是，季言庭染指姜慕晚的话，可以好好教训他，若是姜慕晚主动染指季言庭呢？

徐放觉得，盯着季言庭，还不如去盯着姜慕晚有用。可这话他实在是不敢说，若说出来，怕顾江年能扒了他的皮。

徐放下楼，罗毕正蹲在院子里抽烟。

黑猫用尾巴圈着四只脚蹲在他旁边，天太黑了，它又被笼罩在罗毕的阴影之下，徐放未曾看见，冷不丁地踢了猫一脚，惹得黑猫岑了毛。

它喵喵喵地嚷着，龇牙咧嘴，凶得很。

"说什么了？"

"让去看着季言庭，我觉着看着季言庭不管用，"徐放望着天，唉声叹气。

"要看着也是看着姜慕晚啊！"

连罗毕这么个粗人都瞧得出来，让他们看住季言庭没用。

虽然徐放跟罗毕都不是情场高手，但也都能瞧得出来，这姜家慕晚不是个省油的灯。

可偏偏这么不省油的灯，自家先生跟着魔似的瞧上了人家。

若只是瞧上了就罢了，还费尽心思地想将人弄回来，这不是明知不可为而为之吗？

没多久，佘瑟来了。

顾江年从二楼下来，手指夹着香烟，见佘瑟来了，便立刻将烟摁灭，就近丢进了垃圾桶。

"母亲怎么过来了?"

"过来瞧瞧你,你这是刚回来?"

"刚跟客户应酬完。"

顾江年一边应答,一边坐下,伸手拍了拍自己的大腿,柯基似是听得懂人话似的,摇摆着屁股走过来,趴在他腿上。

"跟曲家姑娘如何了?"余瑟望着顾江年,语气平淡发问。

顾江年摸着狗头的手一顿:"来看我是假,查岗怕是真。"

"看你是真,查岗也是真,我瞧那姑娘可以,她是艺术家,人也本本分分的,名声好,家世也干净。"

余瑟对那曲家姑娘甚是满意,不然也不至于夜晚亲自跑一趟来这里。

"艺术家也很忙碌,您给我找这位姑娘,我俩估计一年到头也见不了几次。"顾江年这话轻飘飘的,稍有些漫不经心。

可就这轻飘飘的一句话,飘进了余瑟心里。

她默了数秒,依旧不死心地问道:"若人家姑娘愿意婚后回归家庭呢?"

顾江年叹息了声,望着自家母亲:"那我可真是罪过,亲手毁了人家的梦想。"

这话,若是让徐放等人听见了,只怕会惊掉下巴。

对于姜慕晚,他费尽心思想折了人家的翅膀也要弄来。

对于曲家姑娘,他竟然说毁了人家梦想是罪过。

母子二人关于曲家姑娘的交谈就此结束,余瑟虽不想顾江年跟姜慕晚牵扯到一起,但也不会在婚姻大事上太过草率。

十月底,天气渐凉。

夜风吹动了屋子里的纱帘,原本蹲在屋外的黑猫跳着追起了飘荡的纱帘。

"听说姜老跟季老有意撮合姜慕晚跟季言庭,你可知晓此事?"

余瑟端着玻璃杯靠在沙发上,说这话时,精明的目光直勾勾地落在顾江年脸上,欲要窥探出什么不一样的情绪。

可她什么都没窥探出来。

顾江年靠在沙发上,正在剥橘子给柯基吃,抬眸睨了眼母亲,语气漫不经心地回答:"知道,我晚上碰到了。"

"碰到了?"余瑟似是不相信,盯着他的目光又深沉了一分。

"嗯，碰到了。"顾江年再道。

"我同你说清楚，任何人都行——"

"姜家慕晚不可行，我知晓，您安心。"余瑟话未说完，顾江年就将后面半句道了出来。

他如此态度，好似已经将余瑟的叮嘱熟记于心，无论如何都不会明知故犯。

翌日，姜慕晚因为想着要讨老爷子欢心，约了季言庭吃饭。

日式酒馆内，姜慕晚与季言庭相谈甚欢。

君华大厦内，徐放拿着需要审批的文件站在办公桌前瑟瑟发抖，感觉自己此时仿佛置身于冰窖之中。

罗毕拿着电话，也是瑟瑟发抖。

良久，正当他以为这通电话可以就此结束时，只听冰冷嗓音开腔："他们在哪儿？"

"白马路日料馆。"罗毕如实作答。

"继续盯着。"男人话语冷硬，手中钢笔落在桌面上嗒嗒地敲着，满面怒容让徐放不自觉地往后退了一步。

徐放只觉得浑身凉飕飕的。

虽说他觉得姜慕晚不是个省油的灯，可看自家老板的手段，也不是个温柔的人。

这二人若是闹到最后，也说不定谁赢谁输。

"明白。"罗毕默了半晌，侧眸望了眼日料馆的门口，咽了口口水，应道。

顾江年挂掉电话，目光落在桌面上正在审批的文件上。

一个姜慕晚，带来了太多未知数。而他顾江年，最不喜的便是未知数。

"B市那边进展如何？"

事情吩咐下去不到二十四小时就问进展如何，这可不是顾江年的作风。可徐放知晓，自家老板此时跟得了失心疯似的，总觉得姜副总会把他给"绿"了。

"接触上了。"

因为临近重阳节，街头到处张灯结彩，商场大屏幕上播放着重阳节来历以及习俗的视频。

罗毕站在街边，倚着车身抽着烟，目光落在日料馆门口，且还时不时地瞟一眼大屏幕上的内容。

九点半，姜慕晚与季言庭从日料馆出来，似是聊着什么，笑声不断。

罗毕伸手拉开车门，拿出相机拍下，从二人出门到上车，快门声未停过。

姜慕晚与季言庭从日式料理馆出来，瞅见路边蹲了只脏兮兮的流浪猫，看了会儿。

"喜欢猫？"身旁一道询问声响起。

"一般。"

她一边回答，一边慢慢直起身子，然后视线在街头扫了一圈，虽然未见到熟悉的车辆，但她提着包的手却缓缓握紧。

"在找什么？"季言庭见她视线流连于街头，轻声问道。

"总觉得最近有人跟着我。"

"知道是谁？"

姜慕晚只笑了笑，望着季言庭，歪了歪脑袋，这一笑胜过千言万语。

街头。

暖色路灯光将姜慕晚的容颜都照得柔和了些，季言庭望着她，微微眯了眯眼。

"我觉得生气的姜小姐，也很可爱。"

这句突如其来的夸奖将姜慕晚安定的心拨乱了几分，她定睛望着季言庭，眸中的不解异常浓烈，只听这人再道："女人若想站得稳，必须温柔中带点儿狠。"

"季先生说得有道理。"漫长的沉默过后，姜慕晚笑着回答，而后提着包往停车场而去。

高跟鞋踩在柏油路上嗒嗒作响，声音异常清晰。

季言庭望着姜慕晚消瘦的背脊，思及姜老爷子昨日说的一段话："姜家慕晚是个有手段的人，有勇有谋，沉得住气，若行得稳，以后绝对是个人物，可这般女子不会心甘情愿地困于灶台之间，想要娶她的人得有强大的心理准备。"

"她能在姜家这样的环境中立稳脚跟，凭一己之力将杨浒送进监狱，足以证明，她远不如外表看起来那般无害。"

季言庭的目光比路边车辆的远光灯还明亮。姜慕晚提着包走在前头，步态悠闲。

若此时，你站在她跟前，定能瞧见她唇边那抹胜利的笑意。

她姜慕晚想要的，都会得到。无非就是时间长短的区别。

这夜，季言庭送姜慕晚归家，她解开安全带正欲下车，只听身旁季言庭道："月初梦溪园有聚会，姜小姐要一同前去吗？"

"梦溪园？"她疑惑。

"都是从小在梦溪园长大的孩子，同我们年纪相仿，我想你可以去认识。"

姜慕晚虽年幼时在梦溪园住过，但毕竟离开多年，再度归来，尚未踏进这个圈子里。如今季言庭这话，无疑是给她抛出了橄榄枝，抑或是在给她铺路。

他们二人见面的次数屈指可数，季言庭这般做法，很难不让姜慕晚起了防范之心。

她侧眸望向季言庭，浅笑着询问："我应该如何感谢季先生？"

季言庭笑道："我对姜小姐另有所图。"因为对你另有所图，所以才会对你示好。

这话巧妙地敲碎了姜慕晚的防范之心。

姜慕晚微微低眸，眼底的浅笑一闪而过："我以为这世间的所有男人都喜欢空手套白狼。"

"空手套白狼之事，我也会干，但对姜小姐，我不会。"季言庭大方承认。

"理由？"

"因为我跟姜小姐门当户对，势均力敌。一个女孩子被人如何对待，取决于她处在什么段位上。"

想攀龙附凤的女孩他会慢慢诱哄，如姜慕晚这般的世家小姐，他得靠交换利益去维持。

"很庆幸，我投对了胎。"她浅笑开口，伸手推门下车。

季言庭侧眸，直至人进了电梯，才缓缓收回视线，唇边浅笑微微勾起。

重阳节，姜慕晚在 C 市梦溪园。

付婧询问她回不回 B 市，她开口拒绝。付婧一番规劝，也无用。

付婧想了想，望着姜慕晚的目光带着些许的凝重："昨晚已经联系过宋思慎了，他会帮你打圆场，正好，你借这个机会回去跟柯朗联系。"

"如果我动身回了 B 市，难保这边有异样。"

姜慕晚现在所行的每一步都以大局为重，出不得半分闪失。

付婧明白。

这日上午十点,姜慕晚一身红色长裙,前往梦溪园,看起来颇为应景。

到梦溪园时,姜老爷子正在院子里浇花,见她来,手中动作停了片刻,眉眼弯弯地望着她走来。

"爷爷笑什么?"姜慕晚走近,见姜老爷子笑吟吟的,她开口问道。

姜老爷子低头继续修剪手中花枝,笑道:"我看看是我这花好看,还是慕晚好看。"

这打趣的话音落地,身旁的管家都笑了声。

姜慕晚微愣:"那爷爷觉得是我好看,还是花好看?"

"人比花娇花无色,花在人前亦黯然。"姜老爷子悠悠吟道,回答了姜慕晚的问题,惹得她笑逐颜开。

"在聊什么,笑得这么开心?"身后,姜薇跨步而来,听闻姜慕晚跟姜老爷子相聊甚欢,问了这么一句。

姜慕晚见了来人,乖乖巧巧地喊了声:"姑姑。"

随即她再道:"爷爷说我人比花娇呢!"

姜薇闻言,眸间诧异一闪而过,在她眼中,姜老爷子素来不苟言笑,对晚辈极其严厉,从不会有什么玩笑之言,是以今日姜慕晚打趣说出这么一句话,她是诧异的。

可仅是一秒之间,姜薇的视线随即将姜慕晚从上到下扫过,然后她点了点头,附和姜老爷子的话:"我瞧着也是。"

姜慕晚将她眸中的诧异收进眼里,笑容满面地望着她,接受了她的夸奖:"谢谢姑姑。"

她越是乖巧,姜薇心里便越是怄气,可偏生这股子怄气不能表露出来。

姜慕晚与姜薇并肩而行,走向屋内。

"准备抱季家大腿?"

"姑姑倒是懂。"

"那你可要抱稳了,别被人钻了空子。"

姜薇这话似嘲讽又似提点。

姜慕晚与季家的婚事若是成了,她无疑是多了座靠山。

一旦有了靠山,想再撼动她可就不那么容易了。在此之前,自然有人想让她靠不上这座山。

此人是谁,无须言明。

"谢谢姑姑提醒。"姜慕晚浅笑着开口，语气疏远。

姜薇于姜慕晚而言，不是敌人。而姜慕晚于姜薇而言，亦不是。

她们的存在，对于某人而言都是钳制。

不过是制衡之术罢了。

晚上，姜慕晚留宿梦溪园。极其巧合的是，她在陪姜老爷子散步时，碰到了同样出来散步的季家爷孙二人。

两位晚辈站在一起聊天，氛围极其融洽。

罗毕驱车载着顾江年前往梦溪园的顾家时，只见前方人行道上，有两道熟悉的身影并肩而行，那步伐不急不缓，看起来颇为和谐。

罗毕见此，连忙一脚油门下去，只想快些远离这二人。

不料，身后一声冷厉的嗓音响起："停车。"

"老板？"罗毕似是未曾听清。

"听不见？"顾江年怒道。

"老板，夫人在前面。"罗毕虽未停车，却放缓了车速，且还无情地道出这么一个事实。

余瑟正出来遛狗，正巧撞见了同样在散步的季言庭与姜慕晚二人。她本是想打招呼的，却见顾江年的车子远远驶来。

所以，她放缓了脚步，等着看这人是否会有特别的动作。她至今不信自己儿子的那张嘴，却又找不到任何证据去戳破他所言。

"夫人。"身旁，何池见她步伐微停，轻声呼唤。

车道。

顾江年坐在车内，满腔怒火无处发泄。

余瑟站在路边，无声地望着顾江年。而姜慕晚与季言庭根本就不知晓他们被这母子二人当成了关注中心。

少顷，罗毕只觉得自己快要被令人压抑的氛围压得喘不过气来时，身后车门被推开。

顾江年下了车。

砰的一声关门声，将姜慕晚与季言庭的目光都吸引过来。

顾江年远远地望了二人一眼，而后转身，朝余瑟而去。

"母亲。"

顾江年下车，行至余瑟跟前。余瑟打量的目光，早在他走过来时已经收起来了。

"吃饭了吗?"

"刚忙完。"

闻言,余瑟将手中狗绳交给何池:"走吧,回家。"

二人转身往远离姜慕晚的方向走去,目光相对时,余瑟朝着姜慕晚与季言庭二人点了点头,漫不经心地同顾江年聊着家常道:"这二人挺般配。"

身后,仅一步之遥的顾江年真是觉得扎心。

自家母亲拿着温柔刀子一刀刀地割上来,可偏生他还不能有何异样。

而是,他还得跟着附和一句:"是挺般配。"

见鬼的般配。

余瑟客气的笑容叫姜慕晚心头颇为不爽,可这股子不爽又不能当着季言庭的面表现出来。她伸手摸了摸风衣口袋,想从中摸出点儿什么来,结果,半晌都没摸出什么来。

"在找什么?"身旁,季言庭的声响传过来。

姜慕晚张了张嘴,一个"烟"字,卡在喉咙里上不去,下不来。

"手机。"谎话顺着喉咙就冒出来了。

都不用思索。

"手机没带?"季言庭温声询问。

"好像是。"她面不改色。

这夜,姜慕晚归姜家,进到卧室,未急着洗澡入睡,也未办公,而是站在阳台上抽了两根烟。

秋季的夜晚,已有些许寒凉。

她低头,闭着眼睛,抱臂站在阳台上,片刻,抬眸,正欲将手中烟蒂扔进花盆里,这一侧眸,便见姜司南站在隔壁阳台上望着自己。

在这暗夜中,他静悄悄地出现,无声无息,如同幽灵一般。

若非她心理素质强大,只怕会被吓得不轻。

姜慕晚回望他,没有开口,也没有想等人开口的想法,准备转身离开。

"你是不是很恨我妈妈?"

以往,姜司南还会喊她一句慕晚姐,如今,他连客气都不再有了。也不是,姜老爷子在的时候,还是有的。

这个家里所有人都戴着面具做人,连姜司南也逃不掉。

姜慕晚侧眸望向他，视线淡淡："你是不是还想问，我是不是很不喜欢你？"

姜司南薄唇抿了抿，视线稍有些闪烁。

姜慕晚微微侧身，面对着姜司南，寒风将冰冷的话语送到姜司南耳畔："等你长大之后就会发现，这世间破坏别人家庭的第三者，绝大多数是在打着爱情的幌子来掩盖自己肮脏的内心，你母亲也不例外，她一边说是爱父亲的，一边却又用肮脏的手段想将我从华众赶出去，你以为她很单纯？你以为她很善良？那个对你嘘寒问暖的人，站在我背后给我捅刀子的时候，你都没看见。"

说到此，一阵凉风吹动了她的裙摆，也让她周身寒意渐起。

"不要对任何人有过高的期望，这个世界上任何人，内心都是半黑半白，凑得太近，就会发现，谁都不是好东西。"

言罢，姜慕晚准备进屋。

身后，姜司南带着急促的话语声再度响起："如果一段感情足够牢固，也不是旁人可以破坏的，你这么确定你母亲一定是受害者？"

闻言，姜慕晚本是冷漠的脸上有丝丝怒意泛起。

"需要我把话说得更直白一些吗？"她面上带着薄怒，冷冷地望着姜司南。

"我父母是1992年离的婚，你是哪一年出生的？如果一个男人真爱一个女人爱到无可救药，怎么会允许这个女人和他们的儿子流落在外长达五年之久？"

"那他们最终还是离了婚。"姜司南不服，依旧在疾言厉色地同姜慕晚辩驳。

"知道什么叫母凭子贵吗？你以为自己是爱情的结晶？你不过是你母亲为了坐上姜家夫人位置的一个工具而已。"

姜慕晚犀利的话语如同尖针似的扎进姜司南的心窝子里。

他想反唇相讥，可又无从反驳。

因为他知道，虽然姜慕晚的话极其难听，可她说的是实话。自家母亲不止一次用言语暗示过他要守住姜家的财产。

秋夜的阳台上，唯有姐弟二人的争吵声。

静悄悄的梦溪园，此时，除了寒风的呼啸声再无其他。

姜慕晚冷漠地看着姜司南，后者回视她。

这场争吵，本早该发生了，可一直到现在他们才撕破虚伪的面具，坦诚地说出真心话。

姜司南如今无疑是成长了，此时的他即便怒火冲天，恨不得与姜慕晚到父母面前去对质，可他忍住了。

他身侧的拳头握紧了又松开，松开又握紧。

"我的存在，不需要你来评判。"

"你以为我愿意？"姜慕晚冷声反问，声音中带着几分薄怒。

"你最好不要再试图同我聊什么和平相处的话题，也不要奢望能仅凭你一己之力来改变我跟你母亲的关系。如果你有这个想法，去问你母亲，能不能把从我手中夺走的一切都还给我，从华众的股份开始。

"如果你母亲做不到，麻烦你别站在上帝的角度来劝我，我没那么大度，你也没那么有本事，己所不欲，勿施于人的道理上学都学过了。你要是忘了，再回去多翻翻书。"言罢，她转身进了卧室。

片刻后，她提着包下楼，正欲休息的管家见她下来，错愕了一瞬，尚未开口询问，只听她道："我有事，就不留宿了。"

"您路上小心。"老张在姜家待了这么多年，刚刚在院子里关灯时，便隐隐约约听闻楼上有争吵声，猜也能猜出发生了什么。

姜慕晚带着怒火离开了梦溪园。大抵是心情烦躁，她一路驱车至淮海路，将车停在"了事"门口才惊觉自己又来了这里。坐在车里沉默了片刻，她推门下车，大步走去。

酒馆内，正值热闹之时。

来这里的人大多或是寻欢作乐，或买醉，或为了纾解心情。而姜慕晚，也是这其中的一种。

她人刚至门口，柳霏依便瞧见她了，调酒的手微微抖了抖，正要倒进去的雪碧洒了些出来。

姜慕晚走进去，坐在吧台前面，望着柳霏依："柳小姐身体可好了？"

"好多了，多谢姜副总关心。"

角色对换，柳霏依在今日成了被关心的那个。

大抵是在这间酒馆见过的形形色色的人多了，抑或是顾江年的那句警告起了作用，现在的柳霏依，将窥探之意掩藏得极深，叫姜慕晚瞧不出半分。

近来见姜慕晚与季言庭联系密切，姜老爷子也在暗中撤走了人。

如此，姜慕晚与付婧二人都松了口气。

那日，姜老爷子将人从姜慕晚身边撤走时，管家诧异地询问原因。

姜老爷子如此道："顾家与曲家最近走得极近，想必余瑟想法跟我一致，既然双方都互相瞧不上，又何苦多此一举地彼此防着？"

顾家与曲家。

姜家与季家。

现在好似两条不同平行线，慢慢地各自走上了正轨。可这正轨之下，有千百条暗线相互牵连。

顾江年在谋划，姜慕晚在算计。二人都在不动声色地谋求自己想要的东西。

这日，姜慕晚驱车前往临县酒业代工厂，欲要伸手将杨逸凡的意图扼杀在摇篮里。

"如果杨逸凡想将织品酒业扶起来，必须找新的合作商，而临县酒业代工厂成了他们目前的首要之选。"

"杨逸凡与那边沟通得如何？"后座上，姜慕晚伸手翻着手中文件，将临县酒业代工厂的资料细细看了遍。

"还在谈，据说钱没谈拢，现在处于僵持不下的阶段。"

商人之间，做任何事情都讲究一个"利"字。

眼下织品受过重创，大笔赔偿金足以让他们"喝一壶"，若是临县酒业代工厂此时狮子大开口，难保他们会拿不出这笔钱。

"先去看看。"

君华大厦顶层会议室内，一众高层正在开季度会议。徐放坐在顾江年后方，安静地做着会议记录。

安静的空间里，手机的震动声在此刻显得有些突兀。

徐放低头看了眼，见是自己的手机，望向顾江年，后者扬了扬下巴，示意他可以出去。

"徐特助。"那侧，男人浑厚的嗓音响起。

"你说。"徐放平静道。

"华众姜副总到临县了。"

"知道了。"

徐放闻言收了电话，转身进会议室，走到顾江年身边，低头凑近他耳畔言语了几句。

会议室内众人只见面色沉静的男人在听完徐放的话之后,唇角缓缓勾起,如同夜空中的烟火渐渐绽放,耀眼、夺目、令人移不开目光。

他修长的手指在桌面上有节奏地敲击着。

熟识顾江年的人都知晓,他有这么个习惯——或喜或怒或算计时,都喜欢用指尖敲击物件。

会议室内众人不由得猜测,这人心情想必是极佳的。

下午,徐放送资料进顾江年办公室,里头有京剧声流淌出来。

只见顾江年正靠在椅子上闭着眼睛,面色平和,手在空中小幅度地挥舞着。

这般神态,即使徐放跟他多年,也未曾见过。

"我正在城楼观山景,耳听得城外乱纷纷。旌旗招展空翻影,却原来是司马发来的兵。"

炉火纯青的老生唱腔从音响里流淌出来,在整间办公室回荡,这首《空城计》,耐人寻味。

旁人不懂,徐放懂。此时,顾董是诸葛亮,姜副总是司马懿,而临县就是西城。

这场角逐谁胜谁负?

此时已成定局。

……

"签了?"办公室,男人低声问道。

徐放猛地回神:"签了。"

徐放走过去,欲要将手中资料搁在顾江年的桌面上,低眸之际,只见桌面上有一张宣纸,宣纸上用狂草写着"姜慕晚"三个字——笔势相连,看起来尤为张狂。

"姜慕晚"这三个字被圈了起来,宣纸的右下角画了一个鸟笼和一条黑色的线,这条线一直连绵将这三个字送到了角落里的鸟笼里。

见此,徐放准备放文件的手一顿,心头一咯噔。

他早就明白,这个在自家母亲跟前一口一个让她安心的男人,并未准备放过姜慕晚。

他本是想循循善诱,图图徐之,可姜老爷子的举动无疑是在火上浇油,让火势猛地燃了起来。于是就有了这引君入瓮的戏码。

姜慕晚不是个省油的灯，顾江年又岂是好人？

"去，让这盘棋更乱点。"座椅上，男人眼帘微微抬起，薄唇轻启，带着冷淡笑意。

"明白。"徐放回应，转身离去。

十一月初，梦溪园聚会。

这日，B市下了一场淅淅沥沥的小雨。

晚上七点，姜慕晚将车停在凤凰台停车场时，正欲给季言庭打电话，就听到空荡的停车场内一道关门声响起。她侧眸望去，只见顾江年跨步下车，身旁跟着萧言礼。

见此，姜慕晚唇角微扬，将拿出来的手机再度塞回了口袋里。

"原以为顾董今天会带曲小姐来。"她倚着车门而立，双臂环抱，说了这么一句。

顾江年视线落在姜慕晚脸上，见她笑靥如花，眉头轻挑，落在身旁的手缓缓搓了搓，有些痒，但尚且能忍。

"怎么？季先生没去接姜副总？"

一旁，萧言礼闻言，略微震惊的视线落在顾江年脸上。他许久未回梦溪园，只隐隐约约听到这几家的事情，不承想是真的。

"顾董倒是关心我。"

"我们家柯基我也这般关心，姜副总莫要多想。"

言下之意，姜副总跟狗没啥区别。

萧言礼闻言震惊了，望着顾江年，久久不能回神。不明白这二人怎么一见面就跟麦了毛的斗鸡似的。

"物以类聚。"姜慕晚倒也不气，冷冷地回应道。

"怎么站在这儿？"二人正一来一往地说着，身旁一道温温淡淡的询问声响起，萧言礼侧眸望去，只见季言庭止走过来。

反观姜慕晚与顾江年，二人眼眸中皆是笑意深深，可心底指不定在如何"问候"对方。

"等你呢！"

萧言礼说着朝季言庭走去，哥俩好似的搭着他的肩膀。

一行四人上了电梯，不大的空间里，因此刻的沉默，好似空气都变得稀薄了些。

电梯内,季言庭视线扫向姜慕晚裸露的小腿上,轻声道:"最近天凉,你要多穿点儿。"

姜慕晚微愣,这大抵是她回 C 市以来,第一次听到有人用这般关心的话语叮嘱自己,一时有些反应不过来。

当她诧异的目光落在季言庭身上时,萧言礼明显觉得身旁的温度越来越低。她的目光在季言庭身上停留了多久,顾江年身上的冰冷气息便持续了多久。

萧言礼已经不知道有多少次望向顾江年了。

前几次,这人未有异议,可偏偏此时,男人冷着嗓子低斥道:"眼睛不想要的话就闭上。"

萧言礼总觉得他这话说的不是自己,而是正看着季言庭的姜慕晚。

姜慕晚转眸望向顾江年,揶揄了句:"顾董挣钱的路子是越来越广了。"

女人看他,男人也看他。

这么好看、受欢迎的脸,他若靠脸挣钱多好!

"毕竟姜小姐受过益,是吧?"

姜慕晚闻言背脊一凉,抬眸望去,见对方微笑着望着自己,她提着包的手不由得握紧。而后,她轻启薄唇,无声地吐出唯有顾江年看得懂的三个字:"狗男人。"

顾江年但笑不语,只是手指互相搓了搓。那模样叫姜慕晚气得牙根发痒。

电梯停,一行四人出电梯。顾江年跟姜慕晚极其有默契地停住步伐,伸手从兜里掏出手机。

他们无声地望了身旁的人一眼,转身往与包厢相反的方向离开。

萧言礼与季言庭见此,四目相对,耸了耸肩,一道往包厢去了。

"老板,付婧到 B 市了。"

顾江年接起电话,徐放的嗓音稍有些急促。

他早已撒下天罗地网,现在只等时机成熟就收网,若此时付婧从中插一脚,难保不会出意外。

顾江年眉头微蹙:"她反应倒是快。"

说着,他回头望了眼站在不远处接电话的女子身影。

"今晚,事必须成。"顾江年沉声下最后通牒。

"可——"

"她联系不上姜慕晚。"

"明白。"

姜慕晚刚刚接完一通宋蓉打来的电话，刚转身，险些一头扎进顾江年的怀里，惊得连退了三步。

她站稳后抬头，就见这人双手臂环抱，靠在墙壁上笑吟吟地望着她。

"笑得这么好看，顾董不靠这张脸挣钱真是可惜了。"

他就知道，姜慕晚这张嘴里说不出什么好话。

"姜副总真是一点儿都不可爱。"

"我可爱的话，你给我钱吗？"

"要钱没有，只有人，姜副总要吗？"

"顾董最近生意不好？都开始送货上门了？"

顾江年想，若是将人哄骗回家了，到底是他先折了人家的翅膀，还是自己先被她气死？

"姜副总就不怕季言庭知道我和你之前的事情？"

"如果真有那么一天，我会直接告诉季先生，我花六千块钱占了C市首富顾江年的便宜，什么高岭之花遥不可及？嗯——"

同一个地方，姜慕晚被顾江年又一次占了便宜。

顾江年说不过姜慕晚，但他有的是法子让她闭嘴。

男人将她推进角落，单手擒着她的下巴，另一只手落在她的腰肢上，狠狠地揉捏着。

姜慕晚伸手，擒住那只为非作歹的手，欲要推开他。

顾江年怎么可能让她得逞。

他游刃有余地一只手擒住她那不安分的手，另一只手牢牢地锁在她腰肢上，居高临下地睨着她，用她刚刚抛出来的话语回击道："我最近生意不好，姜副总要不要照顾照顾。"

姜慕晚甚至能闻见他身上浓厚的烟味。

近日来，顾江年烟没少抽。一想到姜慕晚跟季言庭，他就脑子疼。虽然头疼不已，他却也没忍心想去收拾她。

于是借烟消愁成了他唯一的发泄途径。

"强买强卖？"姜慕晚冷冰冰地望着他问道。

"强买，不强卖。"顾江年纠正她的话，他"卖"得心甘情愿，姜慕晚"买"得情不情愿就只能另说了。

"顾董恐怕要失望了,我今天没带钱。"

"可以赊账着。"

C市首富顾江年,多少豪门世家女子心中的高岭之花,如今却被姜慕晚如此嘲讽。

"……还以为顾董会说免费呢。"

姜慕晚一边漫不经心地说着,一边想将自己的手解救出来,可挣扎了半响,也未成功。

"我亲自送货上门,让你赊账还嫌不够,还想免费?姜副总这张脸倒是挺好看。"顾江年这张嘴,也够欠。

"我若不好看,顾董你会三番五次地贴上来?"她反问,唇边带笑。

她往前走了一步,拉近跟顾江年之间的距离,微抬起脸,笑望着眼前的男人:"我若不好看,顾董会让我赊账?"

顾经年默默地凝视着她,面上的表情随着她的话慢慢地变化着。直至姜慕晚说完,他冷嗤了一声:"比起现在的姜副总,我更喜欢那天夜里的你。"

顾江年调戏的话,让姜慕晚面上表情很是精彩,浅笑中带上了一丝冷厉,顷刻间,她已抬起膝盖。

顾江年好似早就知晓,将她猛地抬起的膝盖按了下去,随即他俯身吻了过去。

安静的过道里,男人的动作不算温柔,这些天的怒火愈燃愈旺,终于烧到了姜慕晚身上。

顾江年的手掌落在杨柳细腰上不疾不徐地摩挲着。

之前多少次午夜梦回,他都觉得自己手心空落落的。

姜家慕晚,勾魂夺魄全在腰。

"你说,一会儿季言庭瞧见姜副总这副模样,会有何感想?"

他暗自不爽了许多日,今日能碰到姜慕晚,他的心情哪是简单的"愉悦"二字能形容的?

"顾董的这种心理已经足够变态了。"

"什么意思?"

"得了便宜还想卖乖。"

顾江年对姜慕晚,是不同的。这种不同,或许看起来与爱情不沾边,但到底动没动心,唯有他自己知晓。

一见倾心谈不上，但他希望往后的人生中能有姜慕晚的存在。

另一边，包厢内。

梦溪园的公子哥儿小姐们此时坐在里头，喝茶的喝茶，打麻将的打麻将。

这样的场所，以顾江年的身份本大可不必来——他何必来陪着一群公子哥儿们吃喝玩乐？有这时间，他还不如回去喝茶，谈谈合作。

可这日他碰上了萧言礼，还被告知许久之前季言庭就放出话来，说是今日要带姜慕晚来。

顾江年今日"醉翁之意不在酒"，明摆着是冲姜慕晚来的，眼下怎么会轻而易举地放过她？

季言庭等了片刻，未见姜慕晚来，心头疑惑，正欲起身寻人，却被一旁眼明手快的萧言礼喊住。

"来来来，三缺一。"

"我去趟卫生间。"季言庭拍了拍身旁人肩膀，委婉地推拒了萧言礼的邀请。

见此，萧言礼也不再多言，不动声色地拿出手机给顾江年拨了通电话。

角落里，顾江年看了眼手机，很快便伸手掐断了电话。

他缓缓退开身子，倚在一旁，双臂环抱地看着姜慕晚，侧了侧头，虽是笑着，语气却是充满凉意。

"好，你走吧。"

抓紧机会，过了今日，姜慕晚就不仅仅是姜家慕晚了。

假如你想要一件东西，就放它走，它若能回来找你，就永远属于你。顾江年坚信，姜慕晚会回来。

姜慕晚在卫生间对镜补好妆容后，刚提着包出去时，便撞上了迎面而来的季言庭。

"怎么了？"她问道。

"见你许久没来包厢，就过来找你了。"季言庭答道，神情温和。

"刚接完电话，耽误了一些时间。"她笑着答道，余光不经意地瞥了眼角落。

有一个穿着黑色西装的人隐在角落里的人，旁人看不见，可她瞧得见。

顾江年双臂环抱，望着她和季言庭离去的背影，眉眼间带着三分冷意。

直至人消失不见，这股子冷意才渐渐消散。

姜慕晚进去时，众人手中动作皆是停住，齐刷刷地朝她行起了注目礼。她站在季言庭身旁，淡然自若地与众人对视。

数秒过去，身旁的季言庭才开口，用温和的嗓音同众人介绍："姜慕晚。"

季言庭的身价虽然比不上顾江年与萧言礼，但也不低于这里的其他人，这句介绍，没有任何华丽的辞藻，只有简简单单的三个字。

众人静默了一瞬，随即有人开口打破了这片静默："久仰大名、久仰大名。"

姜慕晚点头回应，唇边挂着浅笑，侧眸望向季言庭，后者给她一个安心的笑容。

"原来季先生也有这么霸气的一面？"

她侧眸，同季言庭开起了玩笑。

"姜小姐是不是对我有什么误会？"

"嗯？"她不解。

"我不是谦谦君子。"季言庭笑道。

姜慕晚闻言，轻轻笑了笑："我也不是窈窕淑女。"

"看出来了。"

窈窕淑女，君子好逑。

可他们，一个不是淑女，一个不是君子，配起来，似乎也可行。

顾江年一进来就见到这二人侧首浅聊的场景，眉头微微皱了皱，好似这二人在大庭广众之下干了什么伤风败俗的事情。

姜慕晚的到来或许是令人惊讶的。

可素来不出席这种场合的顾江年，无疑是成了这个场子里的"王炸"。

一时间，包厢里的气氛再次静默了。

萧言礼默了数秒，视线从顾江年身上转至姜慕晚身上，又从姜慕晚身上移至顾江年身上，如此来来回回，也不管顾江年愿不愿意，就拉着他往牌桌里坐："来来来，三缺一，顾董今儿可得给我们送钱啊！"

随即他又拉着姜慕晚，伸手拍了拍牌桌上另一人的肩膀："来来来，也给姜副总让个位。"似是有意想将她与顾江年坐到一起。

姜慕晚半推半就跟顾江年坐在了同一张桌子上。

但这里的麻将玩法，她不太懂，便直说道："我不太会。"

顾江年脱了身上西装外套，随意搭在椅背上，正在漫不经心地卷袖子，听见姜慕晚这话，轻飘飘地睨了人一眼："会给钱就行。"

不待姜慕晚开口，这人又道："姜副总要是没带钱，顾某借你？"

"我还以为顾董要让我赊账呢！"姜慕晚说着，将跟前的牌推进麻将机里。

顾江年拿过萧言礼跟前的烟盒，点了根烟，轻轻地吸了一口，才道："姜副总怎么不说免费送呢？"

瞧，顾江年这人，可真是要多小气有多小气。

刁难人的本事可是一等一的好。

这二人的交谈声，听起来似是很熟稔，又似是有仇。

众人抱着看好戏的心思欲要看个究竟，可姜慕晚跟顾江年是什么人？怎会平白让他们这群人看热闹？

不论是仇是怨，说到底也是她跟顾江年二人之间的事情。

"我要是真这么好看就出去靠脸赚钱了，何苦还坐在这儿码'长城'呢？顾董说是不是？"

"这得问季先生。"

顾江年唇边叼着烟，睨了眼坐在姜慕晚身后的季言庭，将球扔给他，自己将麻将牌推进了麻将机里。

那漫不经心的姿态好似在说，我怎么知道？

顾江年到底是个人精，这么一句话，将所有人的心思都给打断了。他的言下之意好似在告知大家——姜慕晚跟他没半毛钱关系。

包厢内，麻将声渐起。

姜慕晚坐在顾江年的下家，被压制得死死的，没有和牌的机会。

虽然顾江年不想赢钱，但他也不想给姜慕晚送钱。不是没带钱吗？他倒要看看，姜慕晚是真没带，还是说假话。

"四万。"

"姜副总'好手气'。"顾江年叼着烟，伸手捡起姜慕晚丢下去的四万，推了牌。

清一色。

萧言礼坐在座位上抓耳挠腮的，感叹姜慕晚牌技不好，同时也心疼自己送出去的钱。

"顾董今儿怕是要去买彩票。"萧言礼看了眼他的牌,气呼呼地开口。

顾江年拿下唇边叼着的烟,睨着萧言礼:"没意思。"

彩票能有多少钱?

萧言礼狠狠吸了口气,捞起桌上的烟盒,抽了根烟出来,拿起打火机点燃。

姜慕晚靠在椅子上,笑吟吟地望着顾江年。男人侧眸,对上她的视线,挑了挑眉,正欲开口,手机响起,她看了眼号码,并未起身,而是坐在座位上,就在这吵闹的环境里接起了电话。

她先应了声,示意对方说。

"章子拿到了。"

"晚些。"

她只简单地回答了两个字,便挂了电话。

但是无人注意的是,当姜慕晚在接完这通电话时,唇边笑意渐渐深了几许。

姜慕晚挂了电话,瞅了眼身旁的季言庭:"你来打一圈,我出去打个电话。"

临时换人上阵,在牌桌上本就是常见,众人也没觉得有何不妥。

过道内,姜慕晚拦住一个服务员,要了一支烟。

她拿着手机给付婧拨了通电话,付婧许是在家,第一通电话未接,等了半根烟的时间,电话才打过来。

她刚接起电话,付婧便直言告知情况。"林蜜拿到章子了,你现在去找柯朗,让他通过公司财务把这笔钱转到我在国外的私人账户里来,马上操作。"

"好。"付婧应道。

"尽快。"姜慕晚心都挂在了这件事上。

如今万事俱备,只欠东风了,而且这东风还是自己的下属兼好友。

此时的她,带着志在必得的自信。

"明白。"付婧知晓此事的重要性,亦知晓现在刻不容缓。

姜慕晚站在外面打电话时,顾江年坐在椅子上用手机拨了通电话,不待对方接听,便直接挂断。

★ 第十章 柯朗

B市。

喧嚣声此起彼伏，烟雾缭绕的环境中，牌桌上的筹码似堆得比山高。远处的，有一男人迈步而来，尚未走近，便被人招呼住了："柯总昨天赢了那么多，我还以为您今天不会来了呢！"

"怎么会。"男人笑得意气风发。

"柯总手气这么好，今儿一定要搞点儿大的，不然太亏了。"那人三言两语便将人捧起来了，捧得人心花怒放。

"好，听你的！"柯朗豪爽答道。

俗话说，想一夜暴富，去赌场。想一夜倾家荡产，亦是如此。

所谓赌博其本质就是疯狂的，人的野心是填不满的，如同深不见底的深渊般。

一旦你踏进去了，就很难回头了。

这夜异常疯狂。

如姜慕晚所言，这座城市，不缺名人与富豪，但这些人无疑都是极其低调的。

若非同一个圈子的人，他们同你处于同一个场所之内时，不报家门，鲜少能知晓人家段位的。

比如柯朗。

他大概不会知晓，此时，站在他跟前跟他下赌注的人是谁。

这日晚九点，付婧给柯朗打了无数个电话都打不通，驱车前往柯朗家中，却发现无人。

她再度联系他，手机依旧处于无人接听状态。

她前往公司，却被告知早已下班。

猛然，付婧意识到事态不对。她拿着手机站在公司楼下，望着眼前车水马龙，脑海中有什么猜测一闪而过。

顷刻之间，她抬步转身，疾步奔向楼上，马丁靴踩在地上嗒嗒作响。

"欧阳——"

到了公司顶层，她猛地伸手推开办公室大门。

"怎么了？"被唤欧阳的人见她如此焦急，急忙站起身。

"柯朗最近有没有什么奇怪之处？"

欧阳思索了片刻，缓缓摇了摇头："没有。"

"确定？"付婧拧眉询问。

"确定。"

"怎么了？"

"你打他电话试试。"

付婧望着欧阳，示意她拿出手机拨电话。欧阳当着她的面拿出手机，给柯朗拨了通电话，却无人接听。

"别离开公司，等我电话。"言罢，她转身，再度奔了出去。

下楼，坐在车内，付婧便给宋思慎打了通电话。此时，即便她在 B 市人脉颇广，此刻能联系的人也可能只有一个宋思慎。

事关姜慕晚在 C 市之事，她不能轻易联系任何人。

付婧拨通宋思慎电话，对方许是刚拍完戏，吵吵嚷嚷的背景音从电话那边传来，让她愈加焦躁起来。

"宋思慎——"她沉声道。

"马上。"在粉丝的尖叫声中，他艰难地往保姆车上挤去。

付婧终于知道了什么叫"巧妇难为无米之炊"，纵使她此时有千万种本事，可没有人脉的支撑，也发挥不出来。

一个宋思慎，远远不够。

商场如战场，一招不慎，便有可能满盘皆输。更何况宋家如此家庭，做事更得万分小心谨慎。

车内，付婧心中隐有不安，但尚未告知姜慕晚。

B 市细雨纷纷，给高楼大厦都蒙上了一层薄纱。

这层薄纱遮住了太多东西。

"你怎么了？"电话那边宋思慎的嗓音传来，坐在车内的人才猛然回神。

付婧抬手抹了把脸："我要找一个人。"

"谁？"

"柯朗。"她道。

"你把照片发给我，要是知道他的车牌号也给我。"

凤凰台包厢里的人似有要玩上一个通宵的架势，临近十二点，街道上行人渐少。

可这里的气氛才刚刚达到高潮。

牌桌上，姜慕晚与顾江年针锋相对。

萧言礼依旧是充当和事佬的那一位，也正是因为有他的存在，姜慕晚与顾江年二人才能还坐在那里继续打牌。

洗牌之际，她伸手去端一旁的水杯，欲喝一口水润润嗓子，没有注意到服务生在加水，于是伸出去的手便落在了热水下。

热水烫得她一激灵，一道尖叫声瞬间在包厢里响起。

哐当——随之而来的是椅子的倒地声，众人望去，只见坐在她身边的季言庭眼明手快地将她拉了起来。

他冷着脸怒瞪了一眼服务生："你看不见吗？"说完，他牵着姜慕晚的手进了包厢内的卫生间，置于水龙头之下。

季言庭的关心之意无须言明，只要有眼睛的人都能瞧出一二分来。

牌桌上，站起来的顾江年望着季言庭与姜慕晚的背影，又缓缓地坐了下去。

卫生间内。

温软的关心声传出来，顾江年靠在椅背上，面上不动声色，可落在麻将桌上的手逐渐收紧，冷厉且带着隐忍的气息从周身散发开来。

萧言礼抿了抿唇，抬手掩唇咳嗽一声，似是提醒他克制，并抽出一根烟递给他。

顾江年伸手接烟后，周身弥漫的冷厉之气才逐渐消散。

"难道季家跟姜家当真是要好事将近？"包厢内，有一道低声的询问声响起。

萧言礼视线落在询问的女孩身上，温声告知："未确定的消息，不要乱说，你也要注意一下别人的声誉。"

他一句不咸不淡的话语，让人闭了嘴。

包厢门被拉开之际,顾江年将身旁的烟灰缸拿起来放在桌上,顺手点了点烟灰。他那漫不经心的姿态叫萧言礼看着都有些心颤。

季言庭牵着姜慕晚走来,面色不佳地站在麻将桌旁,语气里隐含着几分不悦:"我看大家玩得也差不多了,今日就到此为止?"

这声询问应当是无人会开口拒绝的,毕竟刚刚事发突然——姜慕晚被烫伤了。

季言庭这句话看似是询问众人,实则目光却落在顾江年身上——一个站在食物链顶端的人,无论他在哪里都是众人瞩目的焦点。

顾江年侧眸望去,视线落在季言庭身上,不咸不淡地道了句:"可行。"

他视线又转到姜慕晚脸上,话语间带着几分关心之意:"姜副总去医院看看吧。"

顾江年的视线缓缓移至二人相握的手掌上。霎时,姜慕晚只觉得他的视线,比热水还滚烫许多。

热水最多只会烫伤皮肉,顾江年的视线却仿佛是从火炉里拿出来的烙铁般滚烫。仅是那么一眼,姜慕晚与季言庭交握的手指就微微动了动,有几分要松开之意。

她这么一动,季言庭不动声色地握紧了她的手。

"多谢顾董关心。"季言庭微微颔首,似领了顾江年的关心之情。

若是在旁人眼里,这句话是没有其他意思的。可这话,听在顾江年耳朵里,就是在宣示主权——当着众人的面,宣布姜慕晚是他的人。

顾江年落在膝盖上的指尖缓缓拢在一起,缓缓地摩挲着,眼眸中的笑意渐深。

良久,他不轻不重"嗯"了声,算是回应,但颇为敷衍。

顾江年望着季言庭与姜慕晚二人离去,目光一直落在二人交握的手上。

凌晨一点二十五分,姜慕晚刚走到停车场,电话响起。

见是付婧,她伸手接起。

她正欲询问,电话那边嘈杂的声响中,传来一个急促的声音:"出事了。"

前行的姜慕晚脚步猛地一顿,她默了两秒,才道:"别急,慢慢说。"

"柯朗将新加坡的那笔资金全都赌输了。"

此时,你若问从2008年伊始到现在,姜慕晚听过的最大的噩耗是什么,那一定是这个——

杨珊的算计，姜临的偏心都不足以让她心颤半分。可付婧这一句话，让她心头都震荡了。

千防万防，她万万没想到自己的后背会被人捅了一刀。

姜慕晚站在凤凰台的停车场内，拿着手机，脚步稍有些虚浮。

"你再说一遍。"

付婧狠狠地吸了口气，正欲开口，却发现自己说不出一个字。她深知这笔钱对姜慕晚的重要性——姜慕晚将一切都赌进去了。

她挖的所有坑都等着这笔钱去填补。可此时，这笔钱全都被柯朗拱手"送"给了别人。

付婧此时的坏心情，不比姜慕晚差半分。

宋思慎见她张嘴许久都未曾言语，伸手拿过手机，沉稳有力地开腔："柯朗输掉了九个亿，钱没了，人被带走了。"

话音落地，姜慕晚手中的包哐当一声掉在地上，惹得一旁的季言庭侧眸望向她，入眼的是姜慕晚失魂落魄不可置信的表情。

"何时的事？"她嗓音微抖。

"两个小时之前。"那侧，宋思慎告知。

"为什么现在才告知我？"怒吼声在静寂的停车场里回荡。

"我们给你打了两个小时的电话，你一直不在服务区。"

两个小时以前，他们开始联系姜慕晚，可是一直联系未果。付婧急得团团转，又不敢随意去找人联系她。

付婧找到柯朗时，柯朗正赌得两眼通红几乎陷入癫狂，还以为自己能回本。她冲上去扯开人时，他尚且处在愣怔之中。

不在服务区？

姜慕晚拿下手机看了眼，上面显示信号满格，怎会不在服务区？

可此时，不是深究此事的时候。

"等我过来。"

姜慕晚从季言庭手中接过包，而后疾步往自己车旁而去。

季言庭见此，三步并作两步追上她，擒住她的臂弯问道："出什么事了？"

"一点儿小事。今日就到此为止吧，多谢季先生。"言罢，她伸手推开季言庭的手，扬长而去。

不远处，顾江年坐在车内看着这一幕。

罗毕坐在驾驶座上，直至姜慕晚的车子消失在停车场的拐角处，才开口问道："要追去吗？先生。"

后座，顾江年双手交叠放在膝盖上，两个大拇指缓缓地互相搓了搓，语气冷冷淡淡："不用。"

罗毕启动车子离开，经过季言庭身旁时，顾江年微勾了勾唇角，牵起一抹笑容，睨了他一眼。

似讥讽，似不屑。

停车场内，季言庭望着顾江年的黑色林肯扬长而去。

细雨蒙蒙，姜慕晚驱车行驶在C市街头，等红绿灯间隙查了下航班，已错过今日最后一班。

即便她此时开车去机场也是枉然，于是一脚刹车下去，将车停在马路边，伸手抽了根烟出来，拢手点燃，车内，暖意融融。

望着五光十色的霓虹灯，她似是有些分不清眼前环境到底是真是假，是虚是实。

她多希望，付婧刚刚那通电话说的内容是假的，可越是冷静便越是清醒，越是清醒，便越能知晓，刚刚那通电话，切切实实地存在着。

年初回C市，她千防万防，防着被姜家人算计，却不承想，会栽在自己人手里。

姜慕晚怎么也想不到，会是如此结果。

华众未曾收复，若栽在了自己人手上，她该是多么不甘心？

数年谋划，一朝落空，且还是被信任之人背后捅了刀子。

她即便是死都不甘心。若不击败姜家那群豺狼虎豹，她怎么甘心？怎么甘心啊？！

姜慕晚坐在车内，望着眼前的霓虹灯红了眼，雾气笼罩，高楼大厦的光亮逐渐变得模糊。

她靠在座椅上，缓缓抬头，欲要将夺眶而出的泪水逼回去，却适得其反。

无声的泪水从眼眶中落下来，滑过面庞，落在衣衫上，消失不见。

她闭眸，脑海中回响的都是年少时老太太说出的残酷言语。

"姜家的根都要断在你这里了！

"你怎么不去死？

"你去死了我姜家就有后了！"

"你就是个赔钱货！"

那些话，即便过了十几年，她依旧记忆犹新。

一辆黑色的林肯停在离她不远处，顾江年望着停在路边的奔驰轿车，敞开的车窗里飘出来袅袅烟雾。

相比于姜慕晚，此时的顾江年内心极其平静。这种平静来源于志在必得，也来源于一切已成定数。

铺网数月，收网在即。

顾江年此时的心情，如同在海上遇到狂风暴雨的渔夫，知晓不久后就会风平浪静，没有丝毫慌张。

顾江年告知徐放，付婧联系不上姜慕晚。

她当真未曾联系上。

两个小时，能做太多太多的事。

凌晨一过，一切皆成定局。

第二天清晨，姜慕晚就坐上了飞往 B 市的航班。她到达 B 市时，说柯朗已经跳楼自杀。

一夜之间，九个亿在他手中输个精光，输了姜慕晚的那笔钱不说，还欠了一屁股的债，追债的人找到了姜慕晚。

付婧看着手中的名片，上面写着"百清集团总经理明河"，名片正下方有一行字。

"债务百清，一生平安。"

不用细想，她都知晓眼前人是赌场请过来讨债的。

"不知明先生有何贵干。"

"我找宋总。"男人直奔主题。

付婧勾起薄唇笑了笑，望着来人，不发一言，而且不退开，也不转达。显然是她觉得对方态度不够好，连三分薄面也不准备给他。

而对方亦是知晓，眼前的付婧和里头的宋蛮蛮都不是什么好惹之人。

B 市的豪门圈子说大也不大，说小也不小。

宋家跟付家这般家庭，虽无家财万贯，但个个都出身不凡，不是一般人能惹得起的。

"付总放心，我不惹事，就找宋总拿点儿东西。"男人语气客气，姿态微微放低，望着付婧的目光有几分讨好之意。

"让他进来。"

"关于柯朗之事,我想跟宋总谈谈。"

"谈什么?"姜慕晚身形未动,背对着人家,甩出这么一句话,敌意满满。

"柯朗在赌场输了几个亿,还欠了大几千万这事,想必宋总已经知晓,我今日前来是想问问宋总准备怎么办?"

闻言,姜慕晚转身,冷漠的目光落在站在身后的男人身上,无半分善意。

今日之前,明河只听过宋蛮蛮其名,并未见过其人。

坊间传闻,宋蓉年轻时,乃数一数二的美人,不过是这美人最终未曾留下来。

她嫁去 C 市,却下场凄惨。

宋蓉的美,他见过,但宋蛮蛮的美,他只是耳闻。今日猛然一见,即便这人面容憔悴,也影响不了她的美。这种美,与寻常的美不同,多了一份他人少有的张扬。

"你觉得我有什么办法?"

玫瑰虽美,可也带刺。

姜慕晚这冷飕飕的话语冒出来,直接扎过来。

明河一时之间未反应过来,直至对面人的视线越来越冰冷,他才渐渐回神。

"柯朗是宋总的人。"明河开口。

"我的人?明先生这话是不是有什么深意?"

"宋总想多了。"

"明先生此番来,怕是来浪费我时间的。"姜慕晚说着,迈步缓缓朝沙发走去。她见秘书端着茶过来,视线微冷地瞧了人一眼,后者前行的脚步直直顿住,而后,就端着茶水出去了。

"柯朗在赌场欠下的债,宋总是不是应该想办法解决?"

姜慕晚冷嗤了声,她靠在沙发上,冷眼瞧着明河,伸手拨了拨耳边碎发,冷笑问道:"解决?若是各个员工出了这种事情都来找老板要解决,我这公司还开不开了?还是说,明先生觉得柯朗是我儿子?不会是要摆出什么子债母尝之类的理由来吧?"

姜慕晚伸手端起桌面上不知放了多久的杯子,抿了口凉水,似是想要润润嗓子。她俯身之际,明河瞧见了她黑色大衣领子里面带血的衬衫,目光不由得暗了暗。

今早有消息传出来说，柯朗死了。

明河还疑惑，现在看来，没什么好疑惑的了。

"冤有头债有主，谁欠的你找谁去。"

"所以我找宋总来了。"明河意思明显——姜慕晚就是这个"主"，不然他今日不会出现在这里。

大抵是明河的话语太过狂妄，让姜慕晚眸色冷了数分，握着杯子的手稍紧了几分。

随即。

哐当——姜慕晚猛地甩手，杯子在明河脚边炸开，本是坐在沙发上的人噌地起身，怒声质问："你这话是什么意思？！"

明河来之前曾有人叮嘱过他，不要跟人产生正面冲突，三分薄面一定要给。

此时看来，不是他给不给薄面的问题，而是眼前人确实不是个好惹的主——他尚未开口，人家已有要动手之意。

明河被姜慕晚扔来的那个杯子惊得往后猛地退了几步，碎片从他的裤腿上擦过。

他望着姜慕晚的目光带着几分审视："宋总是不是过分了？"

"过分？"姜慕晚似是听到了什么好笑的话，"你们登门找我麻烦在先，眼下倒是说我过分了。"

他一个上门惹事的倒先喊起冤枉来了？也不怕让人笑掉大牙！

"我问你，柯朗是拿着我公司的章子去赌的吗？"姜慕晚问。

明河未言，但他知晓不是。

"柯朗是我儿子吗？需要我来个子债母偿吗？"姜慕晚再问，面上的寒意又多了几分。

"还是他是我的伴侣，我有义务为他还款？"

姜慕晚一连三问让明河答不出半句，与来时不同，这人脸色越发难看了。

她的不好招惹，明河此时只领教了一半。

这女人，咄咄逼人的本事一等一的好，控人心的手段也是一等一的高，疾言厉色之间，将话语权掌控在自己掌心，逼得他步步倒退。

正当他想开口时，姜慕晚的怒火再度往上蹿了几分："今天让你进来是给你几分薄面,也是想告诉你,吃饱了闲着没事做可以安静待着,别来招惹不该招惹的人。"

"是柯朗让我们来找宋总的。"

"他让你去死,你去不去?"

"宋总是不是过分了?"

"过分?"姜慕晚笑了,"见有登门贺喜的,没见过有人登错门讨债的!做事情之前先去查查,我宋蛮蛮是不是你们惹得起的人,别拿着鸡毛当令箭,到我的地盘上来作威作福,我不是你们惹得起的人。"

该有的底气,她分毫不差。该有的手段,她一样不少。

她姜慕晚此时虽说被别人算计了一把,但也不至于让个登不了台面的人到她跟前来虚张声势。

明河此时才意识到自己是送上门来给姜慕晚撒气的。

这个女人太狂妄。

"宋总说得是。"能坐到明河这个位置上的人个个都是人精,知进退是他们的基本行业守则。

明河站在远处,只见姜慕晚伸手从烟盒里掏了根烟出来,叼在唇边缓缓点燃。

那带着几分悠闲的姿态叫他一时不由得多看了几眼。抽烟的女人很多,但如姜慕晚这般姿态好看的,极少。

"等着让我送你?"姜慕晚一边吐着烟圈,一边伸手在茶几的烟灰缸上弹了弹烟灰,一身孤傲在此时没有半分隐藏。

此时,若是徐放在,定然会感叹一句:"姜慕晚跟顾江年二人当真是极像的。"

狂妄的气场,阴狠的手段,无论哪一样都极像。

"我还想跟宋总讨点儿东西。"明河将打量姜慕晚的视线缓缓收回。

姜慕晚抬眸睨了眼男人:"我是商人,凡事以利益为重。明先生若是付费,莫说讨,要什么我都给。"

与刚刚的疾言厉色和阴狠不同,此时,姜慕晚的面容多了一丝柔和。她此时的表情极好地证明了"金钱可解万难"这句话。

"宋总举手之劳的事。"在明河看来,跟一个公司老总要一个员工的资料,可不就是举手之劳的事吗?

可他忘了,姜慕晚不是旁人,这个女人也跟慈善家一点儿都不沾边。

"是吗？不知道我跟明先生的关系什么时候好到如此地步了？初次见面就要求我帮一个'举手之劳'的忙？"姜慕晚将放在膝盖上的手微微抬起往唇边，随即，一缕烟雾挡住了她的脸，但也仅是数秒，便飘散开了。

"那宋总想如何收费？"

姜慕晚伸手，缓缓伸出一根手指，靠在沙发嗑着浅笑望着他。

"一万？"明河拧眉询问，毕竟，几张破纸也值不了几个钱。

姜慕晚将叼在唇边的烟缓缓拔下来，嗤笑了声："明先生当我是叫花子？"

"那宋总说个数。"刚才见识了姜慕晚嘴皮子的厉害，明河采取了保守的方法对付她。

姜慕晚轻启薄唇，缓缓开腔："一个亿。"

话音落地，明河倒吸一口凉气，似是听了什么笑话，冷笑声从嗓间溢出来："宋总怎么不去抢银行。"

"我还以为明先生要让我去开赌场呢！"抢一次银行也不可能抢到九个亿的人民币，即使抢到了你也搬不走，可开赌场，却能轻轻松松地拿到，且还是极快速的。

"宋总何必为难我们这些讨债人？"

"讨东西该有讨东西的姿态，没人教过明先生吗？还是明先生身后的人已经厉害到可以强人所难了？"

姜慕晚的一番话，将明河踩在了地上。

许久之前，明河听闻那些公子哥之间流传过这么一句话——宋家两女，双双靠老天赏饭吃。以往他不信，现如今信了。

这宋蛮蛮，若非生在宋家，就这张嘴皮子，得有多少人想教训她？

姜慕晚不想再同这人浪费口舌，直接拨了电话内线。

那边接起，她当着明河的面开口："进来，请明先生出去。"

十一月初，宋思慎与付婧多方凑钱，暂时解了她临县酒业代工厂的燃眉之急。

人脉是个很好的东西，可一旦不能用，一切都是空谈。

这个月，直到中旬，姜慕晚都待在B市，暗中变卖财产，欲要填补新加坡合作项目中那笔亏空。

很快，C航新航线食品合作项目敲定。

姜慕晚亲自监督的案子，到嘴的鸭子不可能让它飞到别人嘴里。

深秋过后，是寒凉的冬日。

晨间，空气因温度低而带有薄雾。

这日清晨，君华大厦顶层办公室内，曹岩正在向顾江年汇报工作。靠坐在椅子上的男人满面倦容，站得稍近，定能闻到他身上淡淡的酒味。

昨夜，顾江年与人把酒言欢至凌晨。

为何？他急了。

为何急？

姜慕晚从十一月初回B市直至现在都未曾见到人回来C市，B市那边没有半点消息传来。

若他千算万算，却没想到姜慕晚回了B市，那他拨得噼里啪啦响的算盘岂不是白费力气？

昨夜与其说顾江年是为自己，不如说是为了姜慕晚铺路，欲要用C航的案子将人从B市拉回来。

十几日的光景，足以促成许多事情。

在商谋利他不怕，但人心不得不防。所以，他才有了亲自将C航的案子送到姜慕晚手中的想法。

十九日，顾江年与人商谈至凌晨。

二十日，姜慕晚收到C航发来的信息，返程回C市。

"老板——"徐放推开办公室大门，见人靠在座椅上闭目养神，即将脱口而出的话止在了唇齿之间。

他本想默默退出去，只听靠在座椅上的人低声吐出一个字："说。"

徐放将落在门把手上的手缓缓放下，道："姜副总返程了。"

片刻，靠在办公椅上的人猛地睁开眼，双眸因熬夜而猩红，目光落在徐放身上。听闻徐放言语，他疲倦的面容上有了几分笑意。

"回了好，回了好。"男人语气间的笑意渐浓。

徐放站在门口，握着门把手的手紧了紧。当事人或许只觉得自己是在谋人，可旁观者却能瞧出，顾江年在谋人的同时，早已失了心。

否则，区区一个季言庭的存在，怎能让这个素来沉稳的男人乱了阵脚？顾江年为了姜慕晚，可谓是用尽了手段。

这些心思与手段，不输他当年拿下顾家掌控权时。

十一月下旬，姜慕晚回到 C 市。

她对外说是出差，可到底是否出差，姜临知晓。这日，姜慕晚归 C 市后未曾回华众，先往 C 航办公楼去了。

回华众的时候，已是第二日。

她刚进办公室，便被秘书告知，姜总请她去一趟。

到底是"知父莫若女"，所猜所想皆已对上，她知晓姜临早已等候多时，就等她回来算账。

办公室内，姜慕晚将大衣挂在衣架上，那不疾不徐的姿态没有半分紧张之意。

秘书忍不住多嘴说了一句："我听二十四层的秘书说，姜曾总多次找您。"

"找我做什么？"她问。

秘书摇了摇头。

"别的副总出差，姜总也这么关切吗？"她状若漫不经心地问。

"这个我就不太清楚了，姜副总若是想知道，我去打听打听？"

"不用，你去忙吧。"

关心她是假，想对付她是真的，自己离开 C 市这么久，难保姜临跟姜老爷子没别的想法。

"回 B 市了？"

"顺路回去了一趟。"她温声告知，说完迈步前行，将手中文件夹放在姜临办公桌上。

后者眉头微拧，似是稍有疑惑。

"C 航新航线餐饮供应合作项目拿下来了。"

姜慕晚将文件夹放在桌面上，然后，似是疏离，又似是带着下属专有的距离感，往后退了两步。

她用行动，将姜临接下来要说出来的话悉数堵了回去，不再给他半分言语的机会。

姜临本要说出口的话止住，视线从文件夹上缓缓移至姜慕晚身上，夹着烟的手微微动了动。

但纵使他此时内心深处多有猜测，也能不露声色。

办公室内，姜慕晚站在办公桌前，姜临立了窗边，父女二人之间的言语被她的一份文件给止住。

"最近没休息好？"姜临望着姜慕晚疲倦的面容，忽然说了一句关心之语。

姜慕晚听着，薄唇微微抿了抿，似是并不买账——她从不需要姜临那些虚情假意的关心。

她与姜临之间，若非连着血脉，完全可以用"陌生人"三字来定义。

"有些。"她答。

这是实话，B市的那个月，对她来说每日都是不眠之夜。

姜临闻言点了点头："注意身体。"

"谢姜总关心。"她的回应依旧客气又疏远。

即便这样的态度让姜临不悦，也没办法，谁让这话题是他自己先说出来的？

"晚上你回家吃个饭。你总不回来爷爷嘴上不说，但心里应当是有意见的。"

"好。"她答得言简意赅，没有再想言语的意思。

姜慕晚用她的冷漠，将姜临那冒出来的一点儿关心之意都给浇灭了。

这天晚上，姜慕晚回梦溪园吃饭。

用餐结束，被姜老爷子喊到了书房。姜慕晚站在棋桌跟前，看着眼前的棋局——黑白两子对弈过半，成了平局。

她眸色深了深，开局即平局，意义不同。

"您先还是我先？"姜慕晚抬眸发问。

一句话，看似是在客客气气地询问眼前人，实则是在给自己争取主动权，棋局如战场，抢占先机很重要。

"慕晚先来。"姜老爷子笑意悠然地靠在椅子上望着姜慕晚。

姜慕晚也不客气，伸手拈起一粒白子，开局上来便带着杀气腾腾的气势。

姜老爷子手肘落于桌面上，双手交叠。他看着棋盘，笑意深了几许。

"年轻气盛，不是一句好话，慕晚要知晓。"言罢，对弈几个来回后，姜老爷子的棋子已堵住了姜慕晚的后路。

"商海浮沉，得靠本事立住脚跟，这话，是爷爷教我的。"她轻笑着回应，将白子落在了姜老爷子那粒黑子的后方。

"那我今日再教你一句话。"

"您说。"姜慕晚研究着棋局,漫不经心地应道。

"杀人不见血,才是真本事。"

姜慕晚闻言,手提着棋子落在半空顿了半秒,抬眸望向姜老爷子,见他笑吟吟地望着自己,脑海中有什么猜测一闪而过,快得让她抓不住。

"这世间多的是能杀人于无形的方法,慕晚有空多琢磨琢磨。"

这句让姜慕晚起了防范之心,她只笑不语,将手中棋子落在棋盘上,目光带着些许寒凉之意。

姜老爷子定然是知晓什么的,今日将她喊进书房,也远不止下盘棋这么简单。

商人的心,怎是一个九曲十八弯可以形容的?

姜老爷子心有九曲十八弯,可姜慕晚也是个沉得住气的——只要你不点明,我就当不知晓。

爷孙二人的暗自较量在棋局中展开。

姜老爷子笑意悠悠,姜慕晚面色沉静。

一局棋,临近结束,姜老爷子用一颗黑子切断了她反扑的机会,随之而来的是略带警告的话语:"C市青年才俊千千万,我姜家女婿,谁都能当。"

姜老爷子将落在棋盘上的手缓缓收回落在膝盖上,靠在椅背上望着姜慕晚:"顾江年不行。"

又是那个狗男人。

姜慕晚笑了笑,棋局已定,手中白子也无存在的意义,她把它丢进了棋盒里,以同样的姿势靠在椅背上,望着老爷子笑道:"爷爷这句话不是为了我的幸福,亦不是为了我的爱情,爷爷怕的是顾江年的野心,会吞并华众。"

姜老爷子的"司马昭之心",姜慕晚早已知晓。

若论C市青年才俊,能有几个比得过顾江年?顾江年其人,论样貌、财力、手段,那都是一等一的好。

这C市多的是人想把自家女儿往他身边塞,可偏偏姜老爷子对其千防万防。他是看不上顾江年的人吗?

不,他是怕顾江年野心勃勃,会吞并他的江山,是以日防夜防,乃至不惜花重金请人跟踪她。

顾江年早年间拿下顾家掌控权,对付叔伯的那些手段,这个圈子的后来者不知晓，可如姜老爷子这般知晓一二的人，谁不是要感叹一句他的手段与野心都是一等一的高？

若论从前，顾江年在一众长者心中风评尚佳。

可自恒信拿下能源项目后，顾江年显然已经不满于现在身居的位置了。

姜慕晚若是没有猜错，姜老爷子定然是听闻了什么风言风语，不然今日怎会将她请过来下这盘棋？

下棋是假，试探是真，而且试探的重点还是有关顾江年。

"只要我还活着，华众就不可能成为任何人的垫脚石。"

"爷爷日防夜防，防的就是我会将华众拱手送出去？"

"人生切忌行五十步之路，做千百步之事，我把华众拱手送出去的前提是——华众得是我的。"

现如今，即便她被顾江年的美色迷住，想倾家荡产掷千金博人一笑，也得她有千金。

姜老爷子防着谁不好，防着她这样一个没有实权的副总，真是让人贻笑大方。

"您太高看我了。"姜慕晚冷笑一声，缓缓起身，站在书桌跟前，居高临下地望着姜老爷子，"我没这个本事。"

"慕晚——"姜老爷子见她起身，开口轻唤，显然是话未说完。

"您是觉得以我这张脸，足以将顾江年迷得五迷三道，让他来颠覆姜家？"

今日这场谈话实在是不愉快，不愉快到让姜慕晚此时想掀桌子走人。

"您要是这么怕我跟顾江年在一起，把华众拱手送人，这副总的位置我不要也罢。"说完，她推开椅子，迈步往门口而去。

姜老爷子平静的嗓音带着半分冷意传来："慕晚，这姜家只有我站在你这边了，走出这道门之前，你好好想想。"

这话，是提醒，也是警告。

更是在告知姜慕晚，除了他，姜家其他人都站在她的对立面。

无声的威胁朝着姜慕晚的肩头压下来，让她握着门把手的手狠狠地握紧，挺直的背脊多了几分僵硬。

片刻，她缓缓转身："您何必说得那么冠冕堂皇，说什么站在我这边？不过都是口头言语，您让我回来，是想把我培养成您手中利刃，让我代替您去征战四方；让我成为您的刀子，替您去收拾他人；让我成为您的铁骑，为华众去开天辟地；您所有的话都带着其他目的。这姜家里的许多人，姜临也好，姜薇也罢，都是私心大于野心，所以您才会选择我。

"您怕拼尽全力打下来的江山毁在了那兄妹二人手中，所以才会让我回来，自我回来伊始，您用一些小恩小惠哄着我，想让我替您去征战江山，却又不肯给我实权；想让我替您去开疆拓土，却又不给我兵马。您一边哄骗着我，一边防着我，我都知晓。说到底，您只比姜临手段高超了些，更会做表面功夫罢了。"

啪！

她话尚未说完，姜老爷子的掌心就拍在桌面上，发出巨大声响。

哐当一声，椅子倒地。

同时，姜老爷子也站起身，怒目圆睁地盯着站在门口的姜慕晚，胸膛起伏，怒气冲冲。

姜慕晚的这番话语，无疑是将他那点儿心思都暴露出来，放在太阳底下让人观赏。

"这世间的所有关系都得靠利益维持下去，不要跟我讲什么亲情，我的亲生父亲都可以眼睁睁地看着我被欺辱，我为什么还只能相信亲人，而不能去相信值得相信的人？你想从我这里得到什么，至少也该付出些什么，不然，我凭什么为了你卖命？我有这个本事，为何不自立门户？我不傻，只是不想与你们一样虚伪罢了。"

临走时，姜慕晚望向姜老爷子："我外公说得对，姜家没一个好东西。"

"姜慕晚！"姜老爷子的怒吼从二楼书房一直传到一楼客厅。

"你想靠我去拉拢季家？也得我愿意。"

姜老爷子将她和季言庭撮合到一起去，看上的不是季言庭的人品，而是他季家在政界的威望。

季家需要姜家财力上的支撑。而姜家需要季家的人脉。

姜老爷子还不如季言庭坦诚，有所求便有所求，何必弯弯绕绕兜圈子。

姜慕晚从姜家出来后，便欲抛掉手中股份，大有一副要毁了姜家的架势。

雨幕中，一辆白色奔驰疾驰离开，与一辆黑色林肯错开。

林肯车内，正靠在后座接电话的人见那疾驰而去的奔驰，一手撑在副驾驶座椅后背，一手拿着手机微微侧身，目光追着奔驰而去。直至白色车身消失在晚间的薄雾之中。

"老板。"罗毕轻唤了声，似是在询问要不要跟上去看看。

顾江年未作声，车行至姜家门口时，见姜临撑着伞站在院落里，他心中有抹异样情绪一闪而过。

月底。顾江年这日归家，只觉屋子里暖洋洋的。余瑟身体不好，寒冬时素来是不出门的。

现在已到了开暖气的时候。

见他进来，她迈步过去温声问道："屋外冷不冷？"

"冷。"顾江年答。

于他而言，或许还好，但对于余瑟而言，或许又是另一种感受了。

C市的寒冬来得迅猛，白昼渐短，黑夜变得漫长。

姜慕晚从姜家出来，行至路口红绿灯时，手机响起。

她伸手接起，电话那边的询问声响起："请问是宋总吗？"

"我是，您哪位？"

男人客气地说道："我是B市南局公安的人，有些事情想跟宋总了解一下情况。"

何为屋漏偏逢连夜雨？现如今真是怕什么来什么。

"不知您有何事？"她稳住一颗动荡的心，开口询问。

"事关您的助理柯朗。"那方直言告知。

"嗯？"她微微提高嗓音。

"关于宋总的助理柯朗死亡一事，我们现在需要宋总配合一下调查。"

姜慕晚的心咯噔了一下，握着方向盘的手微微握紧了点儿。

"我现在不在B市。"

"我们在C市公安局城南分局。"

对方显然是有备而来，又或许是专门冲着姜慕晚来的。

晚八点，城南分局，一辆白色奔驰缓缓停在门口。

值守民警只见一女子推开门下车，撑着一把红色雨伞，姿态挺拔地款款而来。

"宋总？"

姜慕晚提着伞站在门口微微点头，算是回应。

"您随我来。"

那人开口，引着她往里面去。

姜慕晚坐下后，警官用一次性杯子给她倒了一杯水。

姜慕晚靠在椅背上,姿态优雅,脸上带着几分浅笑。

安静的空间内,二人对视。

"宋总跟柯朗是什么关系?"

"上下级。"

"除此之外呢?"那人再问。

这个问题,姜慕晚未曾回应,目光直视眼前人,没有半分躲闪。

"我想你大老远地跑过来是为了浪费时间的?"

这句反问的话语让对面的人顿了一瞬,靠在椅背上望着姜慕晚——只觉得这个女人实在是不客气。

"宋总对每个人都是这般强势吗?"

"分人。"

"那对柯朗呢?"

回应他的仍然是沉默。这场面谈并不愉快,姜慕晚防范之心极其强烈,还万分聪明。

警官将手中的笔在桌面上点了点。

"有人说,柯朗挪用了公司资产,此事是真是假?"

"我如何会知晓。"她微笑回应。

"柯朗在地下赌场输了数亿资金,不知宋总知不知情?"

"我怀疑您今日不是来找我配合调查,而是找我来问结果来了,我配合你们工作,不是让你们浪费我时间的。"姜慕晚冷冷的嗓音响起,望着眼前的警官,多了一分冷厉之意。

大抵是姜慕晚的语气,对方也没了好言语。

"我明确地告知宋总,我们的同事已经在调查柯朗在地下赌场输掉的那笔钱的来源。如果那笔钱来自达斯控股,我们有理由怀疑宋总利用非法手段在洗钱。如果如宋总所言,你并不知晓此事,而那笔钱的来源,你也不知晓,我们会就此事向宋总致歉。"

对方强硬的话语说完,姜慕晚落在膝盖上的手指不由自主地往下压了压。

只听人再道:"如果那笔钱是柯朗私挪公款,那么宋总要配合我们调查的地方就多了去了,今日的调查只是个开始。"

姜慕晚知晓,柯朗造成的麻烦就是定时炸弹。

"如果这笔钱是公司的款项,而这笔款项未曾进入公司账户,而是直接进了柯朗的私人账户里,我们有理由怀疑,宋总在偷税漏税。"

柯朗的事情,让姜慕晚狠狠地输了一把,也足以让宋家蒙羞,让她在B市丢脸。

宋家丢不起这个人。

柯朗挪用公款赌博之事,姜慕晚只能吃了这个哑巴亏。

若她将人告了,无疑是在承认自己有问题。一个控股公司,没了诚信,极难在这行混下去。

她不能毁了自己辛辛苦苦建立起来的江山。若是不承认,她就得补上亏空。

前有狼,后有虎。

姜慕晚怎会想到,自己养了只白眼狼,让自己栽了跟头。

姜慕晚提着包站在分局台阶上,抬眸望向漆黑的天空,只见那丝丝细雨飘洒下来。

她正欲迈步下台阶离开之际,见到下方有一个身影。

隆冬雨夜,顾江年撑着一把黑色雨伞立于警局门口,望着站在台阶上的女子。

他一身黑色大衣,像是和暗夜融为一体,笑容清浅地看着如同丧家之犬的她。

姜慕晚提着包的手狠狠地握紧了几分,一股浓浓的挫败感从心底攀上来。

这种感觉,如同被对手看到了失败的模样。

刚才她尚无这种感觉。可此时,被这人用审视的目光打量时,这种挫败感便迅速传遍四肢百骸。

有那么一瞬间,委屈和愤恨交织着涌上心头。

顾江年站在台阶下,抬起手,将烟往唇边送了送,那漫不经心的姿态与姜慕晚的落魄形成了鲜明的对比。

夜风吹过,顾江年手中香烟的火光闪烁得更加明显。

姜慕晚深吸了一口气,撑着一把红色雨伞,踏下了阶梯。

高跟鞋踩在台阶上,嗒嗒作响。

黑夜中,红色雨伞跟黑色雨伞对比鲜明。

姜慕晚跟顾江年实则是同一种人,凉薄又无情。两人成年之后所做的一切都是为了救赎,自己来救赎年幼时的自己。

区别不过是,顾江年比姜慕晚早了几年行动罢了。

是以此时,顾江年见姜慕晚拼尽全力与姜家作斗争,才会感同身受。一个人只有走过你走的路,才能理解你吃过的苦。

她迈步走近,将要与顾江年擦身而过时,这人抬手吸了口烟,而后云淡风轻地吐了个烟圈,漫不经心地开腔:"用解决这件事为条件,我娶姜小姐,如何?"

清浅的话语被寒风送进姜慕晚的耳中,她步伐猛地停住,默了两秒,似是听到了什么天大的笑话。

而后,她冷嗤了一声,尽是不屑。

姜慕晚抬步欲走,只听男人嗓音低低地再度开腔:"嫁我为妻,我帮你颠覆姜家。"

"顾董何来的自信?"

"无妄之灾近在眼前,姜副总说我哪里来的自信?"

姜慕晚握着伞柄的手微微握紧几分,她早就知晓顾江年不是这般简单,这个男人能查出她在 B 市的一些事情,自然也知晓 B 市发生的事。

"姜副总谋划数年,到头来姜家没收拾,把宋家也搭进去了。"顾江年这话带着几分笑意说出来,好似在规劝一个不听话的小孩。

他缓缓侧眸望向姜慕晚,再度开腔,话语间似带着刀子朝她扎过去:"你们宋家人带领团队所研发的科研成果成功在即,若此时你被爆出丑闻,你觉得,对你母亲、对你舅舅,会有什么影响?"

顾江年说的话字字戳心,他根本没打算在这个细雨纷纷的夜晚放过姜慕晚。

"还是说,你准备去求贺家?"

去求贺家就意味着她与贺希孟的牵扯更多了一分,一个女人若是愿意同一个男人解除婚约,旁人他不知晓,但他知道姜慕晚是绝对不想同对方有过多牵扯。

顾江年拿捏了姜慕晚的命脉——宋家的脸,她丢不起。姜家的人,她也不想就此放过。而贺家,她也不想进。

顾江年此举,无疑是雪中送炭。

"姜慕晚,你输不起。"

霎时,四周静得只听见雨点落在雨伞砸出啪啪的声响,让她的心跳不由得加速了几分。

是的，如顾江年所言，她输不起。

她姜慕晚可以不顾脸面，但宋家的脸面不能不要。否则，她对不住宋家的养育之恩。

姜慕晚转身回眸，望向顾江年。

黑夜中，暖黄的灯光给这人打上了一层淡淡的柔光。

"就算输不起，我也不找你。"

言下之意——即使你送上门，我也不要。

"顾董这辈子怕是做梦也想不到，自己一厢情愿地倒贴，也有人不稀罕吧？"

顾江年听闻此言，心情异常平静，笑意深深："宋老爷子只怕到死也想不到，自己豁出去一张老脸带回去的姑娘，会毁了宋家几代人树立下来的名望。"

杀人不见血，何其简单？

顾江年掌控住了姜慕晚的命脉。宋家几代人努力树立下来的名望不能毁在她的手上，否则，她就成千古罪人了。

"两年婚姻，你颠覆姜家，我得华众，你我之间，各取所需。"

顾江年倾力相助，来换取两年婚姻，这场交易，公平吗？

不平等。

但"各取所需"这四个字，确实是格外吸引人。

"姜慕晚，尽管你不愿承认，但你我确实是同一种人，并肩合作，总好过孤军奋战。"

姜慕晚内心在挣扎，婚姻于她而言不过是附属品，嫁给谁都是嫁，不过是时间早晚而已。

倘若结一场婚，能得到自己想要的东西，也不是不可。

顾江年开出的条件何其诱人！更何况，今夜她因顾江年之事与姜老爷子发生了争吵。

他百般提醒顾江年不是好人，害怕顾江年会出手吞并华众。

倘若她亲自将顾江年带进姜家呢？一股强烈的报复的快感从心底攀升上来——她若将顾江年变成捅向姜家人的利刃呢？

姜慕晚望着顾江年的目光从不屑到审视，这变化仅在数秒之间，却被顾江年抓住。

"你我之间，你图财，我图貌，各有所图。"

见她挣扎，顾江年再度下猛药，让姜慕晚看见摆在眼前的利益。

徐放曾言，这二人实则有许多相似之处。姜慕晚此时的野心与顾江年当年征服顾家时的野心，不差分毫。而支撑这二人行走下去的，都是内心的不甘与野心。若无这两种东西，怎能支撑他们走到现如今？

姜慕晚被仇恨蒙蔽了双眼，而顾江年无疑是知晓这一点的。一个自幼在重男轻女环境下长大的女孩子，会一生受其影响。

会懦弱，会不自信，甚至会有性格缺陷，有人觉得一生就如此了。

而姜慕晚偏偏不甘心，不信命，她回到姜家，拿财产是小，要挖出那自幼埋藏在心底的痛楚为真。

她在拯救自己，用不一样的手段。

有人信命，但亦有人不甘，而她属于后者。倘若不回来，她一辈子都过不了这个坎儿，每每想起年少时光总是意难平。

人生中该有的遗憾要有，但这遗憾不能是姜家人给的。

"这C市除了我顾江年，你求不来任何一个人，没有人会费尽心思地去娶一个得不到华众的女人为妻。"

言下之意，即便此时她有天大的本事，只要姜老爷子不放权，她就得不到华众。

"顾董就愿意？"

旁人不愿意的事情他顾江年就愿意？还是说，精明如顾江年，愿意去吃这个哑巴亏？

男人闻言，眉眼舒展，冷笑了一声，低沉的嗓音与寒风混合在一起："我能颠覆顾家，也能得到华众，不过是需要一个好听点儿的名声罢了。"

若是贸然出手对付华众，他必然会成为外界口中讨伐的对象，被认为不仁不义、不尊长者。

可这中间若是有姜慕晚这层关系在，一切就另当别论。他可以借姜慕晚的手去颠覆华众。如此一来，她颠覆姜家，他得华众。

"两年婚姻，各取所需，不对外公布。"

如果一个人对你有所图，一定要尽最大努力增加筹码。这样，才能得到更多。

而姜慕晚无疑是深谙了这点。

顾江年疏忽了，未想到姜慕晚还有后手。但此时，眼看鱼儿就要上钩，于是他点了点头:"好。"

这夜,C市城南分局门口,姜慕晚与顾江年二人,各自撑着一把伞站在雨幕之中,用极其平静的话语决定了这件事。

十亿为聘,两年婚姻,各取所需,不对外公布。这场婚姻,于顾江年而言,来得容易,也来得不易。他细心谋划许久,一环套一环,引姜慕晚入局,将她套牢。

哪一步不是费尽心思?

他们出了分局,直接进了民政局。从进去到出来,不过数十分钟。

于姜慕晚而言,这场婚姻是深思熟虑、权衡利弊的产物。于顾江年而言,这是心动过后的奋不顾身。

她要名利,他要人,怎么不是各取所需?

这日,徐放跟罗毕坐在车内,无言地抽了几支烟。

虽早已知晓顾江年与姜慕晚会在一起已是定局,可当真的成定局之时,他们仍然有些难以接受。

那个女人当真就成了他们的老板娘。

"你说,我俩以后会不会很惨?"闲聊间隙,徐放伸手将车窗按开了些。

"不太敢想。"罗毕回道。

"要不我们改天正儿八经地去跟她道歉?"此时,徐放都想给姜慕晚供磕头了。

但是,之后姜慕晚若真找他们算账,他们也不能怪人家,毕竟是自家老板算计了她,姜副总只是报了换成任何人都会报的仇而已。

"要彻底解决,我们就该先换老板。"

罗毕这话说得一针见血,但不太现实。

民政局门口,顾江年忽然向姜慕晚伸出了手。

姜慕晚神情疑惑,拧眉望着他,只听这人道:"为了防止以后顾太太找任何借口不离婚,这结婚证还是我收着为好。"

姜慕晚笑了。

她将手中结婚证扔给了顾江年,还极其细心地提醒道:"那顾董可别忘了。"

她话音刚落地,这人就伸手掏出了一张银行卡,里面的钱能救她于水火之中,亦能让她有机会重新站上战场。

"我给姜小姐十天时间,十天之后我要在顾公馆见到人。"

一手交卡,一手给结婚证,得到各自想要的东西。

婚姻是什么?从法律的角度而言:婚姻是男女双方在平等自愿的基础上建立的长期契约关系。

从姜慕晚此时的角度而言:婚姻是建立在利益上的一种各取所需的关系。包括爱吗?不包括。

情情爱爱,是她这辈子都不想去触碰的东西。她与顾江年之间最好的共处模式,就是和平相处。

两个暴脾气的人走到一起,不是唇枪舌剑,就是短兵相接。

今日之前,她是姜慕晚,是宋蛮蛮。

今日此时,她是顾太太。

是与顾江年在同一张结婚证上的人,是他法律上的妻子与爱人。

尽管这个名头带着一些戏剧性的色彩。

晚上,姜慕晚驱车回澜君府。

她推门进去,见付婧和衣躺在沙发上睡觉,前行的步伐微微顿了顿、她望着眉头紧蹙躺在沙发上的人,心里的某处似是被针狠狠地扎了一下。

"回来了?"

听到声响,付婧猛地从梦中惊醒。

"吵到你了?"姜慕晚侧首看她,语气温柔。

"没有。"付婧撑着身子坐起来,望着坐在地毯上的姜慕晚,"我给你打一晚上的电话你都没接。"

"警方的人来了,柯朗的事情牵扯出了一些问题。"

在此之前,她坐在分局那里,一颗心提到了嗓子眼。

可此时,她极其平静,那平淡的语气好似在同付婧诉说,自己今夜吃了什么,去了哪些地方,见了哪些人。

付婧惊愕地望着姜慕晚:"我们跟长辈开口求助吧!"

"跟长辈开口求助也好过真的惹出大麻烦,再者,宋家人做事情素来稳妥,你若是闹出了什么事情,对宋阿姨跟宋叔叔也有影响。姜家不要就不要了,我们最起码还有达斯,以后有机会,我们可以回头重来,留得青山在,不怕没柴烧。"

付婧半跪在她跟前,神情严肃地规劝她,落在她臂弯上的手握紧了几分。

"蛮蛮,你不是一个人,你身后还有宋家呀!"

一个姜家不算什么,可若是将宋家也搭进去了,不仅得不偿失,甚至会损失惨重。

"付婧,"她侧眸,望向半跪在自己身边的人,浅笑嫣然地开口,"我不甘心。"

"你不能因为你的不甘心就把自己的余生都搭进去啊!"

付婧提高音量,显然是急了。

"两害相较取其轻,孰轻孰重,我们得搞清楚啊!"

若是因为姜家搭上了自己的一生,那她这辈子还谈何报仇雪恨?还谈何救赎自我?

一切不都是空谈?

"小孩才做选择,我什么都想要。"她说着,伸手从兜里掏了张黑卡出来,摆在茶几上,望着付婧,那目光没有前些时日的挫败,更多的是历经风雨之后再见黎明才会有的平静。

"十个亿。"

"哪里来的?"

"顾江年。"姜慕晚回应。

"顾江年那般心思深沉的人会平白无故借钱给你?"

"聘礼。"她轻起薄唇吐出两个字。

"你疯了?"半跪着的付婧猛地往后坐去,望着姜慕晚的目光带着不可置信,她不能理解,看着眼前人就像看疯子似的。

现在一条退路摆在眼前,她却接受了顾江年的条件。

付婧只觉得姜慕晚疯了,就算不是疯了,也是脑子不清醒。

"婚姻大事,三媒六聘一样都没有,你让将你养大的宋家如何想?他们将你养大成人,难道是让你这么对待自己?"

"你不是没有退路啊,何必出卖自己的婚姻?"付婧的不理解是有道理的。

在她看来,即便是季言庭,也好过顾江年。

那个男人狼子野心,不择手段,根本就不是做丈夫的最佳人选。

"两年为期。"她喃喃开腔,望着付婧的目光多了一丝深沉,"放眼B市与C市,谁会在这个时候,娶我姜慕晚?"

"人贵在有自知之明,在我们这个圈子里的人的婚姻,走到最后都是两个家族的交易,既然都是交易,那我为何不将好处握在自己手里?"

"婚期两年,各取所需,付婧,没有比这更诱人的条件了。"

"此事少不了顾江年从中算计。"良久,付婧用平淡的话语陈述出这么一句话。

"我知道。"姜慕晚靠在她的肩头喃喃自语。

"知道你还跳他的坑?"

"得顾江年者得C市,送上来的好处,不要白不要。"

"若柯朗那边是他使了手段呢?"

"送他去见祖宗。"

顾公馆书房内,两只猫在这夜异常精神,正满屋子乱窜,顾江年看着它们,一种安定感油然而生。

这是他步步为营地算计之后,终得其果的安定,亦是百般算计之后修成正果的安定。

顾江年那颗高悬多日的心,终于在此时落了地。

姜慕晚最后都不会知晓,这场婚姻,她一旦进来了,就再也出不去了。说什么两年婚期,骗人的罢了。说什么各取所需,借口罢了。

他顾江年若真是个怕闲言碎语的人,当初也不会颠覆顾家。他所谋求的,只有一个姜慕晚而已。

走了那么多的弯路,只为能站在她面前。

世道艰难,总有人翻山越岭为你而来。而他翻山越岭,只为一个姜慕晚。

这夜,顾公馆人人知晓,顾氏江年与姜家慕晚已结为夫妻。

兰英知晓此消息时,站在顾公馆的餐厅里,沉默了良久,而后她的视线落在徐放身上,没有言语出声,但二人都知晓彼此的心思。

自家老板不当人,他们这些下属恐怕迟早有天要死在老板娘手里。

他们完了。

姜慕晚下班,行至华众楼下停车场,望着站在车旁的季言庭。

"好久不见。"

他们将近半月未见。

姜慕晚闻言扬了扬唇角,浅笑悠然:"是好久不见。"

"前几日想找你的,但听——"说到此,他耸了耸肩,将后面的话直接咽回去了。

听说她与姜老爷子闹得不愉快,所以将这件事情往后推了推。

"梦溪园真是个小地方。"她淡笑着回应。

好事不出门,坏事传千里。

只怕现在梦溪园的所有人都知晓了她跟老爷子闹了不愉快。

"一起吃个饭?"

她点头。

一家法式餐厅内,二人坐在窗边,姜慕晚脱了外套搭在椅背上,拿着菜单静静地翻着。

"他们家鹅肝还不错。"季言庭轻声开口推荐。

姜慕晚点了点头,望向身旁服务员:"来一份鹅肝。"

"再加一瓶红酒。"

服务员拿着菜单离开,送来红酒后,季言庭起身给姜慕晚倒了杯红酒,酒杯放下时,这人望着姜慕晚,真诚且毫无隐瞒:"我以前说过,我对姜小姐另有所图是真的。"

"我看出来了。"她端起杯子缓缓摇了摇,用漫不经心的语气回应季言庭。

"姜家需要季家的权力,季家需要姜家的财力,你我之间从一开始的见面就是两家人合力促成,姜小姐应该知晓。"

季言庭颇为真诚,从一开始就没对姜慕晚说过半分假话。

"两家各有利益所求不假,但我个人也很欣赏姜小姐。"

"欣赏我什么?"她靠在椅背上笑问。

"姜小姐的真性情。"

季言庭早就说过这句话,今日不过是拿出来再说一遍。

姜慕晚有意吊着季言庭,自然不会将二人之间的关系推向死路,即便此时她跟顾江年之间已经达成契约关系。

"能被季先生欣赏是我的荣幸,"她微笑着开口,话语间带着几分俏皮,向他举了举手中杯子。

季言庭也举杯回应。

成年人之间达成共识的方法有许多种,但最为简单的一种无疑是不反驳对方的话语。

晚餐结束，二人离开餐厅。

等电梯时，姜慕晚只觉后背似是被一道视线灼伤，火辣辣地疼。她转身，入目的是站在不远处的顾江年。

这人许是刚从包厢里出来，指尖夹着尚未点燃的烟，一手拿着电话，在听对方说些什么。

这边，顾江年被余瑟拉着同曲家姑娘出来吃饭，接到电话，正欲借机出来透气，不承想，便看见了姜慕晚与季言庭二人。

旁人结了婚，下班归家，都是同爱人你侬我侬。他与姜慕晚领证之后，还各自与相亲对象见面吃饭。

片刻，顾江年冷嗤了声，笑了，被气笑了。

这婚结得真是让人徒增心烦。

季言庭见顾江年站在身后，稍有些惊讶，而后他微微颔首，算是打了招呼。

后者简单回应，便夹着烟转身。

进了电梯，姜慕晚口袋里的手机铃声响起，是短信提醒。

因着季言庭在身旁，她未动，但也不难猜到是谁发过来的。

直到出了电梯，她才拿出手机瞅了眼——是一张图片，上面有两本红彤彤的结婚证。

顾江年直接发了一张图过来，提醒她已经结婚的事实。

姜慕晚不准备回复，伸手将手机揣进兜里，站在停车场与季言庭告别，将上车，短信提示音再度响起，她拿起再看。

顾江年内心的暴躁几乎要从屏幕里溢出来："我答应你不对外公布，可不是让你去找下家的。"

姜慕晚冷嗤了声，将手机随手去到副驾驶位，正欲启动车子，突然，副驾驶旁的门被人拉开，入目的是顾江年那布满寒霜的脸。

四目相对——

"鹅肝好吃吗？"

"还不错。"她如实回答。

"我瞧着也不错，顾太太吃得挺愉悦的。"

男人冷嘲热讽的嗓音再次响起。

"我瞧顾董吃得也很不错。"

来这种地方自然不是应酬，不难想象顾江年今日是陪谁来的。

都是来陪相亲对象吃饭的，谁也别想嘲笑谁，纵使此时顾江年满面寒霜，姜慕晚也只当没瞧见。

她还似乎颇为好心问道："顾董跟红颜知己吃完了吗？吃完了的话，我开车送您回去？"

这夜，停车场内，砰的一声响，惊天动地。

★ 第十一章 顾公馆

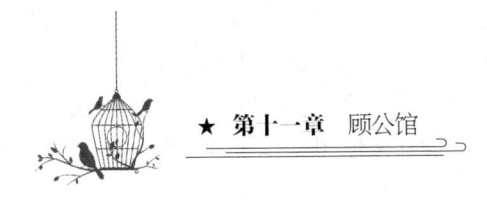

姜慕晚在处理完一切事宜之后，踏着月光，走进了顾公馆。

此时，顾公馆的男主人尚未归家。

十日时间，顾江年以为姜慕晚定是能拖一日是一日，还做好了要去请她的准备。

客厅内，姜慕晚脚边放着一个灰色行李箱，着一身藏蓝色大衣，黑色高领毛衣让她整个人显得更加纤瘦。她双手插兜，目光平静地望着兰英，不言不语。

可就是这般目光叫兰英的心发颤——心慌也是有理由的，毕竟自己当初干过蠢事。

客厅里尴尬的气氛弥漫开来，姜慕晚抿了抿唇，正欲开口，只听兰英轻轻地唤了句："太太。"

这简短的两个字，将姜慕晚欲要出口的话悉数堵了回去。

是啊！她现在不是姜小姐了，而是这里的太太了。

"我来得不是时候？"

姜慕晚轻启薄唇，大有"你要是觉得我来得不是时候，我立刻就回去"的架势。

姜慕晚拉着行李箱立于客厅，俨然是将顾公馆当成了家庭旅馆。

顾江年身处国外，正在考察项目。

因着有时差的关系，国外夜半时分，顾江年接到兰英电话，她语气忐忑地告知情况。

最后，这人只道了句："你好生伺候着，等我回来。"

他语气虽平静，却连夜告知徐放准备返程。

顾江年一早就知晓姜慕晚不是个省油的灯，可未曾想到，会令人这般不省心。

晚间八点，顾江年得知姜慕晚入住顾公馆。

晚间九点，兰英来电话告知："先生，太太说卧室的床要换。"

彼时，顾江年正在穿衣，准备返程。他动作一顿，拧眉问道："为何？"

兰英咽了咽口水，不敢开口。

顾江年随手按了免提，将手机放在床尾，低声甩出一个字："说。"

此时他归心似箭，没有太多耐心。

"太太说，担心是别的女人睡过的床，她嫌弃。"

顾江年穿衣服的动作猛地一顿，手僵在了半空。他深深地吸了口气，稳了稳情绪："让她换。"

硬邦邦的三个字甩出去，显然这人心情极度不佳。

晚间十点整，顾江年正在登机。

电话又响起，见是兰英，这人闭了闭眼，似是在平复情绪。

"说。"

"先生——"兰英拿着手机站在主卧内，望着站在面前的女子，心都在发颤。

兰英此时相信姜慕晚是在刻意找碴，可偏偏她还不能说什么。

"太太说，主卧的装修她不喜欢。"

男人前行步伐一顿，拿着手机的手微微紧了紧："你把电话给她。"

"什么？"她似是未听清楚。

顾江年重复了一遍。

兰英小心翼翼地看了一眼姜慕晚，将手机递过去，轻声解释道："先生让您接电话。"

姜慕晚在顾公馆转了一圈，旁的没干，给顾江年找了不少碴倒是真的。

此时，她身上大衣已去，仅穿着黑色高领毛衣，显得整个人清瘦又干练。

姜慕晚接过电话，尚未言语，只听那边男人低低的询问声响起："我要不要把顾公馆拆了让你重建？"

姜慕晚闻言笑了，笑声还颇为刺耳。

"我可没那本事。"

"我瞧你有本事得很。"

"我只是换几样东西，顾董就不高兴了呀？那我不换就是了。"姜慕晚语气带着几分娇嗔,隔着电话听起来娇滴滴的。

"只换几样东西吗?我瞧着你恨不得把这里全都给换了。"

"我倒是想,就怕顾董不愿意。"

卧室内,姜慕晚明艳的笑容异常耀眼。

兰英站在一旁,只觉手脚冰凉。

"不如睡一觉,梦里什么都能实现。"

顾江年冷冷地嘲讽道,而后,许是觉得心头依旧不快,再道了句:"十亿聘礼,满打满算五天不到,一天两个亿,你还挺值钱。"

"你抓紧时间挑刺,等我回来。"

顾江年将"时间"二字语气加重,那忍着怒火的声音顺着听筒传到了姜慕晚耳内。

身后,罗毕与徐放二人对视了眼,心颤了又颤。只道何必呢?世上女人千千万,何必找个拆家的女人回来?

鞭长莫及,此时顾江年对这四个字深有体会。

顾江年记仇,姜慕晚也不差。

兰英跟着姜慕晚跑上跑下,被折腾得够呛。

入夜,姜慕晚并未住进顾江年的主卧室,反倒是住进了留宿过的客房。她行李箱里的东西格外简单,两三套衣物和一些日用化妆品。

次日清晨,当兰英带着人过来时,刚起来的姜慕晚被这架势给唬得愣在了原地。

昨夜,这位"新"主人提出的那些无理要求,而且自家先生还全部应允时,兰英便明白过来,顾江年的这场婚姻,不论是因爱,还是因利益,眼前这个女子,都会是这顾公馆的女主人。

因顾江年的放任,所以她有底气去提出那些在旁人看来似无理的要求。

"太太,早安。"兰英双手交叠放于腹上,向姜慕晚领首,毕恭毕敬的态度与昨日判若两人。

她望着兰英点了点头,随即视线望向那群人:"出什么事了?"

"先生说,让我将家居馆与装修公司的人都请过来,看看太太还有何需求都提出来,当日事当日毕。"

兰英虽说得委婉,可姜慕晚想想也能知晓顾江年那人说话时是什么语气。

她站在楼梯口，望着兰英的目光从最开始的平静慢慢变为不悦。

兰英在豪门世家待了许多年，见多了主人家给的脸色，又怎会瞧不出来眼前这个女主人心里窝着火。

"我想把顾公馆拆了重建。"良久，她咬牙切齿地道出如此一句话。

兰英心里一咯噔，心想真是怕什么来什么。她有些为难地望着姜慕晚，脸上还带着几分欲言又止。

"有话直说。"姜慕晚说道。

"先生说，重建也行，太太出钱。"

闻言，姜慕晚气笑了。

顾公馆落成，共花了上亿的新闻，她不是没听过。

坊间将顾公馆说成什么世外桃源之类的话，她耳朵都快听出茧子了。

不否认顾公馆的奢华，但也没有坊间传闻中那般夸大。

顾江年这人，看似是惯着她，依着她，莫说换东西了，她要拆家都能依着。可实则，他心里算盘拨得叮当响。

她自己出钱？她要是有那上亿的资产，还会选择跟这人结婚？

顾江年这话就好似在说："想拆家的话，有钱你就拆，我没意见。"

可偏偏她没钱。

兰英站在一旁望着她，目光颇为小心翼翼，似是生怕这位女主人迁怒到自己身上。

很快，顾公馆上上下下都在流传一段"佳话"。

顾先生爱这位新婚太太爱到能容忍人拆家的地步，而这位新婚太太，脾气不甚好。

一时间，顾江年的形象又好了几分。

没有对比，就没有伤害。

姜慕晚没来之前，顾公馆人人都知晓，顾先生是个极其看重细节，且不能容忍用人犯错的人，对生活品质有着高度要求。

他们战战兢兢地伺候着这位男主人的生活起居。可这些，在姜慕晚来了之后，都不算什么。有了对比之后，他们才知道顾先生的"高度要求"当真不算什么。

顾江年那番话将姜慕晚气得够呛，早餐都没吃，一脸不爽地出了门。

中午时分，顾江年归家。

自顾公馆建成以来，顾江年白日归家的次数，可谓是屈指可数。而今日，是那为数不多中的一次。

为何？兰英心知肚明。

十一月二十七日，屋外寒冷，顾江年归家后脱了身上大衣交给兰英，用人及时递过来一块热毛巾。

他接过毛巾擦了擦手，视线环顾屋子，见空荡荡的，没有自己想见的身影。

顾江年投向兰英的目光带着询问，后者道："晨间家居馆跟装修公司的人都来过，但太太让他们走了。"

"为何？"男人将毛巾递给用人，刚走两步，白猫踩着猫步过来扒拉着他的裤腿。

"太太说，不用了。"

顾江年站在客厅中央，无言良久。

不用了？是今儿不用，明儿再来？

她姜慕晚可不是个省油的灯。这个"不用"，是心甘情愿的"不用"，还是被逼无奈的"不用"，他得搞清楚。

"她住在哪儿？"

"上次住过的那间客房。"兰英告知。

顾江年上楼，停在二楼客房门口。推开门后，他站在门口停了片刻，然后才往卫生间而去，见洗漱台上摆着简单的洗漱用品，还有一些护肤品。

他站在卫生间洗漱台前拿起一个瓶子瞧了瞧，随后放下。接着，他转身行至衣柜前，拉开衣柜，原以为会看到被装得满满当当的衣柜，哪个女子不爱美？

可他看到的是什么？

顾江年差点儿以为自己看错了，似是觉得有些好笑，轻嗤了声。他双臂环抱站在衣柜前看着里面——两件毛衣，两条裤子，一件大衣，还有一套睡衣。仅此而已，再无其他。

还真当这里是旅馆了？

"兰英。"男人嗓音低沉，语气带着浓重的不悦。

兰英走近，尚未询问，只见他指了指柜子里的睡衣："拿去丢了。"

兰英疑惑地望着顾江年。

顾江年沉声重复了一遍，语气比上一句更冷冽："拿去丢了！"

兰英头一次觉得如此为难，可主人吩咐的事情，她不能不听。

楼下，兰英拿着衣物行至廊下，便见徐放跟罗毕蹲在一处抽烟。

听到声响，二人齐刷刷回眸。

三人视线相对，这一对上，目光中竟然流露出来了那种同病相怜之感。

兰英叹了口气，走开了。

这日下午，顾江年去公司开了个会，整个君华高层都感受到老板心情颇佳。

打铁要趁热，趁着老板心情好，好办事。

见顾江年似是格外好说话，那些本是认定了自己要挨骂的人，趁着今日逃过一劫。

下午五点，顾江年返程归家。

归家路上，这人且还颇为好心情地给姜慕晚去了通电话。

姜慕晚正在办公室与付婧说着什么，听到手机声响，看了眼付婧，后者会意，转身离开了办公室。

男人低沉且带着愉悦的话语声响起："需要我来接顾太太下班吗？"

这声"顾太太"，直击姜慕晚心灵。

若是旁人说出来，她尚且还能麻痹自己。可这个称呼，从顾江年口中说出来时，竟然让她有些许想要逃走，但无处可逃的感觉。

她拿着手机，站在办公桌前，静默了片刻，

换作是正常妻子来回答，要么答应，要么拒绝。可他们的婚姻本就不平常，二人婚前更是经常针锋相对。

于是，她姿态微微放松，半靠在办公桌前，用颇为吊儿郎当的语气问道："顾董用什么来接我？"

顾江年微愣。他想，与姜慕晚交谈不能用正常人的思维，因为会被她气得不正常。

他坐在车里，微微调整了下坐姿："顾太太想让我用什么去接？"语气莫名地还带着半分宠溺。

顾江年想，姜慕晚这个女人即便是刻意想为难他，也该自己心里有个谱。

可她没谱。

姜慕晚的指尖在桌面上点了点，轻轻开腔："八抬大轿。"

顾江年:"……"

正在开车的罗毕只听后座男人冷哼了声,不知是被气的还是被逗的。

"要不要给顾太太请个乐队?从顾公馆出发,一路吹吹打打,去华众接你下班?"

姜慕晚毫不客气地回答道:"乐队就不用了,轿子我想让顾董抬。"

"你怎么不让我给你抬棺材呢?"

男人反讥回去。

还抬轿子?他堂堂C市首富去给姜慕晚抬轿子?呵。

前座,罗毕与徐放二人难得默契地抬手掩唇,将唇边那抹即将憋不住来的笑意直接给咽了回去。

顾江年挂了电话,随手将手机扔在一旁,而后许是想起什么,开口同徐放吩咐了某件事情,让他即刻去办。

晚上六点,姜慕晚下班,刚出门就听到几个同事正在眉飞色舞地议论什么。

站在电梯里,她侧耳倾听了片刻,只隐约听到了"轿子""八个人"。

猛然间,刚刚被压下去的怀疑再度出现。

她走到一楼大厅,便见门口摆了一顶古色古香的轿子,八个人穿得喜庆,站在公司门口。

没有吹吹打打的乐队,可这八抬大轿来了。

见此,姜慕晚心一颤,脚步未动,内心却在"问候"顾江年。

"可还满意?"她人未动,对方短信先到。

姜慕晚阴着一张脸,压着满身怒火转身,在电梯里指尖点开短信,飞速地打字回复。

"未达到预期效果,顾董觉得呢?"

"成年人,要学会知足。"

顾江年坐在顾公馆的客厅内,一手端着水杯,一手按着手机。白猫窝在他的脚边,显得格外慵懒。

"成年人,要学会知足,这婚我不想结了,钱我加上利息后还给你,顾董答应吗?"

"天还没黑。"

顾江年直接发了这四个字出去,言下之意——天还没黑就开始做白日梦了？

华众门口的八抬大轿成了人们茶余饭后的谈资。上车时，付婧也说了几句。姜慕晚靠坐在副驾驶上，只觉得脑子嗡嗡作响。

"回哪儿？"临启动车子时，付婧问姜慕晚。

后者微微沉默了数秒，道："顾公馆。"

闻言，付婧瞧了她一眼，并未作声。

付婧将人送到顾公馆，晚七点，暮色早已降临，因着顾公馆临山临江，比城区更冷些许。

她刚一下车，整个人就冻得浑身一哆嗦。

她迈步进屋，入目的便是站在落地窗前的顾江年。男人端着杯子站在窗前，笑容浅浅地望着她，那笑啊，实在是刺眼。

"顾太太怎么没坐八抬大轿回来？"

男人端着杯子望着她，那眼眸中揶揄打趣儿之意尽显无遗。

"不是顾先生抬的轿子，我可不坐。"她说着，伸手接过用人递过来的热毛巾擦手。

"看来是让顾太太失望了。"男人点了点头，煞有其事地做出了总结。

"稍有些。"她一本正经地点头。

"那改日我亲自去接，弥补一下顾太太。"

"好啊！"她回应，目光落在顾江年身上，带着些捉弄之意。

男人见此，笑问："顾太太改日想让我用什么去接？"

姜慕晚微微拧眉，似是极其认真地想了想。她看了一眼顾江年，又想了想，而后似是颇是为难地说道："火箭。"

顾江年："……"

用人："……"

顾江年想他应当是疯了，不然，怎么会忘记不能跟姜慕晚用正常人的方式交谈？

男人喝了口水，冷静了半秒，冷漠嘲讽的话语扔过去："你怎么不让我开核潜艇去接你？火箭？看来待在地上委屈你了，不如上天去吧！"

姜慕晚正想回击，忽觉脚下有什么东西在扒拉自己，低眸一瞅，又是那只黑猫。

她瞧了瞧黑猫，又瞧了瞧顾江年，越看越觉得这两者很像。

"你们两个一样黑呢。"

良久,她似是得出了结论,望着这一猫一人,一本正经地点了点头。

天下乌鸦一般黑。

顾江年只要没傻,就知晓姜慕晚这话是在骂自己。

他点头笑了笑,就先让她逞这一时口舌之快罢了。

旁人新婚宴尔,都是你侬我侬,琴瑟和鸣。顾江年与姜慕晚新婚后的日子却是互相伤害。

餐桌上,两人婚后首次坐在一起吃饭,顾江年悠然地坐在椅子上,姜慕晚优雅地坐在他的对面。

但是二人谁也不动筷子。

主人家没什么,可苦了兰英跟一众用人,他们站在一旁,出声不是,不出声也不是。

"顾董先吃。"

姜慕晚开口说道,全然没有要改称呼的意思。

虽说听着刺耳,但顾江年心中也并不着急——姜慕晚的人都已经被他拐进来了,一个称呼,迟早会改。

男人闻言笑了:"你怎么不先吃,怕我下毒?"

姜慕晚睨了眼顾江年,略带慵懒意的嗓音在偌大的餐室里飘荡开来:"《资治通鉴》记载,晋惠帝司马衷,食饼中毒,庚午,崩于显阳殿,此后,皇家为了保证食品安全,通常有两种办法。"

说到此,姜慕晚望着顾江年,问道:"顾董知道是哪两种吗?"

皇家为了保证食品安全,通常有两种办法,一是银针试毒,二是太监试毒,叫尝膳。

姜慕晚这张嘴倒是很厉害。

"顾太太——"

顾江年未回答她的话,反而是轻声唤道。

"嗯?"

她颇为好心情地回应,也不觉得这声"顾太太"刺耳了。

"知道什么叫物以类聚,人以群分吗?以后骂我的时候,还是要多想着点儿。"我是太监,你是什么?

姜慕晚突然觉得端在手中的汤不香了。

顾江年用一句"物以类聚,人以群分"把她的话给堵回去了,气得她手中的碗稍有些握不住。

她冰冷的视线望着顾江年，啪嗒一声，手中的勺子丢进了碗里。

"我觉得这碗跟顾先生的脑袋挺配的。"

兰英震惊。

似是没见过如同姜慕晚这般大胆的人，因此，在顾公馆一众用人心里，姜慕晚的形象更是坏了半分。

但姜慕晚未曾觉得有何不妥。

直至许久之后，当顾江年在众人面前表现得仿佛受气的小媳妇似的，她才意识到事态的严重性。后来她想再挽回形象，已是徒劳。

顾江年站起来，走过来。

他看着姜慕晚那得意扬扬的样子，只觉得手痒得紧："顾太太是想住精神病院还是精神病院？我出资给你建一座。"

二人相隔甚近，男人的手缓缓地落在她纤细的腰肢上，一下一下地摩挲着。

姜慕晚伸手抓住顾江年那只为非作歹的手。

"我倒是想把顾董送进去。"

"我瞧着你不仅想把我送进去。"

"顾董看出来了呀！"姜慕晚慢悠悠地回应。

那落在腰肢上的手忽然加重了力道，令她整个人都抖了抖。

"你想得倒是挺美的。"

说完，顾江年转身上楼，脚步匆匆，不知是想逃离姜慕晚，还是真的有事务要忙。

顾江年没有过问姜慕晚在顾公馆住宿之事，晚餐之后进书房，再也未曾出来。

兰英端着水杯欲要上楼去给顾江年送水，见姜慕晚坐在沙发看手机，大抵是有意缓和这二人的关系，于是开口询问道："太太可以帮我把这杯水送给先生吗？"

姜慕晚悠悠回眸，望了眼兰英，凉飕飕的话语在偌大的客厅里响起："要不要我去喂他？"

给他送水？不可能。

自从跟顾江年领了证之后，姜慕晚满脑子只有两件事——要么离婚，要么让他英年早逝，自己独占他的家产。

除了这两件事,别的她都没兴趣。所以,只要见了顾江年,她就想呛他两句。

杀人犯法,气死人可不会。

兰英一阵语塞。

姜慕晚站在顾公馆客厅内,环顾四周,视线落向屋外。

对于澜江,她有几分好奇,但这份好奇还不足以让她在这寒风瑟瑟的冬夜去观赏澜江。

姜慕晚准备洗漱睡觉时,付婧电话进来,许是正在忙,她隔着电话都能听见敲击键盘的声音。

"C航那边明天敲定食品种类,会有记者在场。"

姜慕晚站在洗漱盆前,一边卸妆,一边听付婧说话。

"姜临那边如何安排?"与付婧提及姜临时,她素来是直呼其名。

"还在等薛原回复。"付婧告知。

"在洗澡?"

"准备中。"她答。

"换了个生活对象,感觉如何?"

"挺好的,能预防阿尔茨海默病。"

整日跟顾江年斗智斗勇,可不是能预防阿尔茨海默病吗?

"气死顾董,继承家产,你加油。"

"好。"姜慕晚站在浴室内,一边回应,一边开始脱衣。付婧的这通电话来得太过突然,她一时没想到睡衣没拿。

等她洗完澡后,才发现忘记拿睡衣了。她抄过一旁的浴巾裹在身上,然后走到衣柜面前拉开门,却发现里面空无一物——

她带来的衣物,全都消失不见了。

姜慕晚站在衣柜前,默了半晌,伸手扶着柜门,脑袋抵在臂弯里,咬牙切齿地骂了句:"狗男人。"

她没有兰英电话,自然不可能去打电话找兰英。顾公馆应当是有内线电话的,但她此时尚未记住。

于是,姜慕晚拿着手机,极其无奈地给顾江年拨了通电话。

顾江年既然能让人扔掉姜慕晚的衣服,自然也想到了后面会发生的事情。

看到姜慕晚的电话,他没有接,而是拿着手机往客房而去。推开门,他便见姜慕晚裹着浴巾，拿着手机站在卧室中间。

前者，笑意悠悠。

后者，满面错愕。

"顾太太这电话是什么意思？"他似是不明所以，还用打量的目光将姜慕晚从上到下缓缓地扫视了遍。

而后不待姜慕晚回答，他便似是懂了，意味深长地"哦"了声，迈步进门，反手将门带上。

"特意打电话让我过来？"

"滚出去。"衣服平白无故消失不见，若跟这人没半分关系，她还真不信了。

"这是我家，你让我往哪儿滚？"这人笑着反问。

他似是极为绅士，也不往前走，反倒是倚在门边，似是明白了什么，伸手拉开门，一本正经道："我是不会出去的，要不姜小姐出去？"

她出去？天寒地冻，她裹着浴巾出去的话，不死也得送了半条命。

这个浑蛋！

"先把衣服还给我。"

"什么衣服？"

顾江年显然是装傻充愣的好手。他边说边往前走，看着姜慕晚露在外面的肩头。

顾江年垂在身旁的手指互相搓了搓——手痒，实在是手痒。

"顾江年。"

"嗯？"男人低声回应，心情极佳。

"你想干吗？"她神情防备地看着眼前人。

顾江年步伐未停，笑意未减，反问道："你觉得我想干吗？"

"你乘人之危，是个什么东西？"

姜慕晚这个人于顾江年来说，实在是令他头疼，万般头疼。

"我不是好东西，"顾江年顺着她的话开口，而后再道，"我是浑蛋。"

有些人狠起来连自己都骂，顾江年就是这种人。

这夜，顾公馆客房内，姜慕晚成了待宰的羔羊。顾江年将她缓缓逼至墙角，居高临下地望着她。

"顾太太记性那么好，怎么会忘记没带衣服？"

"还是说，顾太太满脑子都是我，没有其他？"说着，这人一手撑着墙壁，将人堵在角落里。

他微微弯下身，望着眼前人。

"顾董想得还挺美。"她用顾江年说过的话嘲讽道。

姜慕晚圆溜溜的眼睛死死地瞪着他，两只手护在胸前，防止那些狗血言情偶像剧里的戏码发生在自己身上——什么"聊着聊着，浴巾掉了"之类的剧情。

她防备的姿态，却叫顾江年心情极佳。

"近朱者赤，近墨者黑，自从娶了姜副总，我是越来越厚脸皮了。"

姜慕晚："您何止是厚脸皮啊！"她被气笑了。

此时，这二人——

姜慕晚就像是一只被关在笼子里的金丝雀，而顾江年像蹲在笼子外的人，拿着根狗尾巴草逗弄着她。

"姜副总说说，我怎么厚脸皮？"顾江年颇为好心情地询问。

姜慕晚气得翻白眼，伸手欲要推开眼前人，推了几下，对方纹丝不动。

她火了，扬手想抽他。

伸出去的手在半空便被顾江年给截住，这人冷冷地望着她："就你这动手打脸的毛病，我迟早有天给你改过来。"

言罢，他欺身而下。

"顾董是觉得好日子过得不开心吗？"她偏头躲开男人的吻。

"是啊！所以想拉着姜副总一起进坟墓。"生活无滋无味，若是没有姜慕晚，他该多无聊？

"十个亿，顾董这坟墓够豪华的。"

"不豪华怎么配得上顾太太？"他顾江年的女人，只要他愿意，造座金殿都行。

男人宽大的手掌在她腰后缓缓游走着，唇边深深的笑意，彰显这人此时心情极佳。

"顾董就不怕我把你这顾公馆给拆了？"

呵——

男人冷哂了声，移开放在她腰间的手，低眸凝视着眼前人："不知晓的人还以为我娶了只哈士奇回来，一天到晚就想拆家。"

这个臭男人，骂她是狗。

澜江水拍打着岸边，哗哗作响。姜慕晚被顾江年摁在角落里，无法动弹。顾江年这夜无意将她如何。

"以后回主卧睡。"男人开口，没有半分商量之意。

他的强势霸道，不会因为姜慕晚有任何改变，相反，对于这个满身傲骨的人，他不强硬，怎能折磨人家？

不强硬，是要反过来被姜慕晚折磨的。

"我——"

"顾太太不会觉得我花十个亿娶个老婆回来，是为了分床睡的吧？"

姜慕晚的话尚未出口，便被顾江年的话给堵了回去。

"顾董的手段还是一如既往地下三滥。"

"顾太太若是高尚，也不会入我顾公馆的门。"

此时的卧室内，顾江年一身家居服，姜慕晚仅裹着一条浴巾，二人站在角落里。

无论怎么看，都会觉得是她在勾引这个"衣冠禽兽"。

当姜慕晚站在这间主卧时，稍有些诧异，诧异的是眼前的双人大床明显被换过了。

她正打量着，浴室门哗啦一声被拉开，男人裹着浴袍出来，手中拿着一条毛巾缓缓地擦拭着头发上的水。见她站在床尾望着自己，顾江年顿觉拿在手里的毛巾都重了许多。

片刻，这人扬手将毛巾丢到了姜慕晚身上："我换床，是因为你是这顾公馆的女主人，与你说过的那句话没有任何关系，我顾江年的床，不是谁都能上的。"

顾江年这话，若是以往听到，姜慕晚一定会嘲讽回去。

可这日，她拿着顾江年扔过来的半干半湿的毛巾，忽然用带着些许可爱的语气说道："那么这张床我是不是也不能上去睡？"

言罢，她还颇为正经地点了点头："我这就走。"

开玩笑，如此好的机会摆在眼前，不走才是傻了。

在她身后，顾江年笑了。

见她提步往门口去，这人轻松几步便追上了。

顾江年伸手越过她的头顶，将她打开的门猛地按了回去，低眸睨着眼前的女人。

主卧内,暧昧的氛围弥漫开来。

姜慕晚被顾江年圈在他和门板之间,缩了缩脖子,弯身欲要从他臂弯之间钻出去,却被顾江年猛地提溜上来。

"今晚你若是想好好过,就乖乖给我闭嘴,你若想干点儿什么就接着作。"

男人语气不善,压着几分怒火。

所谓"识时务者为俊杰",姜慕晚此时被人提溜在手中,轻轻地摇了摇头,表示不想发生点儿什么。

顾江年松开手,下巴扬了扬,指向双人床。

这夜,尚算平静。

一张偌大的双人床,两人本该是睡得安稳的。但姜慕晚安稳了,顾江年并不安稳。

比如,夜间被冻醒。

比如,本是躺在身旁的人莫名其妙到了床尾。

比如,他伸脚时将人踹得嗷嗷直叫。

夜半三更,室外寒风呼啸,给卧室里快打起来的二人配上了高昂的伴奏乐。

顾江年伸手关上床头灯。

五分钟后,姜慕晚伸手按开床头灯。

二人来来回回数个回合之后,顾江年受不了了,猛地坐起身。

姜慕晚早就坐起来了,正一脸哀怨地盯着他。顾江年尚未开口,她便开始恶人先告状了:"你能不能让我睡个好觉?"

顾江年险些一口气没提上来,被身旁人活活气死。

"睡觉开灯,你怎么不去卫生间开浴霸?"男人冷飕飕的话语丢过来。

"知道的人是你在睡觉,不知道的人还以为你在翻山越岭去拯救世界。"

顾江年关灯,拉上被子,再度躺了回去。

姜慕晚望着躺在床上的男人,内心莫名委屈。

这本不该有的。

她本不该奢望人家能接受自己的生活习惯,但此时,她莫名地觉得很委屈。

卧室静悄悄的，姜慕晚轻轻地掀开被子欲要下床。

正动作时，身旁人动了动，她被一把捞了回去。

顾江年一声轻叹在耳边响起，很短促，很无奈，又带着半分隐藏起来的爱意。

"睡吧，我给你开盏地灯。"

翌日，姜慕晚跟姜临去C航大楼开会，却在C航大楼门口见到了杨逸凡。姜慕晚怒火中烧，跟对方发生了争执。

"杨总就是这么坐享其成的？"她望着杨逸凡，满面寒霜。

"姜副总这个项目始终是要给别人的，给我不行吗？"

姜慕晚听闻，呵了一声："得了便宜还卖乖这种事情，杨总做起来真是得心应手。一个站在女人身后吃软饭的人，什么时候也这么有底气了？"

姜慕晚这张嘴最擅诛心。

比如此时，她用极其简短的几句话就给杨逸凡安上了一个"吃软饭"的名头。看她的意思还想接着说。

姜慕晚仅凭这张嘴就将人嘲讽跑了。

她索性连公司也不回了。

她回了澜君府，睡了午觉，一觉睡到天黑。直至下班时分，顾江年归顾公馆，左等右等，没见到人回来。

眼看天色越来越黑，他一通电话拨过去，那边的人接起。

顾江年听闻声响不对劲，默了两秒："在哪儿？"

"我在家睡觉。"姜慕晚没睡醒，嗓音听起来也柔和了，没了往日的攻击性。

顾江年闻言，疑惑地扫了眼一旁的兰英，猜想会不会是人回来了，但兰英没瞧见。

于是，他拿着手机，往楼上而去，推开卧室门，连个鬼影子都没有，莫说是人了。

顾江年道："你最好给我在正经的地方睡觉。"

本是睡意浓重的人豁然清醒，抱着被子猛地坐起身，环顾了一圈。大概是顾江年那话太有杀意，让她产生了自我怀疑。

"什么叫正经的地方？"

"顾董自己心思脏，所以觉得我也跟你一样？"

"你闲的？一天到晚跟我抬杠！"

第一句，语气尚算平稳，是一句认认真真的询问。

第二句，略带火气，但也有所隐忍。

第三句，可谓是怒火冲天。

"一天到晚天马行空地乱想，你不去写小说真是可惜了！"

这日下班回家，听到从卧室传出来的咆哮声，脱衣服脱一半的人跨步往姜慕晚卧室而去，见人拿着手机坐在床上破口大骂，骇了一跳："被赶出来了？"

姜慕晚随手挂了电话。

"你下午怎么没回公司？"付婧见她随手将电话丢到床上，站在门口问道。

"C航餐饮供应合作项目被姜临拿去做了顺水人情。"她一边说着，一边掀开被子下床，趿拉着拖鞋往卫生间去。

"谁？"付婧扔出一个字，显然心情不佳，大抵是未料到姜临会有这么一手。

"杨逸凡。"

姜慕晚的声音与哗哗流水声一起传来。

付婧听到杨逸凡的名字，三两步走到卫生间门口，望着里头正在洗手的姜慕晚，语气冷冷地询问："不会又是你那个后妈的意思吧？"

姜慕晚："八九不离十。"

除了她，还有谁有这个本事？

杨逸凡自上次恒信游轮一事之后元气大伤，若没有人帮扶是不行的。而此时，杨家人中，除了杨珊，谁还有这个本事能拉他起来？

这夜，姜慕晚归顾公馆，顾江年靠在客厅沙发上，膝盖上放着电脑，两只猫窝在他身旁昏昏欲睡。

她刚进屋，兰英就迎上来。

姜慕晚伸手将手中东西递过去，打量的目光落在顾江年身上，瞅了半晌，正欲移开目光时，只听男人颇为欠抽的声音传来："我脸上有钱？"

"我晚上吃太饱，看着顾董，有助消化。"

本是坐在沙发上盯着电脑的顾江年缓缓侧眸望向姜慕晚，落在键盘上的手慢慢抬起来，紧接着，缓缓握成拳，似是在隐忍。

"什么意思？"

"顾董自己领会。"

当事人乐呵呵地说完，摇头晃脑地上楼去了。

"一心想弄垮织品，眼下看着姜临把杨逸凡拉进来分你的蛋糕，这感觉，酸不酸爽？"

姜慕晚刚踏上楼梯的脚步就此止住，转头，错愕的目光落在顾江年身上，似是未曾想到，仅是短短半日内，这人竟然便知晓了。

顾江年将膝盖上的电脑轻放在茶几上，而后，视线落在兰英身上，后者会意，带着用人离开了客厅。

"有求于谁就受制于谁，如果没有万般坚硬隐忍之心，就算能待在华众，不过也是受人钳制罢了。"

"顾董想说什么？"姜慕晚收回步子，望着顾江年。

后者背脊挺直地靠在沙发上，似是提点，似是告知，开口："我顾江年的老婆，无须看任何人的脸色。"

简短的一句话，让姜慕晚内心狠狠一颤。

大抵是这话太过强势霸道，她想，只是如此而已，不是因为他这句话在护着自己。

正当姜慕晚如此安慰自己之时，顾江年依旧背对着她，再道："天塌下来，我给你撑着，你怕什么？"

"如若我败坏了你顾家的名声呢？"

男人俯身，抱起身旁的黑猫慢慢顺着毛，漫不经心的姿态叫人看得着迷："我何时在意过那些东西？

"世人皆知我顾江年不是个什么仁慈仁义之辈，他们若是批判你，用道义来谴责你，你大可说是跟我学的。"

言罢，这人伸手轻轻拍了拍黑猫脑袋，黑猫从他膝盖上滑下去，他起身迈步往姜慕晚这边而来。

后者站在原地，静静地瞧着他走近。

擦肩而过时，姜慕晚疑惑地问道："你为什么要跟我说这些？"

男人步伐未定，语气悠悠地说道："丢脸。"

"什么丢脸？"

"一个在家成天想着拆家的人，出了门被人摁在地上无法还手，你说你丢不丢脸？"

姜慕晚:"……"

这日,季言庭的母亲季家夫人过五十八岁生日。

晚宴请来了C市商界的半壁江山,宴会地点定在君华旗下酒店,说句斥巨资也不为过。

姜慕晚穿着一身水墨图案的旗袍,肩头一条流苏披肩半搭着,坐在车内,倒也不急着进酒店去。

"在等人?"前座,付婧问。

"不想进去。"

"那可不行。"付婧朝着车前方扬了扬下巴,见季言庭着一身黑色西装跨顺阶而下,直接朝这边而来。

这夜凡是进入停车场的白色奔驰,季言庭可谓是都留意了一番。明摆着他早就注意到姜慕晚了,又怎会让她不进去。

"怎么不进去?"季言庭站在车边,面带微笑地问道。

"正准备。"

季言庭未当场拆穿她的话——她的车停在这里超过了二十分钟,哪里有半分准备之意?

季言庭伸手替她拉开车门,将人请了出来。

姜慕晚挽着季言庭的手往宴会厅款款而去时,便吸引了一大堆人的目光。或打量,或诧异,或惊愕。

有人隐隐听闻季家跟姜家有意结为亲家,但只是听闻。可今日,这二人携手而来的模样,无疑是将那些听闻都变成了事实。

宴会厅内,萧言礼对门而立,见这二人来,伸手戳了戳身旁人的臂弯,示意他看。顾江年转眼回眸之际,看到了什么?

看到了自家老婆挽着别的男人,一身水墨图案的旗袍,搭着流办披肩,怎是一个风情万种可以形容?

修身的旗袍将她的好身材展露无遗,尤其是那盈盈一握的腰肢。

顾江年冷冷的视线落在姜慕晚脸上。

四目相对之际,姜慕晚前行的步伐猛然一顿。大抵是顾江年的目光太过犀利,以至于让她心底有什么情绪一闪而过。

片刻,男人唇畔勾起一抹似嘲讽的浅笑,视线又缓缓地落在姜慕晚挽着季言庭的臂弯，握在掌中的酒杯漫不经心地晃了晃。

静静盯着这二人瞧了片刻，男人缓缓移开视线。罢了，看得眼睛疼，他迟早要彻底收服这只到处勾人魂魄的小妖精。

"怎么？"一旁，萧言礼与人周旋完，转身恰见顾江年满脸郁闷的表情。

"碍眼。"他语气里带着几分愤恨之意。

萧言礼目光从姜慕晚与季言庭身上一扫而过，笑道："他们如此便叫碍眼了？"

顾江年挑了挑眉。

"万一人家以后结婚呢？"

结婚？等下辈子吧。姜慕晚这辈子已经是他的了。姜老爷子想用他顾江年的老婆去联姻以获取利益，那自己便收了他的华众。

一想起姜慕晚跟别的男人结婚的可能性，顾江年这心里跟有只爪子在挠似的，又痒又疼。

"季家为何会跟姜家联姻？"有人不明所以地发问。

"季家要钱，姜家要人脉，你说为什么？"有人轻轻嘲讽。

"这C市，也不止华众姜家是有钱人啊！"

"与其说季家看中的是姜家，倒不如说季家看中的是姜慕晚这个人。"角落里，有人悠悠开腔，似是懂得这其中的门道。

"姜慕晚背后是B市宋家。"那人缓缓解释，而后许是怕众人不知晓，再问道，"知道B市宋家吗？"

人群中，有一大半的人在那儿缓缓摇头。

女子坐在角落里，端着杯子浅啜了一口鸡尾酒，不屑地说道："有空多看看新闻。"

这C市能上报纸的人不少，但能在电视新闻上出现的人没几个。何况，听这人的语气，宋家还不是偶尔上电视新闻。

一时间，众人沉默了。

望着坐在角落里的女子半晌，有人发问："你怎么知道？"

她笑而不答。

这在B市，但凡是有心去打听，都能知晓宋家。可B市的豪门贵胄，提及宋家时，都不会多说什么，或许是不知晓，又或许是敬畏。

这夜，众人端着酒杯游走于场中，不放过任何一个攀谈的机会。而这个宴会场上，除去主人家，顶尖的人物仅有一两个而已。

C市首富顾江年，便是那个站在顶峰的人之一。

能源项目开始竞标之前，众人都不知晓恒信有顾江年的一份，能源项目竞标结束之后，顾江年的身价急剧攀升。

如姜家老爷子所言，这人的野心何其大。那突飞猛进的势头让他这个站在C市商场多年的人都觉得有压力，何况是其他人？

众人一边忌惮着顾江年，一边又不得不巴结这人。

大抵是年幼时经历过家族动荡的原因，顾江年沉稳、狠厉、做事不留余地的性子叫人心生畏惧，偏有着一副沉稳贵气，儒雅清俊的外表蒙蔽世人。

宴会厅的一角，姜慕晚双臂环抱，倚在墙边，旁观着整个宴会厅的局势，锐利的目光在场子里缓缓探寻着什么。

良久，她的目光落在正与豪门阔太相谈甚欢的杨珊身上，她靠着墙冷冷地哼了声，尽是不屑。

"姜小姐。"

身旁一句淡淡的轻唤响起，姜慕晚侧眸望去，只见一女子夹着烟站在她身后的阳台上，肩头裸露，似是丝毫不惧怕屋外那冷厉的寒风。

姜慕晚细细打量了她片刻，微微颔首，便收回目光，并不准备同人交谈。

身后，韩晚晴似是早已猜到了这人的反应，并不着急，反倒是继续道："2007年全国影视大典上，我们有过一面之缘。"

闻言，姜慕晚这才徐徐回眸，视线落在这人身上，多了一分审视。

2007年影视大典，她陪宋思慎出席。这女人，想必也是娱乐圈的人了。

"韩晚晴，2007年宋思慎拿的视帝，我拿的视后，当时姜小姐站在他身旁，所以给我留下的印象比较深刻。"

既然人家自报家门，她岂能不搭理？

"你好。"

韩晚晴站在阳台良久，而姜慕晚望着宴会厅方向良久，似是知晓这人在看什么。

韩晚晴极其礼貌地询问："方便借过吗？"

姜慕晚才发觉自己挡了半边阳台门，不动声色地往旁边挪了两步。韩晚晴进屋之前将手中的烟蒂扔进了花盆里，而后踩着高跟鞋，摇曳着婀娜的身姿往宴会厅中央而去。

姜慕晚看着她站在杨珊那群人中间，不过数秒之后，便见杨珊提着裙摆往卫生间方向而去。

韩晚晴微微转身，朝着她所在的方向，微微扬了扬唇角——是示好，也是提醒。

姜慕晚望着人微微拧了拧眉头，抱臂的双手收紧了一些，望着韩晚晴的目光多了几分防范。

她抬步往卫生间而去时，与韩晚晴擦身而过，那人低喃的话语让她步伐微顿住，侧眸望去，却见人已经走开。

刚才，韩晚晴迈步过去同一群豪门阔太打招呼，只用了一句话，便将杨珊支开了。

自古女子都极其在乎自己的容貌，何况在这样一个争奇斗艳的场合。

韩晚晴的一句："姜夫人的妆好像有些花了。"

这一句话的效果胜过千言万语。

君华兰博酒店的卫生间内。

正对镜补妆的杨珊被姜慕晚堵在了卫生间内。她抬眸便见姜慕晚站在身后，门被阖上。

女子锐利的视线落在她身上，带着几分冷意。

杨珊怕姜慕晚吗？人多时，她不怕。可若是独处，她稍有些怕。因为姜慕晚这人发起疯来，甚是吓人。

杨珊原以为，姜慕晚是来找她算账的，可这人极其平静地行至洗漱台前，站在她身旁，打开了水龙头。漫不经心地洗着手。

"杨女士很怕我？"姜慕晚淡淡的嗓音响起。

杨珊满身的防范之意显露无遗，见了姜慕晚，如同惊弓之鸟。更何况，她进来之后，反手还带上了门。

"你觉得我会怕你什么？"杨珊浅笑着反问。

"你回来想害我，到头来不还是这般吗？你拿到了什么？华众的些许股份？你从姜司南手中拿走的股份，你父亲都会用另一种方式替我赚回来。慕晚，杨姨劝你，别跟我斗。"

杨姨？

姜慕晚低眸，呢喃着这二字，侧眸望向站在身旁的女人，浅笑道："华众给姜司南的话，他守得住吗？"

"你以为我不能拿你如何了?"

"你能拿我如何?"杨珊反问。

"让姜司南看到你破坏别人婚姻,跟别人的老公在一起的视频,你说会如何?"她伸手关了水龙头,湿漉漉的掌心按在洗漱台上,笑望着杨珊,"你想收拾我?我母亲当年不跟你斗,是瞧不起你这样的人,你还真以为自己有多大的能耐?"

"你!"

砰——

当杨珊想开口反驳她时,姜慕晚不怒反笑,伸手推着人后退几步,直接撞到了身后的门板上。

"别在我面前太张狂,你要是不想要命,我成全你。"

"姜慕晚——"杨珊捂着不小心撞到门板的脑袋,盯着姜慕晚,目光发狠。

"你以为外面有众多宾客,我就不敢收拾你?你以为流言蜚语能将我如何?杨珊——"说到此,姜慕晚伸手掐住她的下巴,将人狠狠地提起来,迫使她与自己对视。

"你大可出去说我今日收拾了你,看你说完之后,华众还有没有姜司南的份。"

明眼人都能看出来姜老爷子欲要与季家联手,她今日即便是收拾了杨珊,这件事情也只会大事化小,小事化了。所以,杨珊只能把这哑巴亏往肚子里咽。

"你以为我不敢?"

"去说。"她扬了扬下巴,好似就怕人家不去。

卫生间外,姜慕晚前脚进去,顾江年后脚就慢悠悠地跟了过来,然后进了工作间,将维修的立牌拎了出来,搁在了女卫生间的门口。

随后,他便站在吸烟区,悠闲地抽着烟,这一系列动作,做得行云流水。

这人指间夹着烟,极其绅士地站在吸烟区,气质清冷高贵,似是与这凡间格格不入。

"顾董——"一个女子正想进卫生间,乍一见这个站在吸烟区抽烟的男人,被迷得五迷三道,顿住了步伐。

顾江年闻言悠悠地看了眼人家,而后视线缓缓落到立在门口的黄色立牌上,清清淡淡地"嗯"了声。

这一声可谓恰到好处。

本是要解决生理问题的人，转了身，好似生怕被这位C市首富瞧见自己落入凡尘的模样。

倘若以后，姜慕晚知晓了顾先生为了让她能安安心心地吵架，不惜放下身段，来卫生间看门，神情会是如何？

顾江年这人护短。

见杨珊与姜慕晚一前一后地进了卫生间，他刚走近，便听砰的一声响，不用细想，都知晓里面发生了何事。

他本想进去，但细想之后觉得，姜慕晚不是个吃亏的主。

罢了。

女卫生间内。

杨珊一直期望能有人进来撞见她的恶行，却不想一直无人。

为何？

杨珊只怕是想破头都想不到，会有顾江年这个助攻。

姜慕晚道："以后看到我最好绕道走。你大可让我心烦，但凡往后让我心烦一次，我便来收拾你一次。"言罢，她拉开门出去。

正准备向右转的人听见左方一道吊儿郎当的声音响起："嘿，小泼妇。"

姜慕晚浑身戾气还未来得及收回，徐徐转身，便见顾江年夹着烟站在吸烟区。

那声"小泼妇"，可不就是这个男人喊出来的？

"狗男人。"

许是心情不好，懒得跟这人斗嘴，她转身准备离开。

跨出去的脚步踢到了什么东西，低眸望去，一块写着"正在维修"的黄色立牌被她踹翻在地。难怪，她在里面许久都无人进去，这人在关键时刻还是有点儿用的。

姜慕晚侧眸望向他，后者笑意深深。

"小泼妇跟人吵架赢了吗？"

"你觉得呢？"她反问。

顾江年打量的目光将人上上下下瞅了个遍："应该是赢了。"

"顾董瞧得挺准。"

姜慕晚这话无疑是在赤裸裸地嘲讽顾江年。

顾江年与姜慕晚都不是那种在温情满满的家庭里面长大的人。从某种意义上来讲，他们所行的每一步都充满算计。

姜慕晚从卫生间离开。

顾江年不急不缓地站在吸烟区抽完了烟，将迈步准备离开，就看杨珊拉开卫生间的门出来。

只见她面色寡白，步伐稍有些虚浮。这人停下前行的步伐，面上带着关切之意望着她，低声询问："姜夫人怎么了？"

闻言，杨珊望着顾江年的目光有了些许试探。

不得不承认，杨珊也是个极有心机的人，她未直接回答顾江年的问题，而是声音低低地询问："顾董可有见到旁人出去？"

若是顾江年说有，杨珊极有可能会说她上厕所时遭人暗算了，正好借用顾江年的名义去对付姜慕晚，让舆论将她伤得体无完肤。

可她未曾想到的是，眼前的顾江年早已是姜慕晚法律上的丈夫。

于是，等到的回答便是，顾江年望着她，吐出硬邦邦的两个字："未曾。"简短的两个字将杨珊内心的一切打算掐灭了。

他怎么会看不出杨珊的心思——想借刀杀人，是他顾江年太好说话了？

胆大包天。

杨珊闻言，将心中涌起的错愕缓缓压下去，看到男人面色上的不悦，将所有话语都止在了喉间。

见她不再言语，男人微微颔了颔首，抬步朝会场中央而去。

入会场。

舞池中间旋律转变，一首温和的华尔兹舞曲响起，不出意外的是，他看到了季言庭将手伸到了他老婆面前，而"小泼妇"还将手放了上去。

二人掌心相叠，季言庭牵着她进了舞池中央。

季言庭与姜慕晚成了众人目光的焦点。

"我原本以为姜小姐今日不会来。"在舞曲的掩盖下，季言庭温雅开腔。

姜慕晚闻言笑了笑："看来季先生是知晓些许什么。"

"不多不少，只知晓些许重点，还望姜小姐莫见怪。"

季言庭这人胜在直白，两人初见，他就直言告知姜慕晚，他对她是有所图的，希望在双方都有所图的基础上，建立起一个平和的关系。

一曲完毕，姜慕晚转身离开。

她刚走两步，大厅的灯突然熄了。

姜慕晚正欲察看情况，宴会厅亮起了几盏温黄的壁灯，还有一束追光打在她身上。

这让她成为瞩目的焦点。

她尚在诧异之中，人群中，有一声尖叫声响起。她循声望去，只见有一女子捂着唇一脸错愕地望着她身后。

姜慕晚略微疑惑地缓缓转身看去。

季言庭手捧一大束红玫瑰站在她身后，空中，还有花瓣纷纷扬扬地落下来。

眼前如此景象，怎是一个"浪漫"就能形容出来的？

站在外围的某人看着眼前的一幕笑了——被气笑的。

顾江年刚出卫生间便被几人缠住，正寒暄时，会场突然一黑，让他们的交谈终止。

随之而来的是女孩子惊讶的尖叫声，以及一束追光灯打在了姜慕晚身上，让她成为全场的焦点。

他定睛望去，只见季言庭捧着鲜花站在她对面，且还弄了仙女散花的花样。

有人在他的地盘上跟他老婆求婚。

人生耻辱。

真是人生耻辱。

"看来季言庭是有备而来啊！"身旁某位商场老总忽然开口，语气带着揶揄打趣之意。

话音落地，场中央，季言庭抱着鲜花款款地朝姜慕晚走去。

若是对面是跟心爱之人，定然会觉得幸福，感动。

可姜慕晚只觉得这是逼迫，是强人所难。

一步、两步、三步，她看着季言庭缓缓而来，离她越来越近。

姜慕晚移了移脚尖，准备离开。

远处，突然砰的一声响起。

一座酒塔塌了，美酒流淌一地，随之而来的是数声尖叫。

"顾董。"

……

有人在惊呼中喊出这么一声，引得众人纷纷将目光转了过去。

一座酒塔塌了或许没什么，有什么的，是站在那里的人——哪一个都不是能随随便便出事的人物。

★ 第十二章 求婚

　　季家人赶过去，看了眼现场的惨况，见无人受伤，都松了一口气。
　　"让顾董受惊了。"季言庭提起来的心平稳落了下去，望着顾江年的目光带着歉意。
　　顾江年伸手掸了掸衣服上沾着的酒水，望了眼季言庭，目光正欲收回时，见人群中有一身影急切地穿梭着。
　　而后，这人收回目光，望向季言庭，徐徐开口："无碍，只是坏了季总的好事了。"
　　"小事，顾董无事就好。"季言庭开口。
　　如此场所，不能成事尚可，但万万不能坏事。且顾江年是他们季家惹不起的人物。
　　顾江年笑而不语。
　　季家与姜家的好事坏在了顾江年手中。关键时刻，这男人故作无意碰倒了酒塔，让现场一度颇为混乱。
　　众人聚集在一起议论纷纷，当这边的混论结束，场中哪里还有他们女主角的身影？
　　众人寻找女主角的时候，发现男主角也不见了，这二人一起消失在了偌大的会场中央。
　　直至宴会散场也未见人。
　　临离开时，顾江年听到人群中有人淡淡开腔："听说季言庭包下了楼上的总统房，这二人齐齐消失，莫不是有点儿什么？"
　　"我瞧着八九不离十了，就今日季言庭这番行动，虽然没求成，也差不多了。"
　　顾江年闻言，心一颤，垂在身旁的手插进了口袋里。

顾江年上车，罗毕明显觉得他心情不佳。

正犹豫着要不要询问时，只听在身后冷飕飕地开腔："去查，季言庭现在在哪儿。"

罗毕一颤——查季言庭？

虽心有疑惑，但罗毕还是往酒店去了。不消片刻，他回到车内，对自家老板告知情况。

顾江年面上不动声色，伸手从口袋里掏出手机，给姜慕晚拨电话。

若是有人接，就罢了，可偏偏无人接听。

男人扬手猛地将手机摔在后座上，冷硬开腔："让经理去看看房间里有没有人？"

如若姜慕晚真的为了得到华众而跟季言庭勾搭在一起，他是先扒人家的皮，还是先抽人家的筋。

季言庭若是敢染指姜慕晚一毫一分，他们季家定然是不能好过的。

就这么一瞬间，顾江年在脑海中谋划出了一场大戏。

罗毕随经理一起去了酒店总统套房，看着经理站在门口敲门半晌未有回应，而后拿出总卡刷开了房门。

直到确定里面空空如也，他才安了一颗心。迈步往停车场而去时，他发现原本停着黑色轿车的停车位上，空空如也——

而那辆本该停在停车位上的林肯，不知去向。

宴会场中，姜慕晚趁着乱糟糟的环境抽身离开。

行至酒店大厅，她被姜临拉住了手臂。

"你就这么走了，让姜家跟季家如何下台？"

男人开口，明显是以家族利益为重，丝毫不关心她这个做女儿的是否会尴尬。

姜慕晚望着姜临，平静的目光中带着些许冷厉："姜家与季家卜个卜得来台，与我何干？"

她反问。

"现在不是你任性的时候。"眼见四周有目光看过来，姜临声音压得极低。

看着姜慕晚转身离开，他疾步追了出来，欲要阻止。

可他忘了，姜慕晚不是可以被别人掌控的人。

"我什么时候任性过？还是说我什么时候在姜总面前有任性的资格了？我姜慕晚是什么？是你们放在家里的宠物吗？想起来了就看一看，不需要了就丢弃不管。"

言罢，她猛地伸手甩开姜临的手。

"您要是不想在这个场合闹得太难看，就别在这里和我纠缠，你一言不发将我的劳动成果送给杨逸凡就算了，现在还想让我为姜家做出牺牲？你就不怕我妈回来撕了你？"

往常，姜慕晚面对姜临，多少会有些隐忍，可此时，连半分都没有。

"姜慕晚！"大抵是姜慕晚说的激起了姜临的怒火——任何男人都不喜听这样的话，姜临也不例外。

"我是不会回去的，你不想放过季家这张牌，季家不是还有个离婚的女儿吗？或者您自己上？"

谁有野心，谁付出代价。

让她这个无辜的人去葬送自己一生的幸福，简直是异想天开。即便是要嫁人，她也不可能为了姜家的利益去嫁人。

想得到好处？行啊，要么自己上，要么牺牲姜司南。总之，都是不错的选择。

正所谓"求人不如求己"，靠别人算什么本事？

"这些年，宋家就是这么教你的吗？"

自称清正廉洁、根正苗红的宋家，就将姜慕晚教成了这样？这就是他们培养出来的大家闺秀？

"你一个对自己女儿不管不顾的人，有什么资格去质问别人？"

姜慕晚听到这话，简直是要被笑死了。

一个出了轨的男人对自己老婆孩子不闻不问就算了，还敢指责别人，真是贻笑大方。

"我不想跟你吵架。"这是她的真心话，跟姜临吵架，也改变不了已经发生的一切。

更过分的是，他还能若无其事地装出一副好父亲的模样，毫无内疚地指责你。

也不想想，自己是个什么德行。

姜慕晚拉开他的掌心，转身离开，那强硬的姿态好似姜临只要跟她争论，她定然会不客气。

她行至停车场，上车，正欲启动车子离开，车门把手忽然被人抓住。她侧眸望去，便见季言庭站在车旁，低眸望着她，视线沉静。

　　四目相对，姜慕晚双手落在方向盘上，车灯大开，车子已经启动，俨然即将开走。

　　二人僵持数秒，季言庭不松手，姜慕晚也断不可能在众目睽睽之下一脚油门将人甩出去。

　　于是她缓缓放下车窗，望着身旁人，客气地轻唤："季先生？"

　　"今日之事，不仅仅是出于季姜两家联合考虑，我个人也有这个意思。"季言庭看着姜慕晚开口说道，似是在解释。

　　"我以为季先生会说我是你一见倾心的选择。"姜慕晚仰着头望着站在车旁的男人。

　　"季先生以为婚姻是什么？是在权衡利弊之后，觉得娶我姜慕晚会有利于家族发展？还是你真的喜欢我？"

　　季言庭张了张嘴，正想言语，只见姜慕晚再度开口，截住了他的话："让我来说吧！季先生之所以说也是你个人的意思，你不过是觉得，这C市世家小姐的脾气大多相差无几，大方温柔；而我，与她们有那么几分不同，能让你未来一眼就能望到头的枯燥生活中有一点儿新鲜感，今夜的事或许也是你个人的意思，但极大部分，你是为了家族利益而做出这番举动。

　　"季先生给我的感觉，也是不同的，你不同于其他豪门世家中的公子哥，那般将自己藏得深。季先生的有所图从一开始就明明白白地告知我了，但纵使我觉得季先生性格温柔，为人真诚，但也改变不了我不想为了家族牺牲自己婚姻的想法，所以——"

　　话说至此，她沉沉地望着眼前人，视线缓缓下移，落到他落在车门把手的手上："季先生的有所图，图错人了。"

　　寒风中，季言庭背光而立，对于姜慕晚这番话，他似是并不在意，而是看着她继续说道："姜小姐有没有想过，我们以后终究是要迈出这一步的，那为何不找一个有可取之处的人？"

　　各有所图，这何尝不是一种极好的交换。

　　姜慕晚笑了。

　　她拉了拉盖在自己膝盖上的毯子，一本正经道："季先生说错了，我不会走到这一步。

　　"即便是走到这一步，我也只会为我自己。"

简而言之,她不会为了姜家那样做。姜家人,不值得她去牺牲什么。

"还有,季先生想做某件事之前,是否能先征求一下当事人的意见?我若爱你,今日是惊喜;我若不爱你,今日之事便是惊吓。"

季言庭被姜慕晚堵得哑口无言,她说的字字句句并不锋利,可这些话语组合到一起,尽显无情。

"松手,谢谢。"

这温婉的话语,带着几分客气与疏离。

姜慕晚今日这番话,彻底将季言庭得罪了。或许往后这二人再见面,也仅仅是点头之交,又或许他们还会为了礼貌,给彼此一个笑脸。

但二人的内心应该都极其清楚。

季言庭是个聪明人,今夜,发现姜慕晚离开,他也提前立离场。

人的猜测之心是阻挡不了的,一旦发酵起来,便会如同可乐加上薄荷糖,喷涌而出。

无疑,季言庭的这一举动,是极其聪明的,且聪明得令人鼓掌。从宾客离席时的那些猜测性言语便能看出来,他的举动,可谓是极其成功的。

顾公馆。

姜慕晚驱车回顾公馆,与兰英打了声招呼便转身上楼去了。

女子素来麻烦,化妆需要不少时间,卸妆洗澡又得数小时,是以她错过了顾江年的电话。

姜慕晚正洗漱时,院内有引擎声传来。

兰英听到声响迎上去,险些与面色阴沉的顾江年撞个正着。

"太太呢?"男人开口询问,嗓音低沉,且带着怒火。

兰英心微颤,虽近几日见多了这二人斗嘴的场景,但乍见自家先生这般,还是有些战栗。

"太太在卧室。"

"何时回来的?"

"十点一刻。"兰英如实回答。

九点见她离了场,十点一刻才回来?

呼啦一声,这人内心蹿起一股子邪火,伸手将手中衣服甩给了兰英,大步上楼。

卫生间内,姜慕晚洗漱完,歪着脑袋擦着湿漉漉的头发,刚出卫生间的门,便被一道疾步而来的身影给推回了卫生间内。

本是拿在手中的毛巾,掉落在地。

"你吃错药了?"随即咆哮声响起。

"顾江年,你干什么?"

这夜,顾江年进屋,将刚出卫生间的姜慕晚给推进了浴室。

浴室内,姜慕晚的咆哮声逐渐转变为了呻吟声。

屋外,冬日的天已经黑得彻底,夜空中看不见点点星光。

屋内,顾江年搂着人,手掌落在她纤细的腰上,缓缓抚摩着。姜慕晚靠在他的肩头,呼吸急促。

许久,那急促的呼吸声才平复下去。

很快,女子清冷的声音响起:"你出去。"

她拧眉望着眼前人。

大抵是吃饱喝足了,刚刚回来跟只疯狗似的人这会儿格外好说话,"嗯"了一声,老老实实地顺了姜慕晚的意。

"冲个澡?"顾江年柔声询问。

她伸手拍开落在自己腰间的手,欲要从洗漱台上下去。不料,落地的一瞬间,险些跪下去,若非顾江年眼明手快,险些摔倒。

"逞什么强?"男人低沉的话语带着几分不悦,径自抱着人往淋浴间而去。

淋浴过后的人瘫在床上,拢着被子,浑身带着一股生人勿近的气场。

顾江年拿着吹风机从浴室出来,便见她将自己全都埋进了被子里。

他伸手将人捞出来。

楼下,罗毕急匆匆地赶回来。

见兰英脸色不佳,他奔跑的步伐猛地一顿。

"先生回来了?"

"回了。"兰英答。

"我找先生有事,麻烦上去告知声?"罗毕望着跟前的人,语气都稍稍有些焦急。

罗毕归来之前,兰英内心实则也有半分紧张,为何紧张?

因顾江年归家时面色不佳,再加上白家太太也不是个好脾气的人,怕这二人打起来。若是打起来,那不得地动山摇?

罗毕的话，正好给她找到了借口。

兰英转身上楼。

她行至主卧室门口，见大门未关，走近，听到里面的谩骂声和安抚声混合在一起。身为过来人，她怎会不知道里头的人正在做什么？

兰英站在门口，微微叹息了声，伸手带上门下了楼。见了罗毕，她缓缓摇了摇头。

罗毕见此，抬手抹了把脸。

凌晨，姜慕晚在吹风机的声响中，枕着顾江年的大腿昏昏欲睡。

男人望着她的睡颜，指尖落在她紧蹙的眉头上，缓缓地揉开。

并未睡熟的姜慕晚缓缓睁眼，看向顾江年。

"从华众跳出来？"

顾江年轻轻的询问声在她耳边响起，姜慕晚听到后，却翻身又钻进了被窝里。

"不跳出来，你永远要受制于人。"顾江年道。

姜慕晚窝在被子里面，瓮声瓮气地撑了一句："那是我的事情。"

那是她的事情？顾江年气笑了。

是你的事情？好吧，是你的事情，撞了南墙别回来哭——哭也没人理你！

男人心里窝了火，伸手，扯过被子将姜慕晚整个人都闷在了里面，临起身时，还恶声恶气道："闷死你个没良心的小白眼狼。"

姜慕晚："……"

我今天便不跟你斗。

凌晨，顾江年才想起要给罗毕去通电话。那边的人接起，如同惊弓之鸟似的，猛地从床上坐起。

"老板，我之前确认过了，季言庭定的房间里没有人。"

那侧沉默良久，最后传来男人的低声回应。

书房内，顾江年夹着烟站在窗边。

不用细想，明日报纸的头版头条定是有关姜慕晚与季言庭二人的事情。从一个男人与丈夫的角度来讲，他并不希望自己的妻子与别的男人绯闻满天飞。

他万分想将这个绯闻压下去,但若是插手姜家与季家的事,这手,未免伸得太长了些。

罢了!反正他知道是假的就行了。

季言庭趁乱离开,可不就是想借用宾客的嘴,制造些许对自己有利的新闻吗?那就随了他的意,让这"小泼妇"看看,季言庭也不是个好东西。

姜慕晚不知的是,在她睡着的这么会儿工夫,顾江年一人站在书房里苦苦挣扎,将一团毛线球解开了又缠在一起,缠在一起又解开。

如此重复,他内心纠结得不行。

卧室内,只亮了一盏地灯。

顾江年进卧室,抬眼便看到躺在床尾的人。

他稍有些头疼。

顾江年坐在床尾,捏着姜慕晚的脸蛋,语气柔和地说:"你吵架,我给你守门,还天天觉得我不好。

"季言庭处处偷摸占你的便宜,那他是什么?"

低喃声渐起,顾江年等了许久都没有听到回应,他轻笑了声,想自己是不是疯了,居然会跟一个睡着的人讲话。

对牛弹琴。

不,是对"小泼妇"弹琴。

清晨,温暖的阳光洒进来,落在顾公馆的角角落落,令人颇为心情愉悦。

顾江年醒来,小心翼翼地抽出手臂,侧眸看向尚在睡梦中的姜慕晚。他伸出脚,在被窝里小心翼翼地碰了碰她。

她动了动。

他再碰。

她再动。

顾江年好似在这安静的晨间找到了些许乐趣,于是,他再碰,换来的是姜慕晚一脚踹过来,将他的腿给踹下了床。

不得不说,顾江年就是欠收拾。

顾江年穿着睡袍下楼,客厅内,用人们正在做事。

这口晨间,余瑟来了。

许是天气好,让她在这寒冷的冬日踏进这里。她不大喜欢顾公馆,因着顾公馆靠山靠水，寒意太重。

早年间，她身体受过伤，留下了后遗症。冬日，她能不出门便不出门。大抵是今日天气好，又恰逢周末，她来了兴致。

此时，顾江年正站在落地窗前，望着后院，两只猫窝在客厅的沙发上打着盹儿。

兰英站在不远不近的位置候着。

听到身后隐约有脚步声响起，兰英侧身向后望去，便见余瑟正朝这边抬步而来。

"先——"

兰英告知的话语即将出口，却被余瑟伸手拍了拍肩膀，打断了她即将出口的提醒，随后，挥了挥手让兰英离开。

顾江年端着水杯站在落地窗前，望着后院，思绪飘出了顾公馆。

余瑟站在他身后，见他久久未动，也不着急，反而是面含微笑地望着他。

在这个清晨，母子二人一前一后沉默地站着。

远远看去，美得像一幅画。

余瑟与顾江年二人早年间吃过太多生活的苦。因知晓彼此的不易，所以，余瑟对顾江年多了一份包容，而顾江年对余瑟又多了一份尊敬。

谁也不多退一步，谁也不多进一步。

这日清晨余瑟来到顾公馆，见顾江年站在窗前出神，她并未上前打扰，而是立在身后静静地望着他，一如以往。

做一个安安静静的守护者，不打扰，不询问。

此时的顾江年满脑子想的却是姜慕晚，是昨日他们二人耳鬓厮磨的场景，是姜慕晚对着季言庭一颦一笑的场景。

他想，如若有朝一日，姜慕晚与别的男人耳鬓厮磨，他会如何？

想了许久，他发现，想这些无异于将自己逼进死胡同里。

他无奈地叹息了声，端着杯子转身，乍一见余瑟站在身后，心里有一丝诧异，稳了稳情绪，道："母亲怎么来了？"

"瞧今日天气好，又恰逢周末，过来看看你。"余瑟笑答，眉眼弯弯，带着长辈特有的慈爱。

余瑟不是没有这样做过，以往，顾江年对余瑟的到来，反应很平静，觉得母亲来看儿子是寻常小事。

可这日，他见了余瑟，内心有一秒的不安。这种不安，不知是担忧姜慕晚还是担忧余瑟。

初为人夫的顾江年，在此刻好似体会到了什么叫"左右为难"。

一边是姜慕晚，一边是余瑟。

余瑟本就不喜姜慕晚，若是知晓姜慕晚已成了她的儿媳，会不会气得爆血管？倘若说出什么难听的话，就姜慕晚那张不饶人的嘴，会不会将她气到医院去？

如此想着，顾江年有些不好了。

"老人有言，晨起可笑不可叹，否则，影响气运。"余瑟望着顾江年，用长辈的语气温和地说道。

顾江年不信归不信，自家母亲的话，不能反驳，于是，他淡笑着回应："母亲说得是。"

"可曾用过早餐？"

"还没有。"他答，尽显尊敬。

"我们一道用？"

"好。"他如此回应。

余瑟在前，顾江年在后，二人迈步朝餐厅而去。

实木餐桌上摆着两套餐具，余瑟并未多想，以为是兰英为自己准备的，于是坐了下去。

"太——"

"去倒杯水给我。"

兰英见二人面对面坐下，本想问，是否要去喊太太起床。而顾江年此时用眼神打断了她接下来要问的话。

他的眼神扫过来时，带着警告之意。

兰英明白过来，立刻端着杯子站到一旁，还顺便还遣散了餐室内的用人，独留自己伺候。

"怎改成了中式早餐？"以往的顾江年早餐偏向西式。

"偶尔换换口味。"他回答，语气听上去似是漫不经心。

是偶尔换换口味吗？

顾江年不过是在"睁着眼睛说瞎话"，之所以换成中式早餐，是因姜慕晚不喜欢西式早餐。

姜慕晚曾在国外留学，被面包、三明治摧残得够呛，等回国之后，能不碰那些东西就不碰。

所以第一次来顾公馆时,她眼巴巴地瞅着顾江年,不是真想等着人伺候,而是不太想吃罢了。

入住顾公馆时,她直言自己只用中餐,顾公馆的早餐这才换成中式的。

"挺好的,面包、三明治到底不如清粥、小菜有营养。"余瑟对顾公馆换了中式早餐一事,颇为赞同。

"嗯。"顾江年轻轻回应。

早餐是否营养他未曾多想,不过是姜慕晚要求罢了。不依了她,又得闹翻天。

"晨间新闻看了吗?"用餐间隙,余瑟问道。

"嗯?"

"听说季言庭跟姜慕晚求婚了。"余瑟这话不是询问,而是陈述,语气中带着些许高兴之意。

顾江年闻言,面色如常。

兰英有些震惊和疑惑,似是不清楚余瑟口中的姜慕晚,跟此时楼上睡着的姜慕晚是不是同一个人。

兰英视线悄悄地落在顾江年身上,只听他漫不经心道:"旁人的家事,母亲倒是挺关注。"

顾江年这话的言下之意就差说余瑟是太闲了。

余瑟听出来了吗?听出来了,可她无所谓,毕竟今日她是来敲打顾江年的。

"我瞧着姜家慕晚与季家言庭倒是挺般配的,韫章觉得呢?"

"母亲觉得是就是。"顾江年轻巧地将这句话敷衍了过去。

"什么叫我觉得是就是?"余瑟穷追不舍。

顾江年依旧神色镇定,端着清粥抬眸,这一抬头,便见穿着睡袍,松散着头发,站在餐室门口的姜慕晚。

她许是刚起,视线稍有些朦胧,见了余瑟,略微错愕,望着人默了数秒。不曾想一回神,便撞见了顾江年的视线。

顾江年用他的实际处境,生动演示了何为"前有狼后有虎"。

此时,余瑟等着他回答。姜慕晚站在余瑟身后望着他。

他若回答是,这个"小泼妇"回头指不定怎么捉弄他;回答不是,难免会让余瑟上纲上线地说上一通。

顾江年沉默了。

姜慕晚与余瑟二人此时皆是望着顾江年,而顾江年,视线落在姜慕晚身上,握着杯子的手缓缓握紧了几分,而后,靠向身后的椅背。

"嗯。"他短促地应了声。

余瑟大抵是注意到顾江年望向她身后的视线了,转头望去,身后空无一人。

"你刚刚在瞧什么?"

顾江年端起杯子喝了口水,眼帘微垂,隐住了眼里险些泛滥出来的情绪,只言简意赅地回道:"猫。"

兰英内心再次震惊。

原以为夫人是知晓自家先生与姜小姐的婚事,可眼下看来,她并不知晓,而且顾先生还刻意地瞒着她。

站在餐厅门口的姜慕晚,硬生生地被自家先生的一个"嗯"字,给送走了。

是送走了吗?

不见得是。

自幼缺爱的人最是能看出别人喜不喜欢她,余瑟的不喜欢,姜慕晚一早便看出来了。

她刚才行至餐厅门口,听到了这二人的对话。

本就是隐婚,余瑟对此不知晓很正常,她无话可说。

被饿醒的人转身离开,不过是不想跟余瑟起争执罢了。只是听到顾江年的回答后,她眸色凉了凉。

这个昨夜哑着嗓子警告她不要跟季言庭有任何来往的人,才过了一晚,就忘掉了?

这个口是心非的男人。

姜慕晚是个敏感的人,年幼时父母离异,即便宋家人待她不差,她也在宋家练就了一身察言观色的好本事。

她见过余瑟数次,这人虽客气有加,但喜不喜欢一个人,眼睛是骗不了人的。

当许久之后东窗事发,顾江年欲要带姜慕晚回梦溪园时,她未曾思虑,便直接开口拒绝。

被顾江年询问原因,她道:"你母亲不喜欢我。"

此后，极长一段时间，姜慕晚都拒绝与余瑟见面。

顾江年为此下了极大的功夫。

"姜老是个明眼人，他看中的是季家的权。"这就是为何，即便顾江年身为 C 市首富，他也瞧不上的原因。

余瑟心中窝着火，但这股子火跟姜老爷子有关。

姜老爷子处处瞧不上顾江年，而她也不见得能瞧上姜家姑娘，两家如此互不来往是最好的。

"上层圈子里无非就是这一套。"顾江年语气悠闲地同母亲聊着。

"今晨新闻满天飞，都在聊着姜家女跟季家公子好事将近，梦溪园的豪门阔太们晨间便在聊此事。"余瑟说，好似要让他清明些许。

人生太难。

这是此时兰英的心情，这顿早餐，实在是吃得饱足。

精神上的足。

饭食进的是顾江年与余瑟的胃，那些猛料进的是兰英的脑子。

以至于这顿早餐结束，兰英带着用人收拾餐桌时，稍有些漫不经心。

"太太今日怎未用早餐？"正收拾时，身旁有人开口轻声询问。

兰英闻言，手一抖，望着对方轻声斥了句："今日谁都不许在夫人跟前开口说话，若是出了事，别说这顾公馆留不住你。"

兰英是个脾气极好的人，做事谨慎，为人温和，与所有人都相处融洽，一如今日这般开口训斥人，还是头一遭。

那人一愣，恍惚以为自己听错了，看到兰英严肃的面容时，才点了点头。

这日，顾江年休息，母子二人又极少相聚，余瑟起了要给顾江年做饭的心思。

顾江年抬手给余瑟倒了杯茶，温声开口："怕是要拂了母亲的意。"

他这话一出，余瑟隐约抓住了些许苗头："你要忙？"

"几位老总要过来开会，有茶局。"

此时若说是应酬局，余瑟必定会念叨两句，茶局，便还好。

顾江年只想尽早将余瑟送走，好上楼去看看"小泼妇"。刚才姜慕晚转身时，那凉飕飕的一眼，看得他心惊胆战。

"我以为你周末能好好休息休息，结果人是在家，也把工作带回来了。"余瑟这话听起来有些许嗔怪的意思。

但她到底是知晓顾江年掌控那么大一个集团并不容易,也未多说什么,这一句,不过是因为母亲担心儿子罢了。

余瑟起身准备离开顾公馆。

站在庭院里,晒着温暖的阳光,许是想起什么,她转身,却无意中瞄到二楼主卧的阳台。

见一只黑猫正在阳台上吃小鱼干,余瑟即将开口的话转了个弯:"怎么有人上你卧室喂猫?"

谁能上他的主卧去喂猫?除了能进到卧室里的人,还能有谁?

顾江年面不改色地应道:"兴许是自己叼上去的。"

即使是这只猫自己叼上去的,但也得有人给这小家伙开门才行,除了姜慕晚,怎能还有其他人?

这一打岔,余瑟忘了自己要说什么了,她对顾江年叮嘱了两句,诸如天气冷要注意身体等,而后转身离开。

目送余瑟的车子离开,顾江年转身跨步往屋里去,步伐稍有些急切。

姜慕晚晨间被饿醒,醒来想下楼找些吃的,谁知竟碰到了余瑟。饭没吃成就算了,自己还好似成了个见不得光的人。

如此,她都没觉得有什么,毕竟隐婚是自己要求的。

她转身上楼,摸只猫来解解乏,想着今日天气好,在阳台晒晒太阳,不承想,听到了余瑟的声音。

她连忙躲进屋内,不小心踩到了地上的纱帘,趔趄摔倒,膝盖落地那一瞬间刺痛袭来,跪在地上半晌才缓过来。

她这么能忍的人,硬生生地疼出了泪花来。

许久之后,她慢慢挪到床上。透过窗帘看了眼黑猫——它还在舔它的小鱼干。

罢了。

她躺在床上,揉着膝盖——实在是疼。

顾江年上楼推开主卧门时,便见姜慕晚又躺回了床上。他站在床边望着她,默了半晌。

此时的姜慕晚的胃在高歌,膝盖也阵阵发疼。

眼见这人站在床边,她沉不住气了,翻身而起,望着顾江年小嘴一张,道:"被资本家剥削的劳动人民尚且还有口饭吃呢!顾董剥削完我之后是想活活饿死我？"

"兰英没给你送吃的？"男人拧眉发问。

姜慕晚没回答，抿了抿唇，似是在压抑自己情绪。

"顾江年。"她微叹了声，温温地开腔，让眼前人怔了怔。

他"嗯"了一声，语气也温和了些。

"你是不是已经给我买好棺材了？"

"什么？"

"两年婚约是假，你想气死我是真吧？"

顾江年："……"

就饿了她一顿，怎么上升到"气死她"的地步了？这要是多饿几顿，还不成谋杀了？

"姜慕晚。"顾江年唤她。

姜慕晚坐在床上，抬起脸，望着他。

他再道："年纪轻轻的，别多想，棺材要钱，澜江的水是免费的。"

顾江年这日上来，心怀歉意，望着姜慕晚良久不言语，是想如何开口道歉，毕竟让她受委屈了。

"起来吃饭。"

"早餐还是中餐？"她问。

"早中餐。"他没好气地答。

姜慕晚心里不爽，但这不爽有一半是因为她自己咎由自取，所以吵架的兴致不高。

她伸手拉了拉被子，再度窝回床上："早餐时间过了，吃中餐还有点早。"

而顾江年呢？原以为姜慕晚会跟自己大闹一场，不料是他"以小人之心度君子之腹"了。

她姜慕晚可不是那么小气的人，大度得很，不吵，也不闹，被子一盖，直接睡觉。

顾江年怎么可能如了她的意，伸手去扯她的被子。

他扯。

她拉。

如此反复数次之后，姜慕晚火了，被子一掀，翻身坐起，冷声怒斥："拉什么拉？我见不得光！"

"要隐婚的可是你。"顾江年借机开口堵回去。

"隐婚就可以不给饭吃吗？你语文是谁教的？听不懂人话？"

"我嫁给C市首富却硬生生被饿肚子，你日进斗金，怎么还让老婆饿肚子。"

顾江年："……"莫生气、莫生气、莫生气。

她承认了自己是他老婆，还是有可取之处的。

姜慕晚说的话里故意夹杂了一堆玻璃碴，恨不得能扎死顾江年，可顾江年还能耐着性子在这堆玻璃碴里找到些许糖渣子。

实在是厉害。

姜慕晚正欲再开口时，被顾江年伸手摁回了床上，随之而来的是薄唇倾覆而上。

片刻之后，这人松开她，拧眉道："你抽烟了。"

这是陈述句，陈述事实。

何况二人唇齿相交时，更容易发现。

先前，姜慕晚从楼下上来，越想越觉得憋屈，越想越觉得自己可怜。

可她对此还不能说什么。她心中郁闷，在卧室里翻箱倒柜，翻出了一包陈年旧烟，剩下的三根全被她"解决"了。

之前，余瑟抬头那一瞬间，她正在阳台上抽烟。若非她跑得快，说不定已经被发现了。

"哪儿来的烟？"男人在问。

"你的。"她如实回答。

顾江年狠狠在她唇上亲了一口，叹了口气。

他望着姜慕晚道："先吃饭，吃饱了才有力气骂我。"

看看，他多贴心？不仅任她骂人，还管她吃没吃饱。

顾江年与姜慕晚一前一后下楼，楼下用人齐刷刷地行起了注目礼。

兰英待在顾公馆多年，从未见自家先生带过女子回家，更未见过自家先生这么急着将夫人送走。

今日何止是兰英内心震惊、疑惑，顾公馆的哪一个用人不是这般想的？

成年人最会审时度势，看人下菜碟。

这位新入门的小太太脾气不好，自家先生屡屡相让，用人原以为这是宠爱。

可直至今日，众人才知，如果一个男人真的宠爱一个女人，又怎会将她藏起来？不让别人在自家母亲面前提及呢？

今日之事的发生，让大家心里都换了一种目光，去重新看待这位小太太与自家先生的关系。

他们之间的关系，他们必须要拎得清，否则，就会如兰英所言，这顾公馆留不住他们。

姜慕晚坐下了，餐桌上面摆着一碗瘦肉粥，几碟小菜。

她看了片刻，伸手拿起瓷勺，默默地用起了餐。

顾江年坐在对面，静静地瞧着人家，若非眼神温和，姜慕晚以为自己成了小白兔，而他是只大灰狼，就等着她吃胖点儿，然后一口吃了她。

她大抵是饿过头了，已没有什么饿的感觉了。坐在餐桌上，她便觉得自己已经饱了。

姜慕晚吃了两口，搁下了碗。

只听对面人道："不吃了？"

"饱了。"她答。

"吃两口就饱了？"男人冷声反问。

姜慕晚冷飕飕地睨了人一眼："已经饿过头了。"

"饿过头了也要多吃两口。"

晨间受了气又摔了一跤，姜慕晚没什么好脾气，但她也没什么心思去跟顾江年斗智斗勇。

要不是此时膝盖疼得慌，她一定要好好教他做个人。

她撑着桌子起身，居高临下地望着顾江年，冷冷地甩出一句话："我多吃两口也不吃你们家的。"

"我还求你吃不成？"

姜慕晚推开椅子转身上楼，因为膝盖疼，所以走路比平时慢了些。

兰英站在一旁，许久未敢言，眼看着自家先生生瘪。

顾江年此时才发现，比吵架更让他伤脑筋的是，姜慕晚不搭理他，让他一个人一边凉快去。

姜慕晚正准备进卫生间，手机响了，见是付婧，她伸手接起。付婧似乎是刚刚睡醒："新闻看了？"

姜慕晚拿着手机进浴室，道："不需要看。"

"真求婚了？"

她伸手拧开洗漱台上的水龙头，猛然间想起昨夜种种，脑子嗡的一声，断了线。她站在镜子前平复了许久，才稳住心神。

"人呢？"付婧许久未听到她的声音，连忙唤了声。

"他是有这个意向。"说完，她拿过一旁的毛巾丢进洗脸盆里，用冷水拧了块毛巾，倚着洗漱台热敷自己惨兮兮的膝盖。

"最后你是如何回答的？季言庭是那么容易放过这个机会的人？"在付婧看来，季言庭即便一开始就说自己有所图，但也改变不了他内心为了家族的私欲。他不过是善于伪装的"正人君子"罢了。

"他不会，但他也不会主动出击，不做好人也不做坏人，处在这个位置，他可进又可退。"

这才是真实的季言庭。

比如，今日晨间的新闻不是出自他之手，也不是出自季家其他人之手，他不过是昨夜向姜慕晚求婚，又故意开了一间总统套房，而后离开酒店。

仅仅是这一举动，便能将舆论推向风口浪尖。

一个人的可怕之处，除了心机深沉，还八面玲珑，善于伪装。

而季言庭无疑就是这种人，很明显鱼和熊掌他都想要。

姜家的财力他要，季家的东西他也要，而能让他得到这些的，姜慕晚是关键人物。所以，季言庭在昨日那样的情况下还能放她走。是为了不让彼此之间闹得不愉快。

往后还有机会。这世上有一种人，只要你给他一线机会，他就能给你创造出万分可能。

"你要通吃？"付婧问。

她这话落地，姜慕晚正拿着毛巾往自己膝盖上敷，未曾注意到破了皮，陡然将毛巾落到伤口上，让她倒吸一口凉气。

"你怎么了？"付婧听到她的呻吟声，瞬间从迷迷糊糊的状态中清醒了。

姜慕晚叹了口气，语气里带着些无可奈何："我不小心摔了。"

"我还以为你被顾江年家暴了。"付婧这话带着些幸灾乐祸之意——幸好只是摔了。

被家暴？

姜慕晚笑了笑："我们只会针锋相对。"

付婧想了想，好像确实是这么个道理。

"严重的话，去医院看看。"

"太太——"

正与付婧聊天的姜慕晚被这道惊呼声吓得一抖。

她侧眸望去，只见兰英端着水果站在门口，见她膝盖上青红的伤，吓得发出一声惊呼。

"我不在！"姜慕晚带着怒气回答，心中的火气正噌噌噌地往上蹿。

姜慕晚与顾江年怄气斗嘴，虽说吵归吵，闹归闹，自家先生也被气得翻白眼。

但顾江年心里到底是有她的，气了半晌，还是让兰英送点儿水果点心上来，生怕人饿着了似的。

"太太的腿怎么了？"兰英关心地询问。

姜慕晚依旧拿热毛巾揉着膝盖，嗓音温柔："问你家先生去。"

膝盖受伤又与自家先生有关，这个回答将兰英即将出口的话堵在了嗓间，犹豫了半晌，才道："您这样不行，我去拿跌打药酒给您揉一揉吧！"

姜慕晚也知晓这样不顶用，但无奈她翻箱倒柜也没找到跌打酒。听兰英这样说，她点了点头，将手中毛巾丢回盒中，跛着脚往外去。

兰英拿着医药箱准备再度上楼，路过顾江年书房门口时，被站在里头的人瞧见了。

顾江年朝她走了过来，行至门口，望着她手中的医药箱问道："怎么回事？"

"太太膝盖伤了。"兰英应道，可心里想的是，自家先生难道真的不知晓吗？

顾江年拧了拧眉，瞧了兰英一眼。

"走吧。"

他和兰英一起朝姜慕晚所在的房间而去。

刚进门，他就见姜慕晚仰躺在窗边的贵妃榻上，睡裤裤腿被高高拉起，跟待宰的羔羊似的等着兰英。

他走过去，眉头紧拧，望着姜慕晚："腿怎么了？"

"你瞎了？"她没好气地反问，长这么大的两只眼睛是干吗用的？

"姜慕晚，难道你一天不讽刺我两句，心里就不舒服？"话是这样说，这人却很快便坐在她身边，然后朝兰英伸手，示意把药酒给他。

姜慕晚看见他的举动后急了。本是躺着的人一下就坐了起来，欲要将自己的腿从顾江年膝盖上挪开，却被人伸手按住，不给她退缩的机会。

"你想干吗？"

"你说我想干吗？"他反问。

"让兰英来。"

她的腿只是摔了而已，顾江年若是公报私仇，借着揉腿故意把她给弄残了，岂不是得不偿失？

顾江年闻言，深深地看了兰英一眼。

兰英惊慌："还是让先生来吧！"许是怕姜慕晚再度为难她，连忙解释道，"先生比较有经验。"

"他为什么比较有经验？"姜慕晚俨然不信。

"因为我给很多女人揉过腿。"顾江年随口回答道。

然而，只怕他无论如何也想不到，他会给自己挖了一个巨大的坑，而且怎么填都填不满。

姜慕晚半靠在贵妃榻上，望着顾江年将跌打药酒倒在掌心，且还有模有样地双手揉了揉。

这人双手放上去之前，瞧了眼姜慕晚，让她莫名有种不祥的预感从心底攀升起来。

她一句话尚未出口，就发出了一声惨叫。

随之而来的还有姜慕晚的巴掌，不过这一巴掌没有落到顾江年的脸上，而是落到了他的肩膀上。

"顾江年！"

"姜慕晚——"

同时发声。

"你你个大浑蛋！"

"你这个小泼妇！"

两人再次同时发声。

"你是不是想痛死我？！"

"你别给我不识好歹。"

顾江年看姜慕晚就是"狗咬吕洞宾——不识好人心"。而在姜慕晚看来，这人嘴上说什么为她好，绝对是骗人的。

上来就将倒了的跌打药酒往她破了皮的地方揉，堪比在伤口上撒盐，这和要她命有何区别？姜慕晚疼得脸色煞白。

顾江年满面怒容地坐在一旁，姜慕晚那一巴掌，将他拍得怒火噌噌往上蹿。

"先生，太太的伤口破皮了。"

一旁，兰英瑟瑟发抖地说道，也是这一句提醒，让这人浑身冷厉的气息散了几分。

他抿了抿唇，伸手去捞姜慕晚的腿，这人躲着："放条生路，算我求你。

"你去给别的女人揉腿吧！"

她还要留着这条命去收拾姜家，经不起顾江年这么折腾。

顾江年："……"

自己刚刚不过是随口说的一句话，现在看来想收回已经来不及了，报应来得如此之快。

他沉默下来。

片刻后，顾江年干咳两声，道："我看看，这次我轻点儿就是了。"

"不用，让我瘸着吧！你行行好。"

"要不，还是我来吧？"兰英见状，生怕这二人打起来。

顾江年默然。

心里堵得慌，他还不能发泄，于是，这股火就发到了兰英身上："你来什么你来？"

兰英被吼得脖子一缩。

顾江年从未在顾公馆对任何用人大声说过话。即便是指责他人，也只是沉声提醒几句，如今日这般尚是第一次。

"抱歉。"兰英微微颔了颔首。

"都出去，我自己来。"姜慕晚忽然开口说道。

她上辈子真的是造孽啊！被金钱蒙蔽了双眼，草率地嫁给了顾江年这个浑蛋。

她坐起身子，麻利地从顾江年手中拿过跌打药酒倒进掌心，先双手揉开，然后手落在自己膝盖上，缓缓地揉着，力道不轻不重。

从她的手势与力道，一看就是有经验的老手。

良久，她将跌打酒递给兰英，直接忽略了望着自己的顾江年。

"顾太太处理伤口的动作很熟练啊！"

"没有顾董熟练。"

她缓缓拉下睡裤裤腿,又窝回了贵妃榻上。

"你是不是对我有意见?"男人沉声问道。

这句话可以说是顾江年在明知故问——她对他的意见肯定是有的。

姜慕晚睨了人一眼,跟看傻子似的,本是要开口嘲讽几句的,听到身旁的手机响起铃声,她看了眼号码。

出于尊重,顾江年起身准备给她腾出接电话的私人空间,可下一瞬就听到姜慕晚淡淡地开口说道:"季先生。"

刚走两步的人步伐顿住,又折了回来,坐在贵妃榻旁边,如鹰般锐利的目光落在姜慕晚身上。

姜慕晚望着顾江年的视线带了几分防备。

"姜小姐。"电话那头的人开腔询问道,"有时间可以见一面吗?"

"我不太懂季先生的意思。"姜慕晚直接回道,语气客气倒还是客气,只是这客气带着几分敷衍。

"如果制造一些虚假的舆论和绯闻可以让你得到某些东西,我们何不去好好利用一下?"季言庭直接开门见山地说。

与姜慕晚这种人打太极,不是什么好的行事方式。

季言庭想要得到姜家的支持,而姜慕晚想要得到华众,他们二人联手的可能性不是没有。

或者说,他们合作,反而能更快地得到各自想要的东西,且不费吹灰之力。

只需要互相配合,让舆论将那些东西送到他们手上来。

姜慕晚呢?

她有些心动——季言庭所言不失为一个好方法。她思忖片刻,询问道:"地点?"

话音落地,坐在她身旁的顾江年将掌心落在她受了伤的膝盖上,狠狠往下一压。

另一只手则是抽过她手中的手机,将电话挂断,扔到床上。

姜慕晚疼得倒抽一口凉气。

她正欲破口大骂时,只听顾江年言简意赅地开腔:"敢爬墙,打断腿。"

姜慕晚险些被气死,她恶狠狠的目光落在顾江年的手上:"顾董的手揉过那么多女人的腿,是不是要砍了它?"

"顾先生的这双手揉过多少女人的腿？"

现在，顾江年怎么都没有想到，就是这么随口胡说的一句话，险些毁了他一世英名。

这是后话，暂不多言。

（未完待续）